Verwandte und andere Todfeinde

Anne Sievers

Verwandte und andere Todfeinde

Die Autorin ist Mitglied bei DeLiA, der ersten Vereinigung
deutschsprachiger Liebesromanautorinnen und -autoren:
http://www.delia-online.de

Besuchen Sie auch die Homepage der Autorin:
http://www.evavoeller.de

Anne Sievers: Verwandte und andere Todfeinde
Neuausgabe des Titels „Geschwisterliebe", erstmals erschienen
1997 im Fischer Taschenbuch Verlag.
Copyright © by area verlag gmbh, Erftstadt
Alle Rechte vorbehalten
Einbandgestaltung: agilmedien, Köln
Einbandabbildungen: Mauritius
Satz & Layout: first unit, dernbach
Printed in Austria 2004
ISBN 3-89996-208-7

Für meine Mutter.
Danke, dass du immer für mich da bist.

Mein besonderer Dank gilt ferner Roland P., der mir bei biologischen Fachfragen des Romans zur Seite stand.

1. Kapitel

Sonnenlicht ließ das offene Wasser vor den Grotten der Lagune aufleuchten. Der Taucher berührte das Bein der vor ihm schwimmenden Frau und deutete, den Kopf in einer Wolke dunkelroter Haare, in die angegebene Richtung. Mit Daumen und Zeigefinger formte sie ein O, bevor sie die Kamera hob, um den ausgewachsenen, beulenköpfigen Napoleonfisch zu fotografieren. Die Linien und Punkte auf seiner Haut bildeten im schräg einfallenden Sonnenlicht ein mattgoldenes Muster, als er kurz im Korallenschutt nach Würmern wühlte, bevor er, aufgeschreckt durch die beiden Taucher, blitzartig in einer der zahlreichen Grotten verschwand.

Das Paar tauchte den Hang entlang tiefer, umrundete einen von Muscheln überwucherten Felsen und verhielt im nächsten Moment reglos beim Anblick des Mantarochens, der mit trägen Flügelschlägen über einen Wald von Gorgonarien segelte.

Die Frau schwamm mit wenigen Schlägen ihrer Tauchflossen näher an den friedlichen Riesen heran und trainierte ihre Bewegungen aus, bis sie im Schwebezustand verharrte. Ungeduldig wartete sie, bis die Perlen ihrer Atemluft sich zu einer gerade aufsteigenden Linie beruhigt hatten, bevor sie erneut auf den Auslöser ihrer Unterwasserkamera drückte. Der Mann nahm die mühsam gezähmte Begeisterung hinter den routinierten Bewegungen seiner Partnerin wahr und lächelte.

Der Rochen verschwand, und die Frau tauchte zügig weiter, auf der Suche nach dem nächsten Motiv. Sie fand es hinter einer weiteren Biegung, wo ein Schwarm gelbschwarz gestreifter Wimpelfische formationsartig über dem Riff stand. Die Frau stellte die Blende neu ein, gab dem Mann ein kurzes Zeichen und näherte sich dem Schwarm. Die Haut an der Unterseite ihrer Arme schimmerte weiß im Sonnenlicht, als sie, auf dem Rücken liegend und mit der Kamera im Anschlag, mitten hineinglitt in die Formation.

Der Schwarm geriet in Bewegung, zog sich vor dem fremden Eindringling zurück und zerstob zu einem Gewimmel wegflitzender Körper.

Der Mann sah auf die Uhr. Es war Zeit, Schluss zu machen.

Er näherte sich der Frau, schwamm in ihr Blickfeld und gab ihr ein Zeichen. Die Frau nickte sofort, und sie begannen in gemächlichem Tempo mit dem Auftauchen. Sie hatten schon viele Korallenriffe erkundet, doch wie immer ergriff sie auch diesmal Bewunderung angesichts der Vielfalt ozeanischen Lebens, das sich vor ihnen ausbreitete. Kelchartige blaue Schwämme, durchscheinende violettblaue Quallen, smaragdgrüne Papageienfische und goldglänzende Anemonenfische bildeten einen verwirrenden Farbreichtum.

Ohne innezuhalten, machte die Frau weitere Aufnahmen. Der Meeresboden stieg zuerst steil, dann sanft an, bis der Korallenwald lichter wurde und allmählich in Sand überging. In wenigen Minuten hatten sie den Strand erreicht. Sie streiften die Backpacks, Atemmasken und Flossen ab, und während sie den Strand hochstapften, trocknete die sengende Sonne in Sekundenschnelle ihre Haut. Sie gingen zu einer Palmhütte, in der ihre Taschen mit dem Rest der Ausrüstung lagen. Die Frau verstaute die Kamera und ihr Tauchgerät, bevor sie sich aus dem ärmellosen, dünnen Tauchanzug schälte, unter dem sie einen Bikini trug. Aufatmend trat sie aus der Hütte auf den sonnendurchglühten Strand, der einen weißen Saum um die Lagune bildete. Die junge Frau dehnte sich und legte die Hand über die Augen. »Was meinst du? Eine halbe Stunde, bevor wir noch mal runtergehen?«

Sie drehte sich zu dem Mann um, dessen dunkle Haut seine Herkunft verriet. Richard Stapletons Mutter stammte von den Malediven, aus einem Fischerdorf am Rand des Nord-Male-Atolls. Seinen Vater hatte er nie kennen gelernt, wusste aber, dass er Ceylonese war und so dunkel wie er selbst. Bis auf seine ungewöhnliche Größe von fast zwei Metern verriet wenig an seinem Aussehen, dass er europäische Vorfahren hatte. Sein Haar, jetzt glatt vom Salzwasser, begann sich in der Sonne bereits wieder zu üppigen blauschwarzen Locken zu kräuseln. Von seinem Großvater mütterlicherseits, einem lang aufgeschossenen, weißhäutigen, hellhaarigen Engländer, hatte er außer einem Paar verblüffend blauer Augen lediglich den Namen geerbt.

Richard schüttelte den Kopf und lächelte. »Nein, danke. Kein Tauchgang mehr. Mein Bedarf für heute ist gedeckt.« Er stellte sich neben sie und blickte über die Lagune, unter deren türkisblauer Oberfläche die filigranen Formen des Riffs zu wogenden Gebilden verschwammen.

»Es ist fast Mittag«, sagte er, während er sich zu der jungen Frau im Bikini umwandte. Christina Marschall war nur einen halben Kopf kleiner als er und damit für eine Frau ebenfalls ungewöhnlich groß, über einsachtzig. Trotz ihrer Größe war sie zart gebaut, mit langen, schlanken Beinen, zierlicher Taille und schmalen Gelenken. Sie war so hellhäutig, wie er dunkel war. Als erfolgreiche Unterwasserfotografin lebte sie die meiste Zeit des Jahres in den Tropen. Die Sonne war für ihre Arbeit fast ebenso wichtig wie die Kamera, doch zugleich war sie auch ihr größter Feind. Auf ihren feinknochigen Schultern entwickelten sich bereits erste Spuren von Röte. Richard Stapleton berührte die Stelle mit dem Zeigefinger. »Du solltest nicht so in der Sonne stehen bleiben. Zieh dir was über. Setz wenigstens den Hut auf.«

»Wenn wir noch mal runtergehen, brauche ich keinen Hut.«

»Du weißt, dass wir lange genug unten waren. Wir gehen nicht mehr runter. Basta.«

»Ich bin der Boss und bezahle dich dafür, dass du mit mir runtergehst.«

Er warf den Kopf zurück und lachte, dann fasste er ihren Arm und zog sie zurück zur Hütte, wo er einen breitrandigen Strohhut vom Boden aufnahm und ihr auf die wirren roten Locken drückte. Sie wussten beide, dass ihre Bemerkung scherzhaft gemeint war. Sie kannten sich seit fünf Jahren und arbeiteten oft wochenlang zusammen. Wenn er mit ihr tauchte, tat er es, weil es ihm Spaß machte. Geld war für ihn Nebensache. Er zog herum und blieb dort, wo ihm das Leben gefiel. Aufträge wie diesen nahm er nur in unregelmäßigen Abständen an. Er war ein erfahrener Taucher, und er verdiente sich auf die Weise das Geld, mit dem er die Zeit des Nichtstuns finanzierte, jene Monate, in denen er mit seinem Katamaran ziellos zwischen den Inseln kreuzte oder zum Sightseeing nach

Europa reiste. Zwischendurch kehrte er heim in das Dorf seiner Mutter, wo er mit den Männern von der Insel zum Fischen aufs Meer hinaus segelte und sich abends mit ihnen auf der Dorfstraße zum Bodu Beru traf, dem von Trommeln begleiteten Wechselgesang. Vor allem kam er immer wieder auf die Insel, um seine neuen Halbgeschwister kennen zu lernen, an denen er mit zärtlicher Liebe hing. Jane, seine Mutter, war 43 und zum fünften Mal verheiratet, und immer noch bekam sie jedes Jahr ein Kind.

Christina Marschall verstaute ihre Kamera in der dafür vorgesehenen Tasche. Ihre Bewegungen, mit denen sie das zehntausend Dollar teure Präzisionsgerät berührte, waren umsichtig, fast zärtlich. Sie seufzte. »Ich wette, wenn wir es heute noch mal versuchen, kriegen wir ihn.«

»Oder er uns.«

Sie sprachen vom grauen Riffhai, der normalerweise als schwer aufzuspürender Einzelgänger lebte. In dieser Gegend des Nord-Male-Atolls sammelten sich jedoch manchmal ganze Rudel der schnellen Jäger.

»Vergiss den Hai«, sagte Richard. »Wir finden ihn morgen oder übermorgen. Oder nächste Woche. Wir haben viel Zeit.«

»Du vielleicht. Ich nicht.«

Er runzelte die Stirn. »Du willst schon wieder weg?«

Sie glaubte, so etwas wie Betroffenheit aus seiner Stimme zu hören. »Nächste Woche«, sagte sie sanft.

»Ich habe nichts weiter vor. Ich könnte mitkommen!«

»Ich glaube nicht«, lachte sie.

»Warum nicht?«

»Weil du ein Kind der Tropen bist. Es wäre dir zu kalt.«

»Ich bin kein Kind. Wieso zu kalt? Wo willst du hin?«

»Mal sehen. Die Antarktis. Oder vielleicht Alaska. Eistauchen.«

Sie zog sich den Hut vom Kopf, legte ihn zur Seite und nahm ein dünnes, bunt bedrucktes Baumwollkleid aus der Tasche. Mit einer raschen Bewegung streifte sie das Bikinioberteil ab, zog das Kleid über und setzte sich den Hut wieder auf.

Richard sah sie ungläubig an. »Das ist nicht dein Ernst!«

»Ich hab´s noch nicht gemacht, aber für alles gibt´s ein erstes Mal. Natürlich muss man sich wärmer anziehen als hier. Man braucht beheizte Anzüge. Außerdem wegen der Kälte spezielles Atemgerät, wenn man im Eis taucht.«

»Im Eis?«, meinte Richard zweifelnd.

»Nicht eigentlich im Eis, sondern im Gletscherwasser. Mit Versorgungsleitungen. Dort gibt es Höhlen zwischen den Gletschern, Ricky. Fische leben da, direkt am Eis, bei Temperaturen unter dem Gefrierpunkt. Ich habe vor Monaten jemanden getroffen, der mit einem Filmteam dort unten war. Sie haben sensationelle Aufnahmen gemacht.« Sie hielt ihre Kamera hoch. »Mit diesem Equipment werde ich dort nicht zurechtkommen, denke ich. Nicht bei den Temperaturen.«

Richard schulterte ohne Erwiderung eine der beiden Taschen, und Christina nahm die andere, in der sich ihre Fotoausrüstung befand. Das Tauchgerät ließen sie liegen. Niemand würde es bis morgen stehlen, da die Insel unbewohnt war. Die Hütte war ebenso wie die Anlegestelle am meerwärts gelegenen Ende der offenen Lagune irgendwann vor ein paar Jahren von einem amerikanischen Filmteam für Außenaufnahmen errichtet worden.

Sie gingen hinüber zum Boot, das an einem morschen Steg vertäut war, an einer Stelle, wo der Korallenring des Atolls von tiefen Kanälen durchzogen wurde, die ausreichend breit waren, um als Fahrrinnen genutzt zu werden. Die beiden Rümpfe des Katamarans schimmerten strahlend weiß in der tropischen Mittagssonne.

»Wie können Fische im Eis leben?«, fragte Richard nach einer Weile.

»Es funktioniert, glaub mir. Jedenfalls bei diesen Fischen. Eine bisher unbekannte Art. Sie haben eine Körperflüssigkeit, die sie vor dem Erfrieren schützt. In Biologenkreisen hat das für Aufsehen gesorgt. Eine genetische Besonderheit.«

»Ein eingebauter Frostschutz«, kommentierte er mit hochgezogenen Brauen.

Sie hörte den Missmut in seiner Stimme, und wieder spürte sie, dass er sich nur ungern von ihr trennen wollte. Ihr erging es ebenso, doch sie wusste, dass es für sie beide besser war, wenn sie auseinander gingen, bevor sich wieder tiefere Gefühle zwischen ihnen entwickelten. Im ersten Jahr ihrer Zusammenarbeit hatten sie eine Affäre gehabt, aber trotz ihrer damaligen Verliebtheit war keine feste Beziehung daraus entstanden. In demselben Maße, wie Richard ohne festes Ziel umherstreifte und dazu alle Zeit der Welt hatte, trieb eine innere Rastlosigkeit Christina an immer neue, möglichst unerforschte Strände, zu immer besseren, bunteren, aufregenderen Bildern aus der Welt der Ozeane.

Sie schienen beide unfähig zu sein, sich länger als ein paar Wochen am selben Ort aufzuhalten, und so hatte sich aus ihrer Beziehung im Laufe der Jahre eine lockere, von beiderseitigem Verständnis geprägte Kameradschaft entwickelt. Diese Freundschaft war ihnen viel wert, so viel, dass sie es bewusst vermieden, der sexuellen Verlockung nachzugeben, die immer wieder zwischen ihnen aufflackerte.

Unter Wasser waren sie ein ungeschlagenes Team. Jeder ahnte die Bewegungen des anderen, noch bevor sie ausgeführt waren. Die Andeutung einer Geste vermochte minutenlange Gespräche zu ersetzen. Mit einem leichten Heben des Kopfes oder einer kurzen Berührung brachten sie ihre Stimmung oft besser zum Ausdruck als mit vielen Worten.

Richard stieg an Deck des Doppelrumpfbootes, das unter dem Gewicht seiner zwei Zentner sacht zu schwanken begann. Von der weißen Wand des Bugs hob sich in breiten schwarzen Lettern der Namenszug *Lady Jane* ab. Jane war der Name von Richards Mutter.

Die Muskeln spannten sich unter seiner dunklen Haut, als er Christina die Hand reichte, um ihr an Deck zu helfen. Er warf die Tasche auf die Planken und löste die Ankerleine vom Steg.

»Ich schätze, dass ich es dir nicht ausreden kann, dieses Eistauchen, oder?«

»Nein, ganz sicher nicht.«

»Ich hoffe, es gefällt dir nicht so gut, dass du überhaupt nicht mehr wiederkommst. Schick mir für alle Fälle eine Ansichtskarte, damit ich weiß, unter welchem Gletscher du steckst.« Er streifte den

Sand von den nackten Füßen und zog ein Paar Shorts über die inzwischen fast getrocknete Badehose.

Christina erkannte, dass er sich mit ihrer bevorstehenden Trennung abfand. So war es jedes Jahr. Sie gingen auseinander, und es war ihnen alles andere als einerlei, doch sie wussten beide, dass es ihnen mehr wehtun würde, wenn sie ihr Beisammensein ausdehnten.

Sein Geruch stieg ihr in die Nase, als sie an ihm vorbei zur Kajüte ging, eine Mischung aus Salz, frischem Schweiß und Meer. So war es immer, wenn sie mit ihm zusammen war. Sie gewöhnte sich an seinem Geruch, sosehr, dass er ihr mehr fehlte als sein Lachen oder der Anblick seines geschmeidigen Körpers.

Christina betrat die Kabine, wo sie sich auf einer der beiden Liegen ausstreckte und durch das offene Fenster Richard betrachtete, seine Bewegungen, die geübten Handgriffe, mit denen er das Ankerseil einholte und vertäute. Er sah zu ihr herüber und lächelte. Die Farbe seiner Iris hob sich strahlend blau von seiner dunklen Haut und dem tiefschwarzen Haar ab.

»Ich glaube, heute sind dir ein paar wirklich gute Fotos geglückt«, sagte er. Seine letzten Worte gingen unter im gedämpften Brummen des Hilfsmotors. Die Schraube surrte, und langsam trieb das Boot durch die Fahrrinne aus der Lagune.

Christina nickte nur und drehte den Kopf zur Seite, ihr plötzliches Bedürfnis bekämpfend, ihn zu berühren, seine nackte, von der Sonne erwärmte Haut zu streicheln und ihre Fingerspitzen auf die steile kleine Falte über seiner Nasenwurzel zu legen.

Neben der Koje lag die gestrige Ausgabe der New York Times, die sie aus dem Hotel mitgenommen hatte, als sie am Morgen zu ihrer Tour aufgebrochen war. Christina griff mechanisch danach und blätterte.

»Wollen wir heute Abend ein bisschen feiern?«, rief Richard durch das Fenster. »Wir könnten nach Male rübersegeln, letzte Woche hat da ein hübsches Lokal aufgemacht, ich kenne den Besitzer von früher.«

»Mal sehen«, sagte Christina. Sie fühlte sich matt und erhitzt. In Rickys Tonfall hatte dieselbe unterschwellige Sehnsucht mitgeklungen, die sie selbst empfand.

»Was?«, rief Richard gegen das Motorgeräusch.

»Mal sehen!«, rief sie ebenso laut zurück.

»Warum müssen wir es wieder so machen wie die letzten drei Jahre?«

»Was meinst du damit?«, fragte sie zurück, obwohl sie genau wusste, was er meinte.

»Einfach so auseinander gehen.«

»Ich weiß nicht. Zuerst dachte ich das auch. Ich schätze, ich war zu jung, um es besser zu wissen. Langsam kommen mir Zweifel. Diese Zweifel waren noch nie so stark wie diesmal. Ich weiß was ich fühle, wenn ich dich sehe, und ich weiß, dass du es auch fühlst. Ich will dich wiederhaben, Christina.«

»Es würde nicht lange gut gehen.«

»Woher willst du das so genau wissen? Wir sind älter geworden. Kann sein, dass es nach all den Jahren besser klappt. Es wäre einen Versuch wert, findest du nicht? Warum also versuchen wir es nicht noch einmal?« Er schwieg sekundenlang, dann sagte er unvermittelt: »Verdammt, Christina, du fehlst mir, wenn du nicht da bist.«

Sie setzte zu einer Erwiderung an. Dann sah sie das Foto auf der Zeitungsseite, die sie zuletzt aufgeschlagen hatte, und erstarrte. Sie nahm nur am Rande wahr, dass Ricky in die Kabine gekommen war. Der Hilfsmotor war verstummt, und der Katamaran hatte offenes Wasser erreicht, aber Ricky hatte noch keine Segel gesetzt. Wie so oft in der Vergangenheit hatte er gespürt, dass etwas nicht stimmte, noch bevor sie ein Wort gesagt hatte. Diese seltsame Verbundenheit hatte ihr schon bei Tauchgängen das Leben gerettet. Einmal war ihr Atemgerät defekt gewesen, und Richard hatte es, aus einer Ahnung heraus, noch vor ihr bemerkt. Nur sein sofortiges Eingreifen und seine überlegene Körperkraft hatte verhindert, dass sie panikartig auftauchte, ohne die vorgeschriebene Dekompressionspause einzuhalten, und ernsthafte Schäden davontrug.

Ich habe in meinem Kopf Alarmglocken gehört, sagte er später zu ihr, als sie ihn fragte, woher er die Gewissheit genommen hatte, dass sie in Gefahr war. Diese Alarmglocken hörte er auch jetzt.

Er ging neben ihr in die Hocke und legte seine große schwielige Hand auf ihre Wange. Ihre Haut fühlte sich kalt und feucht unter seiner Handfläche an. Auf ihrer Stirn sammelten sich Schweißperlen, und sie atmete schnell und flach.

»Christina! Was um Himmels willen ist los mit dir?« Er sah die Zeitung, die sie mit den Händen umkrampft hielt. Mit einem Blick entzifferte er die fett gedruckte Zeile unter dem Bild, das einen hoch gewachsenen, schwarzbärtigen Mann mit Siegerlächeln zeigte.

Reinhold Marschall tot. Deutscher Nobelpreisträger tödlich verunglückt.

»Mein Vater«, sagte sie tonlos. »Mein Vater ist tot.«

Regen strömte über die schwarzen Kuppeln der Schirme, rann auf den Wall, den der Erdaushub vor dem frischen Grab bildete, schwemmte dort Furchen in den Lehm und lief in Rinnsalen an den Wänden des zwei Meter tiefen Schachtes hinab, wo es auf dem Grund der Grube versickerte.

Fahr nicht, hatte Ricky gesagt. Bleib bei mir. Ich fühle, dass es schlecht für dich wäre. Sie hatte nichts dergleichen gefühlt. Sie hatte es gewusst. Dennoch war sie jetzt hier, in letzter Minute angekommen, nach einem überstürzten Aufbruch und einem abenteuerlichen Flug von Male nach Europa, der wegen heftiger Stürme von mehreren Zwischenstops unterbrochen worden war.

»Und so nehmen wir Abschied von Reinhold Marschall, Trauer im Herzen nach seinem plötzlichen Tod, der für seine Lieben allzu früh und unerwartet kam und daher um so bitterer erscheinen muss...«

Das Prasseln des Regens vermochte die Routine in der Stimme des Pfarrers nicht zu überdecken.

Christina Marschall fragte sich einen Augenblick lang, ob er womöglich eine Winzigkeit schneller sprach als sonst, um angesichts des unangenehmen Wetters die Zeremonie abzukürzen. Der Wind trieb feuchtkalte Schwaden über den Friedhof, wirbelte Regen unter die schützenden Schirmdächer und durchnässte die Menschen, die sich an der Grabstätte zusammendrängten. Christina empfand die Kälte der Herbstluft nicht nur als ungewohnt, sondern auch als fremdartig. Nach jahrelangem Aufenthalt in den Tropen war der kalte, regengepeitschte Friedhof eine Enklave der Unwirklichkeit, auf seine Art ebenso exotisch wie die sonnendurchglühten Strände. Das schwarze, schlecht sitzende Kostüm, das sie eilig in einer Flughafenboutique erstanden hatte, bot nur unvollkommenen Schutz gegen den kalten Herbstwind.

»... empfangen wir in unserem Abschiedsschmerz den Trost, dass Reinhold Marschall nun wieder vereint ist mit seiner geliebten, bereits vor vielen Jahren von uns gegangenen Ehefrau ...«

Eine jähe Bö zerrte an dem Schirm, den einer der Friedhofsdiener schützend über den Pfarrer hielt, und die nächsten Sätze der Ansprache verloren sich im Heulen des Windes. Hoch über der Mauer, deren verwitterte Fläche hinter der Familiengruft der Marschalls die Friedhofsgrenze bildete, flackerten drei, vier Blitze in rascher Folge auf. Mir ihrem bläulichen Licht erhellten sie den Grabstein, der unter der gemeißelten Inschrift R.i.P. bald die Geburts- und Sterbedaten von Reinhold Marschall tragen würde, neben denjenigen seiner verstorbenen Frau.

Resquiescate in Pacem, Reinhold und Ingrid Marschall. Beide geboren im selben Jahr, zu einer Zeit, da der tödliche Atem des Krieges das Land gestreift und es in Schutt und Asche zurückgelassen hatte. Mann und Frau, Vater und Mutter. Gestorben im Abstand von zwanzig Jahren, und doch beide nur einen Lidschlag der Geschichte nach ihrer Geburt. Nebeneinander begraben und in Marmor gemeißelt, vereint ruhend im ewigen, schweigenden Frieden des Todes.

Ein Donnergrollen zwang den Geistlichen, die Stimme zu heben. Christina schien es, als ob seine Worte mit der zunehmenden Stärke des Unwetters an Monotonie verloren und durch die notgedrungen größere Lautstärke enthusiastischer klangen, als sie ursprünglich gemeint waren. Reinhold Marschall hatte sich zwar weltweit als exzellenter Molekularbiologe einen Namen gemacht, sich jedoch nicht gerade als vorbildliches Gemeindemitglied hervorgetan. Bereits vor Jahren war er aus der Kirche ausgetreten, nachdem fundamentalistische Moraltheologen ihn wegen seiner Forschungsarbeit einmal zu oft ethischer Verantwortungslosigkeit bezichtigt hatten. Christina hob ihre Blicke von den Furchen, die der Regen in die aufgeworfene Erde geschwemmt hatte, und musterte einige der Umstehenden. Bereits in der Kapelle hatte sie festgestellt, dass sie nur wenige der ungefähr zweihundert Trauergäste kannte. Die meisten von ihnen musste ihr Vater in den vergangenen zwölf Jahren kennen gelernt haben. Vermutlich waren viele im Institut beschäftigt.

Unter den Übrigen erkannte Christina einige entfernte Verwandte sowie ein rundes Dutzend Freunde und Bekannte des Toten, dieselben, die sich bereits hier zusammengefunden hatten, als vor zwanzig Jahren Christinas Mutter zu Grabe getragen wurde.

Schräg hinter dem Pfarrer stand der Anwalt ihres Vaters, Rasmussen, der einzige Mensch, mit dem sie ein Wort gewechselt hatte, seit sie auf den Friedhof gekommen war. Am Nachmittag sollte in seiner Kanzlei die Testamentseröffnung stattfinden. Neben Rasmussen stand Jochen Marschall, ihr Bruder, den sie zuletzt als Halbwüchsigen gesehen hatte. Sein schmales junges Gesicht war bleich, das Haar kraus vor Feuchtigkeit.

Auf der anderen Seite der frisch ausgehobenen Grube, Christina unmittelbar gegenüber, standen in der ersten Reihe der schwarz gekleideten Trauergäste zwei Menschen, deren Anblick in ihr eine Flut unerwünschter Erinnerungen wachrief. Die Zeit hatte den Mann und die Frau äußerlich verändert, jedoch nicht so sehr, dass Christina den distanzierten Gleichmut aufbringen konnte, den sie sich erhofft hatte. Die bloße Anwesenheit der beiden, die gemeinsam unter einem Schirm der Trauerrede zuhörten, reicht aus, um mit derselben unvermittelten Wucht wie vor zwölf Jahren Gefühle in Christina zu erzeugen, deren Intensität sie zugleich erschreckte und ängstigte.

Sie sind zusammen, dachte sie. Nach all den Jahren sind die beiden noch zusammen!

Die Züge der jungen Frau waren ihr vertraut. Dieses ebenmäßig geformte Gesicht, umrahmt von schulterlangem, gelocktem Haar, erweckt zunächst den Eindruck feenhafter Vollkommenheit. Bei näherem Hinsehen erwies sich jedoch der Mund als eine Spur zur breit, um den herkömmlichen Idealen klassischer Schönheit zu entsprechen, und der sanfte Schwung der Wangen ging in eine kräftige, von Entschlossenheit zeugende Kinnlinie über.

Die Frau hob den Kopf und sah Christina direkt in die Augen. Ein leichtes Lächeln umspielte ihre Lippen.

Christina hielt ihren Blicken stand und starrte in das Gesicht, das sie so gut kannte wie ihr eigenes. Sie hatte es unzählige Male vor sich gesehen, in ihren Träumen und bei Tage, wenn sie in den Spiegel schaute.

Es war ihr eigenes Gesicht.

Die anmutigen gewölbten Brauen, kastanienfarbig wie das Haar. Die hellbraunen Augen, in denen bei bestimmtem Lichteinfall grüne Funken aufblitzten. Die winzige Lücke zwischen den beiden vorderen Schneidezähnen. Die Form des Haaransatzes, der über der Stirn leicht spitz zulief und das Gesicht herzförmig wirken ließ.

Das Gesicht ihrer Zwillingsschwester Martina.

Ihre andere Hälfte. Ihr zweites Ich. Teil ihrer Seele, ihres Selbst. Ein Teil, den sie vor zwölf Jahren in einer blutigen Verstümmelung amputiert hatte.

Christina sah der Frau auf der anderen Seite des offenen Grabes unentwegt in die Augen und spürte, wie die alten Narben aufrissen, wie eine Qual hervorbrach, die den durch den Tod ihres Vaters entstandenen Schmerz um ein Vielfaches übertraf.

Warum?, dachte sie. Warum tue ich mir das an? Warum stehe ich hier, nur drei Meter von dir entfernt?

Die spöttisch lächelnden Lippen ihrer Schwester Martina formten die Antwort. Es hätte ein beliebiges Wort sein können; durch den Schleier des herabströmenden Regens war unmöglich zu erkennen, was Martina ihr mitteilen wollte. Doch Christina wusste mit demselben Instinkt, der sie siebzehn Jahre ihres Lebens gezwungen hatte, Hälfte eines Ganzen zu sein, welches Wort es war.

Crissi. Ihr Kindername.

Christina krampfte die Hände um den Strauß, den sie hielt, und starrte hoch zum Himmel. Nebelfetzen hingen über dem Friedhof, verloren sich hoch oben in den dunklen dahintreibenden Regenwolken.

Die Stämme einer Birkengruppe hinter der Mauer ragten wie drohende Finger empor, gespenstisch weiße Silhouetten gegen den schwarzen Himmel.

Christina wusste, dass der Mann neben ihrer Schwester ebenfalls zu ihr herübersah. Seit einer Stunde, genau seit dem Moment, als sie ihn vorhin zu Beginn der Trauerfeierlichkeiten in der Kapelle zum ersten Mal nach zwölf Jahren wiedergesehen hatte, spürte sie Thomas Severins Blicke auf sich wie tastende Hände.

Sie schaute ihn nicht an, sondern blickte wieder hinab auf den Eichensarg. Die Messingbeschläge glänzten in der Nässe, der Regen schlug mit dumpfem Trommeln gegen das Holz, bildete einen Wasserfilm, der die Maserung verschwimmen ließ.

Erdklumpen fielen polternd auf den nassen Sarg. Der Geistliche hatte seine Ansprache beendet. Christina vermochte in diesem Augenblick nicht zu beurteilen, ob die Geste, in der er stumm den Kopf senkte und eine weitere Schaufel Erde auf den Sarg herabrutschen ließ, echte oder einstudierte Pietät zum Ausdruck brachte.

Martina warf von der Stelle, wo sie stand, mit einer graziösen Handbewegung ein Blumengebinde auf den Sarg, bevor sie sich mit einem Spitzentaschentuch über die Augen fuhr und die ersten Beileidsbekundigungen entgegennahm. Das Gesicht des Mannes neben ihr war halb verborgen hinter der Hand, mit der er den Schirm hielt.

Christina wartete nicht, bis das Defilee der Trauergäste sich in Bewegung setzte und zu ihr herüberkam. Rasch ging sie die wenigen Schritte nach vorn zum Rand des Grabes und warf ihren Strauß hinunter. Es war ein Gesteck aus weißem Flieder, weißen Tulpen und weißen Rosen, durchsetzt mit reichlich Schleierkraut und Blattgrün. Christina hatte die Blumen, ebenso wie das Kostüm, am Flughafen gekauft, doch sie hatte sich bei der Auswahl mehr Zeit dafür genommen als für ihre Trauerkleidung. Weiß und grün. Ihr Vater hätte die Farben gemocht. Sie symbolisierten das, wofür er immer eingestanden hatte.

Frieden und Hoffnung.

Lebe wohl, Vater, dachte Christina, während sie sich bereits abwandte und die Grabstätte verließ.

2. Kapitel

Rasmussens Kanzlei war in einer imposanten, zweigeschossigen Gründerzeitvilla untergebracht, die sich in einem ruhigen Vorort Düsseldorfs befand. Die schweren Schnitzereien am Portal waren aufwändig restauriert, ebenso wie die Steinmosaiken der Eingangsstufen und die Stuckrosetten an den Decken. Die alte Holzvertäfelung an den Wänden der Halle und die original erhaltenen Flügeltüren, die in die Bürotrakte führten, bildeten einen seltsamen Gegensatz zu den drei modernen Acrylschreibtischen, die im Empfangsbereich zu einem asymmetrischen Dreieck zusammengestellt waren, über dem ein futuristisch anmutendes Halogenpendel schwebte.

Eine der drei Angestellten erhob sich hinter ihrem Schreibtisch und kam näher, als Christina in die Halle trat. Christina schlüpfte aus dem Mantel und reichte ihn der jungen Frau. »Komm ich zu spät?«

Die Angestellte musterte Christina sichtlich irritiert. »Entschuldigen Sie, aber waren Sie nicht vor zehn Minuten …«

»Schon gut. Ich weiß, was Sie sagen wollen. Das war meine Zwillingsschwester. Mein Name ist Christina Marschall. Was ist mit den anderen? Sind sie auch schon da?«

»Herr Dr. Rasmussen ist mit den Herrschaften im Konferenzsaal.« Die junge Frau zeigte auf die von geschwungenen Geländern flankierte Treppe. »Oben, gleich die erste Tür rechts. Soll ich Sie begleiten?«

»Nicht nötig. Ich find's schon, danke.« Christina spürte die Blicke der Angestellten, als sie sich abwandte und zur Treppe ging. Ihr war bewusst, dass sie nicht gerade wie eine trauernde Frau wirkte, deren Vater erst an diesem Morgen beerdigt worden war. Sofort nach der Beisetzung hatte sie im Hotel das ungewohnte Kostüm gegen bequeme Jeans und einen hüftlangen, kakaobraunen Sweater aus grobem Seidenstrick getauscht.

Immer zwei Stufen auf einmal nehmend, ging sie nach oben. Sie wollte diese Testamentseröffnung so rasch wie möglich hinter sich bringen, zurück ins Hotel fahren, ihren Koffer holen und Deutschland den Rücken kehren. Das Ticket für den Rückflug hatte sie bereits in der Tasche. Ihr Seelenfrieden würde um so eher wieder hergestellt sein, ja schneller sie es schaffte, all das hinter sich zu lassen.

Der Gang im ersten Stock war mit dicken orientalischen Läufern ausgelegt, und mehrere Lüster bestrahlten Porträts berühmter Juristen aus dem vergangenen Jahrhundert. Christina hob die Hand, um an die Tür des Konferenzsaals zu klopfen, doch ein Arm schob sich zwischen sie und die Tür.

»Warte. Ich muss mit dir reden.« Thomas Severin legte seine Hand auf ihre Schulter und drehte sie zu sich herum.

Sie starrte auf einen Punkt an der Wand hinter ihm. »Nimm deine Hand von mir.«

Er ließ sie sofort los, doch als sie die Tür öffnen wollte, hielt er erneut ihren Arm fest. »Christina, hör zu, was ich mit dir zu besprechen habe, ist sehr wichtig.«

»Lass mich los.«

Er zog sie von der Tür weg, zerrte sie am Arm ein Stück den Gang entlang und drückte sie mit dem Rücken an die Wand. »Ich habe hier auf dich gewartet. Rasmussen sagte, du kommst bestimmt. Ich wollte es nicht glauben, aber er hatte Recht. Wir haben unseren Augen nicht getraut, als du plötzlich in der Kapelle aufgetaucht bist.«

Sie atmete rasch, wie nach einem anstrengenden Lauf. Der vertraute Geruch seines Körpers stieg ihr in die Nase, eine Mischung aus Leder, herbem Aftershave und Wolle. In aufkommender Panik schloss sie die Augen. Sie biss die Zähne zusammen, dachte an ihr

Rückflugticket. Zwölf Jahre, dachte sie. Er ist ein Mann wie irgendein anderer, nichts weiter. Ein beliebiger Bekannter von damals, den ich aus den Augen verloren habe und mit dem mich nichts verbindet. Was immer er getan hat, es ist zu lange her, als dass es noch etwas bedeuten könnte.

Sie öffnete die Augen und zwang sich, ruhiger zu atmen und ihn anzusehen. Wie Christina hatte er die dunkle, formelle Beerdigungskleidung gegen legere Jeans und einen saloppen Pullover vertauscht. Die Jahre hatten ihn verändert. Seine Schläfen waren von grauen Strähnen durchzogen, und die Fältchen in seinen Augenwinkeln und ein bitterer Zug um seinen Mund ließen ihn älter als Ende Dreißig aussehen. Doch seine Augen waren so blau wie damals, und das helle Haar fiel ihm auf dieselbe ungebärdige Art in die Stirn. Ihre Gesichter befanden sich auf gleicher Höhe. Er war groß, fast einsfünfundachtzig, aber nur wenige Zentimeter größer als sie selbst. Seine körperliche Nähe verwirrte sie und löste gleichzeitig den verrückten Impuls in ihr aus, mit Fäusten auf ihn einzuschlagen, ihn zu verletzten, so, wie sie es schon einmal getan hatte. Sie starrte auf die gezackte weiße Narbe an seinem Kinn. Erneut versuchte sie, sich loszureißen, doch er war so kräftig und drahtig wie früher, sein Körper wirkte hart und durchtrainiert, wenn er auch etwas schlanker schien.

Sein Griff tat ihr weh. »Lass mich los.«

»Erst, wenn du mir zugehört hast.«

»Du tust mir weh.«

Er lockerte seine Finger um ihren Oberarm. »Hörst du mir zu?«

»Nein«, sagte sie kühl und wandte sich ab.

Er lief ihr nach, als sie zur Tür des Konferenzsaals ging. »Christina«, sagte er beschwörend, »lass dich auf keinen Fall dazu hinreißen, irgendeinen Kommentar zu dem Testament abzugeben. Nicht gleich. Nicht, bevor wir beide darüber geredet haben!«

Ohne Umschweife drückte sie die Klinke nieder und betrat den Raum.

Die erste Person, die sie wahrnahm, war Martina. Sie saß in der Nähe der Tür am Ende eines den Raum beherrschenden Hufeisentisches, der mindestens zwanzig Personen Platz bot. Anders als Christina war sie immer noch in formelles Schwarz gekleidet. Sie trug ein schmal geschnittenes Kostüm mit dreiviertellanger Jacke und einem überbreiten Kragen, dessen Extravaganz noch durch das schiffchenförmige, schräg aufgesetzte Hütchen betont wurde, von dem ein kurzer Seidenschleier bis zu ihrer sorgfältig gepuderten Nase reichte.

»Crissi. Wurde auch Zeit.« Martina lächelte strahlend und entblößte dabei weiße Zähne, die ebenso perfekt waren wie ihre eigenen. »Du kommst spät. Wir warten seit einer Ewigkeit auf dich.«

Sie sahen einander an, sich beide des Doppelsinns dieser Bemerkung bewusst. Rasmussens Schritte hallten auf dem Rotholzparkett, als er auf Christina zukam. »Da sind Sie ja!« Sein Lächeln wirkte ehrlich erfreut, als er Christina die Hand schüttelte. »Christina! Ich freue mich! Ich meine, Frau Marschall.«

»Lassen wir es bei Christina.«

Rasmussen betrachtete sie einen Moment. »Sie sehen Ihrer verstorbenen Mutter sehr ähnlich, wenn ich das sagen darf.«

Sieh mal an, dachte Christina mit einem Seitenblick auf Martinas unbewegtes Gesicht. Ob Rasmussen das auch zu ihr gesagt hatte?

Er schob Christina einen der lederbezogenen Stühle zurecht, drei Stühle neben dem von Martina. Guter alter Rasmussen, dachte Christina flüchtig. Er weiß genau, dass Platz zwischen uns sein muss. Viel Platz.

Während sie sich setzte, registrierte sie, dass Thomas Severin am gegenüberliegenden Ende des Hufeisentisches Platz nahm. Warum setzte er sich nicht neben Martina?

Drei freie Plätze neben Thomas saß Jochen Marschall. Christina betrachtete ihn unauffällig. Ihr Bruder war so bleich wie bei der Beerdigung. Seine Augen lagen tief in den Höhlen, und Christina erkannte trotz seiner in den Schultern gepolsterten Lederjacke, dass er untergewichtig war. Er sprach leise mit dem Mann zu seiner Rechten, der einen blauen Anzug mit Trauerflor am Arm trug. Christina kannte den Mann nicht, hatte ihn jedoch unter den Trauergästen am Grab gesehen. Er war schlank, dunkelhaarig und nicht älter als fünfundvierzig. Sein schmales, intelligentes Gesicht wirkte energisch und selbstsicher. In lässiger Entspanntheit trommelte er mit zwei Fingern auf dem polierten Holz des Tisches, während er dem Geflüster von Jochen zuhörte, der von der Ankunft seiner Schwester keine Notiz genommen zu haben schien.

Christina schlug die Beine übereinander und senkte die Blicke auf ihre verschränkten Hände, bevor sie wieder Rasmussen ansah, der gerade am Kopfende des Hufeisens unter einem kolossalen Ölgemälde Platz nahm. Christina fragte sich erneut, warum Thomas nicht neben Martina saß. Sie bekämpfte den Impuls, ihn anzusehen, um den Grund dafür herauszufinden.

»Nachdem die anderen Herrschaften untereinander bekannt sind, obliegt es mir zunächst, Sie mit Herrn Dr. von Schütz bekannt zu machen.« Der Anwalt wandte sich an Christina und deutete dabei mit knapper Geste auf den Mann neben Jochen. »Er ist nach dem Tode Ihres Vaters kommissarischer Leiter des Institutes. Herr Dr. von Schütz, Frau Christina Marschall, die Tochter des Verstorbenen.«

Von Schütz nickte Christina höflich zu. Sein schwaches Lächeln ließ ihn überraschend attraktiv wirken.

Christina nickte zurück und suchte dann den Blick von Jochen. In dem Bruchteil der Sekunde, bevor er die Lider senkte, erkannte sie den Ausdruck in den flackernden Augen ihres Bruders. Verbitterung und Ablehnung.

Rasmussen klappte eine Ledermappe auf und blätterte in Unterlagen. »Ich schlage vor, wir beginnen mit der Verlesung des Testaments.« Dem grauhaarigen Anwalt war anzumerken, wie abgespannt er war. Er hatte schwere, gerötete Tränensäcke und sah aus, als habe er in letzter Zeit schlecht geschlafen.

»Alle vom Testament betroffenen Personen sind hier in diesem Raum anwesend. Der Verstorbene hat das Testament kürzlich hier in dieser Kanzlei notariell errichtet. Das war genau vor …«, der Anwalt schob die Goldrandbrille auf die Nasenspitze, »… drei Wochen.«

Jochen Marschall beugte sich ungläubig vor. »Vor drei Wochen?«

Rasmussen hob die Schultern. »So ist es.«

»Aber ... es war doch alles geregelt. Ich meine, es gab doch ein Testament, das weiß ich genau. Er hat damals mit Mutter ein gemeinschaftliches Testament gemacht. Wir Kinder waren zu gleichen Teilen als Schlusserben eingesetzt.«

»Das ist richtig. Aber er hat ein neues verfasst.«

»Ist das überhaupt zulässig?« Jochen beugte sich noch weiter vor. Christina sah, dass seine Hände vor Erregung zitterten.

»Es gab eine Klausel im gemeinschaftlichen Testament, die eine Abänderungsbefugnis einräumte. Er hat von diesem Recht Gebrauch gemacht.«

»Hat er Ihnen gesagt, warum?«

»Selbst wenn er es getan hätte, wäre ich nicht befugt, Ihnen das mitzuteilen.«

»Hat er mich enterbt?« Jochens Stimme wurde schrill. »Habe ich zu viel gesoffen? Gekokst? Ist es das? Wollte der alte Knacker nicht, dass ich Geld in die Finger kriege?«

»Ich schlage vor, wir wenden uns zunächst dem Testament zu, bevor wir dieses Thema erörtern.« Christina hörte das Unbehagen in Rasmussens Worten, doch als er weitersprach, klang seine Stimme geschäftsmäßig.

»Wie Sie wissen, befinden sich hier außer den direkten Abkömmlingen des Verstorbenen auch die Mitgesellschafter der Firma, Herr Thomas Severin und Herr Jakob von Schütz.« Rasmussen glättete mit der flachen Hand die Unterlagen vor sich und fuhr bedächtig fort: »Der Gesellschaftsvertrag sah ungeachtet der Höhe der jeweiligen Beteiligungen vor, dass Reinhold Marschall als Gründer des Marschall-Instituts sowie als geschäftsführender Hauptgesellschafter zu einer privaten testamentarischen Regelung, seinen Anteil betreffend, befugt war. Aus diesem Grunde habe ich die Herren Severin und von Schütz als Mitgesellschafter zu Informationszwecken hinzugebeten. Eine Ausfertigung der letztwilligen Verfügung liegt bereits dem Nachlassgericht vor. Die nachfolgenden notwendigen Formalitäten werden dadurch erleichtert, wenn zum Beispiel der Erbschein ...«

»Das ist doch alles nicht so wichtig. Kommen Sie bitte zur Sache. Ich habe nicht endlos Zeit.«

Irritiert blickte Rasmussen zu Martina, die mit sanfter Stimme und strahlendem Lächeln seine umständliche Ansprache unterbrochen hatte.

»Natürlich. Entschuldigen Sie. Nun denn ... Es war der ausdrückliche Wunsch des Erblassers, dass ich als Freund der Familie ...« Rasmussen stockte und suchte nach Worten. »Dass ich Sie als Hinterbliebene, wie geschehen, zusammenrufe und Ihnen in einem gewissen, sagen wir, vertraulichen Rahmen, den Inhalt des Testaments vorab zur Kenntnis bringe. Zunächst stelle ich fest, dass die hier Anwesenden mir sämtlich von Person bekannt sind. Ich schreite sodann zur Verlesung des Testaments.«

Rasmussen räusperte sich und begann mit der Verlesung.

»Mein letzter Wille. Unter Aufhebung aller letztwillig von mir und meiner Ehefrau getroffenen Verfügungen ...«

Aus den Augenwinkeln erfasste Christina die Bewegung ihrer Schwester. Martina beugte sich vor, mit der gesamten Fläche ihrer rechten Hand den rechten Oberschenkel vom Knie fast bis zur Hüfte massierend. Diese Geste hatte für Christina etwas Intimes, so sehr, dass sie augenblicklich ihre gesamte Aufmerksamkeit beanspruchte. Sie hörte die Stimme des Anwalts nur noch als entferntes Flüstern. Gebannt betrachtete sie die gleichförmige Bewegung von Martinas rechter Hand auf dem ausgestreckten Bein, hörte das seidige Rascheln von Stoff auf warmer Haut, das gleitende Geräusch, mit dem sich der Rock an der Stumpfhose darunter rieb. Unwillkürlich griff Christina an ihren eigenen rechten Oberschenkel. Bei schlechtem Wetter machte die Narbe ihr bisweilen zu schaffen, doch der Schmerz war nur selten so lästig, dass er die Ereignisse der Vergangenheit wachrief. So wie jetzt.

Es war ihr dreizehnter Geburtstag.

»Du kannst das nicht tun!« Martina schrie Christina an, das Gesicht verzerrt vor Wut und Kummer.

»Warum nicht? Warum kann ich nicht einmal bestimmen, was wir anziehen? Du hast die Kleider ausgesucht. Du suchst sie immer aus. Und ich muss anziehen, was du aussuchst. Es ist nicht fair!«

»Du sagst doch immer, dass ich mich mit Kleidern besser auskenne! Und es gefällt dir doch!«

»Bist du da so sicher? Vielleicht will ich mal anders aussehen als du!«

Martina erbleichte bei diesen Worten. Ihre Erwiderung fiel schwächlich aus. »Vater hat uns extra viel Geld für die Kleider gegeben! Willst du undankbar sein?«

»Ich will dieses Kleid nicht anziehen. Das Rot gefällt mir nicht.«

Das war nicht der Grund, und sie wussten es beide.

»Ich kann das Kleid später noch oft genug tragen«, lenkte Christina ein. »In der Tanzstunde zum Beispiel.«

»Du hasst mich. Gib es doch zu! Du hasst mich und willst deshalb ein anderes Kleid tragen als ich!«

»Martina, das ist nicht wahr!«

»Ist es doch! Und weißt du was? Ich hasse dich auch! Ich hasse dich!«

Sie weinten beide. Christina gab schließlich nach und zog das Kleid an, eine verschwenderisch teure, nach Martinas exakten Vorgaben maßgefertigte Kreation aus erdbeerfarbenem Samt und einem Ton hellerem Tüll, der sich wie eine Wolke unter den Röcken bauschte. Sie legten beide denselben Lippenstift auf. Sie kämmten beide das kastanienrote Haar straff zurück und kräuselten es mit der Brennschere seitlich über dem Ohr zu üppigem Lockengeriesel.

Zwei perfekt gleiche kleine Frauen, so empfingen sie nachmittags ihre Geburtstagsgäste. Das Fest fand wie jedes Jahr im Garten hinter der Villa statt. Sanfte Popmusik klang aus den Lautsprechern, Lampions hingen in den Bäumen, bunte Pappgirlanden schwangen in der Sommerbrise über dem Küchenbüfett hin und her. Die Geschenke waren stilvoll auf einem eigens dafür aufgestellten Tisch platziert. Jeder konnte sehen, dass Martina und Christina Marschall Glückskinder waren, mit einem Vater, der ihnen jeden Wunsch von den Augen ablas.

Sie feierten ihre Geburtstage jedes Jahr auf eine ähnlich pompöse Art, mit einem Fest, das hauptsächlich nach Martinas Vorstellungen ausgerichtet wurde. Sie hatte eine künstlerische Ader, ein unnachahmliches Geschick, alles aufeinander abzustimmen, die Musik, die Spiele, die Dekoration bis hin zur Farbe der Getränke. Dieses Jahr gab es, passend zu ihren neuen Kleidern, eine Kinderbowle, ein Gemisch aus Erdbeersirup, Zitronenlimonade und, weil sie jetzt dreizehn waren und damit fast erwachsen, einigen Spritzern Erdbeersekt.

Rosen wucherten über den hohen Mauer, die den Garten vor neugierigen Blicken schützte, und die Julisonne erwärmte den Rasen, brachte die Diamantohrringe zum funkeln, die sie von ihrem Vater als Geschenk bekommen hatten. Anders als bei den vorangegangen Geburtstagen tollten die Kinder, die sie eingeladen hatten, nicht lärmend herum, unfähig, an einer Stelle stehen zu bleiben, wie es die Art von Kindern ist, sondern sie bewegten sich lässig, fast gemessen, wie kleine Erwachsene ihr Punschglas haltend und mit Kennermiene die brutzelnden Würstchen auf dem Grill betrachtend.

Martina schwebte wie eine Königin von einer Gruppe zur anderen, ein glückliches Leuchten auf dem Gesicht.

»Wie wunderbar dieser Geburtstag ist«, flüsterte sie ihrer Schwester zu. Ihr warmer Atem traf als vertrauter Hauch Christinas Ohr. »Vorhin habe ich gesehen, dass du dir die Zunge verbrannt hast, als du in das Würstchen gebissen hast. Ich habe es genau so gespürt, als hätte ich mir selbst die Zunge verbrannt! Du und ich, wir sind ein Mensch. Ich weiß, dass du meine Gedanken denkst und meine Schmerzen fühlst, und ungekehrt ist es genauso!«

Reinhold Marschall kam aus dem Haus und gesellte sich zu ihnen. »Meine Mädchen! Habe ich euch schon gesagt, wie wunderschön ihr seid? Christina ...« – er küsste Martina – »... und Martina.« Er neigte sich Christina zu und küsste sie ebenfalls, nur um im nächsten Augenblick gespielt reumütig zu seufzen, als er am schadenfrohen Kichern seiner Töchter erkannte, dass er sie wieder verwechselt hatte.

Der Vater der Zwillinge war nicht der einzige Mensch, der die beiden nicht auseinander halten konnte. Auch Jochen irrte sich ab und zu, wenn auch längst nicht mehr so häufig wie ihr Vater und die Haushälterin, die zweimal die Woche kam. Thekla war über Sechzig, und sie schob es gerne auf ihre nachlassende Sehkraft. Aber jeder wusste, dass es nichts damit zu tun hatte. Die beiden Mädchen waren einander einfach zu ähnlich, und alle, die sie kannten, waren sich einig, dass diese Ähnlichkeit weit über jede Erfahrung hinausging, die man mit eineiigen Zwillingen gemacht hatte.

Den Lehrern erging es nicht besser. Oft tauschten die Zwillinge in der Klasse die Plätze und teilten das stille Vergnügen, alle zum Narren zu halten. Die meisten Kinder, mit denen sie befreundet waren, machten sich gar nicht die Mühe, die Mädchen zu unterscheiden.

Sie hatten einen Namen gefunden, der zu beiden passte.

»He, Tina«, rief einer der Jungen aus ihrer Klasse, »kommt mal hier rüber und seht euch das an!«

Christina und Martina lösten sich aus den Armen ihres Vaters und gingen zur Gartenmauer, wo sich die anderen Kinder versammelt hatten. Alle starrten auf die Stelle im Wurzelwerk der zweihundert Jahre alten Weide, die dort wuchs und mit ihrem dicken Stamm und den hängenden Ästen tiefe Schatten auf die Mauer warf. Die Gesichter der Mädchen zeigten Abscheu, die der Jungen Faszination. Etwas bewegte sich zwischen den Wurzeln des alten Baumes. Christina sah einen grauen, bepelzten Körper, zuckend und sich windend im Gefängnis der miteinander verzweigten Wurzeln.

»Oh!«, riefen sie und Martina wie aus einem Mund.

»Eine Ratte. Sie hat sich verfangen«, erklärte der Junge.

»Sie rennt da hin und her wie ein Hamster im Laufrad«, meinte ein Mädchen.

Martina ging vor den Wurzeln in die Hocke. »Sieht so aus, als wäre sie krank und wüsste nicht, wohin sie soll.«

Christina störte etwas an diesen Worten, ohne dass sie hätte sagen können, was es war. Vielleicht lag es an dem merkwürdigen, gedehnten Ton, in dem Martina das Wort krank ausgesprochen hatte.

Vielleicht war es auch die Art, wie sie die Augen dabei verengt hatte. Oder der Blick, mit dem sie das herumrasende Tier fixierte.

Dennoch empfand sie eine eigenartige Neugierde beim Anblick des hilflosen Wesens, einen morbiden Drang, sich wie Martina herabzubeugen und eine Weile zu beobachten, zuzuschauen, wie sich die Ratte plagte. Ein Sonnenstrahl fiel durch das Geäst der Weide und traf die winzigen dunklen Augen, den bebenden grauen Körper, der sich jetzt rettungslos verkeilt hatte. Die Ratte hing zwischen einer dünnen Luftwurzel und dem Boden darunter fest. Ihre krallenbewehrten Pfoten kratzten über die Erde, die Flanken pumpten rasend schnell.

»Was gibt's denn da drüben Interessantes zu sehen?« Reinhold Marschalls Stimme, die über die Köpfe der Kinder herüberklang, war kräftig und wurde lauter, da er sich ihnen näherte, aber Christina hörte trotzdem deutlich das dünne Fiepen der gefangenen Ratte. Sie hockte sich neben Martina und streckte die Hand aus, um das Tier zu befreien.

»Fass sie nicht an!«, schrie ihr Vater, inzwischen direkt hinter ihr. Doch er kam zu spät. Christina hatte die Ratte bereits berührt. Das Tier reagierte instinktiv, wie jede in die Enge getriebene Kreatur. Die nadelspitzen Fänge gruben sich in die weiche Haut zwischen Daumen und Zeigefinger von Christinas rechter Hand.

Im selben Augenblick, als Christina mit einem erschrockenen Aufschrei ihre Hand zurückzog, riss ihr Vater sie an der Schulter zurück. Er war ein großer, starker Mann, und in seinem Eifer, Christina vor Verletzungen zu bewahren, hatte er seine Kraft unterschätzt. Christina fiel in hohem Bogen rückwärts, vergeblich bemüht, mit rudernden Armen das Gleichgewicht zu bewahren. Ihre verletzte Hand prallte gegen die Mauer, und sie wunderte sich, wie weh es tat. Dann spürte sie einen heißen Schmerz an ihrem Bein. O mein Gott, es tut so weh!, schrie sie innerlich. Den Bruchteil einer Sekunde später schlug sie mit dem Hinterkopf gegen den Sockel der Mauer, und eine gnädige Ohnmacht erlöste sie von ihrer Qual.

Als sie erwachte, war es dunkel um sie herum, ihr Kopf schmerzte, ihr war übel, und ihr Bein war eine einzige wütende, pochende

Wunde. Sie stöhnte.

»Christina?«, wisperte eine Stimme im Dunkeln. Martinas Stimme.

»Was ist los mit mir?«, brachte Christina mühevoll heraus.

»Du bist verletzt.«

»Die Ratte …«

»Die Ratte hatte dich gebissen, aber es ist nicht so schlimm. Du hast eine Spritze gegen Tollwut bekommen, für alle Fälle, und etwas gegen Entzündungen. Außerdem hast du eine Gehirnerschütterung, du bist mit dem Kopf gegen die Mauer geschlagen. Aber das macht nichts, der Doktor hat gesagt, der Kopf tut dir noch ein paar Tage weh, dann ist es wieder gut.« Martina schwieg einige Augenblicke. »Es ist dein Bein, Christina.«

»Mein Bein«, flüsterte sie.

»In der Mauer war ein Nagel. Früher war da mal ein Spalier, und als es entfernt wurde, muss der Nagel übersehen worden sein.«

»Es tut so weh!«

»Es war eine tiefe Wunde. Sie musste mit vierzig Stichen genäht werden.«

»Bin ich im Krankenhaus? Wieso ist es so dunkel hier drin?«

Martina ging nicht auf die Frage ein.

»Es hat geblutet. Du kannst dir nicht vorstellen, wie wahnsinnig es geblutet hat. Das Kleid ist völlig ruiniert. Den Riss hätte man vielleicht noch stopfen können, doch das Blut wird sich niemals rauswaschen lassen.«

»Martina … Wo ist Papa?«

»Papa hat die Ratte erschlagen. Er hat einen Stein genommen und hat sie tot geschlagen!«, sagte Martina, Triumph in der Stimme.

Christina fühlte, wie eine Woge von Schmerz und Übelkeit sie überrollte. »Martina, ich will, dass Papa kommt!«

»Sie war bloß noch Mus. Er hat sie mitgenommen, sie muss untersucht werden, wegen Tollwutverdacht. Dazu müssen sie das Gehirn sezieren, hast du das gewusst?«

Christina begann zu weinen.

»Ich wollte hier bleiben, hier bei dir, damit du nicht die ganze

Nacht alleine sein musst. Morgen darfst du wahrscheinlich schon nach Hause. Spätestens übermorgen.«

»Mach das Licht an!«, befahl Christina schluchzend.

»Ich weiß, wie weh es tut!« Die geflüsterten Worte kamen in einem eigenartig gezischten Ton. »Ich hab es gefühlt, Christina, genau in dem Moment, als es passiert ist! Ist das nicht wunderbar? Das kommt daher, weil wir absolut identisch sind, wusstest du das? Der Arzt hat es gesagt. Er hat es mir erklärt. Wir waren mal ein Ei, und wir haben uns erst später geteilt. Er hat gesagt, wir sind wie ein Regenwurm, der in der Hälfte geteilt wurde und zu zwei neuen, ganzen Würmern wird. Zwei ganz gleiche!«

»Martina, mir ist so schlecht! Hol bitte Papa!«

»Ich habe den Arzt gefragt, ob du hättest verbluten können. Weißt du, was er sagte? Er hat gesagt, wenn du mehr Blut verloren hättest, wäre es kein Problem gewesen. Ich hätte dir von meinem Blut abgeben können …« Plötzliche Schwere drückte auf Christinas Brust, erschwerte ihr das Atmen. Warme Tropfen fielen auf ihr Gesicht, liefen über ihre Lippen, Salzgeschmack hinterlassend.

»Martina, was …?«, fragte sie, mühsam nach Luft ringend, unfähig, das Gewicht von ihrer Brust zu stoßen. Ihre Hände schienen gelähmt an ihren Seiten zu liegen.

Martina stützte sich in der Dunkelheit über ihr ab. »Ich will ganz nah bei dir sein. Dich spüren. Spürst du mich auch?« Ihre warmen Tränen liefen über Christinas Gesicht.

»Geh runter«, ächzte Christina. Einen Moment lang war sie versucht, es für einen verrückten, grässlichen Alptraum zu halten. Das alles existierte gar nicht real. Die Ratte in den Wurzeln der Weide, der Schmerz in ihrem Bein, Martina in der Dunkelheit auf ihrer Brust hockend – eine Ausgeburt nächtlicher Phantasie.

»Ich habe Angst«, flüsterte Martina.

Warum, wollte Christina fragen, doch Martina redete schon weiter. »Du wirst eine lange, scheußliche Narbe am Bein zurückbehalten. Von der Hüfte bis zum Knie. Du wirst nie wieder wie ich aussehen!« Es klang anklagend. Christina erwiderte nichts. Sie atmete stoßweise, von wachsender Angst erfüllt.

»Ich muss mich beeilen. Gleich kommt sicher die Schwester wieder. Sie kommt ungefähr jede Stunde und fühlt deinen Puls und so. Weißt du, ich habe ein Skalpell, hier in meiner Hand.«

Christina hörte, wie in ihren Ohren das Blut rauschte. Sie bringt mich um, dachte sie. Meine eigene Schwester bringt mich um! In diesem Augenblick war sie zutiefst überzeugt, dass Martina sie töten wollte, sosehr, wie sie noch niemals in ihrem Leben zuvor von etwas überzeugt gewesen war. Weder von der Liebe ihrer Mutter, die vor acht Jahren bei Jochens Geburt gestorben war, noch davon, sich in irgendeinem wichtigen Punkt von ihrer Schwester zu unterscheiden, eine Gewissheit, die sie tief in ihrem Herzen hütete wie ein kostbares, noch verpacktes Geschenk, dass es eines Tages auszuwickeln galt. Es gab einen Unterschied. Es musste einen geben. Nicht etwas so Einfaches, wie das künstlerische Geschick, in dem Martina ihr überlegen war. Auch nicht, das Martina Ketchup hasste, während sie selbst ihr Essen darin ertränkte. Dieser Unterschied zählte nicht. Martina fiel es allzu leicht, so zu tun, als wären sie auch hier gleich. Es musste etwas anderes sein, etwas so Starkes, dass niemand je auf die Idee kommen würde, sie mit Martina zu verwechseln, und Christina wusste, dass sie es irgendwann entdecken würde. Eines Tages. Doch nun glaubte sie nicht länger, es jemals herausfinden zu können. Sie würde nie wissen, was es war, welche grundlegenden Sachen sie von dem Menschen unterschied, der mit ihr identisch war. Sie würde hier und jetzt sterben.

»Ich habe Angst.« Wieder die tränenerstickte Stimme. »Aber ich muss es tun. Ich muss!«

Sekundenlanges Schweigen.

»Wir sind doch dieselbe, oder?«, fragte Martina. »Wir dürfen uns nicht voneinander unterscheiden!«

War es das? Glaubte sie, es sei besser, nur einer von ihnen beiden bliebe übrig, als einen Unterschied zu ertragen?

»Das Skalpell«, sagte Martina leise. »Ich habe es vorhin geholt, aus dem OP. Ich will deine Hand dabei halten.«

Christina wollte irgendetwas sagen, ein Gebet sprechen, das ihr den Übergang von dieser in eine andere Welt erleichterte, doch ihr viel nichts ein. Dann, unvermittelt, begriff sie. Tu es nicht, wollte sie schreien und konnte es doch nicht. Irgendwo, auf einer weit entfernten Ebene jenseits aller Rationalität empfand sie die unumstößliche Notwendigkeit dessen, was Martina jetzt tat, mit derselben natürlichen Konsequenz wie ihre Schwester. Es musste geschehen. Nur so war eine vollständige Heilung möglich. Trotz der Dunkelheit wallten Nebel vor ihren Augen, und der Atem kam in abgerissenen Fetzen über ihre Lippen. Die Finger ihrer Schwester krallten sich in ihr Fleisch, und ein hohes, wimmerndes Klagen füllte den Raum. Christina merkte erst mehrere Augenblicke später, dass nicht sie, sondern Martina dieses Geräusch von sich gab. Sie spürte die Fingernägel ihrer Schwester wie Stahldornen im Fleisch ihres Handrückens, wo sie die Haut aufrissen und warme Feuchtigkeit hervorsickern ließen. Doch der hierdurch verursachte Schmerz war nicht so schlimm wie derjenige, der sich wie ein glühender Schürhaken in ihr verwundetes Bein bohrte. Lieber Gott, mein Bein, dachte sie am Rande der Bewusstlosigkeit. Ihre andere Hand, die immer noch unbeweglich neben ihr auf der Bettdecke lag, fühlte warme, klebrige Flüssigkeit.

Martina stöhnte über ihr und erschlaffte plötzlich. Blendende Helligkeit stach in Christinas Augen, vor die sich ein menschlicher Umriss schob.

Die Nachtschwester stand im Türrahmen und schrie. Sie schrie und schrie, ohne Unterlass, mit lauter, überkippender Stimme. Und als das Skalpell klirrend zu Boden fiel und als Martina vom Bett herunterrollte, eine Lache von Blut auf der Decke zurücklassend, stimmte Christina in den Schrei ein.

Christina nahm die Hand von ihrem Bein, und im selben Moment hörte auch Martina auf, ihren Oberschenkel zu reiben.

Sie sahen einander an, wie damals, in dem halbdunklen Krankenzimmer, in demselben wortlosen Einverständnis, dass alle Schranken zwischen ihnen niederriss und die Einheit herstellte.

Christina riss sich gewaltsam aus dem unheilvollen Sog, kniff hart in die Narbe an ihrem Bein. Nie mehr, dachte sie. Nie mehr!

Wirklich?, schien Martinas Blick spöttisch zu erwidern. »Das darf nicht wahr sein!« Die erregte Stimme ihres Bruders zerschnitt die Stille. Christina wurde gewahr, dass der Anwalt aufgehört hatte zu reden. Sie blickte verständnislos auf.

»Soll das heißen, sie kriegt alles?« Bei diesen Worten zeigte er anklagend in ihre Richtung.

»Davon kann überhaupt keine Rede sein«, sagte Rasmussen ruhig. »Sie haben es gehört. Es sind eine Reihe von Vermächtnissen ausgesetzt. Eine Rente für die Haushälterin. Für Sie und ihre Schwester die Wertpapierdepots, die Bilder, die Fayencen. Das Haus auf Sylt. Alles in allem ist das …«

»Es macht den wesentlichen Teil des Nachlasses aus«, räumte der Anwalt ein. »Das ändert aber nichts daran, dass ihr Vater es so wollte.«

»Und dann dieser Mist mit der Testamentsvollstreckung. Ich kann noch nicht mal was von den Sachen verkaufen, die ich geerbt habe, habe ich das richtig kapiert? Ich muss vorher meine große Schwester fragen! Meine Schwester, die sich zwölf Jahre hat nicht blicken lassen, die ihre Familie abgelegt hat wie einen alten Strumpf!«

»Ich bitte Sie! Bedenken Sie, dass ihr Vater …«

»Seien Sie doch still mit ihrem Geschwafel!« Jochens Blässe hatte sich vertieft. Sein offener Mund wirkte wie eine klaffende Wunde. Jakob von Schütz legte begütigend die Hand auf seine Schulter, doch Jochen schüttelte sie ab und drehte sich zu ihm um. »Sie kriegt die Firma, Jakob!«, rief er weinerlich. »Sie wird Hauptgesellschafterin, ist dir das klar? Achtzig Prozent. Du hast bloß zehn, genau wie Severin. Sie kann euch alle zum Teufel jagen. Sie ist der Boss. Sie allein. Was sagst du jetzt, Jakob? Verdammt, Jakob, sag doch was!«

Von Schütz erwiderte Jochens flammenden Blick in kommentarlosem Schweigen. Als Rasmussen zu einer Bemerkung ansetzen wollte, hob er die Hand. »Schon gut. Er wird sich beruhigen. Ist schon in Ordnung. Wirklich, es ist in Ordnung. So ist es doch, oder?« Er streckte die Hand aus und legte sie Jochen erneut auf die Schulter.

Diesmal machte Jochen keine Anstalten, sie abzuschütteln, sondern senkte stumm den Kopf.

Christina hatte verständnislos zugehört. Mit den Kniekehlen schob sie den Stuhl zurück und stand auf. »Hören Sie«, sagte sie zu Rasmussen. »Ich habe überhaupt kein Interesse daran, die Firmenanteile zu erben. Ich dachte, alles wird verkauft und dann aufgeteilt.« Sie blickte in die Runde. Von Schütz hob eine Braue und mustere sie ausdruckslos. Rasmussens faltiges Gesicht wirkte noch sorgenvoller als sonst. Martina lächelte. Der Ausdruck ihrer Augen unter dem kurzen dunklen Schleier war undeutbar.

»Ich will die Firma nicht«, wiederholte sie. »Gibt's nicht eine Möglichkeit, die Sache anders zu regeln? Ich habe überhaupt kein Interesse an der Firma. Eigentlich will ich überhaupt nichts haben«, schloss sie, während sie Thomas ansah.

Er trägt ja eine Brille!, schoss ihr durch den Kopf. Vorhin hatte er sie nicht aufgehabt. Sie biss sich auf die Lippe, verärgert, weil dieses nebensächliche Detail sie aus der Fassung brachte. Seine Körperhaltung signalisierte Aufmerksamkeit, er saß vorgebeugt, die Hände vor sich auf dem Tisch verschränkt. Er sah Christina mit einem merkwürdigen Ausdruck an, den sie nicht zu bestimmen wusste. Sich der Intensität dieser Blicke allzu bewusst, schlug sie die Augen nieder, sah aber sofort wieder auf, von einem unwiderstehlichen Impuls getrieben, und schaute ihn erneut an.

Sag nichts, befahlen seine Augen ihr.

»Sie wollen nichts haben?« Rasmussen reckte den Kopf vor. »Ist das Ihr Ernst?«

Christina hob die Schultern.

»Das wäre das Einfachste, oder nicht?«, fragte sie leichthin, unverwandt Thomas' Blicke erwidernd.

»Sie könnten die Erbschaft ausschlagen«, sagte Rasmussen.

Es wäre ein endgültiger Schnitt. Die Ideallösung, erkannte Christina. Ausschlagen und gehen. Zum Flugplatz fahren. Auf Nimmerwiedersehen.

Thomas lehnte sich noch weiter vor, die Brauen zusammengezogen, eine steile Falte über der Nasenwurzel.

Christina sah zur Seite. »Ich ...«

Ich tu's, hatte sie sagen wollen. Aber irgendetwas hinderte sie daran, die Worte auszusprechen.

3. Kapitel

Die Strahlen der untergehende Sonne verwandelten die Pappeln im Garten der Villa in orangefarbene Fackeln. Der Regen hatte kurz nach der Beerdigung aufgehört, anschließend hatte der Himmel im Laufe des Tages aufgeklart; die Regenwolken waren am Nachmittag strahlendem Herbstwetter gewichen, das bis jetzt angehalten hatte. Die hohen alten Bäume warfen lange Schatten auf den Kiesweg, über den Christina auf das Haus zuging. Rasmussen stand bereits am Portal des schindelgedeckten alten Backsteinhauses und wartete auf sie. Christina beschleunigte ihre Schritte. Steine und brüchige Zweige knirschten unter ihren Schuhen, als sie über den von Ginster und Rotdorn gesäumten Weg eilte, der zum Haus führte. Zu ihrer Rechten erkannte Christina hinter einer niedrigen Hecke die verwitterte Marmorbank und den kleinen japanischen Zierteich. Beinahe glaubte sie, ihre Schwester zu sehen, die am Rand kniete und sich über das Wasser beugte, fasziniert die huschenden Schatten der Goldfische unter der Oberfläche betrachtend. Hinter sich meinte sie den alten Gärtner zu hören, der einmal die Woche kam, um den Rasen zu mähen, den Kies zu harken und die Büsche zu stutzen. Die Abendsonne tauchte den Weg in ein mildes Licht, ließ die Konturen der Hecken seltsam unscharf wirken. Es war fast so, als läge ein Schleier über dem Abend, der vom roten Licht der Sonne durchscheinend wurde und den Blick zurück in die Vergangenheit gewährte. Die Zeit stand still. Gleich käme ihr Vater nach Hause, und zwei jubelnde sechsjährige Energiebündel würde ihm in einem Wirbel von Zöpfen und mageren Beinen entgegenrennen, gefolgt von dem Kindermädchen, auf ihrem Arm das pausbäckige Baby.

Rasmussens Armbewegung, mit der er ihr grüßend zuwinkte und gleichzeitig auf sich aufmerksam machte, unterbrach Christina abrupt in ihren Gedanken. Sie hatte versucht, sich gegen die Gefühle zu wappnen, schon bevor sie gerade eben vor der Villa aus dem Taxi gestiegen war, doch es war ihr kaum gelungen, die Emotionen zu unterdrücken, die beim Anblick des Hauses in ihr aufstiegen.

Sie schaute auf die Uhr, obwohl sie wusste, dass sie diesmal nicht zu spät kam. Dennoch empfand sie es als peinlich, dass der Anwalt vor ihr da war.

»Warten Sie schon lange?«, fragte sie, während sie ihm die Hand schüttelte.

»Nicht der Rede wert.« Er schloss die schwere Haustür auf und ließ ihr den Vortritt in das dämmrige Vestibül.

Christina tastete automatisch nach dem Lichtschalter. Sie fand ihn an der vertrauten Stelle hinter der Tür, und als sie mit den Fingerspitzen die runde Plastikscheibe berührte, die zum Schutz der Tapete rund um den Schalter angebracht war, kam wieder als rascher, scharfer Stich das unwillkommene Gefühl zu Hause zu sein.

Das Licht des Kronleuchters erhellte die hohe Halle des Patrizierhauses. Christina merkte sofort, dass das Haus gelüftet und gereinigt worden war. Die geschnitzten Geländer beidseits der geschwungenen Treppe waren staubfrei, die Bodenfliesen gewischt, der Teppich erst vor kurzem abgesaugt. Ungetrübt von Schmutz oder Staub fielen die letzten Strahlen der Abendsonne durch das rautenförmige Buntglasfenster oberhalb des Treppenabsatzes und erzeugten auf der gegenüberliegenden Wand ein regenbogenfarbenes Muster. Der breite Garderobenspiegel neben dem Eingangsportal war poliert, und die Wandpaneele wirkten, als seien sie frisch geölt, ebenso wie der schwere Dielenschrank nahe der Treppe. In einer bemalten Bauernvase neben den Flügeltüren zum Salon sah Christina zu ihrer Überraschung frische Astern.

Rasmussen beantwortete ihre unausgesprochene Frage. »Ich habe mit erlaubt, die Haushälterin wie üblich ihre Arbeit tun zu lassen. Ich schätze sie als vertrauenswürdig ein. Die wertvollsten Nachlassgegenstände habe ich weisungsgemäß in amtliche Verwahrung gegeben …«

»Ist schon gut«, unterbrach Christina seine gestelzte kleine Rede. »Wer macht hier sauber und kümmert sich um alles? Ist es noch die alte Thekla?« Sie schüttelte den Kopf. »Nein, das ist unmöglich.«

»Doch, sie kommt immer noch. Soweit ich weiß, was sie sogar heute Mittag noch hier, obwohl es ihr nicht besonders ging.«

»Moment … Sie muss – sie muss schon weit über Siebzig sein!«

»Achtundsiebzig, glaube ich.« Rasmussen erfasste mit einer Handbewegung das Haus um sich herum. »Aber wenn man sich so umsieht, macht sie es noch genauso gut wie damals, trotz ihrer Arthritis. Ihr Vater hat ihr eine kleine Rente ausgesetzt.«

Christina starrte die Vase an. »Mutter mochte das, als sie noch gelebt hat«, sagte sie gedankenverloren. »Seit ich denken kann, sind immer Blumen in dieser Vase da vorn gewesen.«

»Ich weiß«, erwiderte der Anwalt leise.

Christina bohrte die Hände tiefer in die Taschen ihres Mantels und wandte sich unvermittelt zu Rasmussen um. »Na schön. Jetzt sind wir allein. Nur wir beide, hier im Haus meines Vaters. Genau wie Sie es wollten. Sagen Sie es mir jetzt?«

»Wollen wir das zwischen Tür und Angel besprechen?«

»Verzeihen Sie.«

Sie machte Anstalten, ihm aus dem Mantel zu helfen, doch er wehrte den Versuch mit einem Schnauben ab. »Wenn ich mir das erste Mal von einer jungen Frau aus dem Mantel helfen lasse, bin ich hoffentlich so senil, dass ich nicht darüber nachdenken kann, was sich gehört.« Er half zuerst ihr aus dem Mantel, dann streifte er den eigenen Mantel ab und hängte beide an die Garderobe.

»Wollen wir in die Küche gehen?« Christina ging voraus, ohne eine Antwort abzuwarten. In der Küche war es kühler als im Vestibül, da das Fenster nach Süden wies und für die untergehende Sonne nicht mehr erreichbar war. Das wuchtige Buffet an der gegenüberliegenden Wand und der runde Tisch in der Mitte des Raumes lagen in schattigem Halbdunkel. Christina knipste das Licht an und deutete unsicher auf den von vier hochlehnigen Stühlen umgebenen Tisch. Rasmussen setzte sich und beobachtete sie, als sie zögernd zum Buffet ging und eine Tür öffnete. Es war alles an seinem Platz. Tassen, Teller, die alten Steingutkannen mit dem Sprung in der Tülle und dem abgeschlagenen Rand.

»Kaffee? Tee?«, fragte Christina.

»Eine Tasse Tee wäre nicht schlecht.«

Mit zunehmend sichereren Bewegungen gab sie eine Handvoll Teeblätter in die Kanne und füllte Wasser in den Kessel, der auf dem Herd stand. Anschließend setzte sie sich ebenfalls an den Tisch. Mit gefalteten Händen blickte sie Rasmussen an. »Also? Warum hat mein Vater mich als Erbin eingesetzt?«

»Ich weiß es nicht.«

»Sie wissen es nicht?«, fragte sie ungläubig. »Wozu sitzen wir dann hier? Sie rufen mich im Hotel an, bitten mich, hierher zu kommen ... nur um mir das zu sagen?«

»Sie sind nach der Verlesung des Testaments gegangen, bevor wir Einzelheiten besprechen konnten.«

»Einzelheiten in der Art, wie mein Bruder sie zu Sprache brachte?«

Er seufzte. »Ich weiß, es war unerfreulich.«

»Kommen wir zur Sache. Sie wissen nicht, warum mein Vater mich als Erbin eingesetzt hat. Ich formuliere die Frage anders: Warum hat er sein Testament geändert?«

»Ich weiß es nicht.«

»Was soll ich überhaupt hier?«

»Er hatte zweifellos Gründe«, sagte Rasmussen schnell. »Gute Gründe. Er kam vor drei Wochen zu mir und gab mir das Testament. Es sei eilig, sagte er.«

»Und weiter?«

»Er machte Andeutungen«, sagte Rasmussen zögernd.

»Welche Andeutungen?«

»Andeutungen, aus denen ich schloss, dass er in irgendwelchen Schwierigkeiten steckt.«

»Was genau hat er gesagt?«

»Er sagte wörtlich: ›Ich bin vielleicht bald nicht mehr da. Aber ich werde es ihnen zeigen. Mit diesem Testament zeige ich es ihnen.‹«

»Ihnen zeigen?«, fragte Christina verwirrt. »Wem?«

»Ich weiß es nicht, Kind. Oh, ich habe natürlich versucht, es herauszufinden. Ich habe ihn immer wieder gefragt, worauf um Himmels willen er hinaus wollte. Aber er hat nichts weiter zu dem Thema gesagt. Es kam mir so vor, als bereute er es, überhaupt davon geredet zu haben.«

»Und weiter?«

»Nichts weiter. Ich merkte bald, dass es keinen Sinn hatte, weiter in ihn zu dringen. Er wollte einfach nicht mit der Sprache heraus, egal, wie ich es anstellte. Also nahm ich den Testamentsentwurf, brachte das Ganze in eine vernünftige, juristisch eindeutige Fassung, und er kam in der darauffolgenden Woche zur Beurkundung. Es schien ihm wichtig zu sein, dass alles auf diese Weise geregelt war. Das ist alles.«

»Und er hat nicht gesagt, warum diese Änderung so wichtig war?«

»Nein. Er hatte offensichtlich Sorgen, aber er sprach nicht darüber. Ich fragte ihn bei der Beurkundung noch einmal, was los war, doch er wich mir wieder aus. Stattdessen stellte er mir eine Menge Fragen zum Verschollenheitsgesetz, speziell zum Verfahren, jemanden für tot erklären zu lassen.«

Christina runzelte die Stirn. »Bezog sich das auf mich?«

»Offensichtlich. Aber er weigerte sich, mir zu sagen, weshalb er das alles wissen wollte. Das war das letzte Mal, dass ich ihn gesehen habe.«

Christina merke, dass es sinnlos war, ihn wegen weiterer Einzelheiten zu bedrängen. Er wusste offensichtlich nicht mehr als das, was er ihr gesagt hatte.

»Was wissen Sie von mir?«, fragte sie ihn.

»Das Nötigste«, sagte er vorsichtig. »Ihr Vater hat mir ... gewisse Einzelheiten erzählt.«

»Welche Einzelheiten?«

»Von früher. Ich weiß in groben Zügen Bescheid.«

»Sagen Sie es mir trotzdem.«

»Na gut. Mit siebzehn verschwanden Sie von hier. Niemand wusste, wohin. Seitdem sind Sie nicht mehr wiedergekommen.«

»Falsch. Ich bin heute wieder gekommen. Wissen Sie, warum ich damals weggegangen bin?«

»Ja«, sagte er sanft.

Sie mied seinen Blick. »Ich will ganz ehrlich sein. Ich bin sicher, dass ich es nicht kann.«

»Was nicht kann?«

»Hier bleiben. So wie mein Vater es sich vorgestellt hatte. Bei Null wieder anfangen. So hat er es sich doch gedacht, oder? Dass ich hier einziehe und vergebe und verzeihe und in Familie mache. Warum sollte er sonst mir ausgerechnet alles hinterlassen?«

»Ich habe keine Ahnung. Ich kenne die Motive Ihres Vaters nicht.«

»Hat er keine Erklärung hinterlassen? Keine persönliche Botschaft?«

»Nichts.«

»Ich verstehe es nicht. Warum ich, warum nicht meine Schwester? Wir beide waren für ihn immer eine Person, wussten Sie das? Er hat uns absolut gleich behandelt. Wir waren ja schließlich identisch. Sind identisch. Bis ins Kleinste. Warum soll also ich alles erben? Warum nicht Martina? Oder mein Bruder?«

»Sie erben nicht alles, nur das meiste«, korrigierte Rasmussen.

»Das sind Haarspaltereien. Wir wissen beide, dass es so gut wie alles ist. Diese Vermächtnisse sind doch nur Trostpflaster. Und warum war es so dringend?« Sie überlegte. »War er krank? Kann es sein, das er es deshalb so eilig hatte?«

»Ich weiß es wirklich nicht.«

»Da er mich als Erbin eingesetzt hat, muss er davon überzeugt gewesen sein, dass ich noch lebe. Wie konnte er sich so sicher sein, dass er nicht alles einer Toten vermachte?«

Rasmussen spreizte in einer Geste der Hilflosigkeit die Hände.

»Vielleicht hatte er einfach nur darauf vertraut. Vielleicht glaubte er, mit dem Testament irgendetwas gut zu machen.«

»Dann hat er sich geirrt. Es gibt nichts gutzumachen. Ich bin neunundzwanzig und lebe seit zwölf Jahren mein eigenes Leben. Ich bin gesund, komme in der Welt herum, und ich habe keine Geldprobleme. Was will ich mehr?«

»Ein Zuhause.«

»Ich bin überall zu Hause, wo meine Kamera ist«, gab sie zurück.

»Sie sind ... »

»Fotografin«, kam sie seiner Frage zuvor. Geistesabwesend sah sie sich in der Küche um. Über dem Herd hing dieselbe blauweiße Biedermeieruhr wie in ihrer Kinderzeit. Auf dem Fensterbrett war, so sorgsam wie früher, eine Sammlung bunt lackierter Emailbecher aufgereiht, und daneben, in der Ecke, stand die rissige Holzkiste mit Kresse. Mit einer ausholenden Geste erfasste Christina ihre Umgebung, das Haus um sich herum. »Alles hier drin ist wie früher. Es ist, als wäre ich nie von hier weggegangen. Hat Vater hier allein gelebt?«

»Ganz allein.«

»Und wo war Jochen?«

»Er war im Internat, danach für drei Jahre in München. Er hat versucht zu studieren, aber es klappte nicht. Er zieht viel herum. Momentan lebt er in Hamburg.«

Sie fragte nicht nach Martina. Sie brachte es nicht fertig.

»Die Haushälterin kommt zweimal die Woche, die Gärtner zweimal im Monat«, fuhr Rasmussen fort.

»Und sonst? War da sonst niemand? Jemand, der meinem Vater etwas bedeutete?«

Er wusste, worauf sie mit ihrer Frage hinauswollte. »Keine ernstzunehmende Beziehung, nein.«

Der Wasserkessel pfiff, und Christina stand auf, um den Tee aufzubrühen. Sie goss die Kanne voll und brachte Teetassen und Zucker zum Tisch. Die angebotene Milch lehnte Rasmussen dankend ab.

»Sie haben mit Jochen und Martina geredet, oder?«

»Heute Nachmittag, nach der Testamentseröffnung«, gab er zu.

»Was haben die beiden gesagt?«

»Nicht viel. Sie wollen mit Ihnen darüber reden.«

»Wenn ich dann noch hier bin.« Christina dachte kurz nach. »Werden die beiden Pflichtteilansprüche geltend machen, wenn ich die Erbschaft annehme?«

»Sie können es nicht. Sie haben vor einigen Jahren den Pflichtverzicht erklärt.«

»Warum?«, fragte Christina überrascht. »Damals gingen doch alle davon aus, dass alle zu gleichen Teilen erben, oder? Warum dann der Pflichtteilsverzicht?«

»Solche Erklärungen sind nichts Ungewöhnliches. Sie lassen dem Erblasser größtmögliche Freiheiten, was die Regelung von Firmennachlässen betrifft. Oft kann nur so verhindert werden, dass ein Betrieb zum Schleuderpreis verkauft werden muss, bloß um Pflichtteilansprüche zu erfüllen. Es ist zudem üblich, dass der Pflichtteilsverzicht gegen Zahlung einer gewissen Summe erklärt wird.«

»Meine Geschwister haben Geld dafür bekommen?«

»Eine beträchtliche Summe. Daneben gab es ein Auseinandersetzungsverbot, das heißt, eine Übereinkunft, wonach Ihre Geschwister sich verpflichteten, im Falle der normalen Erbfolge ihren Anteil an der Firma nicht zu veräußern. Das ist alles ganz normal, wenn ein großer Betrieb auf dem Spiel steht.« Er hob die Hände. »Ihr Vater hat sich bei der Testamentsänderung zweifellos diesen Umstand zunutze gemacht. Ihre Geschwister sind draußen, wie man so schön sagt.«

»Sie können nichts machen?«

»Nicht das Geringste.«

»Vielleicht meinte er das, als er davon sprach, es ihnen zu zeigen.«

»Vielleicht.«

»Mein Bruder hat auf mich den Eindruck gemacht, als würde ihm das gefallen«, stellte Christina fest. »Mir kam es so vor, als wäre er ziemlich pleite.« Durch ein Sieb goss sie Tee in die Tassen.

Rasmussen gab zwei Löffel Zucker in seinen Tee und rührte mit bedächtigen Bewegungen. »Sie haben es richtig erfasst, denke ich.«

»Was ist mit meinem Bruder los? Trinkt er?«

»Soweit ich weiß, ist es drogenabhängig.«

Sie versuchte, sich den schlaksigen dreizehnjährigen Jungen ins Gedächtnis zurückzurufen, als den sie ihn das letzte Mal gesehen hatte. »Seit wann?«

»Es fing schon im Internat an, als er fünfzehn, sechzehn war. Also vor etwa zehn Jahren. Deshalb die Anordnung Ihres Vaters zur Testamentsvollstreckung.«

Christina schob die Fragen, die damit zusammenhingen, beiseite. »Meine Schwester sieht gut aus«, sagte sie langsam.

»Sie ist eine gefragte Designerin. Ein Modehaus in Paris und eines hier in Düsseldorf. Jedes Jahr neue Kollektionen. Nach dem, was ich gehört habe, steht sie davor zu expandieren. Sie plant eine Filiale in London, ihre bisher größte.«

»Braucht sie dafür Geld? Hat sie mit der Erbschaft gerechnet?«

»Ich weiß es nicht. Ich weiß nur, dass man immer Geld brauchen kann, egal, wie viel man hat.«

Christina schob ihre Tasse hin und her. »Es sieht so aus, als ob …« Sie stockte und fuhr unbeholfen fort: »Es scheint ihr wirklich nicht schlecht zu gehen.«

Er erfasste die Unsicherheit hinter ihren Worten. Im Licht der altmodischen Pendellampe über dem Tisch wirkte ihr gelocktes dunkelrotes Haar fast schwarz. Schatten lagen unter ihren Augen und ließen das Gesicht noch schmaler aussehen. Der unförmige grob gestrickte Pullover betonte die Zerbrechlichkeit ihrer Handgelenke und den zarten Hals. Rasmussen hatte sie schon als kleines Mädchen gekannt, ebenso wie ihre Schwester, die vor zwölf Jahren das Leben dieser Familie zerstört hatte. Er seufzte innerlich und trank einen Schluck Tee, um Zeit zu gewinnen für seine nächsten Worte, auf die sie, wie er wusste, die ganze Zeit gewartet hatte, ihr ganzer Körper war starr vor Anspannung wegen dieser einen unausgesprochenen Frage.

»Sie sind nicht mehr verheiratet.«

Christinas Finger an der Teetasse zitterten, ließen den Porzellanboden gegen die Untertasse klirren. Sie zog rasch die Hand zurück und legte sie in den Schoß, umklammerte sie dort mit ihrer anderen Hand, presste und rieb sie, als hätte sie sich verbrannt. Sie konnte nichts erwidern.

Rasmussen trank seine Tasse leer und wartete.

Schließlich fragte sie leise: »Und das ... Kind?«

»Es waren Zwillinge. Zwei Mädchen. Sie starben wenige Stunden nach der Geburt. Es war der Tag, an dem Ihre Schwester achtzehn wurde. Eine entsetzliche Tragödie.«

Christina schloss die Augen.

»Noch im selben Jahr war die Scheidung«, sagte der Anwalt. Er hüstelte und fuhr fort: »Sie fragen sicher, weil die beiden bei der Beerdigung unter einem Schirm standen, nicht? Nun, sie hatten sich zufällig ein paar Minuten vorher getroffen, am Grab ihrer kleinen Töchter.«

Christina wartete darauf, dass sich das Triumphgefühl einstellte, das sie bei diesen Worten hätte empfinden müssen, so, wie sie es sich jahrelang in zahllosen Träumen ausgemalt hatte. Doch es kam nicht. Stattdessen empfand sie eine quälende Leere.

»Sie wollten das doch wissen, oder?«

Sie öffnete die Augen und blickte Rasmussen an. »Sieht man mir so deutlich an, was ich denke?«

»Jeder, der sich die Mühe macht hinzusehen, kann in Ihnen lesen wie in einem offenen Buch, Kind.«

»Die zwölf Jahre waren nicht genug. Ich hatte gedacht, es würde reichen. Ich konnte wieder an damals denken, und nichts tat mehr weh. Deshalb bin ich gekommen, als ich von seinem Tod in der Zeitung las. Ich glaubte, stark genug zu sein. Kein Problem, dachte ich. Nur kurz zur Beerdigung und dann wieder weg. Eine Art Probe, wissen Sie. Ich wollte mir die Antwort auf die große Frage holen: Habe ich es überwunden? Nun, die Antwort lautet nein. Ich wäre besser weggeblieben. Die Zeit hat nicht ausgereicht, es zu überwinden.«

»Ein ganzes Leben würde dafür nicht ausreichen. Lassen Sie sich das von einem alten Mann sagen, der viel gesehen hat. Glauben Sie mir, es ist sinnlos, vor etwas davonzulaufen, das immer bei einem ist. Böse Erinnerungen sind wie Schatten. Man hat sie immer bei sich, egal, wie schnell man wegläuft.«

»Was soll jetzt werden?«, fragte sie, und ihre Stimme klang verloren wie die eines kleinen Mädchens. Rasmussen zuckte die Achseln. Er hätte ihr sagen können, dass es für sie an der Zeit war, sich den Erinnerungen zu stellen. Den Kampf mit ihnen aufzunehmen. Doch er tat es nicht. Der dünne goldene Rand seiner Brille blitze im Licht der Küchenlampe auf, als er sich vorbeugte und Christinas Hand ergriff. Er merkte, wie kalt ihre Finger waren, als er sie mit den seinen umschloss. »Denken Sie in Ruhe über alles nach. Irgendetwas hat Ihr Vater sich dabei gedacht, als er alles Ihnen hinterließ. Weglaufen können Sie immer noch. Von Ihrer Entscheidung hängt viel ab, und damit meine ich nicht Ihren Bruder oder Ihre Schwester.«

»Die Firma?«

»Ganz recht. Die Firma. Sie ist ziemlich gewachsen, seit Sie weggegangen sind. Außer der Hauptniederlassung hier in Düsseldorf gibt es inzwischen drei Zweigstellen, eine in Bremen, eine in den Niederlanden und eine in der Nähe von Frankfurt. Dazu eine Forschungsstation für landwirtschaftliche Produkte. Die Firma beschäftigt inzwischen bundesweit fast dreihundert Mitarbeiter. Das bedeutet Verantwortung.«

»Die ich jetzt trage.«

»Mittrage«, verbesserte Rasmussen. »Bevor Sie sich entscheiden, was mit Ihren Anteilen geschehen soll, sollten Sie mit den beiden anderen Gesellschaftern reden. Vielleicht findet sich eine Lösung, die für alle Beteiligten sinnvoll ist. Wenn rechtliche Fragen auftauchen, stehe ich zu Ihrer Verfügung.«

Thomas, dachte sie. Thomas wusste mehr als Rasmussen. Was hatte er ihr heute Nachmittag sagen wollen?

Sie versprach Rasmussen, über alles nachzudenken, bevor er ging. Die langen Schatten um das Haus waren der Dunkelheit gewichen, als sie ihn an der Haustür verabschiedete. Etwas verloren blieb sie im Vestibül stehen. Die Einsamkeit des Hauses war fast mit Händen greifbar. Sie versuchte, sich ihren Vater vorzustellen, etwas, was sie viele Jahre nicht getan hatte. Manchmal hatte sie von ihm geträumt, ihn vor sich gesehen. Ein großer, schwarzbärtiger Mann, dem es schwerfiel, seine Gefühle zu zeigen. Wenn er es doch einmal tat, war es stets wie ein kostbares Geschenk gewesen. Sein seltenes Lächeln ließ für Christina die Sonne aufgehen, und das Herz wurde ihr weit, wenn er sie lobte. Nicht nur ihr, verbesserte sich Christina sogleich in Gedanken. Für ihre Schwester galt dasselbe.

Martina. Wo sie jetzt wohl sein mochte? Irgendwo in der Stadt, in einem Hotel abgestiegen, wie sie selbst? Oder bei Thomas Severin? Die beiden hatten während der Beerdigung nicht gerade den Eindruck hervorgerufen, als seien sie verfeindet.

Christina verdrängte den Gedanken an Thomas. Sie ging in den Salon, der trotz des warmen Lichts, das der Kronleuchter verbreitete, seltsam steril wirkte, ebenso verlassen wie der Rest des Hauses. Der Garten vor den bis zum Boden reichenden Fenstern war dunkel, und ohne nachzudenken, ging Christina hinüber, um die Läden zu schließen. Anschließend blieb sie nachdenklich stehen.

Ich kann nicht bleiben, dachte sie, ich kann es nicht.

Jetzt erst sah sie sich um und stellte fest, dass auch hier alles so war wie früher. Die Chippendalesessel um den niedrigen Glastisch, dessen hölzerne Füße die Form geschnitzter Löwenköpfe hatten. Der gemauerte Kamin, auf dessen Sims die silber gerahmten Fotografien einer glücklichen Familie aufgereiht waren, Fotos, von denen keines jünger als zwölf Jahre war. In der Mitte das Hochzeitsbild ihrer Eltern. Ingrid, ihre Mutter, eine feenhafte, hübsche, rothaarige Braut im schneeweißen bodenlangen Spitzenkleid, die perlenbestickte Schleppe über dem Arm drapiert. Neben ihr der stolze Bräutigam, schwarzbärtig, im dunklen Cut.

Rechts und links von dem Hochzeitsbild standen Fotos von Martina und Christina als Babys, dann als Erstklässler, Hand in Hand auf dem Schulhof, bunte Schultüten im Arm und zahnlückig in die Kamera lächelnd. Daneben ein Bild, auf dem ebenfalls die Zwillinge zu sehen waren, im Alter von acht Jahren, als niedliche

Kommunionkinder mit schwingenden Petticoats, Lackschuhen und auf den Lockenköpfen weiße Seidenblüten. Versetzt zu diesen Bildern standen zwei Fotos von Jochen, eines, das ihn als Baby auf einem Fell zeigte, ein anderes, auf dem er im Fußballdress zu sehen war. In der Reihe dahinter waren weitere Fotos aufgereiht, von denen eines kurz vor dem Tod ihrer Mutter aufgenommen worden war. Christina und Martina als Kindergartenkinder, die den schweren Leib ihrer Mutter flankierten. Drei Wochen nach der Aufnahme war sie bei der Niederkunft gestorben. Sie hatte einen kleinen Jungen zurückgelassen und eine Welt voll Tränen.

Christina wandte die brennenden Augen von dem Bild ab. Ihre Blicke irrten umher, fanden schließlich zurück zum Kamin. Ein säuberlich aufgeschichteter Stapel Buchenscheite lag unter dem Rauchfang, als solle jemand an diesem Abend noch ein Feuer anzünden. Zu beiden Seiten des Kamins hingen Gemälde, einige Ölbilder aus der Zeit der Jahrhundertwende. Es waren jedoch nicht so viele wie früher, und Christina erkannte auf einen Blick, dass die wertvollsten Stücke, die ihr Vater in seinem Testament aufgeführt hatte, entfernt worden waren. Bei näherem Hinsehen erkannte sie die helleren Stellen an den Holzpaneelen, wo sie gehangen haben mussten. Auch der Safe neben dem Kamin, sonst immer von einem Gemälde verdeckt, war zu sehen. Die Vitrine in der Ecke des Raumes war ebenfalls nahezu leer. Christina erinnerte sich, dass Fayencen darin gestanden hatten. Rasmussen hatte zweifellos dafür gesorgt, dass alles abgeholt und an einen sicheren Ort gebracht worden war.

Eine in den Raum ragende Regalwand, zum Bersten voll mit wissenschaftlichen Büchern, trennte den Wohnbereich des Salons vom Arbeitszimmer ihres Vaters, Christina ging zögernd auf den ausladenden, wurmstichigen Walnussschreibtisch zu, an dem schon ihr Urgroßvater gearbeitet hatte. Ein leichter Geruch von Pfeifentabak hing in der Luft, und Christina sah den Aschenbecher mit der geschwärzten Pfeife auf dem Schreibtisch, daneben das Päckchen mit dem Tabak und das Pfeifenbesteck. Der Anblick rief ihr schlagartig das Bild ihres Vaters ins Gedächtnis, wie er an seinem Schreibtisch saß, Pfeife rauchte, nachdachte und schrieb. In ihrer Jugend hatte sie ihrem Vater nahe genug gestanden, um sich einzugestehen, dass die nagende Leere in ihrem Inneren Trauer war. Trauer und Bedauern darüber, dass sie ihn damals ohne zu zögern aus ihrem Leben gestrichen hatte, obwohl er an dem, was ihr angetan worden war, sicher die geringste Schuld trug. Warum, Vater, dachte sie mit aufkommender Verzweiflung. Warum hast du das getan? Wie konntest du so sicher sein, dass ich noch lebe? Dass ich herkomme?

Christina betrachtete grübelnd den Schreibtisch. Neben dem Tintenfass lag der Füllhalter, ein altes Modell aus einer Serie, die schon lange nicht mehr hergestellt wurde. Christina erinnerte sich genau an das leise Kratzen der Goldfeder auf dem Papier, wenn ihr Vater, dicht über seine Arbeitsmappen gebeugt, in seiner strengen, etwas ungelenken Schrift seine Forschungsergebnisse für eine seiner zahlreichen wissenschaftlichen Veröffentlichungen aufbereitete und zusammenfasste. Fast glaubte sie, seine Stimme zu hören, seine Brille im Licht der Schreibtischlampe aufblitzen zu sehen, wenn er sie über die Schulter mit einer Mischung aus Ungeduld und liebevoller Nachsicht anschaute und sie bat, mit ihrem Anliegen bis zum Abend zu warten, bevor er sich mit einem erleichterten Seufzer wieder seiner Arbeit zuwandte.

Christina blinzelte, um das Bild deutlicher werden zu lassen, doch es gelang ihr nicht. Etwas stimmte nicht daran, und das spiegelnde Holz des Schreibtisches brachte ihr zu Bewusstsein, was es war. Die Mahagoniplatte war anders als früher nicht überladen mit Büchern und eng bekritzelten Seiten, sondern nahezu leer. Außer den üblichen Utensilien wie Brieföffner, Füllhalter, Löschstempel und Schere lagen nur einige Bücher dort, aber keine Notizen. Christina runzelte die Stirn. Sie konnte sich nicht vorstellen, dass Thekla eigenmächtig die Papiere weggeräumt hatte. Rasmussen? Nein, sicher nicht.

Christina sah, dass neben dem Schreibtisch ein Computerbeistelltisch mit einer kompletten PC-Ausrüstung stand. Wahrscheinlich lag hier der Grund dafür, dass der Schreibtisch nicht mehr von Notizen überquoll.

Christina setzte sich auf den Ledersessel, dessen schwaches Quietschen wie eine vertraute Melodie in ihren Ohren klang.

Aus einem Impuls heraus schaltete sie PC und Bildschirm ein, doch sie kam nicht weit. Für das Starten der Programme war ein Passwort erforderlich.

Sie schaltete das Gerät aus und stand auf, um zur Tür zu gehen. In der Mitte des Salons erstarrte sie und hielt den Atem an. Ihren Ohren hatte sie nicht getrogen. Aus dem Vestibül klangen Schritte, dann Stimmen, zuerst die eines Mannes, dann einer Frau. Die Stimme der Frau hätte Christina unter Tausenden wiedererkannt. Im nächsten Augenblick sah sie sich Martina gegenüber, die sprachlos in der Tür des Salons stehen blieb.

»Himmel, hast du mir einen Schreck eingejagt!«, rief Martina. »Was hast du hier zu suchen?«

»Nichts Besonderes. Ich sehe mich nur um. Und du?«

»Ich auch.« Martina kam näher. Hinter ihr betrat von Schütz den Raum. Christina sah, dass er ebenso groß war wie Martina. Er trug einen gutgeschnittenen grauen Trenchcoat. Nässe glitzerte in seinen kurzen dunklen Haaren. Anscheinend hatte es wieder zu regnen begonnen.

»Mach mich bekannt«, sagte er zu Martina.

Martina zuckte die Schultern. Mit dem Zeigefinger die Holzpaneele entlangstreifend, betrachtete sie die Wand. »Man sieht doch, wer sie ist, oder? Aber bitte. Crissi, das ist Jakob von Schütz, Vaters Kompagnon. Jakob, meine Schwester Christina. Meine Zwillingsschwester.«

»Freut mich.« Von Schütz reichte Christina die Hand. »Sie waren heute Nachmittag so schnell verschwunden, dass wir uns nicht mehr unterhalten konnten.«

»Ich … ich musste das alles erst mal verdauen. Allein.«

»Natürlich.« Von Schütz lächelte, und wie schon am Nachmittag in der Kanzlei ließ ihn dieses Lächeln verwirrend attraktiv wirken.

»Hast du dir schon überlegt, ob du die Erbschaft annehmen willst?« Martina hatte sich zu ihr umgedreht und blickte sie fragend an. »Immerhin hattest du den ganzen Nachmittag Zeit, darüber nachzudenken.«

»Ich bin bisher noch zu keinem Ergebnis gekommen. Außerdem muss ich nicht die Annahme, sondern die Ausschlagung erklären. Solange ich das nicht mache, gilt das Testament als angenommen. Jedenfalls hat Rasmussen mir das so erklärt.« Christina registrierte, dass Martina normale Freizeitkleidung trug, die ihrer eigenen ähnelte. Der Pullover war aus demselben groben Seidenstrick wie ihr eigener, nur eine Farbschattierung dunkler.

Martina zog die Brauen hoch und lächelte, auf eine spöttische, wissende Art, die Christina klar machte, dass ihrer Schwester die Musterung nicht entgangen war, und sie begriff, dass Martina diese Kleidung absichtlich gewählt hatte. Auch ihr Haar war heute Abend auf dieselbe Weise frisiert wie ihr eigenes. Die dunkelroten Locken waren zurückgebürstet und wellten sich in malerischer Unordnung bis auf die Schultern.

Christina erfasste instinktiv, was in ihrer Schwester vorging, obwohl Martinas Miene nichts als Gelassenheit zeigte. Hinter diesem Ausdruck sorglosen Gleichmuts erkannte Christina widerstreitende Empfindungen. Angst, an Verzweiflung grenzende Trostlosigkeit – und einen Funken Hoffnung, dass die tiefen Wunden aus der Vergangenheit geheilt sein könnten. All das war überlagert von Vorsicht, Misstrauen und kaum verborgener Aggressivität.

»Warum bist du hergekommen?«, fragte Christina.

»Dasselbe könnte ich dich fragen. Und mit mehr Berechtigung, möchte ich meinen. Schließlich bist du zwölf Jahre nicht da gewesen.« Sie wandte sich zu von Schütz um und legte eine Hand auf seine Schulter. »Was meinst du dazu, Jakob?«

Von Schütz antwortete nicht. Christina glaubte zu sehen, dass er unmerklich den Kopf schüttelte. »Warum bist du hier?«, fragte sie erneut.

»Ich will dir beileibe nicht dein Erbe streitig machen, falls du das befürchten solltest. Allerdings habe ich nichts gegen ein paar hübsche Bilder und Fayencen. Immerhin etwas, was mir von Vater bleibt. Ich wollte mal nachsehen, ob alles an Ort und Stelle ist.«

Martina blickte bezeichnend auf die leere Vitrine.

Sie lügt, dachte Christina sofort.

Martina hob das Kinn und lächelte herausfordernd.

Sehe ich wirklich so aus?, fragte sich Christina unwillkürlich. So grazil und elegant, auf diese kühle, unnahbare Weise schön?

Wie schon auf dem Friedhof und in der Kanzlei überkam sie beim Anblick ihrer Schwester ein Schmerz, der weit tiefer ging als die Verlustgefühle, die sie vorhin empfunden hatte, als sie vor dem Schreibtisch ihres Vaters gestanden hatte. Sie räusperte sich und zwang sich zu einer Entgegnung. »Rasmussen hat die Wertgegenstände abholen lassen und in amtliche Verwahrung gegeben. Du solltest ihn danach fragen.«

In ihrem Inneren zog sich etwas zusammen, als Martina ihre Hand von der Schulter des Mannes nahm und auf sie zukam. Dicht vor Christina blieb sie stehen und sah sie eindringlich an. »Ich sehe, wie du mich anschaust. Du hast es nicht vergessen, oder? Wie es war, wenn wir einander anschauten. Du und ich, das gab es gar nicht. Das waren bloß Wörter für einen einzigen Menschen in einer besonderen Form. Wir brauchten keinen Spiegel. Weißt du, was du mir angetan hast?« Ihre Stimme hob sich, wurde anklagend. Die Anwesenheit des Mannes schien sie nicht zu interessieren. Sie nahm ihn nicht einmal wahr. »Ich musste lernen, mit einem Spiegel zu leben. Ich habe hineingeschaut und fühlte mich krank. Nein, das ist nicht richtig. Es war so, als wäre ich tot. Als wäre ein Teil von mir gestorben. Was hast du uns nur angetan?«

Was hast du mir angetan!, wollte Christina schreien, doch ihre fest zusammengepressten Lippen öffneten sich nicht.

»Crissi«, flüsterte Martina, und jetzt fiel die Maske ihres Gleichmutes von ihrem Gesicht. Ihre Züge offenbarten unaussprechliches Elend. Sie hob eine Hand, die Handfläche Christina zugewandt, wie eine stumme Aufforderung.

Christina schüttelte den Kopf. »Ich muss wieder weg. Ich reise heute Abend noch ab.« Die Worte kamen wie bösartige, giftige Insekten aus ihrem Mund, bevor Christina sie zurückhalten konnte. In Wahrheit hatte sie beschlossen, erst morgen zu fliegen. Sie wusste selbst nicht, warum sie das gesagt hatte.

Doch, sie wusste es. Sie wollte Martina wehtun.

Martina ließ die offene Hand langsam sinken und starrte sie an. Hilflos erwiderte Christina ihren Blick.

»Komm«, sagte von Schütz sanft und ergriff Martinas Arm, um sie zur Tür zu ziehen. Über die Schulter sagte er zu Christina: »Ich hoffe, sie denken noch einmal über Ihre geplante Abreise nach. Wir müssten dringend über die Zukunft der Firma sprechen. Übrigens – ich möchte Ihnen noch mein Beileid aussprechen. Ihr Vater war ein großartiger Mensch und Wissenschaftler.«

Christina blieb unbeweglich stehen, bis sie die Haustüre ins Schloss fallen hörte. Ihr Herz klopfte ungewohnt schnell.

4. Kapitel

Nach dem Aufbruch ihrer Schwester verfiel Christina in eine schwermütige Stimmung, die durch die vertraute Atmosphäre des Hauses verstärkt wurde. Wie schon bei ihrer Ankunft stürmten Bilder auf sie ein, und sie glaubte, jeden Moment müsste ihr Vater von der Arbeit nach Hause kommen, oder sie sah Martina durch die Tür kommen in einem schicken neuen Kleid. »Wie findest du es, Crissi? Hab ich heute für uns ausgesucht!«

Einer spontanen Laune folgend, kehrte Christina nicht ins Hotel zurück, sondern übernachtete in der Villa. Sie stieg die Treppe hoch in den ersten Stock und ging in ihr altes Zimmer, wo sie alles so fand, wie sie es damals verlassen hatte. Auf dem kleinen Rattansofa in der Ecke die kostbare, in vergilbte Spitzen gekleidete Puppe mit den rosa angemalten Porzellanwangen, ein Erbstück ihrer Urgroßmutter, Gegenstück zu einer ähnlichen Puppe, die Martina besaß. Der verschnörkelte Rokokospiegel, ein anderes Erbstück. Die abgewetzte Schreibunterlage auf dem Schreibtisch, die japanische Wandlampe darüber. Der leicht angegraute, aber saubere Hirtenteppich vor dem schmalen Jungmädchenbett. Auf dem Nachttisch das Telefon in Gestalt einer lachenden Mickymaus. Im Schrank, ganz hinten unter einem Stapel Pullover, fand sie den Pappkarton mit Zeugnissen, Tagebüchern, Foto- und Poesiealben. Staub stieg auf, als sie einen der schmalen Bände öffnete. Der Eintrag auf der ersten Seite war derselbe wie in Martinas Poesiealbum. Es waren keine Worte. Zwischen ihnen waren nie Worte nötig gewesen. Sie hatten ihre Verbundenheit mit einem Zeichen dokumentiert, zugleich eine unwiderlegbarer Beweis dafür, dass sie körperlich identisch waren. Es war der Abdruck einer rechten Hand. Einer achtjährigen Mädchenhand, sorgsam mit einem Stempelkissen geschwärzt und auf das Papier gepresst. Sie hatten Stunden gebraucht, um die Farbe wieder abzuschrubben, doch dafür hatten sie einen besonders deutlichen, klar umrissenen Abdruck, jede auf der ersten Seite ihres Poesiealbums. Identisch in jeder Beziehung, bis in die letzte Linie, die letzte Furche. Beleg der genetischen Duplizität. So dachten sie damals zumindest. Viel später, vor wenigen Jahren erst, hatte Christina dann irgendwo gelesen, dass die Fingerabdrücke eineiiger Zwillinge nicht zwangsläufig identisch waren, sondern sich, ebenso wie die Zähne, bei entsprechend unterschiedlichen Umwelteinflüssen voneinander abweichend entwickeln konnten. Christina schloss die Augen und presste ihre Handfläche auf den Abdruck. Sie versuchte, das flüchtige Empfinden von Wärme und Vertrautheit zu ignorieren, aber je länger ihre Hand mit der kleineren Hand aus Papier verbunden blieb, desto schwerer fiel es ihr, die aufkommenden Gefühle zurückzudrängen. Schließlich legte sie das Album zurück, deckte die Schachtel wieder sorgsam mit den Pullovern zu und versuchte erneut, Ricky anzurufen.

Entgegen seiner gewohnten unbeschwerten Art hatte er beim Abschied sehr ernst gewirkt. Er hatte versucht, sie zurückzuhalten. »Lass nicht zu, dass sie dich wieder verletzt, Christina. Tu es dir nicht an. Bleib hier.«

»Er war mein Vater, Ricky. Ich bin ihm das schuldig.« Es hatte in ihren eigenen Ohren nicht überzeugend geklungen. Wie konnte man jemandem, der tot war, etwas schuldig sein? Sie war seine Tochter, und er hatte es nicht verdient, zu einer Jugenderinnerung degradiert zu werden, doch genau das hatte sie ihm angetan.

»Du kannst nicht wieder gut machen, dass du ihn aus deinem Leben gestrichen hast, Christina. Er ist tot und wird bestimmt nicht merken, wer an seinem Grab steht.«

Richard hatte natürlich Recht gehabt, als er ihr das vorgehalten hatte, doch das, was er wirklich sagen wollte, blieb unausgesprochen, denn Christina wusste ebenso gut wie er, warum sie nach Deutschland flog. Sie musste das tun, was sie längst hätte tun sollen. In Wahrheit ging es gar nicht um ihren Vater. Sein Tod war nur das Zeichen zum Aufbruch gewesen.

Christina tippte mit zunehmender Ungeduld Richards Telefonnummer in die Tastatur des Mickeymaustelefons. Erst nach wiederholtem Besetztzeichen kam sie durch. Das Rufzeichen klang schwach, unterbrochen durch atmosphärische Störgeräusche. Als er sich meldete, klang seine Stimme weit entfernt, aber deutlich.

»Ricky, ich bin´s.«

»Christina? Wie geht es dir?«

Sie lächelte. Für ihn war immer wichtig, wie sie sich fühlte. Meist wusste er es, auch ohne zu fragen. Zumindest immer dann, wenn sie ein paar Wochen zusammengewesen waren und er sich wieder an die Signale ihres Körpers und ihrer Blicke gewöhnt hatte.

»Ich bin in Ordnung.«

Er glaubte ihr nicht und machte keinen Hehl daraus. »Lüg mich nicht an. Wo steckst du? Im Hotel bist du nicht, ich hab´s ein Dutzend Mal versucht. Gerade eben erst wieder.«

»Ich bin zu Hause.« Das Wort kam merkwürdig steif und falsch über ihre Lippen.

»Ich dachte mir so etwas. Hast du sie gesehen?«

Sie wusste, wen er meinte. »Ja.«

»Warum sitzt du dann noch nicht im Flugzeug?«

»Ich weiß es nicht«, sagte sie ehrlich. »Ich kann es dir nicht sagen. Heute Abend war ich fest entschlossen. Ich hatte schon den Telefonhörer in der Hand, um mir ein Taxi zu rufen.«

»Wieso bist du überhaupt noch in Deutschland? Die Beerdigung war doch heute Morgen.«

»Ich war zur Testamentseröffnung. Vater hat alles mir hinterlassen. Er hat meine Geschwister enterbt.«

Richard verdaute das einige Sekunden lang. »Er hatte ein schlechtes Gewissen, wegen damals«, sagte er schließlich langsam.

»Nein. Er hat erst vor drei Wochen das Testament geändert. Ricky ...« Sie zögerte, überlegte, ob sie ihm unnötig Sorgen bereiten sollte, doch dann sprach sie weiter. »Irgendetwas stimmt an der ganzen Sache nicht.«

»Wie meinst du das?«

»Ich weiß nicht recht. Es gibt Ungereimtheiten, was dieses Testament betrifft. Die Umstände, unter denen es zustande gekommen ist. Ich weiß selbst nicht allzu viel, nicht mehr, als Vaters Anwalt mir erzählt hat.«

»Nimm deinen Koffer, und setz dich in den nächsten Flieger nach Male. Ich rieche bis hierher, das irgendetwas an der Sache oberfaul ist. Du solltest auf der Stelle herkommen. Überlege dir von hier aus, was du mit der Erbschaft machst.«

Sie antwortete nicht.

»Christina?«

»Ja.«

»Komm zurück.«

»Noch nicht. Ich muss noch mit jemandem reden.«

»Mit wem?«

»Ich ...«

»Mit wem willst du reden?«

»Mit ...« Sie verstummte.

»Mit ihm? Er ist auch da, oder?«

Wieder schwieg sie.

»Christina«, drängte er.

»Ja«, schrie sie ins Telefon, »ja, verdammt, er ist auch da!« Sofort tat es ihr Leid. »Hör mal«, lenkte sie ein, »es ist nicht so, dass ich das nicht hinkriege. Wirklich, ich verkrafte alles wunderbar. Viel besser, als ich dachte.«

»Mach mir nichts vor. Wir reden morgen.« Es klickte in der Leitung.

»Ricky?«, fragte sie, doch er hatte aufgelegt. Sie fragte sich, was er damit gemeint hatte. Wir reden morgen ... Ob er glaubte, sie würde doch in das nächste Flugzeug steigen?

Was Richard betraf, so war ihr bereits während des Fluges klar geworden, dass sie eine Entscheidung treffen musste. Zum Abschied hatte er ihre stillschweigende Abmachung gebrochen und sie in seine Arme gezogen. Die Leidenschaft, mit der er sie geküsst hatte, war wild, fast brutal gewesen, völlig anders als die Zärtlichkeit, die sie von ihm kannte. Christina hatte den Kuss beinahe als Kampfansage empfunden. Richard würde nicht zulassen, dass sie wieder aus seinem Leben verschwand. Sie versuchte, sich sein Gesicht vor Augen zu rufen, doch seine Züge blieben merkwürdig verschwommen. Stattdessen tauchte ein anderes Gesicht vor ihr auf. Sie sah es in allen Einzelheiten. Das kantige Kinn mit der gezackten Narbe. Das ungebärdige helle Haar über der Stirn. Das einseitige kleine Lächeln.

Ricky, dachte sie verzweifelt, doch es wollte sich kein Bild von ihm einstellen.

Christina merkte, dass sie die ganze Zeit den Telefonhörer umklammert hatte. Ihre Knöchel waren weiß, ihre Finger schmerzten. Sie warf den Hörer auf die Gabel und ging zum Fenster. Ohne etwas zu sehen, starrte sie ins nächtliche Dunkel. Irgendwann zog sie sich aus, holte eines ihrer alten, gerüschten Mädchennachthemden aus dem Schrank und ging ins Bad. Sie fand eine unbenutzte Zahnbürste und frische Handtücher. Die Sachen ihres Vaters waren nicht mehr da. Sie wusch sich, putzte sich die Zähne und ging ins Bett. Das Laken und die Kissenbezüge rochen nach Blüten. Thekla hatte anscheinend in weiser Voraussicht für frische Bettwäsche gesorgt. Ob auch Martinas Bett frisch bezogen war? Und ob auch in ihrem Zimmer die alte Kiste noch im Schrank stand, mit einem hübschen kleinen Poesiealbum, auf der ersten Seite eine schmale Mädchenhand? Die Versuchung, wieder aufzustehen, auf den dunklen Gang hinauszutreten, die benachbarte Tür aufzustoßen und nachzusehen, war einen Moment lang fast unwiderstehlich.

Doch die Dunkelheit, die sie umgab, war vollständig, und die Träume waren verlockend nah.

Die Gäste lagen und saßen auf der Terrasse des reetgedeckten Hauses, tranken Champagner, aßen gebeizten Lachs und redeten. Einige tanzten, berauscht von der Musik, vom Champagner, der lauen Nachtluft und dem Bewusstsein, jung und schön zu sein. Zwei Pärchen waren bereits im Haus verschwunden, ein anderes zum Strand hinuntergegangen. Es war der siebzehnte Geburtstag der Zwillinge, der erste, den sie im Ferienhaus auf Sylt feierten. Ihr Vater war bereits am Vorabend mit Jochen auf eine Festlandtour aufgebrochen und hatte seinen Töchtern für die Feier freie Hand gelassen. Diesmal gab es keine Lampions, sondern Kerzenfackeln, die in den Rasen gesteckt worden waren, und statt Kinderpopmusik dröhnte Hardrock aus den Lautsprechern. Die Geburtstagskinder, einander wie immer zum Verwechseln ähnlich, trugen bunte, gewagt geschnittene Strandkleider aus leuchtender Seide und dazu die neuen Brillantkolliers, Geburtstagsgeschenke ihres Vaters.

Christina und Martina standen ein wenig abseits, bei der Mauer, die das Anwesen gegen neugierige Blicke schützte. Die Musik, im Wohnzimmer des Hauses zu voller Lautstärke aufgedreht, klang trotz der weit geöffneten Terrassentüren nur gedämpft herüber. Auf der Terrasse waren eine Getränkebar und ein Grill aufgebaut. Ein leichter Wind trieb den Geruch nach Fleisch und scharfen Gewürzen über das Grundstück. Vom Meer, nur wenige Hundert Meter vom Haus entfernt, drang schwach das Rauschen der Brandung zu ihnen.

Martina seufzte. »Diese Nacht ist wundervoll.«

Christina antwortete nicht.

»Findest du nicht?«, drängte Martina.

Christina hörte den halb ängstlichen, halb aggressiven Unterton. »Natürlich«, sagte sie ohne rechte Überzeugung.

Martina berührte in der Dunkelheit ihre Hand. »Ich weiß, es ist falsch, das sie solche Sachen mitgebracht haben. Aber wir können sie ihnen doch schlecht abnehmen, oder?«

Wieder gab Christina keine Antwort.

»Es ist gar nicht der Koks. Dir passt was ganz anderes nicht. Du magst es nicht, dass ich mich für Tony interessiere«, hielt Martina ihr vor. »Dir gefällt nicht, dass er und ich ...«

»Er hat schon wieder was mitgebracht«, fiel Christina ihr ins Wort. »Und er nimmt es auch, andauernd schnieft er, merkst du das nicht?«

»Das ist nicht der Grund, gib es zu.«

Christina biss sich auf die Lippen. Martina hatte Recht. Es war nicht der Grund.

»Gib es zu«, beharrte Martina.

»Lass mich in Ruhe.«

»Bitte ... Christina ... Er ist doch nur ein Junge! Irgendwann muss es doch sein, oder?«

Nein!, schrie Christina innerlich. Sie wollte die Vorwürfe hervorstoßen, die ihr auf der Zunge lagen, Worte über Verrat und Treulosigkeit, doch sie kamen nicht heraus. Im Grunde wusste sie, dass ihre Schwester Recht hatte. Sie waren siebzehn, und die Zeit war gekommen. Doch die Erkenntnis änderte nichts an dem Schmerz, der sie aufwühlte. Sie nahm ihr nichts von ihrer Angst.

Wie immer kannte Martina ihre Gedanken. »Ich würde dich niemals verlassen, das weißt du doch?« Martinas sanfte Stimme traf flüsternd ihr Ohr, warmer Champagneratem streifte ihren Hals. »Er bedeutet nichts. Gar nichts. Du und ich, wir bleiben immer zusammen, egal, was geschieht!«

Christina riss sich los, rannte einige Meter weg, stemmte sich unbeholfen auf die schulterhohe Mauer, sprang auf der gegenüberliegenden Seite hinab und lief zum Meer.

Nach einer Weile verlangsamte sie ihre Schritte. Halb erwartete sie, dass Martina ihr folgte, doch sie tat es nicht. Ein Blick zurück zur schwach erhellten Terrasse zeigte Christina, dass die Mauer jetzt verlassen dalag. Martina war zurück zu ihren Gästen gegangen, vielleicht auch zu Tony. Tony mit dem Piratenlächeln und dem Brillantohrring. Tony mit dem vom Surfen und vom Hanteltraining gestählten jungen Körper. Tony und Martina am Strand, nachts in den Dünen. Sand auf heißer Haut und Koks in kleinen Beuteln. Christina hatte die beiden gesehen, letzte Nacht. Sie hatte sie gehört. Geräusche der Lust und des Verrats. Nur ein paar Stunden, nachdem ihr Vater und Jochen gestern Abend weggefahren waren. »Viel Vergnügen, Mädels!«, hatte er ihnen zum Abschied aus dem offenen Wagenfenster nachgerufen.

Christina lief ziellos am Strand entlang. Der Sand unter ihren nackten Füssen war so warm, ebenso wie das Wasser, das ihre Zehen überspülte. Der laue Wind traf ihr emporgewandtes Gesicht. Am Himmel glitzerten Myriaden von Sternen. Direkt erkannte sie die Leier, den Drachen und den Kleinen Wagen, schräg darunter Corona Borealis. Ihr Lieblingslehrer war Hobbyastronom und hatte ihr und Martina bereits vor Jahren die markanten Sternbilder der nördlichen Hemisphäre gezeigt und erklärt.

Sie blieb stehen, angerührt von der seltsamen kalten Schönheit des Himmels, und sie wünschte sich, diesen Anblick festhalten zu können, ihn in sich einzuschließen und mitzunehmen, wohin immer sie auch ging.

Lange verharrte sie so, die Füße in den Wellen, die Augen sehnsüchtig den Sternen zugewandt. Als sie sich schließlich widerstrebend losriss, um den Heimweg anzutreten, ließen sie leise Gitarrenklänge innehalten. Irgend jemand war dort hinter der nächsten Düne und spielte, eine Melodie von so anrührender Schönheit, dass Christina nicht anders konnte, als sich dem Ursprung der Musik zu nähern.

Er saß allein an einem kleinen Feuer, das er aus Reisig und trockenem Treibholz vor sich im Sand angezündet hatte. Sein Haar war lockig und schulterlang, sein Oberkörper nackt. Christina glaubte, niemals etwas Schöneres gesehen zu haben als diesen entspannten männlichen Körper im Feuerschein. Das Licht der Flammen leckte über seine Schultern, ließ sein helles Haar aufleuchten und das Instrument, das er wie ein Kind in seinen Armen hielt.

Sie kam sich grob und ungeschlacht vor, als sie in einer Sandlawine die Düne hinabglitt und strauchelnd neben dem Feuer zum Stehen kam. Sie fühlte, wie ihre Hände zitterten, und als er sie ansah, war sie unfähig, seinem Blick standzuhalten. Eine winzige Dissonanz mischte sich in die sanfte Melodie, und Christina wünschte sich im Erdboden zu versinken. Gleichzeitig erfüllte sie eine nie gekannte Inbrunst, die ihre Wangen glühen ließ und ihr Herz zum Rasen brachte. Sie wollte sich neben diesen Fremden setzen und ihn berühren, mit ihm verschmelzen, mit seiner wunderbaren Musik, der Nacht, den Sternen und dem Meer eins werden. Sie versuchte, etwas zu sagen, doch ihr Hals war wie zugeschnürt. Die Gitarrentöne klangen wie eine melancholische Stimme ohne Worte, die kurz verstummte, als er mit der Hand neben sich auf den Sand klopfte. Sie ließ sich unsicher neben ihm nieder, den Blick zur Seite gewandt, weg von ihm. Doch sie spürte die Wärme seines Körpers stärker als die des Feuers, und als sie nach einer Weile den Mut aufbrachte, aufzublicken und ihn anzuschauen, wusste sie, dass er ihr Leben für immer verändern würde.

Sie lagen nah am Feuer, sein Körper an ihrem, so heiß wie die Flammen. Und in ihrem fieberhaften Verlangen, ihm näher zu sein, grub sie ihre Nägel in die Muskeln seines Rückens. Ein Funkenregen stob aus dem aufgeschichteten Holz, stieg in den Nachthimmel, zusammen mit beißendem Qualm, der in ihre Lunge drang.

Sie keuchte, versuchte ihn von sich zu stoßen, Luft zu holen, bevor sie in seiner Umarmung erstickte. Der Rauch war überall. Wie Nebelwolken trieb er um sie herum, verdichtete sich zu Schwaden, die ihr in Mund und Nase stiegen. Würgend fuhr Christina hoch, die Hand an der Kehle.

Es brennt, dachte sie. Das Haus brennt! Sie hustete bellend, rollte sich vom Bett. Sie tastete nach dem Lichtschalter der Nachttischlampe, stieß mit den Fingerspitzen gegen den Fuß der Lampe. Das Klirren, mit dem die Lampe auf dem Boden zerschellte, erfolgte zugleich mit dem ersten Klingeln des Telefons. Christina glaubte einen Moment, sich verhört zu haben. Sie wartete zwei, drei endlose Sekunden mit angehaltenem Atem auf das nächste Klingeln. Sofort riss sie den Mickymaushörer herunter, presste ihn ans Ohr. Sie konnte nichts sagen, nur husten.

»Christina? Bist du´s?« Martinas Stimme. »Du bist im Haus? Warum schläfst du nicht im Hotel? Ich dachte, du wolltest abreisen.«

Christina legte den Hörer hin und tastete sich durch die von Rauch erfüllte Dunkelheit zum Fenster, verzweifelt bemüht, den wilden Drang, ihre Lungen voll Luft zu pumpen, zu unterdrücken. Beim Hochziehen der Rollos riss sie sich einen Fingernagel ein. Aus dem Hörer, den sie auf den Boden gelegt hatte, drang die Stimme ihrer Schwester. Endlich war das Rollo oben, doch der Fenstergriff quietschte protestierend, als sie ihn zu drehen versuchte. Die Beschläge waren verzogen, Folge seltener Nutzung. Christina hatte das Gefühl, als stünden ihre Lungen kurz davor zu bersten. Sie musste atmen! Hastig presste sie einen Zipfel ihres Nachthemdes gegen die Nase und sog keuchend Luft durch den dünnen Seidenstoff ein, während sie mit der anderen Hand weiter am Fenstergriff rüttelte. Der Rauch drang zusammen mit der Luft in ihre Kehle und löste den nächsten Hustenanfall aus. Gerade, als sie den Fenstergriff loslassen wollte, um mit der Faust die Scheibe einzuschlagen, gab er nach. Das Fenster schwang nach innen auf, Christina beugte sich hinaus und atmete in langen Zügen reine, kühle Nachtluft. Die Brüstung der Fensterbank schnitt in ihren Bauch, als sie sich weiter vorbeugte, weg von dem erstickenden Qualm hinter ihr. Sie blickte unentschlossen nach unten. Das Fenster ihres Schlafzimmers befand sich mindestens vier Meter, eher fünf über dem Erdboden. Tiefe Schatten füllten den Garten, nur stellenweise aufgehellt durch das matte Licht, das von den Straßenlaternen über die Mauer fiel.

Unten, dicht beim Sockel der Fassade, führte ein zwei Meter breiter Kiesweg am Gebäude entlang, zum Garten hin begrenzt durch einen knöchelhohen Randstein, der den Weg vom Rasen und den Rabatten trennte.

Christina presste erneut eine Handvoll Stoff von ihrem Nachthemd vor Mund und Nase, eilte zur Tür und knipste die Deckenlampe an. Wirbelnde Rauchschwaden trieben auf das offene Fenster zu und verdüsterten die Sicht. Christina nahm den Telefonhörer auf und lief dabei zum Fenster. »Martina? Bist du noch da?«

»Ich wollte gerade auflegen. Was ist los mit dir?«

»Martina, es brennt hier im Haus! Leg auf, ich muss die Feuerwehr rufen!«

»Ich rufe an, weil …«

»Martina, leg bitte auf!«

»Christina, du musst ruhig bleiben!«

»Leg auf!«, schrie Christina. Das habe ich schon einmal erlebt, dachte sie dumpf, doch ihr fiel nicht ein, wann und wo.

»Christina, ich rufe an, um dir zu sagen, wie glücklich ich bin, dass du gekommen bist. Ich war heute gemein zu dir, ich weiß. Es tut mir so Leid. Du ahnst nicht, was es für ein Gefühl war, dich nach all den Jahren heute Morgen auf dem Friedhof wiederzusehen! Irgendwie habe ich immer gewusst, dass du wiederkommen würdest, aber dich dann tatsächlich zu sehen ...«

Christina beugte sich aus dem Fenster und suchte nach Zeichen von Flammen im Erdgeschoss. Der rötliche Widerschein des Feuers irrlichterte über den Kies, und durch die geschlossenen Läden des Salons, direkt unterhalb des Schlafzimmerfensters, drang gedämpftes Prasseln zu ihr nach oben. »Martina«, sagte Christina beschwörend, »du musst jetzt die Leitung freimachen! Das ganze Zimmer ist voller Rauch. Irgendwo da unten brennt es. Wenn ich aus dem Fenster springen muss, kann ich mich schwer verletzten!«

Martina antwortete nicht, aber Christina hörte ihr erregtes Atmen.

»Martina?«, fragte sie ungläubig.

»Christina, was willst du jetzt tun? Du bist doch ganz allein!«

War das ihre Schwester, diese hysterische Kleinmädchenstimme?

»Martina, ich sterbe, wenn ich die Feuerwehr nicht rufen kann!«

»Christina«, flüsterte Martina, »ich ...«

Christina hörte den Rest nicht mehr. Sie legte den Telefonhörer auf die Fensterbank, nahm einen tiefen Atemzug, drückte sich den Stoff fester gegen das Gesicht und rannte zur Tür hinüber. Mit der freien Hand betastete sie das Holz. Es war warm. Nicht heiß, aber warm. Sie überlegte, ob sie es wagen konnte, die Tür zu öffnen, doch beinahe augenblicklich entschied sie sich dagegen. Sie konnte es nicht riskieren. Im Zimmer war zu viel Sauerstoff, mit Sicherheit jedenfalls viel mehr als auf dem Gang, schon allein deshalb, weil sie das Fenster geöffnet hatte. Selbst wenn sie es wieder zumachte, könnten die unterschiedlichen Sauerstoffverhältnisse beim Öffnen der Tür eine explosionsartige Stichflamme erzeugen, sogar dann, wenn das Feuer sich noch nicht bis nach oben ausgebreitet hatte.

Vielleicht hatte sie Glück, und die Flamme blieb aus. Vielleicht hatte sie sogar viel Glück und würde es, ohne zu ersticken, durch den Rauch über den langen Gang bis zum Schlafzimmer ihres Vaters schaffen, von wo aus eine schmale Hintertreppe hinunter in den Garten führte. Aber möglicherweise waren die Flammen im Obergeschoss schon überall. Sie berührte den Knauf, zog sofort die Hand zurück. Das Metall war glühend heiß. In der Ferne klangen Sirenen. Hatte Martina die Feuerwehr gerufen? Oder jemand von den Nachbarn, der das Feuer gesehen hatte? Egal. Sie würde nicht warten können, bis Hilfe kam. Unter der Tür sah sie den weißen Lichtsaum des Feuers, und jetzt war auch das Holz heiß. Vom Gang drang lautes Knacken herein, und Christina begriff, dass in der Hitze die Täfelung von den Wänden platzte. Die Fensterflügel schwangen hin und her, und eine unsichtbare Hand zog ölige Rauchfetzen unter der Türritze hindurch auf den Gang. Das Deckenlicht flackerte auf und erlosch. Christina wich von der Tür zurück, lehnte sich erneut aus dem Fenster, holte keuchend Luft. Sie hatte geglaubt, Minuten dort vor der Tür gestanden zu haben, aber in Wahrheit konnte es keine dreißig Sekunden gedauert haben, so lange, wie ein gesunder Mensch die Luft anhalten kann.

Sie hob den Telefonhörer ans Ohr. Die Leitung war tot. »Martina?«, fragte sie sicherheitshalber, doch ihre Schwester meldete sich nicht.

Christina stemmte sich auf die Fensterbank, schwang die nackten Beine nach draußen. Das Holz der Zimmertür knackte jetzt bedrohlich laut, und die Hitze des Feuers strahlte hindurch, versengte die Haut ihrer bloßen Arme und ihres Nackens. Etwas platzte mit einem Knallen von der Wand und fiel scheppernd zu Boden. Ein schwaches Summen zog durch das Zimmer, das jetzt so heiß wie ein Backofen war. Dann ertönte ein hohes, dünnes Heulen, das plötzlich abriss, gefolgt von einem Augenblick gespenstischer Stille. Christina wusste instinktiv, was in den nächsten Sekundenbruchteilen geschehen würde. Die Flammen hatten den verfügbaren

Sauerstoff im Gang aufgezehrt. In jähem Begreifen erkannte sie, dass sie es vielleicht nicht mehr schaffen würde, und ohne nachzudenken, unterwarf sie sich den Reflexen des Körpers. Sie sprang im selben Moment, als die Tür aus den Angeln barst und das Feuer in einer gewaltigen Stichflamme durchs Zimmer schoss, explosionsartig aus dem offenen Fenster schlug, gierig nach oben leckte, bis hinauf zu den hölzernen Dachschindeln, wo es züngelnd und tastend neue Nahrung fand.

Christina hatte in mehrfacher Hinsicht Glück. Gerade noch rechtzeitig gesprungen, war sie knapp der Stichflamme entronnen, und der Sprung hatte sie weit genug vom Haus weggetragen, um sie jenseits des Randsteins sicher auf der weichen Erde landen zu lassen.

Sie fiel nach vorn, flach auf den Bauch, und blieb mit dem Gesicht in einem kalten Erdhügel liegen. Sie hob den Kopf, spuckte einen Mund voll Humus und feuchter Blätter aus, rang sekundenlang nach Luft, bevor sie sich hochkämpfte und auf Hände und Knie stemmte, instinktiv bemüht, vom Haus wegzukriechen und den Flammen, die direkt hinter ihr im Erdgeschoss wüteten, zu entfliehen. Sie hatte sich keinen Augenblick zu früh bewegt. Kaum hatte sie hinter einem der Bäume Deckung gesucht, als die Läden des Wohnzimmers krachend aus den Angeln flogen und das Feuer in einem Regen aus zerbrochenem Glas hervorschoss. Ein großer, schwerer Gegenstand fiel wie in Zeitlupe heraus, überschlug sich, rollte ins Freie, über den Streifen Kies, bis zu dem Baum, hinter dem Christina starr vor Schreck kauerte. Sie schrie auf, die Stimme krächzend und rau wegen des eingeatmeten Rauchs, als das verkohlte Ding Funken stiebend gegen ihre nackten Füße prallte und liegen blieb. Zuerst dachte sie, es wäre ein Holzpfosten oder ein Teil des Türstocks, vom explodierenden Feuer herausgeschleudert. Doch sie hatte sich geirrt. Einen Augenblick lang starrte Christina das Ding ungläubig an, als unvermittelt der widerliche Geruch nach verbranntem Fleisch in ihre Nase biss. Sie erkannte die Umrisse einer menschlichen Gestalt. Und dann identifizierte sie die zerfetzte, klumpige Masse voll Asche und Blut als Überreste eines Gesichtes. In einer Reflexbewegung schlug Christina beide Hände vor die Augen und drehte sich weg, zuerst stöhnend, dann heftig würgend, unfähig, den Ekel und das Entsetzen über den grauenhaften Anblick und den Gestank der verkohlten Leiche unter Kontrolle zu bringen.

Sie fiel aus der Hocke nach hinten, die Finger in die kalte Erde gekrallt. Nach Luft ringend und immer noch würgend, schob sie sich rückwärts weg von dem Toten. Überall um sie herum war Rauch. Das Feuer schlug jetzt in einer meterhohen Flammensäule aus dem Salon, fauchte nach allen Seiten über die efeubewachsene Fassade, um sich mit dem Feuer im oberen Stockwerk zu einer einzigen lodernden, die Rückseite des Hauses umspannenden Fackel zu vereinen. Christina fühlte, wie die glühende Hitze die Spitzen ihrer Haare ansengte und die Flächen ihrer Fußsohlen verbrannte. Der Saum ihres Nachthemdes begann sich zu kräuseln, erzeugte stechende Hitze auf ihrer Haut. Sie warf sich herum, kam taumelnd auf die Füße und bewegte sich vom Haus weg. Als sie die Gartenpforte fast erreicht hatte, stolperte sie und fiel auf die Knie. Sie wimmerte, weil unvermittelt ein heftiger Schmerz durch ihren rechten Fuß schoss. Ihre Wahrnehmungen umnebelte sich, als ob sie träge in einem uferlosen, dunklen See trieb.

Merkwürdig, dachte sie benommen, ich entgehe um ein Haar einer Feuersbrunst, ohne eine Brandblase. Ich springe aus fünf Metern Höhe und lande ohne einen Kratzer. Und dann stolpere ich und verknackse mir den Fuß.

Christina umklammerte eine Strebe des schmiedeeisernen Zauns. Ihre Anstrengung, die kreisenden blauen Lichter vor ihren Augen zu fixieren, gingen unter in der zunehmenden Trübung ihrer Wahrnehmung.

Hinter ihr tobte das Feuer. Rauchende Trümmer flogen durch die Luft und landeten krachend auf dem Weg, nur wenige Meter von ihr entfernt.

Dann waren Stimmen neben ihr und über ihr, Hände griffen nach ihr, halfen ihr auf und brachten sie ins Warme. Eine Decke wurde ihr umgelegt, kühle Flüssigkeit rann über ihre Lippen.

»Da war noch jemand«, krächzte sie. »Da war noch jemand im Haus!« Sie stammelte es immer wieder, doch sie wollten nicht auf sie hören. Jemand redete ihr begütigend zu und erklärte ihr, dass alles in Ordnung käme.

Er ist tot, wollte sie sagen. Sie wollte es schreien. Doch sie hatte keine Stimme mehr. Den Einstich der Nadel nahm sie kaum wahr. Anschließend versuchte sie, die Hand zu heben, doch es ging nicht. Als sie noch etwas sagen wollte, misslang ihr auch das.

»Alles wird gut«, sagte eine Stimme zu ihr.

»Schlafen Sie«, befahl eine andere Stimme.

Sie schloss die Augen und gab nach.

Sie trafen sich in jener Nacht und in den darauf folgenden Nächten, draußen zwischen den Dünen. Sie saßen zusammen am Feuer, das er aus aufgeschichtetem Reisig anzündete, unter sich den Sand, noch sonnenwarm vom Tag, über sich die Sterne. Christina wartete jedes Mal, bis sie sich sicher sein konnte, dass ihr Vater und Martina schliefen, bevor sie sich aus dem Haus stahl und den nächtlichen Strand entlang zu der verabredeten Stelle eilte.

Er war siebenundzwanzig, zehn Jahre älter als sie, und er war zum Surfen auf Sylt. Während seines Urlaubs wohnte er in der Nähe der Lister Bucht, wo Freunde ein Haus hatten. Er studierte Germanistik und Philosophie und wollte im kommenden Winter sein Examen machen.

Sein Name war Thomas Severin. Als er sie nach ihrem Namen fragte, nannte sie den, der ihr als erstes in den Sinn kam, weil alle Welt sie so nannte: Tina.

Sie redeten über Gott und die Welt. Er erzählte ihr von den Reisen, die er gemacht hatte, von exotischen Landschaften und den fremden Kulturen, die er kennen gelernt hatte.

Sie sog seine Worte in sich auf, und irgendwann überwand sie ihre Schüchternheit und sprach über ihre eigene Sehnsucht, die Welt zu sehen. Sie erzählte ihm, dass sie unberührte Paradiese entdecken wollte, glitzernde arktische Landschaften und wilde tropische Wälder, zauberhafte Korallenriffe und regenbogenerfüllte Schluchten unter Wasserfällen. Dass sie dort sein wollte, wo noch kein Mensch war, um Augenblicke zerbrechlicher

Schönheit mit ihrer Kamera einzufangen, sie zu konservieren und mitzunehmen.

Er hörte ihr mit tiefem Ernst zu, betrachtete sie mit schräg gelegtem Kopf, wenn sie leise redete, ermunterte sie, weiterzusprechen, wenn sie innehielt, besorgt, ihre Worte könnten unbeholfen klingen.

In der dritten Nacht verriet er ihr sein Geheimnis. »Ich schreibe an einem Buch«, sagte er.

Christina war fasziniert und entzückt und verlangte, dass er ihr alles darüber erzählte.

Er gehorchte ihr lächelnd und schilderte ihr die Einzelheiten des Abenteuerromans, an dem er arbeitete. Seine Stimme klang verlegen, fast scheu, als er ihr von seiner Hoffnung erzählte, einen Verleger zu finden, sobald er den Roman beendet hätte.

»Natürlich findest du jemanden«, erklärte sie im Brustton der Überzeugung. Sie beharrte darauf, es zu lesen, und sie gab nicht eher Ruhe, bis er lachend versprach, ihr das Manuskript zu geben.

Über ihre Schwester sagte sie kein einziges Wort. Mehrmals stand sie kurz davor, ihm von ihr zu erzählen, doch jedes Mal war da eine warnende Stimme in ihrem Inneren, die ihr zuflüsterte, es nicht zu tun. Umgekehrt brachte sie es nicht fertig, Martina die Wahrheit über Thomas zu sagen. Sie hasste sich deswegen, doch sie konnte es nicht.

Noch nie hatte Christina Geheimnisse vor ihrer Schwester gehabt, ebenso wenig wie sie Martina jemals verleugnet hatte. Jetzt tat sie es und war deswegen zutiefst verunsichert. Nachts lag sie stundenlang wach. Je mehr sie darüber nachdachte, umso mehr quälte sie sich mit Selbstvorwürfen, so sehr, dass sie manchmal Tränen der Scham und der Reue vergoss. Doch sie fand keine andere Lösung, als alles so zu belassen, wie es war, und irgendwann begriff sie ihre Beweggründe als Ausdruck des Wunsches, einzigartig zu sein, so einzigartig wie dieser Mann neben ihr am Lagerfeuer mit seinen Geschichten und seiner Musik. Zum ersten Mal in ihrem Leben hatte sie Angst vor dem Selbstverständlichen, Angst, als austauschbares Wesen mit zwei Körpern und einem Namen zu erscheinen. Sie fürchtete sich vor der Faszination, die ihn zwangsläufig überkommen würde, wenn er Martina begegnete, wenn vor seinen Augen zwei Menschen untrennbar zu einem verschmolzen. Sie könnte es nicht ertragen, nicht bei ihm.

Also log sie. Sie erzählte ihm ein rührseliges Märchen, warum sie ihn nur nachts treffen konnte. »Mein Vater ist schrecklich streng. Er erlaubt nicht, dass ich Jungs treffe oder alleine abends weggehe. Wenn er wüsste, dass ich mich mit dir hier treffe, müsste ich sofort meine Sachen packen, und wir würden heimreisen.«

»Na, dann sagst du ihm besser nichts von mir, damit wir uns weiter jede Nacht treffen können, bis dein Urlaub zu Ende ist.«

Seine Bemerkung über das Ende des Urlaubs bedrückte und ängstigte sie.

Manchmal spürte sie, wie er sie ansah, auf diese besondere Art, wie ein Mann eine Frau ansieht, die ihm gefällt.

Christina genoss es, wenn Thomas sie auf diese Weise betrachtete. Trotz ihrer Schüchternheit hoffte sie, dass er sie begehrte, und erst mehrere Nächte später begriff sie, dass er sich nicht deshalb zurückhielt, weil er sie nicht anziehend fand, sondern weil er wusste, wie unerfahren sie war.

Christina erkannte die Integrität und Sensibilität hinter seiner Zurückhaltung, Eigenschaften, die ihn nur noch begehrenswerter für sie machten. Innerlich litt und lachte und lebte sie wie niemals zuvor, doch wenn sie ihm von sich erzählte – das Wenige, was sie für erwähnenswert hielt –, empfand sie ihre Worte angesichts der Erhabenheit ihrer Gefühle als flach und naiv, und verzweifelt wünschte sie sich, wie die Nacht zu sein oder wie seine Musik, begabt mit geheimnisvollem, unwiderstehlichem Zauber.

Sie redeten stundenlang, und genauso lange schwiegen sie, während etwas Mächtigeres sie verband als Worte. Zwischen ihnen war die Stille der Dunkelheit und das Zischen des Feuers, das Rascheln des Dünengrases und das entfernte Rollen der Brandung. Sie betrachtete verstohlen sein feuerbeschienenes Profil und verzehrte sich in dem Wunsch nach seiner Berührung. Manchmal, wenn er mit seiner Gitarre die Nacht und das Meer verstummen ließ, hatte sie das Bedürfnis, den Kopf auf die Arme zu legen und zu weinen. In solchen Momenten nahm er in wortlosem Verständnis ihre Hand, ohne jedoch mehr zu tun, als sie einfach festzuhalten.

»Ich habe noch nie jemanden wie dich kennen gelernt«, sagte er einmal. Sie war so glücklich, dass sie mit Freuden in dieser Sekunde gestorben wäre, ihre Hand in seiner.

In der fünften Nacht legte er lange nach Mitternacht die Gitarre zur Seite und nahm ihre Hand. »Komm mit.«

»Wohin?«, fragte sie mit klopfendem Herzen, als er sie hochzog.

Er nahm eine Sturmlampe. »Zum Strand. Ich will dir etwas zeigen.«

Sie gingen durch die Dunkelheit über die Dünen zum Strand. Der Mond stand voll und hoch am Himmel und warf weißes Licht über das Wasser. Das Gras schnitt in ihre nackten Füße, doch nicht so stark, dass es wehgetan hätte. Der Wind kam vom Meer und hinterließ den Geschmack von Salz auf ihren Lippen. Die Wellen schwappten gegen ihre Zehen. Das Wasser war angenehm warm; tagsüber war es sehr heiß gewesen.

»Zieh dich aus«, sagte Thomas. Er stellte die Lampe an eine geschützte Stelle im Sand.

Sie tat sofort, was er verlangte. Sie trug nur ein Hemd mit dünnen Trägern und eine leichte Baumwollhose. Bei ihrem Slip zögerte sie, doch nur einen Moment. Ihr Herz schlug rasend schnell, als sie nackt vor ihm stand, aber er sah sie nicht an, sondern zog sich selbst aus. Gleich, dachte sie. Gleich ist es so weit. Sie zitterte, aber nicht vor Kälte, als sie ihm dabei zusah, wie er sein T-Shirt und die Jeans abstreifte. Dann drehte er sich zu ihr um. Sein Körper war schlank und sehnig, die Muskeln an seiner Brust ausgeprägt. Mehr von ihm wagte sie nicht zu betrachten, aber sie merkte, dass er sie von oben bis unten ansah. Sie wünschte verzweifelt, ihm zu gefallen, und in ihrer Angst, dass er ihre Brüste zu klein oder ihren Körper zu hoch gewachsen finden könnte, schloss sie die Augen. Doch an seinem stockenden Atem erkannte sie, dass ihre Befürchtungen grundlos gewesen waren. Als sie seine Hand auf ihrer Wange fühlte, blickte sie wieder auf.

»Du bist wunderschön«, sagte er mit belegter Stimme.

Er zog sie an der Hand hinter sich her ins Wasser. Die Nacht hatte es kaum abgekühlt, und Christina glaubte, die Sonne hindurchzufühlen. Dann sah sie das erste Funkeln auf seiner Haut. Ein phosphoreszierendes Glitzern überzog seine Schenkel und Hüften, als er vor ihr ins Wasser watete. Wellen schlugen gegen ihren Bauch, und jetzt sah sie es auch auf ihrem Körper. Eine flüchtige, schimmernde Lumineszenz umhüllte ihre Haut, wo sie sich durchs Wasser bewegte.

»Was ist das?«, flüsterte sie, als könnte sie durch laute Worte die wunderbare Erscheinung vertreiben.

Er ließ sie los und teilte mit beiden Händen das Wasser, während er tiefer in die Wellen glitt. Christina stieß einen schwachen Laut des Entzückens aus, als Wolken von Gold aufwirbelten und um sie beide herumtrieben.

Im schwachen Licht des Mondes, das sich mit dem entfernten Glühen der Sturmlampe mischte, sah sie, dass er lächelte.

»Was ist das?«, wiederholte sie atemlos ihre Frage.

»Es ist ein Zauber«, sagte er. »In Sommernächten leuchtet das Meer, wenn zwei Menschen zusammen hierher kommen, die sich lieben.«

Er hatte es ausgesprochen. Wenn jemand in diesem Augenblick Christina aufgefordert hätte, ihre Gefühle zu beschreiben, hätte sie kein Wort sagen können. Sie konnte nicht einmal denken. Genau genommen hatte sie Glück, dass sie in dem von flüchtigem Gold schimmernden Wasser nicht ertrank. Die Knie gaben unter ihr nach, und ihr Herz hämmerte so stark, dass es ihren Brustkorb zu sprengen drohte. Sie konnte weder Luft holen noch sich bewegen. Sie wusste, wenn sie sich bewegte, würde die Turmuhr eins schlagen, der geheimnisvolle Prinz verschwinden, und sie läge allein in ihrem Bett.

Er watete zu ihr. »Tina«, sagte er sanft. »Habe ich dich erschreckt?« Sie rührte sich nicht. Er legte beide Hände auf ihre

Schultern, ließ sie an ihren Armen herabgleiten und streifte flüssiges Leuchten von ihrer Haut. Er umfasste ihre Taille und zog sie an sich. »Es ist die Wahrheit«, sagte er schlicht.

Sie war unfähig, etwas zu sagen. Sie konnte nicht mehr tun, als heftig zu zittern und endlich wieder Luft zu holen. Schockiert und zugleich erregt durch das pralle Glied, dass sich gegen ihren Bauch drängte, starrte sie ihn hilflos an. Seine Augen waren auf gleicher Höhe mit ihren, dunkle, unergründliche Seen. Sein Gesicht war ernst und schön. Als sie zuerst seine Hände auf ihrem Körper und einen Herzschlag später seine Lippen fühlte, löste sich die Nacht auf und wurde zu einem Wirbel aus Sternenstaub, der aus der Dunkelheit kam und ihren Körper umhüllte, unter die Haut, immer tiefer. Am Ende berührte er ihre Seele.

5. Kapitel

Sie warf den Kopf von einer Seite zur andern. Sie konnte nicht atmen. Das flüssige Gold drangt ihr in die Kehle und verätzte ihren Hals. Dann fühlte sie seine Hände auf ihren Schultern, warm und stark. Sie entspannte sich und überließ sich wieder ihrem Entzücken, bei ihm zu sein, von ihm gehalten zu werden. Doch Mond und Sterne über ihr verschwanden in der Dunkelheit und ließen sie schutzlos zurück.

»Thomas«, murmelte sie. »Wo bist du?«

»Hier, Liebes, ich bin hier.«

»Halt mich fester! Bitte halt mich ganz fest!«

»Ich halte dich, Liebes.«

Er war da, seine Hände hielten sie fest. Sie weinte, weil sie glücklich war, aber auch vor Furcht, er könne wieder weggehen. »Du darfst mich nie verlassen«, flüsterte sie.

»Christina.« Seine Stimme war leise, fast zärtlich, doch sie hörte auch etwas anderes heraus. Zurückhaltung, Vorsicht. Bedauern?

Mit Macht brach die Wirklichkeit über sie herein, noch bevor sie die Augen öffnete, und sie stieß seine Hände von ihren Schultern.

»Lass mich los«, stammelte sie. Heftig atmend versuchte sie, den Tumult ihrer Gefühle unter Kontrolle zu bringen. »Ich hab dir schon einmal gesagt, dass ich es nicht leiden kann, wenn man mich festhält.« Ihre Stimme klang rau, und das Reden verursachte ein Kratzen im Hals.

»Du hattest einen schlechten Traum«, sagte Thomas Severin.

»Ja, aber zum Glück hat er schon vor zwölf Jahren aufgehört.« Als sie brüsk den Kopf abwandte, erkannte sie, dass sie in einem Krankenhausbett lag. Thomas saß auf einem Stuhl rechts neben dem Bett. Sie waren allein im Raum. Ihr Bett war das einzige. Auf einem Rollwagen zu ihrer Linken standen Blumen. Astern, die im Licht der einfallenden Herbstsonne grell orangefarben leuchteten.

Thomas sah müde aus. Die Narbe hob sich rötlich von seinem Kinn ab, als hätte er sich dort gekratzt. Sein Gesicht war unrasiert, und das Haar hing ihm unordentlich in die Stirn, bis auf die Stelle, wo es in einem widerspenstigen Wirbel hochstand. Er war nachlässig gekleidet. Sie bemerkte, dass sein Hemd am Hals falsch zugeknöpft war und die Jeans zerknittert. Er sah aus, als hätte er die Nacht auf dem Stuhl verbracht.

»Wie spät ist es?«

»Fast elf. Du hast die ganze Zeit geschlafen. Sie haben dir ein Beruhigungsmittel gespritzt.«

»Hast du die Blumen mitgebracht?«, fragte sie, ohne nachzudenken.

Er schüttelte den Kopf. »Jemand, der vorher hier lag, muss sie dagelassen haben. Wie fühlst du dich?«

Sie musterte immer noch die Blumen. So grell ... Schlagartig kam die Erinnerung an das Feuer zurück. Sie fuhr hoch. »Der Mann ...«

»Er ist tot.«

»Wer war er?«

»Ich weiß nicht. Er wurde noch nicht identifiziert.«

»Was hatte er in unserem ... in Vaters Haus verloren?«

»So wie es aussieht, wollte er es anstecken«, sagte Thomas sachlich. »Ich hatte heute Morgen eine Unterhaltung mit einem

Experten vom Landeskriminalamt, einer von den Ermittlern, die den Brand untersuchen. Ein fähiger Mann, zufällig kannte ich ihn schon von Recherchen, die ich für mein letztes Buch gemacht habe. Er ist zu dem vorläufigen Ergebnis gekommen, dass der Mann mit großer Wahrscheinlichkeit bei dem Versuch gestorben ist, den Brandsatz hochgehen zu lassen. Vermutlich ist dabei etwas schief gegangen, oder er hat gepfuscht.«

»Ein Brandsatz«, wiederholte sie mechanisch.

»Er hatte bestimmte Verbrennungen an Händen und Armen und im Gesicht, und an seiner Kleidung wurden Spuren eines Brandbeschleunigers gefunden. Man ist noch dabei, die Trümmer zu durchsuchen. Ich bin sicher, dass sie noch mehr finden, was für Brandstiftung spricht.«

Sie starrte ihn an. »Du meinst, er wollte mich umbringen?«

»Durchaus möglich. Vielleicht sollte der Brand auch zur Vertuschung des Diebstahls dienen.«

»Es gab nicht mehr viel zu stehlen. Rasmussen hat alles von Wert abholen lassen.«

»Ich weiß. Er hatte es nicht auf Wertgegenstände abgesehen, sondern auf die Unterlagen deines Vaters.«

Christina schüttelte den Kopf und setzte sich auf. Mit Unbehagen stellte sie fest, dass man ihr ein steifleinenes Krankenhaushemd angezogen hatte. »Ich habe keine Unterlagen gesehen. Auf seinem Schreibtisch lang nichts, nur ein paar Bücher.«

»Stimmt. Die Unterlagen waren im Safe neben dem Kamin, der Safe wurde aufgesprengt. Der Mann hatte Papiere, Filmmaterial und Disketten in den Taschen.«

Irgendwo draußen schlug eine Tür zu. Auf dem Gang vor der Tür erklangen Stimmen.

»Die Visite wird gleich kommen«, sagte Thomas.

»Ein Grund mehr, dich mit deiner Erklärung ein bisschen zu beeilen. Woher weißt du das alles? Und wie kommt es, dass du hier an diesem Bett hockst, und das, so wie du aussiehst, schon seit Stunden?«

»Es stimmt, ich bin seit fast zwei Stunden hier und warte, dass du aufwachst. Ich wollte gestern Abend schon mit dir sprechen. Rasmussen hatte mir gesagt, in welchem Hotel du abgestiegen bist, doch dort warst du nicht. Er meinte, du könntest vielleicht noch in eurem Haus sein. Ich fuhr heute früh hin und sah, was passiert war. Ich habe mit den Ermittlungsbeamten geredet. Der diensthabende Kommissar will dich übrigens so bald wie möglich sehen. Er ist von der Mordkommission und heißt Quint.«

»Wieso Mordkommission?«

»Weil es einen Toten gab«, erklärte Thomas sachlich.

»Quint wird dich im Hotel aufsuchen.«

Sie beobachtete ihn. »Wenn ich dann noch in Deutschland bin.«

»Du wirst noch hier sein.«

»Wie kannst du dir da so sicher sein? Nach dem, was gestern Nacht passiert ist, liegt es doch nahe, dass ich so schnell wie möglich verschwinde, oder?«

»Diesmal nicht.«

Sie brauchen ihn nicht zu fragen, was er damit meinte. Instinktiv wusste sie, dass er Recht hatte. Sie würde nicht wieder weglaufen. Diesmal nicht. »Was wolltest du mir gestern sagen?«

Er blickte zur Tür. »Ich möchte das alles nicht unbedingt hier besprechen. Die diensthabende Ärztin hat mir heute Morgen gesagt, dass du gehen kannst, wenn du möchtest. Das heißt, sobald der Chefarzt zur Visite hier war und ein offizielles Okay gegeben hat. Die fehlt nichts weiter. Ein bisschen Rauch in der Kehle, eine leichte Zerrung am Knöchel.«

Sie spürte den Verband an ihrem rechten Fußgelenk und bewegte den Fuß probehalber. Es tat nicht allzu weh, sie würde ohne große Probleme laufen können. Doch es gab ein anderes Problem. Sie zupfte an ihrem Hemd. »Ich habe nichts anzuziehen.«

Zum ersten Mal sah sie ihn lächeln, und es war dieses vertraute, leicht schiefe Lächeln, das ihr schlagartig seine Nähe zu Bewusstsein brachte. Unbewusst neigte sie sich zu ihm, und da war auch sein Geruch, den sie so gut kannte. Sie drehte sich zur Seite, die Finger in die Bettdecke gekrampft.

Er bemerkte, wie sie sich zurückzog und vor ihm verschloss.

»Christina ...«, begann er zögernd.

Sie ahnte, was er sagen wollte, dass er zu seiner langatmigen, überflüssigen Rechtfertigung ansetzen wollte, ihr erklären wollte, dass er einen Fehler gemacht hatte, an dem er keine Schuld trug. »Spar deinen Atem«, unterbrach sie ihn brüsk.

Die Tür öffnete sich, eine Krankenschwester betrat den Raum, gefolgt von zwei Ärzten. Thomas stand auf, um Platz zu machen.

»Warte«, sagte Christina rasch. »Meine Sachen sind noch alle im Hotel. Bringst du sie mir bitte?«

»Ich kann´s versuchen. Aber sie werden sie mir nicht geben.«

Die Krankenschwester räusperte sich und raschelte ungeduldig mit den Krankenhausunterlagen. Der ältere der beiden Ärzte meinte: »Wenn ich dann bitte mal den Besuch hinausbitten dürfte ...«

»Hol mir was zum Anziehen, egal was!«

»Ich tu, was ich kann. In einer Stunde bin ich wieder hier. Sprich mit niemandem vorher.«

Der Arzt drehte sich stirnrunzelnd zu ihm um.

»Mit niemandem aus dem Institut«, sagte Thomas. »Auch nicht mit deinem Bruder. Und vor allem nicht mit deiner Schwester.«

Der ältere Arzt untersuchte sie kurz. Er tastete den Fußknöchel ab, ließ sie das Gelenk hin- und herbewegen. Bis auf ein leichtes Ziehen spürte sie nichts. Der Arzt schaute ihr in den Rachen und fragte sie, ob sie beim Atmen oder Sprechen Schmerzen hätte, was sie verneinte. Schließlich nickte er zufrieden, und die Schwester machte Notizen. Es war alles in Ordnung. Christina war erleichtert, als die Tür hinter den Ärzten und der Schwester ins Schloss fiel. Sobald Thomas wiederkam, konnte sie gehen. Da sie bis dahin nichts Besseres zu tun hatte, vergrub sie den Kopf in ihrem Kissen und versuchte, sich so gut wie möglich zu entspannen, doch sie merkte schnell, dass es keinen Sinn hatte. Immer wieder sah sie das blutigschwarze Gesicht des Mannes vor sich, der wie ein Klumpen Kohle aus der aufbrechenden Terrassentür des Salons gefallen und ihr in einem Funkenregen vor die Füße gerollt war. Ob er, nachdem ihm der Brandsatz in den Händen explodiert war, noch versucht hatte, ins Freie zu gelangen? Und was hatte er mit den Unterlagen ihres Vaters vorgehabt? Christinas Gedanken kreisten ziellos immer wieder um dieselben Fragen, nur um schließlich zum Ausgangspunkt aller Überlegungen zurückzukehren: Was hatte ihren Vater so sehr verstört, dass er in aller Eile sein Testament geändert hatte?

Essensgeruch stieg in ihre Nase. Vom Gang war gedämpftes Scheppern zu hören. Die Tür öffnete sich, und für einige Augenblicke wurde das Klappern von Tellern und Besteck lauter. Martina spähte ins Zimmer und kam dann, ein Essenstablett balancierend, herein. Christina sah, dass sie leicht humpelte.

»Sie fahren schon den Essenswagen durch den Korridor«, lächelte Martina. »Ich habe ein Tablett für dich stibitzt.« Sie stützte es geschickt mit einer Hand ab und zog mit der anderen die herausklappbare Ablage aus dem Nachttisch neben dem Bett. Sie rückte den Tisch zurecht und hob den Deckel vom Teller. »Bratkartoffeln und Spinat. Ich glaube, das vergessen wir ganz schnell.« Sie zog die Nase kraus und deckte den Teller wieder zu. »Das haben wir als Kind schon gehasst.«

Christina registrierte mit vagem Gleichmut, dass Martina von ihnen beiden als Kind gesprochen hatte. Als Kind, nicht als Kinder. Sie musterte ihre Schwester stumm.

Martina trug wie gestern Abend einen Blouson, der offen stand, darunter einen grob gestrickten Pullover und schmal geschnittene, ausgewaschene Jeans. Die Haare lockten sich offen bis auf die Schultern, frisch gebürstet, in sattem Kastanienrot schimmernd. Unwillkürlich fasst Christina in ihre eigenen Haare und fühlte, wie hoffnungslos zerzaust sie waren.

Martina sah es und lächelte verschwörerisch. »Ich habe alles mitgebracht, was du brauchst, um wieder wie ein Mensch auszusehen!« Mit einem Zwinkern ging sie zur Tür, verschwand kurz auf dem Gang und kam mit einer prall gefüllten Reisetasche zurück.

Es war die Tasche, die Christina im Hotel zurückgelassen hatte. Christina fragte nicht, wie Martina es geschafft hatte, sie an sich zu bringen. Es lag auf der Hand. »Was ist mit deinem Fuß?«, fragte sie.

»Eine leichte Zerrung, nichts weiter. Gestern Nacht, nachdem wir miteinander telefoniert hatten, bin ich gestolpert. Ich bin gerannt, weißt du. Ich wollte so schnell wie möglich zu dir. Dabei bin ich umgeknickt, auf dem Weg zum Wagen. Es tat höllisch weh, aber ich bin trotzdem gefahren wie der Teufel. Doch als ich ankam, hatten sie dich schon weggebracht. Mein Gott, was für eine entsetzliche Geschichte!« Martina stockte. »Du wärst fast gestorben.«

»Hast du …!« Christina brach ab. *Sprich mit niemandem. Vor allem nicht mit deiner Schwester.*

»Was wolltest du sagen?«

»Nichts, schon gut. Ich will nicht darüber reden.«

Martina stellte die Tasche ab und setzte sich zu Christina aufs Bett. Sie sahen einander an.

»Du lebst. Es geht dir gut. Ich bin so glücklich.« Martina umfasste ihre Hände, umschloss sie mit ihren eigenen und rieb sie sacht. »Du hast kalte Hände, Crissi.«

Christina versuchte, den Kloß in ihrem Hals zu schlucken, doch es gelang ihr nicht. Sie blickte in die braunen Augen, in denen sich Tränen sammelten. Die Flüssigkeit wirkte wie eine Linse vor der Iris, durch die im Licht der Mittagssonne blasse goldene Einsprengsel aufblitzen.

Martina war wie sie selbst ungeschminkt. Christina sah die winzigen Krähenfüße in den Augenwinkeln, die kaum sichtbaren Linien um die Mundwinkel.

»Nächstes Jahr werden wir dreißig«, sagte Martina, unverwandt ihren Blick erwidernd.

Ein weiterer Geburtstag, den sie nicht zusammen verleben würde.

»Warum?«, fragte Martina sie, als hätte sie ihre Gedanken gelesen. »Warum können wir nicht wie früher sein?«

»Es ist zu lange her.« Christina fühlte sich plötzlich leer, schmerzhaft ausgehöhlt von einer inneren Einsamkeit, die von Sekunde zu Sekunde mehr wehtat, je länger sie ihre Schwester ansah. Sie merkte, wie ihre Augen sich ebenfalls mit Tränen füllten.

»Hast du jemanden?«, fragte Martina. »Ich meine einen Mann? Kinder?«

»Ich bin nicht verheiratet und habe keine Kinder.«

»Also bist du allein?«

»Ja.«

»Allein«, flüsterte Martina. »Ich bin auch allein. So wie du. Ich bin immer allein geblieben, weißt du.«

Christina schloss die Augen. Nie mehr, hämmerte es in ihrem Kopf. Nie mehr.

Martina ließ ihre Hände los und stand vom Bett auf. »Die Fototasche habe ich im Hotel gelassen. Ich habe deine Unterwasserkamera gesehen.« Ihre Stimme klang siegessicher.

Ja, dachte Christina. Jetzt weißt du, was ich all die Jahre gemacht habe, jetzt weißt du, wie du mich finden kannst. Du brauchst nur in den teuren Hochglanzmagazinen zu blättern, und wenn du eine wunderschöne, professionell gemachte Fotoreportage über ein Korallenriff oder exotische Fische findest, rufst du in der Redaktion an. So einfach ist das.

Christina schaute hoch. Martina stand neben dem Bett, das Gesicht tränenüberströmt, aber mit leuchtenden Augen. Christina empfand ihre Gegenwart mit der Intensität eines Stromschlages, obwohl sie einander nicht mehr berührten.

Warum hatte ihr Vater sie enterbt?

Wieder stiegen Fragen in ihr auf. »Martina«, begann sie.

Sprich mit niemandem. Vor allem nicht mit deiner Schwester.

»Was ist?«

Christina schüttelte den Kopf.

Martina hob die Schultern. »Die Rezeption hatte Nachrichten. Ich habe sie auf dein Bett gelegt.« Sie beugte sich über das Bett und umarmte Christina kurz.

Martinas Berührung lähmte sie. Der warme Atem an ihrem Hals, der sanfte Geruch weiblicher Haut, die Nässe an ihrer Wange. Bevor sie reagieren könnte, ließ ihre Schwester sie los und richtete sich auf.

Martina blieb sekundenlang stehen und sah sie an, dann streckte sie unvermittelt die Hand aus und strich eine Locke aus Christinas Stirn. »In der Tasche ist alles, was du brauchst. In der Seitentasche findest du außerdem eine Adresse und einen Schlüsselbund. Ich habe in der Stadt ein Loft. Es ist eingerichtet, aber irgendwas hat mich immer daran gestört, deshalb bin ich nie richtig eingezogen. Wenn ich in Düsseldorf bin, bleibe ich meist bei Freunden. Ab und zu gebe ich Empfänge in der Wohnung oder veranstalte eine Modenschau. Heutzutage ist es hip, in einer miesen Gegend was Schickes zu haben, außerdem kann ich es mir nicht leisten, meine Top-Kundinnen aus Düsseldorf in irgendeiner biederen Bleibe zu empfangen. Jetzt gehört es ganz dir. Ich habe heute Vormittag alles für dich hergerichtet.« Sie wartete auf eine Erwiderung, doch Christina sagte nichts.

Martina nickte leicht. »In Ordnung. Es wird dir gefallen. Du wirst alles finden, was du zum Leben brauchst. In der Küche liegt ein Handy. Es ist für dich, ich habe noch ein anderes. Wir sehen uns.« Sie drehte sich um, ging zur Tür und öffnete sie.

Durch den Spalt hörte Christina Thomas' Stimme vom Gang. »Christina, wie hast du ...«

Martina Rücken straffte sich, sie hielt die Klinke fest, um den Einblick ins Zimmer zu versperren. »Ah, du bringst mit was zum Anziehen«, sagte sie, lässig gegen den Türrahmen gelehnt. »Zu spät. Du warst nicht schnell genug. Wie du siehst, bin ich schon bestens versorgt. Ich wollte gerade aufbrechen.«

»Wo zum Teufel hast du dich Sachen her?«

»Meine Schwester hat sie mir gebracht.«

Christina Herz hämmerte bis zum Hals. Er merkt es, fuhr es ihr durch den Kopf. Er muss es merken! Bitte lieber Gott, mach, dass er es merkt!

»Thomas, wir müssen reden«, sagte Martina.

Christina sah ihr Gesicht nur im Profil, doch sie konnte erkennen, dass die Miene ihrer Schwester grenzenlose Müdigkeit und Resignation widerspiegelte.

Martinas Wangen glänzten immer noch vor Tränen. »Wir müssen und aussprechen. Ich kann nicht mehr so weiterleben. Ich bin am Ende, verstehst du. All die Jahre ohne dich ...« Martinas Stimme brach.

»Mein Gott«, hörte Christina Thomas erschüttert aufstöhnen.

Martina schlug beide Hände vor das Gesicht und sackte schluchzend gegen die Tür.

Christina konnte sich nicht bewegen. Ihr Körper war starr bis in die Fingerspitzen, wie von einem schnell wirkenden Gift betäubt, dass sogar ihre Lider und ihre Pupillen lähmte. Sie vermochte die Augen weder abzuwenden, noch sie zu schließen. Reglos beobachtete sie, wie Thomas in ihr Blickfeld trat, eine Tragetasche fallen ließ und Martina in die Arme nahm.

»Liebes«, sagte er leise. »Mein Liebes, ich habe so lange gewartet! Herrgott, wie habe ich darauf gewartet …« Er bewegte seine Hände fieberhaft über Martina Rücken, ließ seine Lippen über ihr Haar gleiten, presste seinen Mund gegen ihre Schläfe, ihre Wange. Über Martina Schulter hinweg fiel sein Blick ins Zimmer. Seine Miene drückte für den Bruchteil einer Sekunde Verständnislosigkeit aus, als er Christina im Bett sitzen sah.

Christina merkte, dass sie die ganze Zeit die Luft angehalten hatte. Ihre Brust dehnte sich in einem ruckartigen Atemzug und dann, im selben Moment, als sie in Thomas' Augen den Schock des Begreifens erkannte, gewann sie die Gewalt über ihren Körper zurück. Mit einem unterdrückten Aufschrei sprang sie aus dem Bett, die Decke wie einen Schild vor sich. »Geht weg!«, schrie sie, doch nur ein unartikuliertes Krächzen drang aus ihrem Mund.

Thomas stieß Martina hart von sich und wandte sich Christina zu, das Gesicht verzerrt vor Schmerz und Wut.

Martina strauchelte leicht, doch sofort richtete sie sich wieder kerzengerade auf. Mit blitzenden Augen rieb sie sich die Schulter, mit der sie gegen die Tür geprallt war. Ihr Lächeln zeigte offenen Triumph. »Ich wollte dir nur zeigen, woran du mit ihm bist, Liebes!«, sagte sie ohne eine Spur von Reue. »Er hat sich nicht geändert. Seit damals, weißt du. Nicht ein bisschen. Heute du, morgen ich. Wankelmütig wie eh und je. So sind die Männer. Sie sind nichts für länger.«

»Verschwinde, bevor ich dich umbringe!«, herrschte Thomas sie an, die Hand erhoben.

Martina legte den Kopf in den Nacken und lachte. »Das würdest du nicht wirklich tun!«

Er war wachsbleich, bis auf die dunkelrote Narbe an seinem Kinn. »Ich schwöre dir, dass ich es könnte. Lass es nicht darauf ankommen.«

Martina machte einen Schritt an ihm vorbei und verschwand.

Christina hörte trotz des rasenden Pulses in ihren Ohren das leise Kichern auf dem Gang, drei, vier, fünf Sekunden lang, bis es endlich aufhörte.

Sie starrte Thomas Severin an, den Mann, der sie verraten hatte. Er erwiderte ihren Blick, war aber nicht imstande, etwas zu sagen. Was immer er hätte sagen können, es hätte alles noch schlimmer gemacht. Ihre Miene drückte weit mehr aus, als nur verletzte Gefühle. Fassungslosigkeit. Hilfloses, kindliches Entsetzen. Er wartete.

Sie humpelte zurück zum Bett und setze sich, von ihm abgewandt, die Decke um sich gezogen, als wäre ihr kalt.

Nach einer Weile sagte sie ohne hörbare Emotionen in der Stimme: »Verschwinde.«

»Ich muss mit dir über den Tod deines Vaters reden.«

»Ich gebe dir drei Minuten, um mir zu sagen, was du auf dem Herzen hast.«

»Du hast gesehen, was da gerade passiert ist«, sagte er schleppend. »Du hast diese Inszenierung gesehen, mit deinen eigenen Augen, und du hast sie gehört. Trotzdem glaubst du wieder, dass es meine Schuld ist. Du hast es immer noch nicht begriffen, Tina!«

»Nenn mich nicht so!«, fuhr sie auf.

»Es tut mir Leid. Himmel noch mal, es tut mir Leid!«

»Vergiss es.«

»Du musst es doch gemerkt haben«, beschwor er sie. »Gestern bei der Beerdigung, dann danach, bei der Testamentseröffnung. Sie trug Sachen, von den kein einziges Stück weniger als fünftausend Mark gekostet hat. Und dann gerade eben! Christina, du hast es doch mit deinen eigenen Augen gesehen! Diese plötzliche Jeans und Turnschuhmasche! Herrgott, sie sah genau so aus wie du! Und das, obwohl sie in den ganzen zwölf Jahren nie solches Zeug getragen hat! Sie ist krank. Deine Schwester ist ein kranker Mensch!«

»Du schweifst ab. Deine drei Minuten sind fast um.«

Thomas ging auf das Bett zu, blieb aber sofort stehen, als sie sich versteifte. Er sah ein, dass es keinen Zweck hatte, mit ihr über Martina zu reden. »Na schön. Dein Vater kam vor etwa vier Wochen zu mir nach Hause. Wir waren nicht verabredet, aber das war nicht ungewöhnlich, denn er schaute immer mal wieder bei mir rein. Ich lebe ziemlich zurückgezogen, eigentlich fast einsam. Im Umkreis von Kilometern gibt es kein Haus, nur Wald, Felder, Brachland. Ich schreibe am besten, wenn ich ganz ungestört bin, manchmal gehe ich für Monate in Klausur. Reinhold hat mich zwischendurch regelmäßig aufgescheucht, und er war der einzige, dem ich das nicht übel nahm. Er kam gerne zu mir raus.«

»Deine Zeit ist um.«

»Lass das. Benimm dich nicht wie ein beleidigtes Kind. Willst du nun wissen, was er damals zu mir sagte, oder nicht?«

Sie schwieg, also redete er weiter. »An diesem Tag vor vier Wochen wirkte er zerstreut, fast geistesabwesend. Ihm ging offenbar etwas durch den Kopf. Ich sprach ihn darauf an, und er sagte, dass es im Institut massive Schwierigkeiten gebe. Kompetenzgerangel, Rivalitäten, Intrigen. ›Ich stehe mit dem Rücken an der Wand‹, meinte er. ›Unterlagen verschwinden, in Versuchen wird herumgepfuscht. Ich denke, sie schrecken vor nichts zurück.‹ Das waren seine Worte.«

»Wer?«

»Keine Ahnung. Vielleicht von Schütz. Er ist machthungrig. Seine zehn Prozent reichen ihm nicht. Seit Jahren will er größere Anteile an der Firma. Er hat mir jedes Jahr ein Angebot für meine zehn Prozent gemacht.«

»Wie bist du überhaupt Teilhaber geworden? Hat Papa dir nach der …«, sie schluckte, hatte Mühe, das Wort auszusprechen, »… nach der Heirat Anteile überschrieben?«

»Nein, ich habe mich in die Firma eingekauft, damals, als es schlecht um sie stand.«

Verblüfft blickte sie hoch.

»Du glaubst mir nicht?«

»Ich hatte nicht damit gerechnet, dass du Geld in die Firma gesteckt hast. Woher hattest du überhaupt welches?«

»Die Einnahmen aus meinem ersten Buch. Es war eine hübsche Stange Geld.«

»Wir kommen vom Thema ab. Was haben die Schwierigkeiten, die Papa zuletzt in der Firma hatte, mit dem neuen Testament zu tun? Wo ist der Zusammenhang?«

»Ich weiß es nicht. Noch nicht. Ich bin aber sicher, dass es einen gibt. Es war nicht nur der Ärger in der Firma, der Reinhold zusetzte. Sicher, er war deprimiert und wütend deswegen, aber mir war klar, dass es nicht alleine daran liegen konnte. Dafür war er zu ... verzweifelt. Ja, das ist das richtige Wort. Ich ließ nicht locker, ich wollte wissen, was mit ihm los war, doch er rückte nicht mit der Sprache heraus. Alles, was er schließlich sagte, war: ›Ich habe als Vater versagt. Ich habe zu viel falsch gemacht. Das ist jetzt die Quittung.‹«

»Was hat er damit gemeint?«

»Dass er auch mit deinen Geschwistern Probleme hatte. Schlimme Probleme. Jochen kreuzte ab und zu bei deinem Vater auf, wollte Geld und wurde furchtbar ausfallend, wenn er keines bekam. Solche Auftritte kamen ein-, zweimal im Jahr vor und machten Reinhold ziemlich fertig. Ich glaube, er hatte vor kurzem massiven Streit mit deiner Schwester.«

»Ich weiß immer noch nicht, worauf du hinauswillst«, sagte Christina gereizt. »Du erzählst mir, dass er Ärger in der Firma und Ärger mit meinen Geschwistern hatte, aber was hat das alles mit mir zu tun?«

»Er sagte: ›Thomas, wenn mir was passiert, wird es Veränderungen in der Firma geben. Ich hoffe, du bist mir irgendwann in Zukunft nicht allzu böse, wenn deine Anteile nicht mehr viel wert sind.‹ Ich fragte ihn, was zum Teufel er damit sagen wollte, doch er schien überhaupt nicht hinzuhören. Er redete einfach weiter, so als hätte ich ihn gar nicht unterbrochen. Er sagte: ›Ich werde Christina nach New York schreiben, damit sie weiß, was zu tun ist.‹«

Christina fuhr zu ihm herum, die Augen weit aufgerissen. Sie wollte etwas sagen, doch er schnitt ihr mit einer Geste das Wort ab. »Er wusste all die Jahre, wo du lebst.«

»Aber warum hat er nicht ...«

Wieder kam er ihrer Frage zuvor. »Er hat sich bewusst zurückgehalten. Es hat ihn fast umgebracht, aber das war seine Art der Wiedergutmachung. Er wollte dich vor ihr beschützen, verstehst du. Er hielt es für das Beste. Es war dein Leben, und es war offensichtlich, dass du es alleine leben wolltest. Er wusste, wo du bist, doch er hat dich in Ruhe gelassen und dafür gesorgt, dass andere dich ebenfalls in Ruhe lassen.«

»Er ... er hat gesagt, er wollte mir schreiben? Ich ... ich habe aber keinen Brief von ihm bekommen ... Aber ich ... war ja auch nicht da. Ich war unterwegs. Ich habe ... ge-gearbeitet ...«

Er kam näher, umrundete das Bett und blieb dicht vor ihr stehen. »Ich weiß, was du machst. Reinhold hat er mir erzählt. Wenigstens das hat er mir noch gesagt, als er das letzt Mal vor seinem Tod bei mir war. Außer mir weiß es niemand. Ich habe sie gesehen, Christina. Ich habe deine Bilder gesehen.« Er blickte auf ihren gesenkten Scheitel und ihre im Schoß verkrampften Hände. »Gleich, als ich davon erfahren hatte, habe ich mir einen ganzen Stapel dieser Tauchmagazine besorgt und sie mir angeschaut. Damals hattest du mit mir darüber gesprochen. Du wolltest die Schönheit als kostbare Trophäe erbeuten. Du hast deine Träume wahr werden lassen. Ich habe noch nie solche meisterhaften Bilder gesehen wie deine. Du hast den Regenbogen eingefangen, Christina.«

»Es war gar kein Märchen, damals auf Sylt.« Sie sprach, ohne ihn anzuschauen. »Das Meer hat geleuchtet wie Gold, und ich dachte wirklich einen verrückten Augenblick lang, es wäre wahr, es wäre wirklich so, wie du gesagt hast. Aber es hat nicht gestimmt. Es hatte nichts mit Liebe zu tun.«

Sie schwieg eine Weile. Schließlich fuhr sie angestrengt fort: »In Wahrheit waren es nur Gallertkügelchen, einzellige Geißeltierchen, die man Noctiluca miliaris nennt. Sie ernähren sich von roten Algen. Wenn das Meer ruhig ist, sammeln sie sich im Hochsommer an der

Wasseroberfläche wie ein Teppich. Bei mechanischer Reizung, etwa wenn ein Mensch darin schwimmt, entwickeln sie Lichtblitze, die wie Gold im Wasser leuchten. Es waren bloß Algenfresser, nichts weiter.«

Sie senkte den Kopf noch tiefer. Ihre Schultern zitterten. Alles in ihm schrie danach, sie in seine Arme zu nehmen, doch er tat es nicht. Die Wunden von damals waren zu tief. Nichts und niemand konnte die Zeit umkehren und den sorglosen jungen Mann und das süße, unschuldige Mädchen zurückbringen, die einander im Meeresleuchten geliebt hatten. Es gab nichts, was er jetzt noch hätte sagen können. Es gab keine Rechtfertigung und keine Vergebung.

Geräuschlos trat er zurück und ging zu Tür. »Wenn du mit mir reden willst – du weißt, wo ich wohne. Es ist das Haus, das ich dir damals gezeigt habe.« Er war bereits auf dem Weg zur Tür.

»Warte.« Sie hob den Kopf und blickte angestrengt aus dem Fenster, in dem sich die Novembersonne spiegelte. »Warum wolltest du, dass ich mit niemandem aus dem Institut rede und auch nicht mit meinen Geschwistern? Denkst du, dass ...« Sie konnte es nicht aussprechen.

Thomas nickte, obwohl sie es nicht sehen konnte, da sie bewusst seinen Blick mied.

»Ich denke, es liegt auf der Hand, nicht wahr? Dein Vater sagte: ›Wenn mir etwas passiert.‹ Verstehst du? ›Wenn mir etwas passiert.‹ Für diesen Fall hatte er irgendeinen Plan, den er dir in einem Brief auseinander setzen wollte. Nun, ihm ist etwas passiert.«

Sie drehte sich langsam zu ihm um.

Er deutete ihren Ausdruck als Begreifen und nickte grimmig. »Denk darüber nach. Und komm zu mir wenn du darüber sprechen willst.« Die Tür fiel hinter ihm ins Schloss.

6. Kapitel

Wenn mir etwas passiert, flüsterte eine Stimme in ihrem Inneren. Sie flüsterte unaufhörlich, immer dieselben vier Wörter. Christina suchte geeignete Kleidungsstücke aus der von Martina mitgebrachten Tasche heraus und zog sich an. Vage überlegte sie, dass sie sich wärmere Kleidung besorgen müsste, falls sie länger hier bliebe. Bis auf die leichte Windjacke, die Jeans und zwei Pullover hatte sie nichts mit nach Deutschland gebracht, das für einen Aufenthalt in kälterem Klima geeignet gewesen wäre. Als sie sich bei der Stationsschwester abmelden wollte, erfuhr sie, dass das Krankenhaus noch Angaben zu ihrer Versicherung benötigte. Bevor sie ging, musste sie ein ellenlanges Formular ausfüllen.

Wenn mir etwas passiert, summte die Stimme in ihren Gedanken, als sie im Aufzug nach unten in die Halle fuhr und durch die große gläserne Drehtür nach draußen ging. Die Luft war frisch, aber nicht kalt. Dennoch verursachte der leichte Wind, der Christinas Gesicht und ihren Hals streifte, ein Frösteln auf ihrer Haut. Dort, wo sie sich die letzten Jahre aufgehalten hatte, war es selten kälter als dreißig Grad gewesen.

Vor der Pforte standen zwei Taxis. Christina stieg in das erste und gab die Adresse ihres Hotels an. Der Fahrer steuerte den Wagen schweigsam und routiniert durch den Vormittagsverkehr. Links erstreckte sich der Rhein, ein breites graues Band mit hellen Sonnenreflexen. Die wenigen Bäume am Ufer leuchteten rostrot.

Wenn mir etwas passiert.

Christina machte sich klar, dass es wesentliche Dinge im Zusammenhang mit dem Tod ihres Vaters gab, die ihr nicht bekannt waren, und die innere Stimme, die ihr keine Ruhe ließ, sagte ihr, wie wichtig es war, all das möglichst schnell in Erfahrung zu bringen. Sofern er ihr wirklich geschrieben hatte, während sie noch auf den Malediven unterwegs gewesen war, lag dieser Brief jetzt in ihrem New Yorker Postfach. Sie wusste nicht einmal, unter welchen Umständen ihr Vater gestorben war. In der Zeitung hatte nur gestanden, dass er tödlich verunglückt war. Christina war unwillkürlich davon ausgegangen, dass er bei einem Autounfall ums Leben gekommen war. Sie versuchte, sich an das Wenige zu erinnern, das sie über den Tod ihres Vaters gelesen hatte. Es war nur eine kurze Notiz gewesen, kaum mehr als das Foto, die dazugehörige Bildunterschrift sowie einige Zeilen, die seine wissenschaftlichen Verdienste auflisteten. Doch etwas an der Meldung hatte nicht gestimmt, passte nicht zusammen mit dem, was sie wusste. Christina gelang es jedoch trotz intensiven Nachdenkens nicht, sich den Wortlaut der Zeitungsmeldung zu vergegenwärtigen.

Der Fahrer hielt den Wagen vor dem Hotel an, und Christina wühlte in der Reisetasche nach Geld. Mit aufsteigendem Ärger dachte sie an ihre Handtasche. Vermutlich waren davon nur Ascheflocken übrig. Es würde Wochen dauern, bis sie neue Papiere und Kreditkarten besaß.

Im Innenspiegel erkannte sie die hochgezogenen Brauen des Fahrers, und sie wollte ihn bereits bitten, mit hineinzukommen und im Foyer zu warten, bis sie Rasmussen angerufen hatte, als sie die Brieftasche fand. Sie steckte in der Seitentasche, zusammen mit den Schlüsseln für das Loft, von dem Martina ihr erzählt hatte, und sie enthielt ein dickes Bündel Geldscheine im Wert von mindestens fünftausend Mark. Christina zog einen Hunderter aus dem Bündel, bezahlte den Fahrer und stieg aus. Auf dem Weg durch die Lobby des Hotels dachte sie zum ersten Mal an diesem Morgen konzentriert darüber nach, welches ihr nächster Schritt wäre. Einen flüchtigen Augenblick erwog sie, Rickys Rat zu befolgen, alles hinter sich zu lassen und so schnell wie möglich in das nächste Flugzeug zu steigen. Doch sie verwarf den Gedanken sofort wieder. Abgesehen davon, dass sich die Abreise wegen der fehlenden Papiere ohnehin verzögern würde, war es ihr unmöglich, die Rätsel um den Tod ihres Vaters hinter sich zu lassen. Ein Instinkt sagte ihr, dass zumindest eines dieser Rätsel sie selbst betraf.

Sie sah ein Bild vor ihrem geistigen Auge. Ein formloses Bündel, das Funken stiebend gegen ihre nackten Füße prallte, den ätzenden Geruch verkohlten Fleisches verströmend. Der Anblick eines Gesichtes, in dem Sekundenbruchteil wahrgenommen, bevor sie sich würgend abgewandt hatte: eine schwarze, blutige Fratze, seltsam deformiert, die klaffende Öffnung des verbrannten Mundes, in dem die Zähne zu einem Lächeln des Todes gebleckt waren.

Sie blieb stehen und schloss die Augen, doch das Bild verschwand nicht.

Ich muss herausfinden, wer er war und was er wollte, dachte Christina.

Im selben Augenblick wurde ihr die Entscheidung über ihren nächsten Schritt abgenommen. Ein Mann stieß sich von einer Säule der Hotelhalle ab und kam auf sie zu. »Frau Christina Marschall?« Er blieb vor ihr stehen und musterte sie fragend.

Christina nickte und ergriff die dargebotene Hand.

»Quint«, stellte er sich vor.

»Der Kommissar?«

Er nickte. »Hat mich jemand angekündigt?«

»Ein Bekannter, mit dem Sie heute Morgen gesprochen haben. Thomas Severin.«

»Ah, der junge Mann mit den kriminalistischen Ambitionen.« Christina lächelte unwillkürlich, weil er Thomas als jungen Mann bezeichnete. Quint selbst war kaum älter als vierzig. Er hatte ein sympathisches, intelligentes Gesicht und trug einen vom vielen Sitzen zerknautschten Anzug, der zu groß für seine hagere Gestalt schien. Er war etwa einssiebzig und damit kleiner als sie, was ihn aber nicht zu stören schien. Als er ihr Lächeln erwiderte, verzerrte sich sein Mund merkwürdig. Er sah ihre irritierte Miene und fuhr sich verlegen durch das kurzgeschnittene dunkle Haar. »Man merkt es noch, oder?«, fragte er und deutete auf seine Wange. »Ich war heute Vormittag beim Zahnarzt. Wurzelbehandlung. Ein teuflisch taubes Gefühl in der Lippe, vor allem beim Lachen. Noch schlimmer ist es beim Trinken. Ich habe mir die Wartezeit mit einer Tasse Kaffee vertrieben. Und mit einem Strohhalm.«

»Haben Sie auf mich gewartet?«

»Natürlich. Ich habe zuerst im Krankenhaus angerufen, aber Sie waren gerade weg. Der Anwalt Ihres Vaters sagte mir, dass Sie eventuell nicht lange in Deutschland bleiben würden, und da habe ich mich beeilt herzukommen. Wo können wir reden? Gleich hier?« Er machte eine ausholende Armbewegung und nahm ihr mit der anderen Hand die Reisetasche ab.

»Meinetwegen.«

»Gehen wir da rüber?« Quint ging voraus, ohne ihre Antwort abzuwarten. In einer Ecke der Lobby gab es eine Sitzgruppe, bestehend aus einer Ledercouch und drei Sesseln. Mehrere Pflanzkästen mit Palmen und Farnen sorgten für Sichtschutz. Quint stellte die Tasche ab und wartete, bis Christina in einem der Sessel Platz genommen hatte, bevor er sich auf den Sessel direkt neben sie setzte.

»Ich möchte mit Ihnen über den Toten sprechen«, begann er ohne Umschweife die Unterhaltung. Christina zuckte zusammen, als er das Wort aussprach. »Alles in Ordnung? Sie sehen aus, als wäre Ihnen nicht gut.«

»Nein, nein, es ist alles in Ordnung«, log sie. In Wahrheit war nichts in Ordnung. Schlagartig war ihr eingefallen, was sie an der Zeitungsmeldung über den Tod ihres Vaters irritiert hatte. Das Todesdatum war in dem kurzen Artikel genannt worden, ebenso wie der Tag, an dem die Beisetzung stattfinden sollte. Zwischen beiden Tagen hatten fast zwei Wochen gelegen. Wenn ihr Vater, wie Christina zunächst geglaubt hatte, bei einem Autounfall ums Leben gekommen wäre, hätte man nicht solange mit der Beisetzung gewartet. Sie fragte sich, wie ihr das hatte entgehen können.

Wenn mir etwas passiert. Was war ihm passiert?

»Wie ist er überhaupt gestorben?«, fragte Christina.

»Nun, ich denke, das liegt auf der Hand. Sie haben ihn doch selbst gesehen. Schwere Verbrennungen, außerdem innere Verletzungen. Die Leiche wird noch genauer untersucht. Die Experten sind sich noch nicht einig, ob die Explosion ihn umgebracht hat oder das Feuer.«

»Ich meine nicht den Mann, der gestern Nacht bei uns im Haus war. Ich spreche von meinem Vater.«

»Ihr Vater?« Quint runzelte die Stirn. »Das wissen Sie nicht?«

»Ich würde nicht fragen, wenn ich es wüsste.«

»Richtig, Sie sind ja erst zur Beerdigung gekommen, Rasmussen hat mir davon erzählt. Wie haben Sie denn vom Tod Ihres Vaters erfahren?«

»Rein zufällig, aus der Zeitung. Es stand nichts über die Art seines Todes darin, nur, dass er tödlich verunglückt ist. Ich nahm an, dass es ein Autounfall war.«

»Verständlich. Nun, er ist im Institut verunglückt.«

»Wie ist es passiert?«

»Wir wissen es nicht genau«, sagte Quint unbehaglich.

»Sie wissen es nicht?«, echote sie ungläubig.

Er hob die Schultern. »Er war allein, als es geschah. Die Untersuchung des Geschehens hat ergeben, dass er spätabends noch im Labor gearbeitet hat – die Mitarbeiter haben übereinstimmend ausgesagt, dass das öfter vorkam. Vermutlich wollte er eine Probe aus dem Gefriertank nehmen. Er trug an der rechten Hand einen Kältehandschuh, als man ihn am nächsten Morgen fand. Auf dem Boden vor dem Tank und unter seinen Schuhsohlen wurden Ölspuren festgestellt, die später als ein Teil des Maschinenöls identifiziert wurden, mit dem am Vortag die Schließvorrichtung des Tanks geölt worden war. Die Ereignisse sind so rekonstruiert worden, dass er den Tank geöffnet hat, sich leicht vorgebeugt hat, um hineinzugreifen und eine der Proben herauszunehmen, und dass er dabei auf der Ölspur ausrutschte. Bei dem Versuch, sich abzustützen, geriet er mit dem Arm in den Tank, verlor durch den Schock vollständig das Gleichgewicht, taumelte vorwärts, mit dem Gesicht in den Stickstoff.«

»Aber wie ... ich meine, wie kann denn das möglich sein?«, stammelte Christina, fassungslos vor Entsetzen.

»Ich habe von so einem Fall auch noch nicht gehört«, gab Quint zu. »Normalerweise wäre es so gut wie unmöglich, schon allein weil diese großen Tanks relativ hoch sind. Mir geht er fast bis zur Brust, ich habe mich davor gestellt. Aber Ihr Vater ... er war größer als ich, viel größer, also wäre es theoretisch denkbar. Nachdem sein Arm bereits vereist war, hatte er seine Reflexe nicht mehr unter Kontrolle, sackte zu Boden und ... na ja.« Quint räusperte sich. »So wird es sich abgespielt haben. Ich schätze, er war auf der Stelle tot. In diesen Tanks herrscht eine Temperatur von minus einhundertsechsundneunzig Grad.« Den traurigen Rest verschwieg er ihr. Warum auch hätte er ihr erzählen sollen, dass lebendiges Gewebe in flüssigem Stickstoff binnen weniger Sekunden gefriert und sich wie jedes beliebige Stück Eis verhält, wenn es auf die Steinfliesen eines Laborfußbodens prallt?

Quint musterte mitfühlend das bleiche Gesicht der jungen Frau, die neben ihm saß. Fast zwanzig Jahre Berufserfahrung hatten nicht vermocht, ihm jenes Maß routinebedingter Abgestumpftheit zu verleihen, die geholfen hätte, solche Momente besser zu bewältigen. Es nahm ihn immer wieder mit, den Angehörigen die hässlichen Einzelheiten eines gewaltsamen Todes zu offenbaren und dann zu sehen, wie sie litten, wie sie um Fassung rangen, sich bemühten, Haltung zu bewahren, obwohl sie doch am liebsten aufgeschrien hätten vor innerer Qual.

»Steht es mit Sicherheit fest, dass es ein Unfall war?« Christinas Stimme klang nur eine Nuance höher als vorher, doch an dem Zittern ihrer Hände, die sie im Schoß verschränkt hatte, erkannte Quint, was es sie kostete, Beherrschung zu zeigen.

»Ich stelle fest, dass Sie anscheinend mit Herrn Severin über das Thema gesprochen haben«, erwiderte Quint sachlich. »Er war nach dem Tod Ihres Vaters bei mir und hat mir erzählt, dass der Verstorbene angedeutet hatte, etwas könne ihm passieren. Nun, ich bin ein großer Fan von Thomas Severin, ich habe alle seine Romane gelesen, manche sogar zweimal. Er hat eine beispiellose Phantasie, wirklich. Zu viel vielleicht, was den Tod seines Freundes betrifft.«

»Sie meinen, er macht aus einer Mücke einen Elefanten?« Ihre Erschütterung schlug um in bitteren Sarkasmus. »Mein Vater ist tot, oder nicht? Und er ist nicht gerade friedlich gestorben.«

»Tut mir Leid, wenn ich mich falsch ausgedrückt haben sollte. Natürlich habe ich das, was Herr Severin mir da erzählt hatte, nicht einfach überhört. Wir haben im Gegenteil unsere Ermittlungen sogar noch verschärft.«

»Wobei dann nichts herausgekommen ist.«

Quint spreizte bestätigend die Hände. Christina sah, dass er keinen Ehering trug, doch dass er vor nicht allzu langer Zeit noch einen besessen haben musste. Am Ringfinger seiner rechten Hand war ein schmaler Streifen zu erkennen, der sich weiß von der übrigen Haut abhob. Vielleicht war er frisch geschieden. Er war ihren Blicken gefolgt. Seine immer noch betäubten Lippen verzogen sich zu einem grotesken kleinen Grinsen. Ich hatte kein Glück damit, schienen seine Augen zu sagen.

»Worin bestanden denn diese Ermittlungen?«, fragte Christina. »Ich meine, haben Sie …«

An dem Widerwillen, mit dem sie die Frage begonnen hatte, merkte er sofort, worauf sie hinauswollte. »Es gab die üblichen Untersuchungen von Haut und Fingernägeln«, kam er ihr zuvor. »Sie haben allerdings nichts ergeben, was auf äußere Gewalteinwirkung schließen ließe. Ihr Vater war ein großer, kräftiger Mann. Wenn er sich gewehrt hätte, gäbe es gewisse Spuren, die darauf hindeuten würden. Druckstellen, Kratzer, fremdes Gewebe unter den Nägeln, Haare und Fasern in signifikanter Menge, und ähnliche Dinge. Ich will Sie nicht mit den kriminaltechnischen Einzelheiten langweilen. Im übrigen haben die gerichtsmedizinischen Untersuchungen seines Mageninhaltes und so weiter nichts darüber ergeben, dass er irgendwelche Medikamente eingenommen haben könnte. Außerdem haben wir intensive Befragungen aller Personen aus seinem beruflichen und privaten Umfeld durchgeführt. Mitarbeiter, Verwandte, Freunde und Bekannte. Das war auch nicht besonders ergiebig. Jedenfalls kam nichts dabei heraus, das geeignet gewesen wäre, die These Ihres Freundes Thomas Severin zu untermauern.«

»Er ist nicht mein Freund.«

»Nun, wie auch immer. Die meisten sagten übereinstimmend aus, dass Ihr Vater ziemlich überarbeitet war und in der letzten Zeit einen psychisch labilen Eindruck gemacht hat. Er soll sogar mehrfach angedeutet haben, dass ihm irgendetwas passieren könnte.«

Christina beugte sich überrascht vor. »Wem gegenüber? Wer außer Thomas hat Ihnen erzählt, dass mein Vater in dieser Art geredet hat?«

Quint dachte kurz nach und zählte dann auf: »Ihre Schwester, Ihr Bruder. Ich habe beide selbst zu der ganzen Angelegenheit befragt. Dann Jakob von Schütz, der Kompagnon Ihres Vaters. Ein Laborgehilfe, ein älterer Mann namens Carlos. Ach ja, und Rasmussen, er erwähnte auch, dass Ihr Vater unter starkem Stress stand, als er sein Testament änderte, als litte er unter Todesahnungen. Und schließlich eine der Biologinnen im Institut, sie ist Französin, wie hieß sie gleich?« Er legte den Kopf schräg, dann schnippte er mit den Fingern. »Dubois. Marie Dubois.«

»Wie können Sie dasitzen und mir das erzählen und im selben Atemzug behaupten, dass es ein Unfall war?«

Er zögerte mit der Antwort. »Das behaupte ich gar nicht. Ich sagte, es könnte ein Unfall gewesen sein.«

»Denken Sie, es war eventuell doch Mord?«

Da war es. Sie hatte es ausgesprochen.

Mord.

Ihre Hände zitterten stärker, als sie sich zurücklehnte, um ihre Anspannung zu verbergen.

Quint entging ihre Erregung dennoch nicht. Er seufzte. »Nein, das denke ich nicht. Zumindest halte ich es für nicht sehr wahrscheinlich. Wir kommen nicht um die Tatsache herum, dass es keine äußeren Anzeichen für Gewaltanwendung gibt.«

»Soll das heißen ...«

»Ja. Es könnte Selbstmord gewesen sein. Es würde zu seinem Verhalten in den letzten Wochen vor seinem Tod passen.«

»Also gibt es keinen Mörder.«

»Vielleicht doch, wenn auch nicht mit Ihrem Vater als Opfer.«

Diesmal begriff sie sofort. »Der Brand?«

»Der Brand«, bestätigte er. »Dem Sie um ein Haar zum Opfer gefallen wären. Für uns Anlass genug, auch die Ermittlungen zum Tod Ihres Vaters wieder aufzurollen.«

»Weiß man schon, wer der Tote war?«

»Noch nicht. Er war entstellt, und er hatte keine Papiere dabei. Ich denke, morgen wissen wir mehr. Einstweilen sollten Sie sich vorsehen.«

Sie blickte ihn stumm an. Sie fragte nicht nach dem Grund für seine letzte Äußerung, weil sie ihn bereits kannte. Sie wusste es, noch bevor er es aussprach.

Sein hageres Gesicht wirkte unglücklich, so, als täte sie ihm grenzenlos Leid. »Kann sein, dass jemand auch an Ihrem Tod Interesse hat.«

Eine halbe Stunde später lag Christina immer noch wie betäubt auf dem Bett in ihrem Hotelzimmer. Quint hatte sich vor zwanzig Minuten in der Lobby von ihr verabschiedet und sie mit der Ankündigung zurückzulassen, einen Beamten zu ihrer Bewachung abzustellen, falls er es schaffte, den dafür nötigen Behördenkrieg zu gewinnen.

Ich muss etwas unternehmen, dachte sie. Ich muss mich um neue Papiere kümmern. Ich muss zum Haus fahren und nachsehen, was davon übrig ist. Ich muss eine Liste zusammenstellen von Leuten, mit denen ich reden sollte.

Es gab noch mehr, was sie tun musste. Auf dem Bett hatte sie die Nachrichten gefunden, die Martina für sie an der Rezeption abgeholt hatte. Ricky hatte für spätabends seine Ankunft am Düsseldorfer Flughafen angekündigt mit der Bitte, ihn abzuholen. Nach seinem grimmigen Abschied gestern Abend am Telefon hatte sie damit rechnen müssen, dass er kommen würde. Er machte sich Sorgen um sie, und wie es aussah, durchaus zu Recht.

Die zweite Nachricht war kürzer. Eine C-Netz-Telefonnummer und die Mitteilung, dass Christina dort anrufen sollte, wenn sie mehr über den Tod ihres Vaters zu erfahren wünschte. Sie hatte in ihrem Zimmer den Hörer abgenommen, dann aber aufgelegt, bevor sie zu Ende gewählt hatte, von einem plötzlichen Schwindel übermannt. Sie hatte sich hingelegt, und der Schwindel war vergangen, doch eine eigenartige Lethargie zwang sie liegen zu bleiben. Ihre Glieder fühlten sich taub an, in ihren Schläfen hämmerte es. Sie sagte sich, dass es die Nachwirkung des Schocks sei. Es war zu viel auf einmal auf sie eingestürmt. Der Tod ihres Vaters. Der Brand. Die Gewissheit, dass irgendetwas am Tod ihres Vaters nicht stimmt. Die

Befürchtung, dass jemand auch ihr nach dem Leben trachtete – wer, daran wagte sie gar nicht zu denken.

Rede nicht mit deinem Bruder. Und vor allem nicht mit deiner Schwester. Das ist es, dachte sie. Das ist es, was mir so zusetzt.

Doch sie wusste, dass dies nur ein Teil der Wahrheit war. Sie dachte an die Begegnung heute Morgen im Krankenhaus, eine Begegnung, die den Schutzschild, den sie in zwölf Jahren aufgerichtet hatte, auf einen Schlag weggefegt und die alten Wunden wieder aufgerissen hatte.

Sie fühlte sich plötzlich krank und wünschte sich, unter die Decke zu kriechen und einfach dort liegen zu bleiben, bis jemand käme und zu ihr sagte, dass alles nur ein böser Traum war, aus dem sie soeben aufgewacht war.

Das Telefon neben dem Bett klingelte. Es war die Empfangsdame, die ihr mitteilte, dass ein Herr namens Jochen Marschall sie sprechen wolle. Ob er hinaufkommen dürfe. Christina zögerte mit der Antwort. Sie hatte nicht die geringste Lust, mit ihrem Bruder zu reden, nicht nach der Vorstellung, die er gestern Nachmittag in der Kanzlei gegeben hatte. Und dann dachte sie an die Warnung, die Quint und Thomas ausgesprochen hatten. Merkwürdigerweise vereinfachte das ihren Entschluss. Wenn ihr Bruder etwas mit dem Brand zu tun hatte, gab ihr ein Gespräch vielleicht die Möglichkeit, das herauszufinden.

Christina atmete durch. »Schicken Sie ihn hoch.«

Rasch stand sie auf und ging ins Bad, wo sie sich flüchtig das Gesicht wusch und mit dem Kamm durch die Haare fuhr. Sie war kaum fertig, als es bereits klopfte.

Jochen war so bleich wie am Vortag, doch er war sorgfältig gekleidet und frisch rasiert. Seine Begrüßung klang zwanglos. »Hallo, Christina.«

Sie nickte ihm zu und deutete auf die beiden Sessel, die vor dem Fenster standen, doch er winkte ab. »Ich will dich nicht lange aufhalten. Du kannst dir sicher denken, weshalb ich hier bin, oder?«

»Sicher nicht deswegen, weil du mir sagen willst, wie sehr du es bedauerst, dass ich gestern Nacht fast verbrannt bin.«

Er hob unbehaglich eine Schulter. »Ich hab's gehört. Tut mir echt Leid, wirklich.«

»Okay, du bist wegen des Testaments da. Schon gut. Was willst du?«

»Nur, was mir zusteht«, sagte er eilig. Er ging zum Fenster und blickte hinaus, die Daumen in die Gürtelschlaufen seiner Hose gehakt.

Das hat er schon als ganz kleiner Junge getan, durchfuhr es Christina. Sie spürte, wie etwas in ihrem Inneren nachgab. »Ich mache dir keine Schwierigkeiten«, sagte sie müde. »Glaub mir, das ist das Letzte, was ich tun will.«

»Also tatsächlich«, meinte er gedehnt. »Wenn das nicht echte Fortschritte sind.«

»Komm zur Sache, Jochen.«

Er wippte auf den Fußballen. »Vater hat mir das Haus auf Sylt vermacht und Wertpapiere. Aber da ist diese dämliche Testamentsvollstreckerklausel. Ich darf über nichts davon ohne deine Zustimmung verfügen.«

»Du hast sie. Geh zu Rasmussen, er soll sich darum kümmern und irgendwas zum Unterschreiben vorbereiten.«

Er wirkte unsicher. »Wirklich?«

Christina nickte kurz.

»Und du wirst nicht vorher abhauen oder so? Wieder in die Südsee verduften?«

Leicht amüsiert schüttelte sie den Kopf.

»Die Polizei war ein paar Mal bei mir in den letzten Wochen«, meinte er. »Heute früh auch wieder.« In seinen Augen flackerte es kurz auf, dann senkte er den Blick auf seine Füße, als erwarte er irgendeinen Kommentar von Christina.

Sie räusperte sich und tat ihm den Gefallen. »Bei mir war vorhin auch jemand. Scheint so, als würde mit Vaters Tod etwas nicht stimmen.«

»Ja, sie rollen den Fall neu auf.« Er musterte Christina merkwürdig abschätzend, beinahe lauernd. »Ich glaube nicht an diesen Scheiß. Es war kein Unfall und schon gar kein Mord. Wenn du mich fragst – er hat von ganz allein und freiwillig seinen Kopf in das Ding gesteckt. Zuerst den Arm, es soll ja angeblich überhaupt nicht wehtun. Kann sein, er wollte sehen, ob's stimmt. Dann den Kopf, als er gemerkt hat, dass es wirklich halb so wild ist.«

»Warum hätte er das tun sollen?«, fragte sie. Ihre Stimme klang ruhig, obwohl sie ihn am liebsten angeschrien hätte.

»Weil er keinen Bock mehr hatte, darum.« Er schniefte und rieb sich die Nase. Christina sah, dass seine Nasenscheidewand entzündet war. »Er wollte einfach nicht mehr dieses Scheißleben leben. Hat er mir ja selbst gesagt.«

»Wann hat er das gesagt? Ich denke, du wohnst in Hamburg.«

»Ab und zu komme ich her.«

Wenn du Geld brauchst, ergänzte sie in Gedanken. Laut sagte sie: »Was hat er denn zu dir gesagt? Ganz genau, meine ich.«

Er zuckte die Achseln und schniefte erneut. »Hundertprozentig weiß ich es auch nicht mehr. Frag Martina, die hat öfter mit ihm geredet.«

»Ich frage aber dich.«

»Er hat einfach rumgejammert, verstehst du, ihm passte es nicht, wie es in der Firma lief, überall hat er Gespenster gesehen, die ihm seine Entdeckungen klauen wollten und so.«

Sie fragte sich, ob er von den gestohlenen Arbeitsunterlagen wusste. »Sag mir einen vernünftigen Grund, warum er sein Testament geändert hat.«

Sein Gesicht verzerrte sich, und plötzlich wirkte er viel älter als fünfundzwanzig. Dann, einen Moment später, bekam seine Miene einen Ausdruck aufgesetzter Gelassenheit. »Wir hatten Krach«, gab er zu.

»Du und er? Oder er und Martina? Oder ihr alle?«

»Ach, es ging immer hin und her. Mal Paps und ich, mal Paps und Martina, mal wir alle. Zum Schluss wir alle. Du musst wissen, er pfuschte in der letzten Zeit irgendwie mit der Firma rum. Wenn wichtige Sachen zu entscheiden waren, hatte er keine Zeit und keine Lust, er hat wichtige Kunden und Auftraggeber vor den Kopf gestoßen. Wenn ihm irgendwelche Gesichter nicht passten, hat er die Leute auf die Straße gesetzt, solche Sachen eben. Du musst Jakob fragen, er weiß besser Bescheid, er musste ihn ja Tag für Tag ertragen.«

»Du scheinst von Schütz ganz gut zu kennen.« Für einen Moment glaubte sie, Röte auf seinen Wangen zu sehen, doch als er sich ihr zuwandte, war sein Gesicht so bleich wie vorhin.

»Klar kenne ich ihn. Martina auch. Sehr gut sogar. Er ist seit über zehn Jahren in der Firma und war oft bei uns zu Besuch. Wir treffen uns ab und zu, ich meine, Martina und ich treffen ihn, wenn wir hier in Düsseldorf sind. Er ist okay.«

»Wie ist er überhaupt Teilhaber geworden?«

»In dem Jahr, als du abgehauen warst, ging es Martina ziemlich dreckig. Sie musste in psychiatrische Behandlung. Von Schütz war ihr Arzt, so lernte er die Familie kennen. Im selben Jahr lief es in der Firma schlecht. Der Laden hing am seidenen Faden. Mehrere Hauptauftraggeber sind gleichzeitig in Konkurs gefallen. Paps stand kurz vor dem Ruin. Von Schütz hat ihm aus der Patsche geholfen. Obwohl er Arzt ist und kein Biologe, hat er immer große Stücke auf Paps' Arbeit gehalten.«

»Und auf die Firma vermutlich.«

»Die Firma ist ihm wichtig«, gab Jochen zu. »Er hat wahnsinnig viel Energie da reingesteckt. Die letzten Jahre hat er praktisch die ganze Verwaltungsarbeit gemacht, Paps hing ja nur über seinen Forschungen. Und dann musste Jakob mit ansehen, wie Paps ständig versuchte, ihm in die Suppe zu spucken, seine Entscheidungen beim Marketing und beim Management zu hintertreiben und so. Irgendwann letztes Jahr kam Jakob dann mal auf uns zu, er war total am Ende deswegen und wollte alles hinschmeißen. ›Die Firma geht den Bach runter, Kinder‹, sagte er. Er wollte Paps seine Anteile abkaufen, und wir sollten mal ganz vorsichtig vorfühlen. Du hättest Paps mal hören sollen, als wir ihm damit kamen. Er ist total ausgerastet.«

»Und hat sein Testament geändert.«

»Das war später. Zuerst haben wir versucht, ihm eine andere Idee schmackhaft zu machen. Wir haben ihm vorgeschlagen, uns seine Anteile im Wege vorweggenommener ...« – er stolperte über das ungewohnte Wort – »... Erbfolge zu übertragen. Damit wäre alles in der Familie geblieben, Jakob hätte in Ruhe alles wieder hinbiegen können, und Paps hätte mal so richtig ausspannen können. Immerhin war er nicht mehr der Jüngste. Aber damit haben wir es noch schlimmer gemacht. Diesen Vorschlag hat er noch schlechter aufgenommen. Er fing an zu spinnen und diesen Mist zu erzählen.«

»Was genau hat er erzählt?«

Jochen wedelte ziellos mit den Händen. »So oft hat er auch wieder nicht mit mir gesprochen. Ein-, zweimal, und da war er irgendwie ... düster. Er hat gesagt, was für ein Scheißleben das ist, wenn man gegen alle Fronten kämpft. Ja, das genau hat er mal gesagt. Und dann hat er ... orakelt. Nach dem Motto, wenn ich jetzt schon so hinter seinem Geld her wäre, könnte er sich ja bald sein Grab bestellen und so. Lauter Quatsch.«

»Das ist die Frage«, sagte Christina langsam.

Er kniff die Augen zusammen. In seinem Blick funkelte etwas Bedrohliches. »Was willst du damit sagen?«

»Dass du hinter seinem Geld her warst«, entgegnete sie sachlich.

»Du vergisst die Firma«, widersprach er. »Die vielen Leute, die da ihren Arbeitsplatz haben. Paps war dabei, alles zu ruinieren. Da musste doch was getan werden ...« Er verstummte. Anscheinend merkte er selbst, wie fadenscheinig es sich anhörte.

»Ich weine gleich bei so viel Edelmut. War sonst noch was?«

Er verzog den Mund und hob die Hand, um sich die Nase zu reiben, ließ sie aber auf halber Höhe sinken, als er ihren Blick sah.

»Das mit dem Haus auf Sylt und den Wertpapieren geht wirklich in Ordnung?«, fragte er.

»Ich hab's doch gesagt, oder?«

Er musterte sie ein letztes Mal, dann drehte er sich abrupt um und ging zur Tür.

»Warte«, rief sie, einem Impuls folgend.

Er drehte sich fragend zu ihr um, die Tür schon halb geöffnet. »Was ist?«

»Eine Sache noch.« Ihr Ton war härter als beabsichtigt. »Die Polizei geht davon aus, dass mich der Mann, der gestern Nacht das Feuer gelegt hat, möglicherweise ermorden wollte.«

»Und?«, fragte er ungeduldig. Wieder glaubte sie, in seinen Augen jenen lauernden Ausdruck auszumachen.

»Ich werde überwacht. Zum Schutz. Ich wollt's dir nur sagen.« Es tat ihr schon Leid, bevor sie zu Ende gesprochen hatte.

Er begriff sofort. Sein Mund klaffte auf. »Du denkst tatsächlich ... Mein Gott, du miese ...« Sein letztes Wort ging in dem Knall unter, mit dem er die Tür hinter sich zuwarf.

Christina starrte die Tür an, nachdem er längst verschwunden war. Sie versuchte sich zu erinnern, wie er als Kind gewesen war und was sie mit ihm verbunden hatte. Sie stöberte ihr Gedächtnis nach Einzelheiten durch, doch sie fand nicht viel. Den Eindruck eines verschlossenen Jungengesichts, sommersprossig wie ihr eigenes und das ihrer Schwester. Das Haar krauser und einen Ton dunkler, eher ein Rostrot. Eine schlaksige Gestalt mit knochigen Knien und Armen, die zu lang für den schmächtigen Körper schienen.

Sie und Martina hatten nicht viel mit ihm gemeinsam gehabt. Sie waren einander genug gewesen. Für ihn gab es keinen Platz in ihrer Zwillingswelt. Der Altersabstand war zu groß, und vermutlich hatten sie ihn unbewusst immer für den Tod ihrer Mutter verantwortlich gemacht. Also war er in seiner Kindheit eigene Wege gegangen. Er hatte seine eigene Welt aufgebaut, und es war gründlich schief gegangen.

Aber was war mit der Welt, die sie sich selbst zurechtgezimmert hatte? Christina machte sich bewusst, dass ihr Leben von einem gewissen Standpunkt genauso als misslungen angesehen werden konnte wie das ihres Bruders. Sie war davongelaufen, hatte sich auf der anderen Seite der Erde versteckt, war im wahrsten Sinne des Wortes untergetaucht.

Christina ließ sich langsam auf das Bett sinken. Sie drückte die Handballen gegen ihre schmerzenden Augen. Die Schwindelgefühle waren stärker als vorher.

Ich werde krank, dachte sie, und dann wieder: Das alles war zu viel für mich. Ich brauche Schlaf.

Sie legte sich hin und wollte sich zudecken, doch dann begriff sie unvermittelt, dass ihre Schwäche einen höchst profanen Grund hatte: Seit etwa vierundzwanzig Stunden hatte sie bis auf die Tasse Tee, die sie gestern Abend mit Rasmussen getrunken hatte, nichts zu sich genommen. Das Essen im Krankenhaus hatte sie unberührt stehen lassen. Bei dem Gedanken zog sich ihr schmerzhaft der Magen zusammen, und jetzt identifizierte sie das Schwächegefühl eindeutig als Hunger. Sie drehte sich zum Telefon um und bestellte beim Zimmerservice eine Mahlzeit. Der Kellner klopfte eine halbe Stunde später und brachte ein Tablett mit Rührei, Speck, Toast, Kaffee und Grapefruitsaft. Sie schlang alles in unverantwortlicher Geschwindigkeit hinunter und nahm bereitwillig in Kauf, dass ihr übel werden würde, doch sie hatte Glück. Ihr wurde nicht schlecht, sie fühlte sich nach dem Essen nur satt und müde. Sehnsüchtig betrachtete sie das Bett, während sie den Rest des Kaffees austrank.

Warum eigentlich nicht? Was immer es für sie zu tun gab, es hatte Zeit bis morgen. Sie hatte sich bereits in die Kissen gekuschelt und war im Begriff, einzuschlummern, als ihr Ricky einfiel. Seufzend griff sie noch einmal zum Telefon und gab für zweiundzwanzig Uhr einen Weckruf in Auftrag.

7. Kapitel

Richard Stapleton saß an Bord der DC 10 und starrte aus dem Fenster neben seinem Sitz in die Nacht. Jenseits der Tragflächen war der Himmel von undurchdringlicher Schwärze.

Richard war todmüde, doch er war außerstande, Schlaf zu finden. Obwohl er schon oft geflogen war, hatte er es noch nie fertig gebracht, an Bord eines Flugzeuges zu schlafen. Seit vierundzwanzig Stunden war er wach, Zeit genug, um an Christina zu denken und an die unabänderliche Entschlossenheit, mit der er ihr nachgereist war. Die Entscheidung war ganz plötzlich da gewesen, und er hatte sich ihr sofort gebeugt, mit derselben traumwandlerischen Zielstrebigkeit, die ihn damals dazu gebracht hatte, Christina zu erobern.

Richard war siebenundzwanzig, zwei Jahre jünger als Christina Marschall. Er hatte sie vor fünf Jahren kennen gelernt, als sie am Nord-Male-Atoll vor der Küste der Hauptinsel getaucht hatte. Damals war er ein ständiger Gast in den Strandclubs gewesen, ein gut aussehender Bursche von zweiundzwanzig Jahren, der sich seiner Wirkung auf hübsche, freigiebige Touristinnen nur zu bewusst war. Er ging mit ihnen schwimmen, führte sie in Nachtbars, zeigte ihnen die Sehenswürdigkeiten der Inseln. Ging mit ihnen ins Bett. Manche boten ihm Geld an, und er hatte keine Skrupel, es zu nehmen. Von Zeit zu Zeit jobbte er in einer der Surf- oder Tauchschulen, doch gegen ein paar zusätzliche Dollars hatte er nichts einzuwenden. Er sparte auf ein eigenes Boot. Außerdem wollte er wieder nach Europa reisen, um mehr von der Welt kennen zu lernen, aus der sein Großvater stammte. Er trug sich immer noch mit vagen Plänen, nach Südwales zu fahren, wo die englische Seite seiner Familie lebte, eine Familie, die sich der exotischen Insulanerverwandtschaft schämte. Er selbst hatte nie versucht, Kontakt mit ihnen aufzunehmen, obwohl er während seines Studiums in England Gelegenheit dazu gehabt hätte, aber Jane, seine Mutter, erinnerte sich daran, dass sie eines Tages, kurz nach dem Tod des Engländers, mit ihrer Mutter dorthin gereist war, um die Familie des Engländers kennen zu lernen. Sie war damals ein kleines Kind gewesen und wusste nicht mehr viel von diesem Besuch, doch sie konnte sich noch genau erinnern, wie kalt es gewesen war. Ein kaltes Land mit kalten Menschen, Ricky, hatte sie zu ihm gesagt. Und als er später ein Jahr in London studierte, hatte er begriffen, wie Recht sie gehabt hatte.

Vielleicht bereitete es ihm deshalb so viel Vergnügen, die angeblich so kalten Engländerinnen in seinen Armen zum Schmelzen zu bringen. Auch Christina mit ihrer zarten, hellen Haut und den roten Haaren hatte er zunächst für eine Engländerin gehalten. Ihre grazile

Erscheinung stach ihm sofort ins Auge, als er sie eines Tages in einer Strandbar sah, wo er sie ohne Umschweife auf Englisch ansprach und sie aufforderte, ihm zu verraten, woher sie kam. Normalerweise kam er auf diese Weise mit jungen Frauen problemlos ins Gespräch und später ins Bett. Sein Lächeln, seine imponierende Größe und seine indigoblauen Augen verfehlten selten ihre Wirkung.

Christina schaute ihm kühl ins Gesicht und ließ ihn abblitzen, auf eine schroffe Art, die er bei den erlebnishungrigen Touristinnen nicht gewohnt war. Aber er gab nicht auf. Christina hatte ihn sofort gereizt, und die Erkenntnis, dass sie keine jener sonnenverliebten Europäerinnen war, die, ohne zu zögern, auf den kleinsten Wink eines dunkelhäutigen, zwei Meter großen Adonis reagierten, sondern dass sie auf die Inseln gekommen war, um hart zu arbeiten, ließ sie ihm noch verführerischer erscheinen.

Jeden Tag schaffte er es, sie zu finden. Er brachte die Stellen in Erfahrung, wo sie tauchte, und borgte sich ein Boot, um ihr zu folgen und zur selben Zeit hinunterzugehen wie sie. Es machte ihm Freude, ihr nachzuschwimmen und sie zu beobachten, während sie die Rifflandschaft fotografierte. Zuerst schnorchelte er nur, doch am dritten Tag besorgte er sich ein Back-Pack, um genauso lange unten bleiben zu können wie sie. Er bewegte sich mit der Sicherheit langjähriger Erfahrung unter Wasser, denn er tauchte, seit er ein Junge war. Christina merkte schnell, dass er gut war, da er ständig in ihrer Nähe blieb. Zuerst schien es sie zu ärgern, dass er ihr wie ein Schatten folgte, doch schon am zweiten Tag sah er sie verstohlen lächeln.

Wenn es sich ergab, wies er sie gestenreich auf besonders sehenswerte Stellen im Riff hin, zeigte ihr zwei-, dreimal verborgene Grotten, in denen Napoleonfische hausten, und leitete sie zu Felsen, unter deren Überhängen eine seltene, farbenprächtige Korallenart wuchs.

Auf seine Versuche, nach dem Tauchen mit ihr ins Gespräch zu kommen, ging sie jedoch nicht ein. Sie duldete, dass er sich neben sie setzte, wenn sie in eine der Strandbars ging, doch sie wehrte seine Anstrengungen, sie in ein Gespräch zu verwickeln, mühelos ab. Schließlich schwieg auch er und sah ihr zu, wie sie ihr Gingerale trank und das blaugrüne Meer betrachtete.

Sie blieb stets im Schatten und trug breitrandige Strohhüte und bis zu den Fußknöcheln reichende Kleider aus dünner, bunt bedruckter Baumwolle, die ihre Schultern und ihr Dekollete gegen die Sonne schützten. Er blieb in ihrer Nähe und beobachtete sie, wenn sie, nachdem sie ausgetrunken hatte, aufstand und zu ihrer Unterkunft ging, einem kleinen, einfachen Stelzenbungalow. Er malte sich aus, wie er ihr das Kleid auszog und ihren kühlen, hellen Körper an sich presste, bis sie vor Lust stöhnte. Noch nie hatte er eine Frau besessen, die so hoch gewachsen war wie sie, und wenn er sie anschaute, glaubte er bereits zu spüren, wie perfekt sie sich seinem eigenen Körper anpasste. Das Gefühl wurde manchmal so stark, dass er vor Erregung schneller atmete.

An einem Abend erzählte er ihr aus einem Impuls heraus unaufgefordert von sich, von seinem Leben zwischen den Inseln. Er beschrieb ihr sein Dorf, und er berichtete, wie er als kleiner Junge mit den Fischern auf ihren Dhonis außerhalb der Atolle gesegelt war und Thunfische gefangen hatte, bis seine Augen rot vom Salzwasser wurden und seine Handflächen vom Halten der Kokosseile so hart wie Nussholz. Wenn sie den Fang eingebracht und zum Trocknen aufgereiht hatten, dankten sie Allah für seine Gnade. War die Ausbeute schlecht, beteten sie um mehr Fische für das nächste Mal. Richard betete mit ihnen, obwohl er wie seine Mutter christlich getauft war. Er sprach von seinem Großvater, den er nie gekannt hatte, da er gestorben war, als seine Mutter noch ein Kind gewesen war. Doch er wusste alles über den Engländer, der Meeresbiologe gewesen war und eine der Inselschönheiten des Nord-Male-Atolls geheiratet hatte und ihm, dem Enkel, den Namen und die Augen gegeben hatte, obwohl er doch schon so lange tot war. Und er sprach von dem anderen Mann, der zusammen mit einer Gruppe Rifftaucher aus Sri Lanka für kurze Zeit auf die Insel gekommen war. Ein einziger Sommermonat, den sein ihm unbekannter Vater mit Jane, der schönen Tochter des Engländers, verbracht hatte.

Richard erzählte von seinem Versuch, im Land seines Großvaters zu leben und dort Medizin zu studieren, nachdem der Staat ihm ein Stipendium bewilligt hatte. Doch er hatte es nicht einmal ein Jahr in London ausgehalten, dann hatte er genug gehabt von der Kälte und den Snobs. Richard sprach lange, in seinem melodischen, exotisch eingefärbten Englisch, und er gab mehr von sich preis als jemals einer anderen Frau gegenüber.

Christina schien es zu spüren, denn zum ersten Mal sah sie ihn richtig an, den Kopf aufmerksam zur Seite geneigt, so dass ihr glänzendes rotes Haar wie eine Welle über die weiße Haut ihres Arms fiel.

Nach diesem Abend taute sie ein wenig auf. Sie unterhielten sich über die Inseln, den Raubbau der Eingeborenen am Riff und über die letzte Sturmflut, die ein Drittel der Hütten auf der Nachbarinsel mit ins Meer gerissen und eine weitere Insel ganz verschlungen hatte. Die von Menschen erzeugte globale Klimakatastrophe forderte bereits ihren Tribut, denn der Treibhauseffekt, der die Erdatmosphäre erwärmte und die Meeresspiegel steigen ließ, fraß an den Inseln wie ein gieriges Tier. Keine Weltklimakonferenz konnte am Schicksal der tausend Inseln etwas ändern. In zweihundert Jahren würden von den schneeweißen Stränden und den anmutig gebogenen Palmen nur noch die Erinnerungen existieren, welche die letzten Insulaner nach ihrem Exodus an ihre Kinder und Enkel weitergeben würden. Christina und Richard redeten lange und ernsthaft darüber. Dennoch hielt Christina Distanz. Private Themen blieben nach wie vor tabu.

Als in der darauf folgenden Woche der Junge, der täglich mit ihr tauchte, krank wurde – Richard hatte ihn mit einer Hand voll *rufyas* von seiner plötzlich auftretenden Krankheit überzeugt –, war er selbst zur Stelle. Sie zögerte nicht, ihn zu engagieren, weil sie unter Zeitdruck stand. Er erfuhr, dass sie an einer Fotoreportage für *Time Life* arbeitete.

Sie schoss die Fotos, die sie noch brauchte, und er begleitete sie. Einmal tauchten sie kurz vor Mitternacht, weil sie sich Nachtaufnahmen vom Riff in den Kopf gesetzt hatte. Sie ruderten zu einer Stelle hinaus, die sie tagsüber ausgekundschaftet hatte. Richard streifte das T-Shirt ab und ließ sich, nur mit der Badehose bekleidet, als Erster ins Wasser gleiten, in jeder Hand eine Hundertwatt-

Halogenlampe. Christina, die einen kurzen Neoprenanzug trug, folgte mit der Kamera. Sie machte ein paar Aufnahmen, war aber enttäuscht. Das Wasser schien trübe und grau. Die verschwenderischen Farben, die tagsüber das Riff leuchten ließen, waren zu stumpfen Schwarz- und Brauntönen verblasst. Vereinzelt im Licht der Scheinwerfer vorbeihuschende Fische wirkten gespenstisch mit ihren blassen Silberkörpern und fluoreszierenden Augen. Bis auf einen nachtaktiven Zwergfeuerfisch, der tagsüber im Riff versteckt lebte, stöberten sie nichts auf, was der Rede wert gewesen wäre.

Christinas langgliedriger Körper war dicht vor ihm, die Haut ihrer nackten Arme und Beine durchscheinend hell im Kegel der Lampen. Er schwamm dicht zu ihr heran, schaltete eine der Lampen aus. Mit Gesten bedeutete er Christina, dass sie defekt sei. Zwei Minuten später ließ er die zweite Lampe ›kaputtgehen‹, wobei er es so einrichtete, dass er Christina berührte, nachdem er die Lampen am Gürtel seiner Badehose festgeklinkt hatte. Natürlich hätte er es nicht getan, wenn er nicht völlig sicher gewesen wäre, dass sie keine Sekunde in Gefahr waren. Er wusste genau, wo sie waren und wo das Boot ankerte, während er langsam, die Hände um ihre Arme gelegt, mit ihr durch das dunkle Wasser auftauchte. Um sie herum war absolute Schwärze. Als er ihre nur mühsam unterdrückte Panik spürte, bekam er ein schlechtes Gewissen, doch dann streifte die Wolke ihres Haars sein Gesicht, er nahm die seidige Glätte ihrer Haut unter seinen Fingerspitzen wahr, und seine Gefühle gingen in eine andere Richtung. An der Oberfläche sahen sie das schwach blinkende Positionslicht des Bootes. Richard zog Christina sacht hinüber, stemmte sich hoch und hievte sie über das Dollbord hinein. Dann knipste er das Positionslicht aus, und sie befanden sich in völliger Finsternis. Christina zerrte sich die Maske vom Gesicht, und ihr leises Keuchen ging über in wütende Flüche, weil sie nichts sehen konnte. Sie fluchte weiter, während sie das Atemgerät ins Boot fallen ließ und nach der Kamerabox tastete. Richard nahm sie bei den Schultern und drehte sie zu sich herum. Dann fasste er ihr Kinn und zwang sanft ihren Kopf in den Nacken. Der Himmel spannte sich wie schwarzer Samt über ihnen, übersät mit Abertausenden glitzernder Sterne. Es war ein Anblick von majestätischer Schönheit, der sie still werden ließ. Sie schaute lange nach oben, ohne sich gegen die Hände auf ihren Schultern zu sträuben.

Richard spürte auf die Sekunde genau den Augenblick, als sie nachgab. Es war weniger ein Erkennen ihrer körperlichen Bereitschaft, als vielmehr eine intuitive Wahrnehmung ihrer inneren Hingabe. Einer Hingabe an die Nacht, den Sternenhimmel, die schmeichelnde Luft, die kleinen Wellen, die in der Dunkelheit gegen das Dingi klatschten.

Dann fühlte er noch etwas anderes, eine leise Wehmut, einen schwachen Nachklang von Angst, und in diesem Moment wusste er, dass sie einmal schwer verletzt worden war. Diese Gewissheit änderte etwas zwischen ihnen. Er konnte nicht sagen, was es war, aber es war da, brachte sein Herz schmerzhaft zum Klopfen und ließ seine Kehle eng werden. Ohne etwas zu sagen, nahm er sie in die Arme. Christina wehrte sich nicht, doch es dauerte eine Weile, bis sie seine vorsichtigen Zärtlichkeiten erwiderte.

Das Dingi schaukelte auf den Wellen, die gleichförmig gegen die Planken schwappten. Er küsste sie und flüsterte sinnlose Worte in ihr Ohr, ein hitziges, dunkles Gemurmel der Begierde, dann half er ihr aus dem Neoprenanzug und küsste sie erneut, berührte und liebkoste sie, bis er endlich zwischen ihren Beinen war und behutsam in sie eindrang. Alles war so, wie er es sich ausgemalt hatte. Ihre Brüste unter seinen Händen, ihre Nägel, die sich in seine Schultern gruben, ihr Stöhnen an seinem Ohr. Und es war viel mehr als das. Als er die Nässe von Tränen auf ihren Wangen ertastete, wusste er es, und er spürte die Tiefe der Nacht und den Gesang des Windes.

Richard versuchte, das Bild festzuhalten, doch es löste sich auf wie die Wolken, als die Maschine über dem Düsseldorfer Flughafen zur Landung ansetzte.

Zu jung, dachte er, ich war zu jung damals, ich habe nicht begriffen, was sie für mich war. Was wir füreinander hätten sein können. Wenn ich es noch einmal anfangen dürfte, würde ich sie nicht gehen lassen. Nie wieder.

Die DC 10 setzte mit spürbarem Ruck auf, und Richard lehnte sich zurück in den Sitz, während das Flugzeug langsam ausrollte. Fast glaubte er, durch das Aluminium die Kälte zu spüren, die draußen herrschte, und den Wind, der den Nieselregen über das erleuchtete Flugfeld trieb und die Bullaugen mit Schlieren überzog. Er fragte sich, ob der Sweater, den er sich zum Überziehen mitgenommen hatte, für die herbstliche Witterung warm genug war. Bis auf ein Bordcase mit ein paar Kleidungsstücken zum Wechseln hatte er kein Gepäck.

Er brachte die Formalitäten beim Auschecken ohne große Umstände hinter sich. Und dann sah er sie, wie erwartet, am Abholterminal stehen, einige Sekunden, bevor sie ihn sehen konnte. Seine Größe ermöglichte ihm, über die Köpfe der anderen Fluggäste hinweg ihr leuchtendes Haar auszumachen. Er sah die Müdigkeit in ihren Augen und die Blässe in ihrem Gesicht. Sie hob winkend die Hand, und im nächsten Moment war er bei ihr und nahm sie in die Arme. Er drückte sie einfach nur an sich und genoss ihre Wärme.

»Du hast mir gefehlt«, sagte er.

Sie lächelte an seinem Hals. »Nach zwei Tagen schon?«

Er umfasste ihr Kinn und küsste sie zärtlich auf die Wange. »Du siehst müde aus.«

»Ich bin müde. Schließlich stehe ich mitten in der Nacht hier am Flughafen und hole dich ab, statt in meinem warmen, gemütlichen Bett zu liegen und zu schlafen.« Sie deutete zum Ausgang. »Mein Wagen steht draußen.«

»Du hast einen Wagen?«

»Einen Mietwagen. Das Taxifahren ist auf Dauer zu teuer.«

»Auf Dauer? Was soll das heißen?«

»Das soll heißen, dass ich wahrscheinlich noch eine Weile hier bleiben werde.« Sie fasste ihn unter und zog ihn mit sich zum Ausgang.

»Eine Weile... Aber wieso, zum Teufel? Und was ist mit deinem Fuß los?«

»Halb so schlimm. Ich habe den Verband schon abgemacht.«

»Verband?«, echote er argwöhnisch.

»Jetzt komm schon, ich erzähl's dir im Auto.«

Sie verließen das Flughafengebäude und gingen zu dem Wagen, einem schwarzen 280er Mercedes. Rasmussen hatte ihn für Christina bei einem Autoverleih gemietet, weil sie selbst keine Papiere mehr hatte.

»Was – ist – mit – deinem – Fuß?«, fragte Richard, jedes einzelne Wort bedrohlich betonend.

Christina seufzte unhörbar. »Steig ein, dann sag ich's dir. Es ist besser, du sitzt, wenn ich's dir erzähle.«

Während er einstieg, warf Richard ihr einen besorgten Blick zu, und als Christina ihm dann unterwegs die Ereignisse schilderte, die zu ihrem Humpeln geführt hatten, wechselte sein Gesichtsausdruck der Reihe nach von Ungläubigkeit über Fassungslosigkeit zu Wut, um schließlich zu erstarren. Er schwieg eine volle Minute lang. »Ich glaube es einfach nicht«, sagte er endlich, als sie vor einer roten Ampel hielten.

Sie zuckte die Achseln.

»Und du willst nach alledem noch hier bleiben? Das ist die dämlichste Idee, die du je hattest.«

»Ich habe keinen Pass. Und außerdem ist nicht gesagt, dass dieser Mann es wirklich auf mich abgesehen hatte.«

»Ich wette mein letztes Hemd darauf.« Sein Ton war grimmig. »Und ich weiß auch, wer dahintersteckt. Deine missratenen Geschwister. Das Testament passt ihnen nicht, also wollen sie dich ausschalten.«

»Ich denke nicht, dass es wirklich einen Mörder gibt. Der Mann, der den Brand gelegt hat, wollte bestimmt nur den Diebstahl damit vertuschen.«

»Und dein Vater? Du willst mir doch nicht erzählen, dass du an diesen Selbstmordquatsch glaubst, den dein Bruder dir da aufgetischt hat!«

»Bis jetzt glaube ich gar nichts.«

Er gab keine Antwort, sondern starrte in den prasselnden Regen.

»Warum bist du überhaupt gekommen?«, fragte sie sanft.

Er schwieg. Schließlich sagte er: »Du weißt, warum.«

»Okay. Du willst es mir also nicht sagen. Na schön. Ich rate. Mal sehen ... ich hab's. Du bist hier, um Urlaub zu machen. Du hattest das traumhafte Wetter auf den Inseln satt, die vielen halb nackten schönen jungen Mädchen in den Strandbars haben dich angeödet, und da sagtest du dir, Ricky, steig in ein Flugzeug, flieg nach Deutschland und mach dir einen netten Herbsturlaub.«

»Ich habe nur ein einziges halb nacktes Mädchen im Sinn. Hast du mir ein Zimmer besorgt?«

Sie registrierte seinen hoffnungsvollen Seitenblick und lachte. »Dachtest du, ich buche auf ein Doppelzimmer um?«

Er lachte ebenfalls. »Es hätte ja sein können. Es ist sehr kalt hier. Wenn es früher bei uns im Dorf mal kalt wurde, sind wir alle zusammen unter die Decke gekrochen. Die ganze Familie.«

»Eine gute Methode. Aber wir kommen ohne sie aus. Ich habe im Hotel ausgecheckt.«

»Und wo schlafen wir?«

»Jemand hat mir einen Schlüssel für eine andere Bleibe gegeben.« Suchend blickte sie durch die Windschutzscheibe und verlangsamte das Tempo. Sie fuhren durch ein Viertel, dessen Straßenbild von Lagerhallen, Fabrikgebäuden und Bürohäusern beherrscht war. »Hier muss es irgendwo sein.«

»In dieser verlassenen Gegend? Hatte der Jemand vielleicht einen schwarzen Umhang und spitze, bluttriefende Zähne?«

Christina bremste vor einem lang gestreckten, bemoosten Backsteingebäude, das im Licht der einzigen, flackernden Laterne keinen besonders Vertrauen erweckenden Eindruck machte.

»Sieht aus wie eine verlassene Fabrik«, meinte Richard zweifelnd.

Sie beugte sich nach hinten, angelte einen Schirm vom Rücksitz und stieg aus.

Richard folgte ihr und schob sich zu ihr unter den Schirm. Fröstelnd drängte er sich an ihre Seite und schaute an der Fassade hoch. »Wer war der Kerl, der dir gesagt hat, dass du hier schlafen kannst? Ein Lobbyist für Obdachlose oder so?«

»So schlecht sieht es auch wieder nicht aus, finde ich.« Christina schätzte, dass das Haus gegen Ende des neunzehnten Jahrhunderts erbaut worden war, zu einer Zeit, als an Fabrik- und Bahnhofshallen noch Ansprüche gestellt wurden, die über bloße Funktionalität hinausgingen. Das Kupferdach wölbte sich in einem eleganten Bogen über einer Fassade, deren Backsteinmauerwerk zu lebhaften Ornamenten geformt war. Die Fenster im Erdgeschoss waren blind und teilweise zerbrochen, doch die Fensterfront im ersten Stock war eine Überraschung. Es war eine aufwändige und offensichtlich neue Konstruktion, die sich in zehn dicht nebeneinanderliegenden, breit geschwungenen Bögen großflächig in die Fassade einfügte und bis unter das mit Grünspan bedeckte Kupferdach reichte.

»Da oben muss es sein.«

»Muss was sein?«

»Das Loft meiner Schwester. Sie hat mir ihren Schlüssel gegeben.« Christina ging langsam das Gebäude entlang, auf der Suche nach dem Eingang.

Richard folgte ihr. »Warte, ich werde nass. Habt ihr euch ausgesöhnt?«

Sie blickte zu ihm auf. »Wie kommst du darauf?«

»Du willst bei ihr wohnen. Also habt ihr euch vertragen.«

»Sie ist nicht hier. Sie ist nie hier, verstehst du.«

Er wirkte nicht so, als ob er verstand. »Es ist ihre Wohnung, aber sie ist nie hier«, nickte er mit ironischem Lächeln.

»Sie hat es irgendwann mal gekauft und sich eingerichtet, aber dann war es nicht nach ihrem Geschmack.«

»Ich verstehe. Du wohnst dort, weil es ihr nicht gefällt. Und weil sie nie hier ist. Wenn das keine ausreichenden Gründe sind.«

»Und es kostet nichts«, setzte sie hinzu.

Er deutete auf eine große, rechteckige Stahltür an der Seite des Gebäudes. Die Tür, deren obere Hälfte aus einer dunklen, durch Streben unterbrochenen Scheibe bestand, war wie die Fenster neu. Im Licht der Straßenlaterne wirkte der mattgraue Anstrich des Metalls fast schwarz. »Da vorn ist die Haustür, glaube ich. Soll ich die Taschen aus dem Wagen holen?«

Die Tür, durch eine komplizierte Schließanlage mit drei Schlössern gesichert, führte in ein Treppenhaus mit weiß gekalkten Wänden. Die Treppe war eine schlichte Konstruktion aus verzinktem Metall und Stahlrohr, wie man sie in zahlreichen Industriegebäuden findet. Im Licht der Neonröhren, die sich über die Decke zogen, wirkte alles kalt und unpersönlich. Nirgends fand sich ein Anzeichen, dass in dem Haus jemand wohnte. Es gab weder Pflanzen noch Bilder. Die Tür am oberen Ende der Treppe war, ähnlich wie die Eingangstür, aus schwerem, grau gestrichenem Metall, in das dunkle Scheiben eingelassen waren. Christina hantierte mit den Schlüsseln, während Richard ungeduldig seufzend mit den Reisetaschen und dem Kamerakoffer hinter ihr stand. Als die Tür endlich nach innen aufschwang und eine verborgene Elektronik vor ihnen Licht aufflammen ließ, stieß er einen lang gezogenen Pfiff aus. »Donnerwetter«, sagte er.

Sie blickten in eine weite, säulengestützte Halle, die sich nahezu über die ganze Grundfläche des Gebäudes von ungefähr zwanzig Metern Länge und vielleicht fünfzehn Metern Breite erstreckte. Der erste Eindruck war der von blendender, transparenter Helligkeit. Das Licht der Halogenstrahler an der etwa fünf Meter hohen Decke spiegelte sich in den weißen, rosa geäderten Marmorplatten des Fußbodens, aus dem die Marmorsäulen, die in zwei Fluchten die Halle drittelten, wie helle, schlanke Finger emporwuchsen. Es gab nur wenige Möbel, die sich in der Weite des Raums verloren. Eine Sitzgruppe aus weißem Leder. Dahinter, zu einem Halbrondell aufgestellt, einige Acrylregale, die bis auf ein paar Bücher und kleine Statuetten leer waren. In der Nähe einer Tür am Ende des Raums vier filigrane Stühle aus grauem Stahlgeflecht, die einen achteckigen Glastisch umrahmten. Ein schmaler, hoher Sekretär im spanischen Stil. Sämtliche Möbel waren von spartanischer Strenge und so platziert, dass sie die Symmetrie des Raumes unterstrichen und nicht von den Kunstgegenständen ablenkten, die überall in der Halle verteilt waren. An der weiß gestrichenen Wand rechts von ihnen zog sich in Augenhöhe ein etwa zehn Meter langes Kupferfries hin, vor dem Richard bewundernd stehenblieb. Das Fries war geschickt in die Wand eingearbeitet, eine reliefartige Darstellung dahinfliehender, archaischer Figuren.

»Das ist wie in einem Museum hier drin.« Er betrachtete den gewaltigen, venezianischen Spiegel an der Frontseite der Halle und ging dann hinüber zu der ausladenden Bronzeplastik, die auf einem Sockel in der Mitte des Raumes thronte und entfernt einem zur Decke gereckten, phantastischen Rieseninsekt ähnelte.

Doch Christina hatte keinen Blick für die Kostbarkeit der Einrichtung oder für die Kunstgegenstände. Fassungslos starrte sie die Fotos an. Sie hatte sie erst auf den zweiten Blick gesehen, weil sie an der Wand neben der Eingangstür hingen.

Richard folgte ihren Blicken und gab einen Laut der Verblüffung von sich. »Sieh mal einer an!« Er verließ das Bronzeinsekt und umrundete den auf einem Podest ruhenden Torso eines griechischen Jünglings. Die Sohlen seiner Turnschuhe verursachten schwach quietschende Geräusche auf dem Marmorboden, als er neben Christina trat. »Es ist ein Museum. Oder sollte ich besser Mausoleum sagen? Eine Erinnerungswand für die dahingegangene Schwester, wie?«

Christina konnte nichts erwidern. Sie starrte die Bilder an, die zu Dutzenden die Wand bedeckten. Jedes einzelne der hinter Glasplatten befestigten Fotos war ihr bekannt. Es waren samt und sonders Großaufnahmen, keine von ihnen kleiner als fünfzig mal fünfzig Zentimeter, gestochen scharf in den Konturen, leuchtend in ihrer Farbkraft. Sie stammten alle von ihr.

Richard trat dicht vor die Wand und zeigte auf eines der Bilder. »Das ist vom letzten Jahr. Erinnerst du dich? Dieser rot gefärbte Korallenstock, so groß wie ein Lastwagen. Dann hier, die beiden Papageienfische. Und das hier. War es vor zwei oder drei Jahren? Nein, jetzt fällt es mir ein. Es war vorletztes Jahr, als du den Auftrag von dem französischen Reiseunternehmen hattest. Ich kenne die Aufnahme genau. Die größte Muräne, die du je vor der Linse hattest. Ich weiß noch, wie du ihretwegen auf der Lauer gelegen hast. Und diese Anemonenfische und hier die Doktorfische kommen mir genauso bekannt vor. Die hast du doch vor drei Jahren für *Nature* aufgenommen.«

»Sie hat gelogen.« Christina brachte es nur mit Mühe heraus.
»Wer?«
»Martina. Sie kam heute Morgen zu mir ins Krankenhaus, mit Sachen zum Anziehen, die sie für mich aus dem Hotel geholt hatte. Sie hat gesagt, sie hätte sie in meinem Hotelzimmer gesehen. Meine Unterwasserkamera. Und sie schien froh zu sein, dass sie jetzt wusste, womit ich mir die Zeit vertreibe. Aber ...«
»Aber?«
»Die Bilder hier ...«
»Sehen nicht so aus, als hätte deine Schwester sie erst heute in aller Eile unter Glas geklebt und aufgehängt«, ergänzte Richard grimmig. »Es sind Fotos. Da sie wohl kaum die Negative bekommen hat, muss jemand sie abfotografiert haben. Es ist professionell gemacht. Dir ist klar, was das bedeutet?«
»Sie muss es schon vorher gewusst haben«, sagte Christina leise. Seit wann?
»Eins steht fest. Sie hat dich nicht vergessen. Sie wird versuchen, die Verbindung nicht wieder abbrechen zu lassen. Sonst hätte sie nicht diesen ... Schrein hier errichtet.«
Christina sah ihn unbehaglich an. »Du übertreibst. Nur weil sie Fotos von mir an dieser einen Wand hier ...«
»Du weißt genau, dass ich Recht habe«, unterbrach er sie. Das intensive Blau seiner Augen verdunkelte sich. »Was für ein Spiel treibt deine Schwester mit dir? Und all die anderen? Dein Bruder. Dieser Severin. Und der Kerl, der jetzt die Firma deines Vaters leitet, dieser von Schütz?«
Christina winkte ab. »Ich weiß es nicht, Ricky.«
In einer Art unausgesprochener Übereinkunft beschlossen sie, die vielen ungelösten Fragen am folgenden Tag zu diskutieren. Beide waren sie zu erschöpft, um sich in dieser Nacht noch weiter damit zu beschäftigen. Richard war nach dem langen Flug übermüdet; die Zeitverschiebung setzte ihm zu. Unter seinen Augen lagen tiefe Schatten.
Christina ging es nicht besser. Die Ereignisse seit ihrer Ankunft lasteten auf ihr mit einer drohenden Unerbittlichkeit, die

ihre körperlichen Reserven aufzehrte. Sie dachten beide nur noch an Schlaf.

Von der Stirnseite der Halle gingen drei Türen ab, hinter denen sie weitere Zimmer fanden, die, im Vergleich mit den Ausmaßen des Wohnraums, eher von bescheidener Größe waren. Das Bad war wie die Halle mit weißem Marmor gefliest und immer noch so groß, dass es für ein normales Wohnzimmer gereicht hätte. In die Küche, ebenfalls völlig in Weiß gehalten und mit chromblitzenden Geräten ausgestattet, schauten sie nur kurz hinein, zogen die Tür wieder zu. Der dritte Raum war ein weiß tapeziertes, mit weißem Teppichboden ausgelegtes Schlafzimmer, das einzige Möbelstück, ein gigantisches, drei mal drei Meter großes Bett, war mit weißer Seidenbettwäsche bezogen.

Doch weder Richard noch Christina bedachten das übergroße Bett mit mehr als einem flüchtigen Blick. Sie starrten beide auf das Plakat, das schmerzhaft leuchtend von der Wand oberhalb des Kopfendes abstach. Es war die Vergrößerung eines Titelfotos, das Christina vor einigen Jahren für ein New Yorker Reisemagazin aufgenommen hatte, vom Inneren einer der zahlreichen Grotten aus, an demselben Riffhang, an dem sie erst vor zweieinhalb Tagen getaucht war. Korallen und Schwämme wucherten in abenteuerlichen Formen und Farben auf dem dunklen Hintergrund des Felsens. Der bunte, blumenartige Bewuchs über dem zerklüfteten Gestein bildete den Rahmen für die intensive Bläue des Wassers, das vor dem Eingang der Grotte wie eine lichterfüllte Kugel aus Saphir glitzerte.

Das Auge des Riffs. So hatte das Magazin damals das Foto betitelt. Und genauso sah es aus. Ein märchenhaftes, gleißendes Auge in der endlosen Weite des Indischen Ozeans.

Richard musterte das überdimensionale, etwa zwei mal zwei Meter große Plakat. »Sie hat Geschmack«, bemerkte er widerwillig. Von allen Fotografien, die er von Christina besaß – und er besaß viele –, war es diejenige, die er am meisten mochte.

Christina weigerte sich, über die Umstände nachzudenken, die dazu geführt hatten, dass dieses Plakat hier hing. Sie stellte ihre Reisetasche neben das Bett und kramte ihr Waschzeug und ein

Nachthemd heraus. »Lass uns morgen drüber reden, ja? Wer geht zuerst ins Bad?«

»Der Whirlpool ist groß genug für zwei.«

»Mir ist nicht nach Baden.«

»Die Dusche sah auch ziemlich geräumig aus.«

»Mir ist nicht nach Duschen.«

Er lächelte leicht. »Ich dachte nicht ans Duschen.«

»Mir ist auch nicht nach Scherzen.«

»Ich weiß. Eine dumme Angewohnheit von mir. Tut mir Leid. Geh du zuerst. Wenn du wiederkommst, schlafe ich vermutlich schon. Rechts oder links?«

»Wie bitte?«

»Welche Bettseite soll ich nehmen?«

Christina zuckte die Achseln. »Bei diesem Bett gibt es vier Seiten, nicht bloß zwei. Such dir eine aus.«

Als sie aus dem Bad zurückkam, schlief er tatsächlich bereits, zur Seite gewandt und bis zur Hüfte zugedeckt. Er hatte das Licht angelassen. Sein nackter Oberkörper und das wellige dunkle Haar hoben sich scharf von den weißen Kissen ab. Richard wirkte wie ein exotischer Eindringling in einer seltsam unberührten, sterilen Welt.

Lebendig, dachte Christina unwillkürlich. Ja, er war stark und lebendig. Seine Vitalität schien das kalte Weiß um ihn herum zu wärmen, es mit Leben zu füllen. Sie knipste das Licht aus, schlüpfte unter die Decke und schmiegte sich an seinen breiten Rücken. Das Bett mochte zwei oder vier Seiten haben, doch im Moment wollte sie nur an Rickys Seite sein. Bevor ihre Gedanken sich in der Dunkelheit verloren, empfand sie dankbar seine Wärme, die sie in den Schlaf begleitete.

Am Ende des Sommers fegte der Wind über die Dünen und vertrieb das Meeresleuchten. Die Nächte wurden kühler, und Thomas brachte seinen Schlafsack mit, in den sie krochen und sich in der Wärme der Daunen liebten.

In ihrer vorletzten Nacht begannen sie, Pläne zu schmieden. Er wohnte in Süddeutschland bei seiner Mutter, doch bis zum nächsten Semester wollte er die Universität wechseln und in Düsseldorf zu Ende studieren. Ein Katzensprung bis zu ihr nach Hause, erklärte er, und er versprach, sie so oft wie möglich zu besuchen.

Christina weinte, weil ihre wundervolle gemeinsame Zeit zu Ende ging, ein Ende, von dem sie auf unerfindliche Art befürchtete, dass es endgültig sein würde, egal, was er beteuern mochte. »Ich habe Angst«, flüsterte sie in der letzten Nacht. »Du wirst mich vergessen.«

Er lachte und küsste sie, dann nahm er sie in die Arme und brachte sie dazu, erneut eins zu werden mit dem nächtlichen Sternenhimmel, dem Meer und dem Singen des Windes.

Thomas hielt Wort. In Düsseldorf sahen sie sich wieder. Er wohnte zur Untermiete, so dass sie sich schlecht bei ihm treffen konnten. Doch Christina ließ nicht zu, dass er zu ihr nach Hause kam, aus Angst, dass er Martina begegnen würde. So trafen sie sich an zwei Nachmittagen in der Woche irgendwo in der Stadt. Sie gingen in Parks oder Eisdielen, besuchten die Nachmittagsvorstellung im Kino oder bummelten durch die Altstadt. Manchmal, an schöneren Tagen, setzten sie sich auf eine Bank am Rheinufer, aßen Pizza aus der Hand und betrachteten die Schiffe, die vorbeizogen. Einmal machten sie einen Ausflug zu einer alten Ritterburg, die außerhalb von Düsseldorf hoch oben auf einem Hügel thronte. Sie stiegen auf den Bergfried und blickten viele Kilometer weit über das sonnenüberflutete Land, bevor sie sich minutenlang hinter den verwitterten Zinnen küssten.

»Siehst du das alte Fachwerkhaus da drüben auf dem Hügel? Nein, sieh dorthin.« Er nahm ihre Hand, führte sie und deutete damit nach Süden. »Ja, da. Es ist verlassen, und man kann es nur über einen alten Wirtschaftsweg erreichen. Ein bisschen Land gehört dazu, ein paar Teiche. Und jede Menge Wald. Ich hab's mir schon ein paar Mal angesehen. Wenn ich es mir irgendwann leisten kann, kaufe ich es und lebe dort. Mit dir. Nur mit dir. Ich liebe dich. Immer nur dich.«

In diesem Augenblick vollkommenen Glücks stand für sie die Zeit still, und Christina nahm mit brennenden Augen den Anblick des alten, windschiefen Häuschens in sich auf, verinnerlichte ihn als vollkommenes Symbol einer Liebe, die niemals enden würde. Sie prägte sich diese Momente auf dem Turm in allen Einzelheiten ein, als könnte sie so für immer das bewahren, was sie empfand.

Offiziell besuchte Christina einen Fotokurs. Martina und sie hatten beide zu Weihnachten eine Kamera bekommen, doch Martina hatte schnell das Interesse am Knipsen, wie sie es abfällig nannte, verloren, während sich für Christina eine gänzlich neue, faszinierende Welt aufgetan hatte. Sie hatte alle greifbaren Bücher über die Techniken der Fotografie verschlungen und sich den Rest durch unermüdliches Probieren selbst beigebracht. Sie brauchte längst keine Kurse mehr.

Im Frühherbst bezog Thomas ein Zimmer im Studentenwohnheim, und die Semesterferien entwickelten sich zu einem einzigen Fest der Liebe. Christina erfand ohne schlechtes Gewissen zusätzlich zu ihrem Fotokurs einen Experimentier- und Entwicklungskurs, der manchmal länger dauerte, als vorherzusehen war.

Das Bett in dem kleinen Studentenapartment wurde für sie und Thomas zum Mittelpunkt ihrer gemeinsamen Welt. Sie verbrachten ganze Nachmittage darin und liebten sich. Thomas drängte sie zu nichts, doch mit unendlicher Zärtlichkeit lehrte er sie alles, was er über die körperliche Liebe wusste. Was er ihr auf Sylt noch nicht beigebracht hatte, zeigte er ihr jetzt, und sie gab sich ihm bereitwillig und voller Liebe hin, ohne Schüchternheit oder falsche Scham.

Danach blieben sie in enger Umarmung liegen und teilten die Minuten der Stille, die jedes Wort überflüssig machten, bevor sie schliefen, dicht aneinandergeschmiegt, so lange, bis der Wecker klingelte und die Stunde, die sie sich gönnten, vorbei war.

An anderen Tagen saßen sie im Schneidersitz auf dem Bett und redeten. Wenn Christina von ihren Zukunftsvorstellungen sprach, war nichts mehr von ihrer anfänglichen Befangenheit zu spüren, denn inzwischen wusste sie genau, was sie wollte. Sie brachte ihre Fotos mit und zeigte sie ihm. Ein Kätzchen, triefend nass vom Regen, zusammengerollt neben einem Autoreifen. Eine Sanddüne, über deren Kamm flirrend die Sonne fiel. Eine Trauerweide, deren Stamm von Herbstnebel umhüllt war. Ein See, der den Himmel spiegelte. Und viele andere Fotos. Er betrachtete sie alle, und Christina atmete unbewusst schneller, als sie die ehrliche Bewunderung in seinen Zügen erkannte.

Endlich ließ er sie sein Buch lesen, einen abenteuerlichen Thriller, der in Südamerika spielte und nur so strotzte von machetenschwingenden Banditen, wilden Guerilleros und einer schönen Blondine, die vom Held aus misslicher Lage errettet werden musste. Christina lag auf seinem Bett und schmökerte in dem Manuskript, die Augen vor Begeisterung und Faszination geweitet, während Thomas mit schlecht verborgener Unruhe auf der Gitarre klimperte und auf jede Reaktion von ihr achtete.

»Es ist gut«, sagte sie und strahlte ihn an. »Es ist fabelhaft! Es ist das Beste, was ich je gelesen habe!«

Sein Gesicht leuchtete auf, und er lachte entzückt. Dann fragte er spitzbübisch: »Einschließlich ›Vom Winde verweht‹?«

Sie zögerte den Bruchteil einer Sekunde mit der Antwort, während flammende Röte ihre Wangen überzog, doch als er erneut lachte, erkannte sie, dass er sie nur geneckt hatte.

»Du bist so süß! Ich liebe dich, Tina.«

Nenn mich nicht so, flehte sie ihn innerlich an. Sie wollte es ihm beichten, ihm alles von Martina erzählen, doch ihre Lippen blieben verschlossen.

»Ich will dich immer bei mir haben«, sagte er eines Nachmittags, als sie, eng aneinandergeschmiegt, nackt unter der Decke lagen. Sie konnte nichts sagen, nur sein Profil anstarren und die Hand auf ihr hart klopfendes Herz pressen.

Er drehte den Kopf zu ihr, und sein blondes Haar teilte sich über der Stirn in dem widerspenstigen Wirbel, den sie so liebte. Seine Augen leuchteten. Wie immer in solchen Augenblicken wünschte sie sich schmerzlich, ihn fotografieren zu können, um den Ausdruck verletzlichen Glücks einzufangen. Doch das konnte sie nicht wagen. Jedes Foto von ihm wäre ein verräterischer Beweis dessen, was sie zweimal die Woche nachmittags tat. Martina …

»Ich will endlich deinen Vater kennen lernen. Er wird mich schon nicht fressen. Natürlich, du bist erst in einem halben Jahr mit der Schule fertig, und am Anfang kann ich dir bestimmt nicht viel bieten. Aber ich meine es ernst mit dir. So ernst, wie mir noch nie im Leben etwas war.« Er betrachtete sie forschend. »Was ist mit dir, Tina? Willst du nicht mit mir zusammenleben?«

Sie erkannte, dass sie es ihm sagen musste. Jetzt war der Zeitpunkt da. Doch wieder konnte sie es nicht. »Ja«, flüsterte sie. »Ja, ich möchte auch immer bei dir sein.« Sie zeichnete mit dem Zeigefinger den Wirbel über seiner Stirn nach, bevor sie mit den Fingerspitzen sanft die feinen Linien in seinen Augenwinkeln betastete.

Thomas drückte Christina an sich, die Lippen an ihrer Schläfe. »Liebst du mich, Tina?«

Nenn mich nicht so! Sie schloss die Augen. »Ja, ich liebe dich.«

Er beugte sich über sie und suchte ihre Lippen, und als sich ihre Zungen zu einem wilden, süßen Kuss trafen, lösten ihre Ängste sich auf. Sie verschwanden in einem Wirbel der Gefühle, der sie davontrug, zu verheißungsvollen Gipfeln, an einen Ort, an dem Feuer herabstürzte und sie versengte, bis sie glaubte, in der flüssigen Glut zu vergehen.

8. Kapitel

Ihr war heiß, und sie bekam kaum Luft. Sein Gewicht lastete schwer auf ihrem Brustkorb und ihren Hüften, und sie fühlte seine schweißfeuchte Haut auf ihrer. Als sie den Kopf zur Seite wandte, traf sein keuchender Atem ihre Wange.

»Christina«, murmelte er.

Sie spürte, wie er langsam in sie eindrang, und obwohl sie wusste, dass ihr Körper aus der inneren Hitze ihres Traums heraus diese Vereinigung nicht mit Richard, sondern mit einem anderen gesucht hatte, wehrte sie sich nicht. Sie ergab sich seinen fordernden Händen und seinen suchenden Lippen, die zuerst sanft, dann mit wachsendem Ungestüm über ihren Hals hinab zu ihren Brüsten glitten.

Er war derselbe einfühlsame, kraftvolle Liebhaber, als den sie ihn in Erinnerung hatte, und es gelang ihm wie früher auch diesmal mühelos, sie mitzureißen.

»Es war wundervoll. Fast wie beim ersten Mal, damals im Boot«, sagte er danach schläfrig in ihr Haar.

»Ja, das war es.« Ihre Worte entsprachen dem, was sie meinte, und doch trafen sie nicht die ganze Wahrheit. Es war wunderbar, in Rickys Armen zu liegen, die Hitze seines Körpers zu spüren, seinen Geruch einzuatmen. Aber es war auch fatal. Christina konnte sich des Gefühls nicht erwehren, dass sie sich zusätzlich zu all ihren anderen Problemen gerade eben noch ein weiteres aufgeladen hatte.

Es dauerte lange, bis sie wieder einschlafen konnte. Am nächsten Morgen war er krank. Christina wusste es sofort nach dem Aufwachen, noch bevor er etwas sagte. Bereits in der Nacht war sie ein paar Mal von seinem Husten geweckt worden.

Sie drehte sich zu ihm um und musterte ihn besorgt. Seine Wangen unter den blauschwarzen Bartschatten waren hohl, die Augen blutunterlaufen und verschwollen.

»Ich habe mir was eingefangen«, krächzte er, während er sich aufsetzte. Er stöhnte und stützte den Kopf in beide Hände. »Es ist so kalt. Gott, wie ich friere! Dieses verfluchte kalte Land!«

Christina fand es alles andere als kalt. Der Raum war angenehm temperiert, und durch die drei Bogenfenster fiel strahlend die Sonne und zeichnete warme Muster auf den weißen Teppich und das Bett.

»Der Hals tut mir weh«, klagte Richard.

Christina kniete sich neben ihn und legte die Handfläche an seine Stirn. »Du hast Fieber, keine Frage. Am besten bleibst du heute im Bett. Ich werde dir Medizin besorgen. Wenn es schlimmer wird, rufen wir einen Arzt.«

»Ich will keinen Arzt. Du bist die einzige Medizin, die ich brauche. Bleib bei mir im Bett. Wir könnten da weitermachen, wo wir letzte Nacht aufgehört haben.«

»Wir warten lieber, bis es dir wieder besser geht«, gab sie leichthin zurück, während sie aufstand. »Ich kümmere mich gleich um das Frühstück.« Sie zog die Decke über seine nackten Schultern und ging ins Bad. Anschließend sah sie in der Küche nach, ob etwas Essbares vorhanden war. Martina hatte nicht übertrieben. Christina fand alles, was sie brauchte. Kaffee, Toast, Butter, Käse, Konfitüre, Saft, Eier, Milch und Obst. Eine größere Anzahl Konserven und Getränkedosen. Der Gefrierschrank war mit einer reichhaltigen Auswahl an Mikrowellengerichten gefüllt. Neben der Kaffeemaschine lag ein Akku mit einem Handy und einer Bedienungsanleitung. Als Christina darin blätterte, fiel ein Zettel mit einer Notiz von Martina heraus. Christina hätte die Handschrift ihrer Schwester unter Tausenden wiedererkannt. *Bedien dich. Ruf mich gelegentlich mal an.* Es folgten die PIN-Nummer und eine D2-Nummer, und dann die Unterschrift. *Mari.*

Christina sah, dass ihre Fingerspitzen zitterten, als sie den Zettel weglegte. Sie starrte durch das Bogenfenster über der Anrichte nach draußen. Vor dem grauen Bürogebäude auf der gegenüberliegenden Straßenseite standen zwei kahle Birken, die ebenso verkümmert und verlassen wirkten wie das Gebäude, in dem offensichtlich nicht mehr gearbeitet wurde. Christina fragte sich, was ihre Schwester veranlasst haben mochte, in dieser tristen Gegend ein solches Mausoleum zu schaffen, ein Gesamtkunstwerk in Weiß, ebenso erhaben wie steril, zu nichts weiter nütze als zu ein paar Modenschauen und Empfängen. Oder um der zufällig heimgekehrten Schwester als Notunterkunft zu dienen. Die Kaffeemaschine verstummte mit gedämpftem Gurgeln. Christina holte Frühstücksgeschirr aus einem der Schränke, und als sie sich damit wieder zur Anrichte umwandte, sah sie es. Der Teller, den sie gerade in der Hand hielt, zersprang klirrend auf den Steinplatten des Fußbodens. Christina bemerkte es nicht, so stark wurde ihre Aufmerksamkeit von dem Poster an der Innenseite der Tür gefangen genommen. Es zeigte sie selbst, im Bikini, die Füße von den Wellen umspült. Wassertropfen perlten über ihr lachendes Gesicht, die Zähne blitzten weiß im Sonnenlicht, und ihre Augen leuchteten im geheimnisvollen

Farbton alter Goldmünzen. Das Haar klebte nass am Kopf, vor ihrer Brust baumelte das Mundstück, und hinter den Schultern ragte die Pressluftflasche des Tauchgeräts hervor, das sie auf dem Rücken trug. Die Tasse immer noch in der Hand, trat Christina näher an das Türposter heran. Sie war es, und doch war sie es nicht. Instinktiv wusste sie, dass sie noch nie nach einem Tauchgang so für jemanden posiert hatte. Der Bikini gehörte nicht ihr; das Tauchjackett war funkelnagelneu und ultramodern; außer der Funktion hatte es nichts gemeinsam mit dem schlichten Back-Pack, das sie selbst zu tragen pflegte.

Gestellt, flüsterte es in ihr. Das Foto war gestellt! Sie glaubte keine Sekunde lang, dass Martina jemals getaucht hatte. Der Zusammenhang mit den vielen Fotos in der Halle war zu augenscheinlich, um als Zufall abgetan werden zu können. Die Art, wie Martina Dinge aus Christinas Leben herausgegriffen und konserviert hatte, war beängstigend. Sie war sogar für ein Foto in ihre, Christinas Rolle geschlüpft.

Aber warum, um alles in der Welt, hatte Martina das getan? Oder sollte sie sich besser fragen, für wen sie es getan hatte? Christina kam wieder das Wort in den Sinn, das Thomas gestern Morgen im Krankenhaus gebraucht hatte. *Inszenierung.*

Sie ging noch näher an das Poster heran und erkannte, dass es erst wenige Monate alt sein konnte, höchstens ein Jahr. Anderenfalls hätte sie – hätte Martina – jünger aussehen müssen. Sie kannte ihr Gesicht sehr genau.

Abrupt wandte sie sich ab und begann, mit hektischen Bewegungen das Frühstück für Richard herzurichten. Sie brachte Richard eine Tasse gesüßten Kaffee und zwei Marmeladentoasts ans Bett, doch er war schon wieder eingeschlafen. Sie öffnete einen der Wandschränke und stöberte zwischen Bettwäsche und Handtüchern herum, bis sie gefunden hatte, was sie suchte. In einer Box mit einem roten Kreuz befand sich eine Auswahl gängiger Medikamente. Christina suchte ein Grippemittel und eine Packung Aspirin heraus und legte beides auf das Frühstückstablett, das sie auf die freie Seite des Bettes stellte.

Anschließend zog sie sich fertig an. Müßig sah sie die anderen Schränke nach brauchbarer Garderobe durch. Sie fand ein halbes Dutzend Kleider, schlicht geschnitten, von bestechender Eleganz. Einen großen Teil ihrer Wirkung bezogen sie aus den klaren, leuchtenden Farben, besonderes Markenzeichen der bekannten Modedesignerin Martina Marschall. In eigens dafür gefertigten Schüben befanden sich zu den Kleidern passende Pumps und weitere Accessoires wie Handtaschen, Gürtel und Schultertücher. Andere Fächer enthielten Dessous und Nachtwäsche. In einem der Schränke fand Christina einige Mäntel und Jacken, die ebenfalls aus den Kollektionen ihrer Schwester stammten.

Sie stöberte alle Schränke durch, doch es war nichts dabei, was auch nur annähernd der bequemen Kleidung ähnelte, die sie selbst anzuziehen pflegte. Keine Jeans, keine Strickpullis, keine Sweatshirts, keine Slipper.

Christina trat stirnrunzelnd einen Schritt zurück, nachdem sie den letzten Schrank wieder geschlossen hatte. Er hatte Recht, durchfuhr es sie. Thomas hatte Recht! Auch wenn Martina nur selten hier wohnte, repräsentierte ihr Kleidervorrat in diesen Schränken unzweifelhaft ihre Art, sich anzuziehen. Die Sachen, die ihre Schwester gestern getragen hatte, passten nicht im geringsten zu diesem Stil. Martina hatte schon als Kind einen Hang zur Eleganz gehabt, und Christina hatte ihr Interesse geteilt. Jedenfalls hatte sie geglaubt, dass es so war. Wie oberflächlich dieses Interesse auf ihrer Seite in Wahrheit gewesen war, hatte sie erst an der Leichtigkeit erkannt, mit der sie damals nach ihrer Flucht zu salopper Kleidung übergegangen war. Sie erinnerte sich noch sehr gut an die Erleichterung, die sie dabei empfunden hatte. Keine Sekunde lang hatte sie die schicken Kleider ihrer Jungmädchenzeit vermisst, und das hatte sich bis heute nicht geändert. In ihrer Garderobe fand sich kaum ein elegantes Stück, da sich so gut wie nie die Gelegenheit bot, dergleichen vorzuführen. Für die seltenen Empfänge, die sie bei ihrer Presseagentur besuchte, musste es ein einziges Cocktailkleid tun, das sie zudem bereits seit etlichen Jahren besaß. Wenn sie, was zwei-, dreimal im Jahr vorkam, in New York Zwischenstation machte und die Gelegenheit für einen Besuch in der Met nutzte, borgte sie sich ein Abendkleid von Janet, einer Sängerin, die sie vor zwölf Jahren auf den Malediven kennen gelernt hatte. Janet war die glückliche Besitzerin eines großen Apartments in der Nähe des Central Parks, und eines der fünf Zimmer in diesem Apartment war Christina vorbehalten. Es ein Zuhause zu nennen, wäre zu viel gewesen; sie lagerte dort ihre wenigen Habseligkeiten, eine kleine Sammlung kostbarer Muscheln, die sie von ihren Tauchgängen mitgebracht hatte, ein paar Bücher, einen Stapel Fotomappen. In unregelmäßigen Abständen trudelte sie dort ein, verbrachte einige Zeit mit Janet und ihren schrillen Freunden, streifte ruhelos durch die Stadt, bis es ihr zu viel wurde und sie das Gefühl bekam, zu ersticken am ›BigApple‹ New York. Dann packte sie wieder die Koffer und reiste ab, an irgendeinen heißen, feinsandigen Strand im Pazifik, vorzugsweise auf die Malediven, wo es ihrer Meinung nach die schönsten Korallenriffe der Welt gab. Um Geld brauchte sie sich nie zu sorgen. Sie bekam regelmäßig weit mehr Aufträge, als sie bewältigen konnte, und so konnte sie sich die besten Jobs aussuchen.

Christina starrte auf die weiße Fläche der Wandschränke. Eine plötzliche intensive Empfindung störte den Fluss der Gedanken, in denen sie sich verloren hatte. Sie spürte, dass etwas an dieser Wohnung nicht stimmte, und dass es mit diesen Kleidern zu tun hatte. Dann kam sie darauf. Martina hatte längst nicht alles über sie in Erfahrung gebracht. Sie hatte herausgefunden, was sie tat, aber nicht, was sie anzog. Hätte sie es gewusst, wären wahrscheinlich die Schränke mit solchen Dingen gefüllt, wie Christina sie gewöhnlich trug, so wie Martina die Wände mit ihren Fotos bedeckt hatte. Aber dazu hatte sie offenbar keine Zeit mehr gehabt. Das legte den Schluss nahe, dass Martina erst vor kurzem erfahren hatte, dass sie überhaupt noch lebte. Es konnte noch nicht allzu lange her sein. Zwei Monate, vielleicht drei. Länger auf keinen Fall. Wenn es länger her gewesen wäre, hätte Martina sie über die Agentur in New York aufstöbern können. Christina zweifelte keinen Moment, dass sie es versucht hatte. Vor drei Monaten war sie das letzte Mal in New York gewesen. Seitdem war sie unterwegs. Die Malediven bestanden aus sechsundzwanzig Atollen mit rund tausend Inseln. Sie hätte theoretisch auf jeder davon sein können. Bei ihren Fototrips hatte sie nie eine feste Adresse. Sie wohnte abwechselnd in Hotels oder bei Bekannten auf den Inseln. Sie rief manchmal bei Janet an, manchmal aber auch nicht. In den letzten drei Monaten hatte sie nicht angerufen, weil Janet auf Tournee war.

Tief in Christinas Inneren gab es ein weinendes Kind, das sich durch diese Schlussfolgerungen auf seltsame Weise getröstet fühlte. Sie hat nach mir gesucht, dachte das Kind, sie hat mich bloß deshalb nicht gefunden, weil es zu schwierig war. Sie hat meine Bilder aufgehängt. Sie hat mir ihre Wohnung gegeben. Jetzt ist alles gut.

Und doch war gar nichts gut. Alles war auf grässliche Weise falsch und verzerrt. Die Fotos. Die Art, wie Martina sich gestern Abend und heute Morgen angezogen hatte. Sie musste sofort nach der Testamentseröffnung losgezogen sein, um wenigstens sich selbst mit der Garderobe auszustatten, die Christina für gewöhnlich bevorzugte, um die Ähnlichkeit zwischen ihnen in allen Punkten wiederherzustellen.

Richard hustete im Schlaf und riss Christina aus ihren Gedanken. Sie ging zu ihm und zog die Decke über ihn, die herabgerutscht war. Die lockigen schwarzen Haare standen in alle Richtungen ab, und seine Lippen waren leicht geöffnet. Er sah aus wie ein Junge. Von spontaner Zärtlichkeit erfasst, beugte Christina sich über ihn und küsste ihn sacht auf den Mund. Sie strich mit der Hand über seine bloße Schulter und stellte fest, dass Schweiß auf seiner Haut stand. Er murmelte etwas im Schlaf, das sie nicht verstand, weiche, gutturale Worte auf *dhivehi*, dem Dialekt der Inseln.

Christina steckte die Decke um seine Schultern fest und küsste ihn erneut. »Wenn das alles hier vorbei ist, gehe ich mit dir«, flüsterte sie. Sie legte alle Inbrunst, zu der sie imstande war, in ihre Worte, ohne jedoch das Nagen des Zweifels und der Furcht verdrängen zu können.

Ein leichtes Lächeln entspannte seine Züge, als hätte er Christina verstanden.

Sie nahm eine der Handtaschen aus dem Schrank, holte das Handy und die Bedienungsanleitung aus der Küche und packte beides ein. Anschließend schrieb sie mit einer Nachricht für Ricky die Nummer auf einen Zettel, den sie zu dem Telefon legte, das auf einem Tischchen am Fenster stand. So war sie für ihn erreichbar, solange sie unterwegs war. Dennoch hatte sie ein schlechtes Gewissen, als sie leise zur Tür ging. Ricky war ein Fremder in diesem Land. Ihr zuliebe hatte er ein wenig Deutsch gelernt, aber mehr als ein drolliges Kauderwelsch brachte er nicht zustande, so dass sie sich fast ausschließlich auf Englisch unterhielten. Ohne sie würde er Probleme haben, sich hier zurechtzufinden. Er war ein bunter Paradiesvogel aus einer Welt, die anders funktionierte, einem Inselreich in immerwährendem Sonnenschein, das er müßig und ohne festes Ziel mit seinem weißen Katamaran durchkreuzte. Sein Leben verlief ohne Zeitplan, ungeregelt und frei, nur bestimmt durch unmittelbare Bedürfnisse wie Hunger, Müdigkeit, das Verlangen nach einer Frau und der Freude, die Sonne auf der Haut zu spüren und den Wind im Rücken zu haben. Dennoch hatte Richard, ohne zu zögern, sein Paradies verlassen, um ihr zu folgen und sie zu beschützen, wovor auch immer, ohne zu ahnen, dass in diesem fremden, kalten Land er derjenige sein würde, der Hilfe brauchte.

Bevor sie die Schlafzimmertür hinter sich zuzog, drehte sie sich ein letztes Mal bedauernd zu ihm um. Sie nahm sich vor, so schnell wie möglich zurück zu sein.

Als sie durch die Halle zum Ausgang ging, kniff sie geblendet die Augen zusammen. Sonnenstrahlen fielen breit gefächert durch die hohen Bögen der Fenster und erweckten die Kristallstruktur des weißen Marmors zu gleißendem Leben. Zehn Meter vor dem Ausgang beschleunigte Christina ihre Schritte, ungeachtet des leisen Ziehens in ihrem verletzten Fuß, wobei sie vermied, die Wand mit den zahlreichen Fotos anzusehen, während sie darauf zuging. Sie senkte die Blicke, bis sie die beruhigende Glätte des Türknaufs unter ihren Fingern spürte. Auf der Metalltreppe nach unten erzeugten ihre Füße einen Rhythmus, der sich für sie anhörte wie: Warum, warum, warum?

Christina stieß die Tür nach draußen mit unnötiger Härte auf und prallte sofort unwillkürlich zurück. Nach dem Anblick der sonnendurchfluteten Wohnung war sie nicht vorbereitet auf die Kälte, die unvermittelt ihre Haut traf und sie frösteln ließ. Es war windig, und der Himmel war klar bis auf einen feinen grauen Dunstschleier in der Ferne, der später am Tag oder in der Nacht wieder Regen verhieß. Die Zweige der Birken vor dem verlassenen Bürogebäude auf der anderen Straßenseite zitterten in der kräftigen Brise, die von Osten kam.

Christina setzte sich in den Wagen, holte die Bedienungsanleitung für das Handy aus der Tasche und machte sich damit vertraut. Anschließend kramte sie den Zettel mit den Nachrichten hervor, die für sie im Hotel hinterlassen worden waren. Sie wählte die C-Netz-Nummer, unter der sie angeblich Näheres über den Tod ihres Vaters erfahren konnte. Fünfmal erklang das Rufzeichen, und sie wollte schon wieder die Verbindung trennen, als endlich jemand abhob.

»Ja, bitte?«, meldete sich eine ungeduldige Frauenstimme. Im Hintergrund waren Fahrgeräusche zu hören.

»Guten Tag«, sagte Christina höflich. »Hier ist Christina Marschall. Sie hatten eine Nachricht für mich im Hotel hinterlassen.«

Die Frau lachte kurz und hart. »Sie leben noch? Das wundert mich. Das wundert mich wirklich.«

Christina erkannte den schwachen französischen Akzent. »Mit wem spreche ich überhaupt? Wo können wir uns treffen?«

»Wie ich heiße, ist nicht wichtig. Wir müssen uns nicht sehen. Was ich Ihnen zu sagen habe, braucht nicht viel Zeit. Ihr Vater wurde ermordet. Und Sie sollten hübsch auf sich aufpassen. Das ist alles.«

»Was soll das heißen? Wieso …« Es klickte. Die Frau hatte die Verbindung beendet. Christina legte stirnrunzelnd das Handy zur Seite und startete den Wagen.

Sie leben noch. Das wundert mich. Sie sollten hübsch auf sich aufpassen.

Unwillkürlich blickte sie in den Rückspiegel. Die Straße hinter ihr war leer. Kein Wagen, der ihr folgte, keine Menschenseele weit und breit. Vage überlegte sie, ob Quint ihr heute die angekündigte Bewachung zuteil werden lassen würde. Sie hatte ihm die Adresse des Loft gegeben und ihm erklärt, dass sie vorläufig dort wohnen würde.

Merkwürdig, dachte sie. Eigentlich müsste ich Angst haben, nackte, panische Angst. Doch sie hatte keine Angst. Sie fühlte sich lediglich fehl am Platze, auf seltsame Art unwirklich, wie ein Schauspieler, der versehentlich in die falsche Kulisse geraten war, in eine Kulisse, die verschwinden würde, sobald man ihr den Rücken kehrte. Ein Fingerschnipsen, und ein paar Leute würden vorbeikommen und alles wegschieben, so dass die reale Welt wieder erschien.

Vorgestern hatte jemand versucht, sie bei lebendigem Leib zu verbrennen. Und heute sagte jemand anders zu ihr: ›Sie leben noch. Das wundert mich.‹ Gab es wirklich jemanden, der sie töten wollte, außer dem Mann, der den Brand gelegt hatte? Wenn ja, musste es jemand sein, der sich die Vorteile, die ihm der Tod ihres Vaters verschaffen sollte, um jeden Preis sichern wollte. Oder jemand, der etwas vertuschen wollte, der verhindern wollte, dass ein Geheimnis entdeckt würde...

Christina dachte an den leichten französischen Akzent, mit dem die Frau gesprochen hatte, und sie erinnerte sich an den Namen einer Französin, den Quint ihr genannt hatte. Marie Dubois. Sie wählte erneut die C-Netz-Nummer, doch die Frau hatte ihr Gerät ausgeschaltet. Entschlossen rief Christina die Auskunft an und ließ sich die Nummer des Instituts geben. Sie wählte die Nummer und verlangte, Marie Dubois zu sprechen. Die Telefonvermittlung stellte sie durch, doch es dauerte eine Weile, bis jemand abhob.

»Sie ist nicht hier«, sagte schließlich eine Männerstimme. »Wer spricht dort?«

»Es ist privat«, sagte Christina ausweichend. »Wann ist sie wieder im Institut?«

»Sie ist eben erst gefahren, zum Schlachthof. Dort wird sie ungefähr eine halbe Stunde brauchen, dann kommt sie wieder her. Ich würde sagen, so in einer Stunde ist sie wieder da. Soll ich etwas ausrichten?«

Christina verneinte dankend.

Der Schlachthof war nicht weit weg. Sie wusste es, weil in der Nähe ein Verkehrsübungsplatz war. Manchmal war Thomas mit ihr dort hingefahren, in seinem alten Jeep, um ihr das Autofahren beizubringen.

Christina merkte, wie Tränen ihre Sicht trübten. Mit Macht drängte sie die aufkommenden Erinnerungen zurück. Nie wieder, schwor sie sich. Nie wieder!

Ohne zu zögern, nahm sie die nächste Ausfallstraße. Sie brauchte weniger als zehn Minuten bis zum Schlachthof. Er befand sich in unmittelbarer Nähe des Rheins, in einem belebten Industriegebiet. Lastkähne zogen mit dumpfem Motorengebrumm vorbei, in das sich das Rattern von Schwertransportern und Sattelzügen mischte. Gelblicher Rauch trieb über schmutzigen Schloten, die eine dichte Ansammlung von Fabriken und Lagerhallen überragten. Vor dem Schlachthof verlangsamte Christina das Tempo und suchte gerade nach einer Parkmöglichkeit, als sie eine zierliche, dunkelhaarige Frau um die Vierzig aus einem Wagen steigen sah.

Sie bremste direkt hinter dem Wagen der Frau und öffnete die Scheibe. »Marie Dubois?«

Die Frau fuhr überrascht zu ihr herum und blickte dann nervös die Straße entlang. »Was wollen Sie?«

»Weiter mit Ihnen sprechen. Ich hatte das Gefühl, wir waren noch nicht fertig.«

Marie Dubois' hageres Gesicht verzog sich in einer Mischung aus Unwillen und Bewunderung. »Wie haben Sie mich gefunden?«

»Ich habe im Institut angerufen.«

»Haben Sie …«

»Keine Sorge, ich habe meinen Namen nicht gesagt«, fiel Christina ihr ins Wort. »Können wir reden?«

»Ich habe zu tun«, wich Marie Dubois aus.

»Im Schlachthof?«

Die Französin nickte und wandte sich mit eckigen Bewegungen ab, um auf den Haupteingang des hässlichen grauen Betonklotzes zuzugehen.

Christina stieg rasch aus, warf die Wagentür zu und folgte der Frau. »Warten Sie. Ich komme mit.«

Von dem einstöckigen, fensterlosen Gebäude wehte der Gestank von Desinfektionsmitteln herüber. Und von etwas anderem, dessen Geruch Christina nicht auf Anhieb zu identifizieren vermochte, der ihr aber sofort Unbehagen verursachte.

»Ich habe Ihnen alles gesagt, was ich zu sagen hatte«, sagte Marie Dubois. »Ich will nicht, dass jemand uns sieht, während wir uns unterhalten.« Ihr französischer Akzent war jetzt stärker als vorhin am Telefon. Sie war sichtlich nervös. Die Lippen zu einem schmalen Strich zusammengepresst, sah sie sich abermals um, so, als hätte sie Angst, mit Christina zusammen gesehen zu werden. Die scharfen Falten um ihre Mundwinkel ließen sie älter wirken.

Christina schloss eilig zu ihr auf und passte sich den Schritten der kleineren Frau an. Wie immer, wenn sie neben einer so zierlichen Frau ging, kam sie sich riesig und tölpelhaft bei dem Versuch vor, kleine Schritte zu machen, um auf gleicher Höhe zu bleiben.

Ein verschmutzter Viehtransporter fuhr langsam in die Einfahrt, rollte hinter ihnen über das von hohen Drahtzäunen umfriedete, asphaltierte Betriebsgelände und verschwand um die Ecke des rückwärtigen, von der Straße abgewandten Gebäudeteils. Christina starrte dem Lastwagen nach. Von irgendwoher glaubte sie plötzlich das qualvolle Brüllen von Kälbern zu hören, dann war es wieder still.

Im nächsten Augenblick konnte sie auch den Geruch einordnen. Es war der Geruch von Blut und Angst und Tod. Die Dünste von Desinfektionsmitteln waren jetzt stärker, doch sie vermochten nicht die Viehausdünstungen zu überdecken, die vom hinteren Teil des Gebäudes kamen.

»Da hinten ist die Rampe«, sagte Marie Dubois sachlich, als würde das die Geräusche erklären, die Christina zu hören geglaubt hatte. Sie stieß die Glastür auf und ging voraus in einen weiß gekachelten Gang. »Sind Sie empfindlich?«

»Was meinen Sie?«

»Ob Sie Blut sehen können.«

Christina zuckte die Achseln. »Am meisten stört mich dieser Geruch. Können wir nicht woanders reden?«

»Ich habe nichts mit Ihnen zu bereden.« Sie ging weiter, ohne abzuwarten, ob Christina ihr folgte, und drückte eine breite Schwingtür auf, die in eine von kreischendem Maschinenlärm erfüllte Halle führte. Der Gestank war hier so stark, dass Christina sich abwandte.

»Hier, nehmen Sie das«, rief Marie Dubois gegen den Lärm und zog ein besticktes Taschentuch hervor, das sie Christina in die Hand drückte.

Christina blieb in der Tür stehen, drückte das Tuch sofort gegen Mund und Nase und atmete den milden Parfümduft ein, während sie sich in morbider Faszination umsah. Sie war zum ersten Mal in einem Schlachthaus. Bereits geschlachtete und enthauptete Rinder wurden in der Halle vor ihr weiterverarbeitet. Vor einem Laufband entlang der Hallenwand machte sich ein Mann in Gummikleidung an einem herabbaumelnden Kuhkadaver zu schaffen, und einen Moment später riss eine Kettenwinde dem schlaffen Körper das Fell herunter. Christina hörte das schnalzende Geräusch, mit dem die Haut sich innerhalb weniger Augenblicke vom Fleisch löste und als schlaffer Fetzen zur Seite fiel. An einer anderen Maschine wurde ein Rind in einem Regen von Gewebeflüssigkeit und Knochensplittern von einer Säge zerteilt. Der Lärm war ohrenbetäubend.

Christina unterdrückte ein Würgen, als sie sich zu der Französin beugte. »Wie kommen Sie darauf, dass mein Vater ermordet wurde? Die Polizei glaubt, dass es Selbstmord oder ein Unfall war ...«

»Ihr Vater wurde umgebracht«, erwiderte Marie Dubois ungerührt.

»Aber es wurden keine Spuren von Gewaltanwendung gefunden!«

»Lächerlich«, schnaubte die Französin.

Ein Schlachter in Gummistiefeln und knöchellanger Schürze winkte Marie Dubois zu, schob mit dem Stiefel einen Haufen dampfender Gedärme beiseite und nahm einen Eimer vom Boden auf. Freundlich lächelnd kam er auf sie zu und streckte der Französin den Eimer hin. Christina drehte beim Anblick des darin herumschwappenden Gekröses den Kopf zur Seite.

Marie Dubois nahm den Eimer entgegen und schaute interessiert hinein. »*Merci*. Danke.«

»Keine Ursache. Du schuldest mir ein Bier. Bis nächste Woche.« Er nickte den Frauen zu und ging zurück zum Laufband, wo er sich zu einem anderen Schlachter gesellte, der mit einem Wasserschlauch Kot und Blut von den Maschinen spritzte. Vom heißen Wasser stiegen dichte Dampfschwaden auf und hüllten die enthäuteten Leiber in stinkenden Nebel. Christina drückte das Tuch fester gegen die Nase und gelobte sich, nie wieder Fleisch zu essen.

»Und wer soll Ihrer Meinung nach meinen Vater umgebracht haben?«

Marie Dubois zog einen hautfarbenen Stulpenhandschuh aus der Manteltasche, streifte ihn über und wühlte in dem Eimer. Christina sah jetzt, dass es eigentlich kein Eimer war, sondern ein Thermobehälter mit geöffnetem Deckel.

»*Merde*, es sind welche dabei, die entzündet sind. Verdammt, die Viecher werden immer anfälliger! Wissen Sie, was das hier ist?« Sie hob einen Klumpen von dem blutigen, schleimigen Zeug aus der wässrigen Brühe.

Christina schluckte. »Nein. Wer hat meinen Vater ermordet?«

»Ich war nicht dabei, aber wenn Sie mich fragen, kommt nur einer in Frage. Übrigens, das hier sind Eierstöcke. Herrgott!«, fluchte sie. »An dem hier sind Gelbkörper. Er weiß genau, dass ich damit nichts anfangen kann!« Missmutig drückte sie den Schnappdeckel zu.

»Wer hat ihn getötet?«, stieß Christina hervor.

Marie Dubois öffnete die Schwingtür und ging voraus, den Behälter energisch mit der Hand schwenkend. »Wissen Sie, was ich mit den Ovarien mache?«, fragte sie über die Schulter. »Ich arbeite am transgenen Rind. Und ich versuche, die Transfertechnik weiterzuentwickeln. In Deutschland gibt es ungefähr fünf Millionen Rindviecher. Aber nicht mal jedes tausendste eignet sich zur Zucht. Rinderembryonen, das ist ein Millionengeschäft, *Chérie*. Nur wer die beste Technik hat, verdient am besten. Superovulation und Spültransfer sind nur das Grundhandwerk.« Sie hob bedeutungsvoll den Behälter hoch. »Ich arbeite natürlich auch daran, beim Rinderkeimling den Achtzell-Block in vitro zu überwinden und die Zygote im Sechzehnzell-Stadium in die Gebärmutter zu übertragen.«

»Ich dachte, das wäre heute schon möglich. Wer hat meinen Vater getötet?«

»Es geht beim Menschen, aber komischerweise nicht beim Rind. Noch nicht. Aber es wird nicht mehr lange dauern. Ebensowenig wie die Entwicklung von pluripotenten Stammzellen beim Rind. Das wird die Forschung revolutionieren!«

Christina konnte freier atmen, je weiter sie sich von der Halle entfernten. Sie folgte der Französin nach draußen, doch als diese zielstrebig auf ihren Wagen zuging, trat Christina ihr in den Weg. »Bitte! Sagen Sie mir wenigstens, wie!«

Die Französin seufzte. »*Bien*. Ich sage es Ihnen. Ich tue es, weil ich Ihren Vater mochte. Und weil er Sie mochte, ganz im Gegensatz zu seiner übrigen … Brut.« Sie hielt inne, und Christina wartete schweigend, bis Marie Dubois weitersprach. »Dieser Unfug, dass man keine Spuren von Gewalt gefunden hat. Dabei ist es ganz einfach.« Sie stellte den Thermobehälter neben sich auf den Asphalt, streifte den Handschuh herunter und schob ihn zusammengerollt in die Manteltasche. »Ein Gas. Pff, und er war weg, innerhalb einer Zehntelsekunde. Sind Sie schon mal operiert worden?«

Christina zögerte den Bruchteil einer Sekunde, dann nickte sie. »Maske oder Spritze?«

»Ich … ich weiß nicht. Ich musste etwas einatmen, glaube ich.«

»Welche Operation?«

Christina fühlte, wie sich etwas in ihr zusammenkrampfte. »Ein Kaiserschnitt«, sagte sie leise.

Die Frau wirkte unbeeindruckt. »Dann hatten Sie vermutlich einen Tubus. Das heißt, zuerst wurden Sie über eine Maske betäubt, dann wurde in Ihre Luftröhre ein Schlauch geschoben, über den während der restlichen Operation die Beatmung erfolgte und das Gas in Ihre Lunge geleitet wurde. Aber im Grunde macht es keinen großen Unterschied, was das Wegtreten betrifft. Wie lange hat es gedauert, bis Sie weg waren?«

»Ich weiß nicht. Eine Sekunde. Höchstens zwei.«

»Sehen Sie. Das ist noch das Minimum. Es ist eine Frage des Gasgemischs. Heutzutage nimmt man bei einer Narkose hiervon etwas und davon etwas. Muskelrelaxantien, Analgetika, Halothan. Es gibt verschiedene Möglichkeiten. Man kann es so dosieren, dass Sie praktisch gar nicht merken, wie Sie wegtreten. Zu spät, um sich zu wehren oder die Luft anzuhalten. Ein Schwall, der bei voll geöffnetem Ventil herausströmt und in die Atemwege dringt, würde ausreichen, um einen Elefanten schlafen zu legen. Es muss in dem Moment geschehen sein, als er sich über den Tank beugte, um die Probe herauszunehmen. Schon Sekundenbruchteile später war sein Kopf im Tank. *Voilà.*«

Christina starrte sie nur an.

»Begreifen Sie es nicht?«, fragte Marie Dubois ungeduldig. »Keine Spuren von Gewalt, und eine Lunge voll von dem flüssigen Stickstoff beseitigt zuverlässig auch die letzten Beweise, die das Gas in seinem Körper hinterlassen haben könnte.« Die Französin streckte zögernd die Hand aus und berührte Christinas Schulter. »Er hat nichts gemerkt. Glauben Sie mir. Er war ohne Bewußtsein, schon bevor er merkte, was mit ihm geschah.«

»Wie kommen Sie darauf, dass es so war?«

»Wir arbeiten im Institut mit verschiedenen Gasen. Im Versuchslabor haben wir Mäuse, Ratten, Affen. Manchmal auch Schweine oder Schafe. Viele Tiere sind Produkte genetischer Manipulationen. Was beim Rind dummerweise nicht funktioniert, klappt bei anderen Tieren um so besser. Transgen heißt das Zauberwort. Chimären, verstehen Sie. Tiere mit Mosaikgenen. Sie haben drei oder vier oder fünf Eltern, so viele wir wollen.«

»Was hat das mit dem Gas zu tun?«

»Wir schneiden sie auf, weil wir nachsehen müssen, wie sie drinnen aussehen. Aber wir sind keine Tierquäler. Also betäuben wir sie, wofür wir manchmal eine Spritze benutzen, manchmal aber auch Gas. Wir arbeiten mit einer Veterinärhochschule zusammen und machen große Operationen an Affen, Schweinen, Rindern, die wir natürlich vorher betäuben. Wir töten auch mit Gas. Wir haben jede Woche eine Menge Mäuse zu entsorgen. Wir stecken sie halbdutzendweise in einen Glasbehälter, wenn wir sie nicht mehr brauchen. Wir schrauben den Deckel zu und vergasen sie, mit Kohlendioxid. Wenn sie nicht mehr zappeln, setzen wir die nächste Ladung obendrauf und vergasen auch die. Wir haben ein Krematorium, da verbrennen wir sie jeden Tag kiloweise.«

Christina fühlte, wie Kältefinger über ihren Nacken strichen. »Wer ist ›wir‹?«

»Ein Kollege von mir, er heißt Tom Watts. Ein junger Amerikaner, vielleicht lernen Sie ihn noch kennen. Begabter Junge. Zwei, drei Studenten und Praktikanten. Hauptsächlich aber ich selbst. Ich bin nicht nur Molekularbiologin, sondern auch die Chefveterinärin im Institut. Ich weiß genau, wie Gase auf einen Organismus wirken.«

»Woher wollen Sie wissen, dass es so war? Ich meine, das mit dem Gas?«

»Die Behälter standen anders als sonst. Ich habe es nur durch einen Zufall bemerkt, weil ich etwas suchte. Jemand hat sich daran zu schaffen gemacht.«

»Werden sie nicht verschlossen aufbewahrt?«

Die Französin schüttelte den Kopf. »Jeder, der sich ein bisschen im Institut auskennt, kann drangehen.«

»Wer?«

»Wenn ich das wüsste, wären wir alle besser dran.«

»Tun Sie doch nicht so! Wer hat ihn getötet? Sie wissen es!«

»Nein.«

»Sie lügen!«

»*Mon Dieu!* Lassen Sie mich in Ruhe!«

»Bitte! Er war doch mein Vater!«

Unbewegt erwiderte Marie Dubois Christinas flehende Blicke. »Es wird Ihnen nicht gefallen, *Chérie*.«

»Sagen Sie es mir!«

»Ich halte Ihren Bruder für den Täter.«

Christina atmete aus. Ihr Bruder. Jochen.

Auf den Zügen der Französin spiegelte sich schwaches Erstaunen. »Sie wirken nicht gerade schockiert. Eigentlich sogar erleichtert.«

Christina ging nicht darauf ein. »Also mein Bruder. Wieso ausgerechnet er?«

»Vor nicht allzu langer Zeit hörte ich Ihren Vater in seinem Büro telefonieren. Ich wollte gerade zu ihm, da hörte ich ihn schreien. Ich wollte nicht lauschen, nicht, dass Sie das denken. Ich stand einfach vor der Tür und hatte die Klinke in der Hand, und er war so laut, dass ich es nicht überhören konnte, verstehen Sie? Er brüllte: ›Was du von mir willst, kann ich dir nicht geben.‹ Nach einer Pause schrie er noch lauter: ›Du hast ganz Recht, ich könnte es, aber ich will es nicht.‹ Wieder eine Pause, dann: ›Wenn du mich töten willst, dann tu es doch, verdammt! Aber vorher sorge ich dafür, dass du nicht kriegst, was du willst!‹ Nun, ich achte die Privatsphäre von Kollegen, und er war einer der besten. Und außerdem war er mein Chef. Also ging ich weg und kam ein paar Minuten später wieder, als ich sicher sein konnte, dass das Gespräch zu Ende war. Er saß an seinem Schreibtisch und wirkte völlig gebrochen. Ich fragte: ›Reinhold, was ist denn?‹ Er sagte zuerst nichts, dann meinte er: ›Marie, wenn dein eigenes Kind dich unter die Erde wünscht, was tust du dann?‹ Es war eigentlich eine eher rhetorische Frage, aber ich antwortete trotzdem. Ich sagte: ›Ich weiß es nicht, Reinhold.‹ Er schüttelte den Kopf, und ich sah, dass er weinte. Ich hatte ihn noch nie so erlebt. Er war völlig am Ende. Er sagte: ›Ich weiß es auch nicht, Marie. Ich habe wohl alles falsch gemacht. Am besten wäre ich wirklich tot.‹ Das waren seine Worte.«

»Mehr nicht?«, fragte Christina ungläubig.

»Reicht das nicht? Zwei Monate später war er tot.«

»Von meinem Bruder getötet?«, meinte Christina mit unüberhörbarer Skepsis in der Stimme. »Nur, weil ein paar Gasbehälter anders standen?«

»Ich habe schon oft erlebt, wie Ihr Bruder ihn heimsuchte. Er rief an oder kreuzte persönlich auf, und immer wollte er nur eins. Geld für sein schmutziges kleines Hobby.«

»Sie wissen davon?«

»Jeder wusste davon. Er hat ja kein Geheimnis daraus gemacht. Wussten Sie, dass er letztes Jahr zwischendurch sogar ein paar Monate im Institut gearbeitet hat, nachdem er wieder mal einen seiner zahlreichen Jobs geschmissen hatte?«

Christina schüttelte den Kopf.

»Natürlich klappte es nicht. Ihr Bruder hat zwei linke Hände. Er war höchstens als Laufbursche einzusetzen. In meiner Abteilung hat er auch ausgeholfen.« Die Französin lachte höhnisch auf. »Das lag ihm leider überhaupt nicht. Er musste seinen Kummer darüber mit Alkohol und Koks betäuben. Einmal brachte er es sogar fertig, sternhagelvoll und die Nase rot vom Koksen hereinzuplatzen und einen Streit vom Zaun zu brechen. Ich war bei Reinhold zum Essen eingeladen, Jakob von Schütz und Tom Watts waren auch da. Später am Abend, ganz plötzlich, tauchte Ihr Bruder auf. Er schrie herum wie ein Verrückter, dass Reinhold ihm diese Scheißarbeit aufgehalst hätte, bloß um ihn zu demütigen. Tom Watts musste ihn rauswerfen, weil er anfing, das Mobiliar zu zertrümmern. Während er ihn vor die Tür zerrte, brüllte Ihr Bruder, er bete, dass Reinhold tot umfallen solle, und dass er notfalls nachhelfen würde. Er hat es wahr gemacht, glauben Sie mir. Ich wette, dass er auch hinter dem Brandanschlag steckt. Er will auch Sie töten. Was spielt es für eine Rolle, nachdem er schon seinen Vater umgebracht hat? Das Geld ist für ihn zu einer fixen Idee geworden. Er ist verrückt. Völlig übergeschnappt. Wenn Sie ihn damals so gesehen hätten, wie ich ihn gesehen habe ...«

Christina beobachtete die kleine Französin nachdenklich. »Lassen wir mal meinen Bruder beiseite. Da ist noch etwas, was Sie mir nicht sagen.«

Marie Dubois wich ihren Blicken aus.

»Wenn es wirklich so gewesen ist – die Sache mit dem Gas. Warum haben Sie das alles, was Sie mir gerade erzählt haben, nicht auch der Polizei erzählt? Warum haben Sie denen bloß dasselbe gesagt wie all die anderen, dass mein Vater vom Sterben geredet hat? Warum nicht den Rest?«

Die Französin antwortete nicht. Sie hob das Thermogefäß auf und wandte sich ab, um zu ihrem Wagen zu gehen.

Christina folgte ihr über den Hof und dachte dabei an die schwappende, dampfende Salzlake, in der die Rinderovarien herumschwammen. »Warum haben Sie es nicht der Polizei erzählt?«, wiederholte sie mechanisch. Gleich darauf gab sie sich selbst die Antwort. »Es liegt auf der Hand, nicht wahr? Kann sein, dass Jochen es wirklich getan hat. Ich will's gar nicht unbedingt abstreiten, obwohl er immerhin mein Bruder ist. Er hatte ein Motiv, so viel ist sicher. Aber eins ist ebenso sicher. Er kann's nicht allein getan haben. Jemand muss ihm geholfen haben. Oder war es umgekehrt? Hat er dem anderen geholfen? Oder war es am Ende der andere ganz allein? Wie auch immer. Jemand aus dem Institut ist daran beteiligt. Habe ich Recht?«

Marie Dubois ging schneller, das Gesicht zur Seite gewandt.

»Er kann's nicht allein getan haben!«, rief Christina. Sie nutzte den Vorteil, den ihre längeren Beine ihr verschafften, um die kleine Französin mit zwei Schritten zu überholen und ihr in den Weg zu treten. »Ich sehe Ihnen an, dass ich Recht habe. Also ein Kollege von Ihnen. Vielleicht sogar mehrere. Und Sie wissen nicht, wer. Deshalb schwärzen Sie auch Jochen nicht bei der Polizei an. Deshalb wollten Sie nicht reden. Nicht mit mir zusammen gesehen werden. Sie haben Angst, stimmt's? Angst, dass Sie die nächste sind!«

Marie Dubois trat zur Seite und wandte sich zu ihrem Wagen um, ohne zu antworten, doch an dem kurzen Aufflackern ihrer Augen hatte Christina gesehen, dass sie ins Schwarze getroffen hatte. Wie gelähmt blieb sie stehen, die Hände an den Seiten zu Fäusten geballt.

»Woran arbeitete mein Vater?«, schrie sie der Französin nach. »Wer aus dem Institut war so versessen auf Vaters Forschungsergebnisse, dass er sogar dafür töten würde?«

Marie Dubois öffnete den Kofferraum und stellte den Thermobehälter hinein. Sie sah sich nicht um.

Christinas Erstarrung löste sich. Zuerst ging, dann rannte sie die restliche Strecke über den Hof zur Einfahrt hinüber, doch die

Französin war bereits eingestiegen, und einen Augenblick später brauste ihr Wagen mit aufheulendem Motor davon. Christina schloss die Fahrertür des Mercedes auf und ließ sich hinter das Steuer fallen. Erbittert starrte sie durch die Scheibe zum Schlachthof hinüber. Der Viehtransporter, der vorhin auf das Gelände zur Rampe an der Rückseite des Gebäudes gefahren war, kehrte zurück und fuhr rumpelnd aus der Einfahrt. Christina schaute ihm nach, bis er um die nächste Straßenecke bog. Seine Fracht hing vermutlich jetzt dutzendweise an Haken von der Decke und wurde mittels kettenrasselnder Laufwerke in die blutbespritzte, stinkende Halle transportiert, um sie später als kopflose, hautlose, auf praktische Weise halbierte Kadaver wieder zu verlassen.

Jochen. Ihr eigener Bruder. Christina nahm das Handy, ließ sich von der Auskunft die Nummer von Rasmussens Kanzlei geben und speicherte sie ein. Anschließend versuchte sie, den Anwalt zu erreichen, doch er hatte Termine am Gericht. Sie schärfte der Kanzleiangestellten ein, ihm auszurichten, dass er vorläufig nichts unternehmen solle, was das Vermächtnis für ihren Bruder betraf. Als sie die Verbindung trennte, spürte sie leises Unbehagen in sich aufsteigen. Sie hatte das Versprechen gebrochen, das sie ihrem Bruder gegeben hatte. Doch sie beruhigte sich mit dem Gedanken, dass das Versprechen nichts wert war, wenn Marie Dubois tatsächlich Recht hatte. Und ihrem Bruder konnte es nichts schaden, eine Weile auf das Geld zu warten.

Wem hatte ihr Vater es mit dem Testament zeigen wollen? Ich zeige es ihnen, hatte er zu Rasmussen gesagt. Also nicht Jochen allein. Wem dann? Seinen beiden Kindern? Den Leuten im Institut? Oder sogar ihr selbst, Christina? Sie legte das Handy weg und startete den Motor. Es gab noch mehr Fragen. Warum hatten weder von Schütz noch dieser Tom Watts der Polizei die Wahrheit über den Vorfall bei Reinhold erzählt? Hatten sich alle geeinigt, die Selbstmordversion zu stützen?

Ich finde es heraus, dachte Christina. Ich finde alles heraus!

9. Kapitel

Während der Fahrt rief sie im Loft an. Richard ging sofort ans Telefon.

»Wie geht es dir?«, fragte sie.

»Miserabel«, krächzte er. »Mein Kopf tut weh, und in diesem verdammten Bett friere ich mich noch zu Tode. Wo steckst du?«

»Ich bin unterwegs zum Institut.«

»Was willst du da?«

»Mich umsehen. Mit ein paar Leuten sprechen.«

»Das gefällt mir nicht. Ich wäre lieber dabei.«

»Du würdest kein Wort verstehen, Ricky. Soll ich einen Arzt zu dir schicken?«

»Zum Teufel mit dem Arzt. Weich nicht aus. Ich höre an deiner Stimme, dass irgendwas oberfaul ist. Also?«

Sie zögerte, doch sie wusste, dass es keinen Sinn hatte, ihm etwas vorzumachen. Also erzählte sie es ihm.

»Du fährst nicht da hin!«, brüllte er ins Telefon. »Komm sofort hierher. Sofort!« Er fing an zu keuchen, dann zu husten. Es hörte sich an wie heiseres Gebell.

Christina seufzte und wartete, bis es in der Leitung wieder ruhig war. »Du darfst dich nicht so aufregen. Willst du, dass sie dich ins Krankenhaus stecken?«

»Ich will, dass du herkommst«, sagte er, immer noch keuchend.

»Später.«

»Verdammt, geh nicht da hin! Wenn es zutrifft, was du vermutest, läuft dort im Institut ein Mörder herum! Willst du ihm deinen Hintern auf dem Silbertablett servieren, oder was?«

»Es heißt Kopf, nicht Hintern. Was soll ich denn deiner Meinung nach tun? Ihn in den Sand stecken?«

»Wen?«

»Meinen Kopf. Es ist eine Redewendung.«

»Was hältst du von der Polizei? Die sind dafür zuständig!«

»Ich brauche erst mehr Beweise. Ich muss mit den anderen im Institut reden, bevor ich ihn belaste. Was ist, wenn es nicht stimmt?

Er ist mein Bruder, Ricky!«

»Lass uns nach New York fliegen und den Brief aus deinem Postfach holen. Wahrscheinlich steht da alles drin, was du wissen musst.«

»Du vergisst, dass ich keinen Pass mehr habe. Außerdem reisen wir nicht ab, solange du krank bist. Dein Husten hört sich an, als stündest du kurz vor einer Lungenentzündung. Ich werde dir einen Arzt schicken.«

»Du wirst ...«

»Schluss jetzt. Ich tu's, und damit basta. Gute Besserung.« Kurzerhand trennte sie die Verbindung. Es war sinnlos, mit ihm zu debattieren, wenn er sich einmal etwas in den Kopf gesetzt hatte. Sie ließ sich von der Auskunft die Nummer eines Arztes heraussuchen, rief die Praxis an und bat um einen Hausbesuch.

Der Verkehr wurde dichter, als sie durch die Innenstadt fuhr. In den Straßen herrschte jetzt um die Mittagszeit lebhafter Betrieb. Sie stand fast zehn Minuten vor einer Kreuzung, an der die Ampelanlage ausgefallen war. Von Zeit zu Zeit sah sie in den Rückspiegel. Als sie von der Straße, in der sich der Schlachthof befand, abgefahren war, hatte sie, eher unbewusst, einen dunkelroten Peugeot bemerkt, der an der Ecke parkte, dann aber langsam losgefahren war, als sie vorbeikam. Beim letzten Abbiegen war er ihr ebenfalls aufgefallen.

Sie suchte den Wagen im Rückspiegel und sah ihn drei Fahrzeuge hinter sich auf der benachbarten Spur. Von dem Fahrer war bis auf einen dunklen Umriss hinter der getönten Scheibe nichts zu erkennen. Vielleicht hatte sie sich getäuscht, und es war gar nicht derselbe Wagen. Immerhin gab es diesen Typ häufig.

Christina schaute noch einmal hin und prägte sich den schattenhaften Umriss des Fahrers ein. Rechts unten auf der Windschutzscheibe konnte sie außerdem einen blauen Aufkleber erkennen, von dem eine Ecke abgerissen war. Wenn sie den Wagen noch einmal sah, würde sie wissen, dass sie verfolgt wurde. Ob das der Beamte war, den Quint ihr in Aussicht gestellt hatte? Sicher nicht. Welchen Grund sollte er auch haben, ihr heimlich zu folgen? Schließlich sollte er sie beschützen und nicht beschatten. Sie war gefährdet, nicht verdächtig.

Bist du da so sicher?, fragte eine hartnäckige kleine Stimme in ihrem Kopf. Quint wird es dir kaum auf die Nase binden, wenn er dich in Verdacht hat!

Christina wollte nicht zuhören, doch es gelang ihr nicht, die Stimme zum Schweigen zu bringen.

Schließlich bist du die Erbin, oder nicht? Schließlich hast du die meisten Vorteile vom Tod deines Vaters, oder nicht? Christina fluchte unterdrückt und verkrampfte die Hände am Lenkrad. Ich bin hysterisch, dachte sie. Ich werde paranoid. Langsam, aber sicher fange ich an, überall Gespenster zu sehen.

Schockiert stellte sie fest, wie diese Vorstellung von ihr Besitz ergriff, sie umklammerte, ihr die Luft zum Atmen raubte. In diesem Moment erinnerte sie sich an ein Theaterstück, das sie vor Jahren in New York gesehen hatte. Der Held wurde zuerst verfolgt und später gejagt, aber am Ende stellte sich heraus, dass die Verfolger nur in seiner Phantasie existierten. Er begriff es schließlich, aber da war es schon zu spät. Zu spät für ihn. Lieber tot als verrückt, hatte er gesagt, bevor er von einer Brücke gesprungen war.

Jemand in der Kolonne weiter vorn begann ein Hupkonzert, und Sekunden später setzte sich die Schlange in Bewegung. Der Stau vor der Kreuzung löste sich auf, und Christina fuhr aufatmend weiter. Kaum eine Minute danach trat sie ruckartig auf die Bremse und bog in eine schwach befahrene Seitenstraße ein. Noch bevor sie das Reifenquietschen hinter sich hörte, sah sie im Rückspiegel den roten Peugeot auf blockierenden Rädern an der Straßeneinmündung vorbeirutschen. Ihr Herzschlag beschleunigte sich schmerzhaft. Er war ihr doch gefolgt! Gleich darauf bremste sie abermals, so heftig, dass ihr lädierter Fuß schmerzte, und bog rechts ab, und dann sofort noch einmal, bis sie sich wieder auf der Hauptstraße eingeordnet hatte. Dort stellte sie fest, dass sie den Verfolger abgeschüttelt hatte. Das Gefühl der Angst und Bedrängung hielt sich jedoch und begleitete sie während der ganzen restlichen Fahrt.

Das Institut lag außerhalb der Stadt in einem Gebiet, das in den Flächennutzungsplänen der Stadtverwaltung als landwirtschaftliche Nutzfläche ausgewiesen war, in Wahrheit aber überwiegend brachlag. Eine von Platanen gesäumte Zufahrt mit unbefestigtem Bankett führte zu den Gebäuden des Instituts, einer weitläufigen Anlage, die von einem parkartigen Grundstück umgeben war, an das Weizenfelder und Mischwald grenzten. Vor Jahren, als militante Gruppen wiederholt Anschläge auf dieses und andere Genforschungsinstitute verübt hatten, hatte ein zwei Meter hoher Zaun das Hauptgebäude umgeben, bis irgendein hochdotierter Betriebssoziologe festgestellt hatte, dass der Zaun kontraproduktiv sei.

In der Tat hatten Maschen- und Stacheldraht gegen gewalttätige Übergriffe nicht viel geholfen, sondern schienen sie eher herauszufordern. Bei zwei nächtlichen Aktionen war der Zaun mit Seitenschneidern durchtrennt worden, ein andermal hatte ein Verrückter, der glaubte, dass in den Labors Killerviren gezüchtet würden, in einem Kamikazeeinsatz mit seinem Lieferwagen den Zaun niedergewalzt, auf dem Rasen eine Anzahl Büsche umgemäht und anschließend die Glasfront des Gebäudes durchbrochen, bis der Wagen an der gegenüberliegenden Wand der Halle in einer Feuerwolke explodiert war. Er hatte Fässer mit einer hochexplosiven Flüssigkeit geladen. Das Gebäude wurde zum großen Teil verwüstet, und der Verrückte starb in den Flammen, doch da sich der Vorfall an einem Sonntag ereignete, wurde sonst niemand verletzt. Wie durch ein Wunder blieben die wichtigsten Versuchsreihen in den Kellerlabors unbeschädigt. Die teure Gebäudesanierung wurde von der Versicherung bezahlt.

Es hatte noch weitere, wenn auch nicht so schwere Übergriffe gegeben, bis der Soziologe entschied, dass der Zaun auf die Gegner der Gentechnologie wie ein rotes Tuch wirkte. Nachdem er abgerissen worden war, hörten die Anschläge tatsächlich auf. Ob der fehlende Zaun ursächlich für den plötzlich eingetretenen Frieden war oder ob es einfach an der wachsenden Toleranz der Bevölkerung gegenüber der Gentechnologie lag, konnte nicht mit Sicherheit festgestellt werden. Vermutlich spielte beides eine Rolle. Manche der militanten Aktivisten waren bürgerlich geworden. Sie hatten Funktionen im Establishment übernommen und beschränkten sich auf verbale Attacken in den Medien. Einer von ihnen schrieb ein bekanntes Sachbuch über Nutzen und Gefahren der Genmanipulation. Die in den achtziger Jahren noch erbittert geführte Diskussion flachte ab, wurde rationaler und beschränkte sich schließlich auf wenige Reizthemen, wie etwa Eingriffe in die menschliche Keimbahn, die Embryonenforschung beim Menschen oder den Missbrauch der Gendiagnostik. Gentechnisch veränderte Substanzen fanden sich in Mais und Tomaten ebenso wie in Waschmitteln oder Brot. Durch Gentechnologie erzeugtes Insulin rettete Hunderttausenden von Menschen das Leben.

Das Gentechnikgesetz trat in Kraft und erstickte die Laborverwaltungen unter einem komplizierten Regelwerk zahlreicher behördlicher Auflagen und rechtlicher Beschränkungen. Die stets besonders erbittert geführte Diskussion zum Thema Reproduktionsmedizin wurde entschärft, als die Bundesregierung ein Embryonenschutzgesetz verabschiedete, das die verbrauchende Embryonenforschung strikt verbot. Die Öffentlichkeit lernte nach und nach, dass Molekularbiologen keine Zauberlehrlinge waren und dass der Nimbus verbotener Alchimie sich einem tief verwurzelten Unbehagen vor einem Schlüssel zum Mysterium des Lebens verdankte.

Das Institut machte sich nun daran, die Gentechnik weiter zu kommerzialisieren. Neben der Entwicklung und Erzeugung pharmazeutischer Bestandteile und ertragreicher Nutzpflanzen spezialisierte man sich unter anderem auf so unterschiedliche Produkte wie spezielle Mäuse, denen man bereits im Blastozystenstadium Krebs erregende Gene eingepflanzt hatte, um die Erforschung neuer Medikamente zu verbessern, oder auf Rinderembryonen, die, aus Superovulationen und anschließendem Spültransfer gewonnen, tiefgefroren auf dem Agrarmarkt Höchstpreise erzielten, bis hin zu Enzymen, welche die Wirkungskraft von Waschmitteln unterstützten.

Daneben wurde natürlich nach Kräften geforscht, teils mit öffentlichen Geldern, teils mit finanzieller Unterstützung von Lizenzgebern, überwiegend Pharmakonzernen. Mit einer neuen – milderen – Fassung des Gentechnikgesetzes wuchs das Interesse an der industriellen Verwertbarkeit der Biotechnik, war doch das oberste Ziel jeglicher Forschung in den Industrielabors die Entwicklung neuer Produkte und deren Vermarktung, möglichst ohne allzu scharfe Reglementierung.

Auf der asphaltierten, aber relativ schmalen Zufahrt wechselten Schatten und Sonnenlicht, als Christina zwischen den ausladenden Platanen hindurch auf die Anlage zufuhr. Von hier aus hatte sie einen guten Blick auf das Lebenswerk ihres Vaters. Vor vielen Jahren hatte er sie und ihre Geschwister einige Male mit hierher genommen, um ihnen alles zu zeigen, doch bis auf die Platanenallee sah nichts mehr so aus wie früher.

Das Haupthaus war ein weiß verputzter, zweistöckiger Flachdachbau mit einer dreißig Meter breiten verglasten Eingangsfront. Dahinter befanden sich diverse Nebengebäude für Stallungen und landwirtschaftliches Gerät, von der Zufahrt aus nur teilweise zu sehen, sowie ein von einer Betonmauer umgebenes Areal mit zwei Bioreaktoren, dreißig Meter hohe Silos, die in der Sonne glitzerten.

Christina fuhr über die Zufahrt auf den gepflasterten Parkplatz vor dem Gebäude, wo bereits einige Dutzend Autos parkten. Sie stellte den Mercedes in einer Parklücke direkt vor dem Haupteingang ab, stieg aus und ging zu der Drehtür, die in die lichterfüllte Halle führte. Bei dem Gedanken an die bevorstehende Begegnung mit Jakob von Schütz empfand sie eine vage Unruhe, obwohl er unverhohlen erfreut reagiert hatte, als sie ihn angerufen und ihm ihr Kommen angekündigt hatte, beinahe so, als hätte er ihren Besuch schon längst erwartet.

Seine Schritte hallten auf dem Granitboden der Eingangshalle, als er mit ausgestreckter Hand auf sie zukam. Er trug einen gutsitzenden grauen Zweireiher, der seine schlanke Figur betonte.

Sein bartloses Gesicht verzog sich zu einem anziehenden Lächeln. »Ich habe Ihren Wagen von meinem Bürofenster aus gesehen. Wunderbar, dass Sie sich die Zeit nehmen, und das so schnell nach den schrecklichen Ereignissen!« Sein Händedruck war fest und angenehm. Er hielt ihre Hand ein wenig länger als nötig und sah sie prüfend an. »Unglaublich. Wirklich unglaublich. Das habe ich noch nicht erlebt.«

»Was denn?«, fragte sie verwirrt.

»Diese frappierende Ähnlichkeit.«

»Wir sind immerhin eineiige Zwillinge.«

»Trotzdem. Meist ist ein Zwilling doch größer oder dicker. Oder trägt eine andere Frisur.« Er lächelte bei den letzten Worten und fasste sie leicht unter. »Kommen Sie, mein Büro ist da drüben.«

»Ich möchte mich eigentlich lieber ein bisschen hier im Institut umsehen. Die Leute kennen lernen.«

»Natürlich, gern. Ich habe Zeit, Sie herumzuführen. Allerdings sind die meisten jetzt wohl beim Essen.« Er zeigte auf die breite Treppe. »Die Kantine ist im Obergeschoss. Oben sind auch Versammlungsräume und Büros.« Mit einer ausholenden Armbewegung fuhr er fort: »Hier im Parterre sind ebenfalls Büros, außerdem eine Reihe Laborräume. Im Keller gibt es weitere Labors und die Zuchtstation und den Versand für unsere Mäuse. Hinter dem Hauptgebäude befinden sich die Ställe und die Bioreaktoren. Haben Sie die Silos gesehen?«

Christina nickte. »Wofür sind sie?«

»Sie dienen der Enzymerzeugung. Ein zukunftsträchtiger Markt mit zweistelligen Zuwachsraten pro Jahr. In den Silos werden Getreideabfälle mit Stickstoff und Phosphor vergoren – als Nahrung für die gentechnisch veränderten Mikroorganismen. Nach ein paar Tagen sind dann die Fermenter mit Schleim gefüllt, aus dem wir durch aufwändige Filterverfahren die Enzyme extrahieren. Proteine, ohne die heute in der Industrie nichts mehr geht. Textilien, Nahrungsmittel, Insektizide, Waschpulver, Medikamente – überall sind gentechnisch erzeugte Enzyme enthalten. Wollen Sie es sich einmal näher ansehen? Allerdings riecht es ziemlich stark, wie fauliges Gemüse.«

»Vielleicht später.« Christina sah sich unschlüssig um. »Erst möchte ich mich hier drin ein bisschen umschauen.«

»Na schön. Fangen wir also gleich hier vorn an.« Von Schütz deutete auf eine verglaste Loge, in der eine junge Frau saß, die telefonierte. »Telefonzentrale, Empfang und Information in einer Person.« Er nickte der Frau zu, die lächelnd die Hand zur Begrüßung hob und dabei weitertelefonierte. »Kommen Sie, machen wir gleich hier weiter.« Von Schütz führte Christina in einen Gang, von dem eine Reihe Türen abging. »Die Büros einiger unserer Wissenschaftler. Unter ihnen befinden sich wirklich hervorragende Fachleute. Biochemiker, Molekularbiologen, Physiker, Pharmakologen, Ärzte, um die wichtigsten zu nennen.«

Am Ende des Ganges standen drei Männer und unterhielten sich. Als sie von Schütz und Christina sahen, unterbrachen sie ihr Gespräch und blickten ihnen neugierig entgegen. »Drei unserer Laborhelfer und Tierpfleger.« Von Schütz nannte ihre Namen und stellte Christina als neue Chefin vor.

»Das ist vielleicht etwas verfrüht«, korrigierte Christina ihn unbehaglich, während sie den Männern zunickte. Sie hatte den Satz noch nicht beendet, als sich die Tür direkt zu ihrer Linken öffnete und Marie Dubois herauskam. Christina starrte die Französin an, doch die Frau hatte sich gut unter Kontrolle. Ihre Miene blieb unbewegt; sie ließ weder Überraschung noch Besorgnis erkennen, als von Schütz die beiden Frauen einander vorstellte.

»Marie Dubois, Molekularbiologin, Genetikerin und Veterinärin. Sie war zwei Jahre lang Gastdozentin am *Massachussetts Institute of Technology*. Eine Zeit lang hat sie am *Human Genome Project* mitgearbeitet, dem ehrgeizigsten Menschheitsprojekt aller Zeiten. Die Entschlüsselung des gesamten menschlichen Erbguts, die Kartierung aller menschlichen Gene. Drei Milliarden Basenpaare. Wann ist es soweit, Marie?«

Die Französin zuckte die Achseln. »Vielleicht noch zehn Jahre. Vielleicht weniger. Die Sequenzierungstechniken werden besser.«

»Und dann haben wir ihn, den gläsernen Menschen«, lächelte von Schütz. »Marie, das ist Christina Marschall.«

Christina spielte mit und begrüßte die Französin höflich, als wären sie einander noch nie begegnet.

»Wo ist Tom?«, fragte von Schütz. An Christina gewandt, setzte er hinzu: »Tom Watts. Ich würde Sie gern mit ihm bekannt machen. Neben Marie einer unserer Besten. Ist letztes Jahr aus den Staaten zu uns gekommen. Er ist Fachmann für klinische und molekulare Virologie und Mikrobiologie. Er ist noch keine dreißig und hat schon mehr Preise, als andere in zwanzig Jahren anhäufen. In seiner Zeit bei uns hat er eine Methode zur Proteinanalytik entwickelt, auf die wir weltweit ein Patent angemeldet haben. Wo steckt er, Marie?«

»Er hat Urlaub.« Marie Dubois schob die Hände in die Taschen ihres weißen Kittels. »Ich muss ins Labor«, meinte sie dann knapp, sich bereits abwendend.

Christina folgte ihr. »Kann ich mich dort auch umsehen?«

»Warum nicht«, stimmte von Schütz zu und öffnete die breite Glastür am Ende des Ganges. »Sie können sich überall umschauen. Schließlich gehört Ihnen jetzt fast alles.« Er ließ den beiden Frauen den Vortritt in eine kleinere Halle, von der weitere Türen abgingen.

»Sie werden doch sicher verkaufen wollen, *non*?«

Christina bemühte sich um eine unergründliche Miene, als sie den fragenden Blick der Französin erwiderte. »Das kann ich noch nicht sagen«, meinte sie glatt.

Von Schütz und Marie Dubois tauschten Blicke, aus denen ebenso gut Interesse wie Ärger hätte sprechen können, doch die Französin wandte sich schnell wieder ab.

In einem fensterlosen Raum, von dem eine verglaste Tür in ein Labor führte, händigte die Französin Christina einen Kittel, eine Papierhaube und ein Paar Kunststoffschuhe aus. »Vorschrift«, sagte sie wortkarg. Sie selbst und von Schütz zogen sich ebenfalls Schutzkleidung über.

»Waren Sie schon einmal hier?«, fragte von Schütz über die Schulter, während er voranging und die Tür in einen großen, weiß gefliesten Raum öffnete, der von Neonröhren an der Decke taghell erleuchtet wurde. Ein Mann und eine junge Frau, beide in Schutzkleidung, kamen ihnen entgegen und verließen das Labor. Sie grüßten im Vorbeigehen.

»Vor zwanzig Jahren das letzte Mal.« Christina betrachtete die gekachelten Arbeitstische mit den kompliziert aussehenden Apparaturen. Es gab mehrere Inkubatoren und Zentrifugen, Lichtmikroskope mit Mikromanipulatoren und angeschlossenen Computerbildschirmen sowie andere Messgeräte. Die Regale und Glasvitrinen, die teils entlang den Wänden aufgebaut waren, teils in Reihen mitten durch den Raum verliefen, enthielten zahllose Flaschen und Gefäße in unterschiedlichen Größen und Formen.

»Und wie finden Sie es?«, wollte von Schütz wissen.

Christinas Blicke glitten über Kolben, Pipetten, Reagenzgläser und Filtrierflaschen. Sie zuckte die Achseln. »Dasselbe hat mein Vater mich damals schon gefragt. Ich kann heute keine andere Antwort geben als damals. Es ist so ähnlich wie das Biologielabor früher in der Schule, nur ein bisschen komplizierter und größer.«

Von Schütz lachte. Als Christina sein Lächeln erwiderte, neigte er offensichtlich irritiert den Kopf. »Wirklich verblüffend. Sie lächeln sogar wie sie. Findest du nicht, dass ihre Ähnlichkeit mit Martina enorm ist, Marie? Sie könnte ebenso gut Martina sein, nicht wahr? Wir würden es beide nicht merken!«

»Genau genommen ist die Entstehung von eineiigen Zwillingen ein Unfall der Natur«, sagte die Französin in gelangweiltem Tonfall. »Bei etwa drei von tausend Geburten teilt sich in der Frühschwangerschaft beim Menschen die Zygote. Meist korrigiert allerdings die Natur diesen Unfall selbst, gewissermaßen ein eingebauter Mechanismus zum Schutz des Lebens. Bei zwei von drei Schwangerschaften stirbt einer der Embryonen in den ersten fünf Monaten einfach ab. In den meisten Fällen wird er vom überlebenden Gewebe absorbiert. Aufgefressen sozusagen. Manchmal auch eingekapselt. Neulich erst entdeckten Neurochirurgen im Kopf eines Amerikaners Reste seines schon lange vor der Geburt abgestorbenen und zurückgebildeten Zwillings.« Sie setzte sich an einen Arbeitstisch und regulierte die Einstellknöpfe des dort stehenden Lichtmikroskops. »*Eh bien.* Wollen Sie sehen, wie Zwillinge entstehen? Ich zeige es Ihnen.« Sie deutete auf einen Computerbildschirm neben sich. »Ich habe vorhin schon alles vorbereitet. Passen Sie auf.«

Der Bildschirm erwachte zum Leben, und Christina starrte auf den Monitor, auf dem etwas Zuckendes, Waberndes zu erkennen war, das wie ein großer Ballon mit dunklen Kugeln im Inneren aussah.

»Hier sehen Sie eine befruchtete Eizelle in einer Nährlösung«, sagte die Französin ohne Gefühlsregung in der Stimme.

»Es ist natürlich nur eine Rindereizelle«, erklärte von Schütz rasch, als er Christinas entsetzten Ausdruck bemerkte.

Das war Absicht! durchfuhr es Christina. Sie wollte, dass ich das denke, was ich gerade gedacht habe!

Ein gläserner Keil erschien und drang in die Hülle des Ballons, um ihn der Länge nach zu durchtrennen, bis sich zwei zitternde Hälften gebildet hatten.

Marie Dubois sah von den Okularen des Mikroskops auf und nahm die Hände von den Steuergriffen der Mikromanipulatoren. »*Voilà*. Aus eins mach zwei«, sagte sie gelassen. Ihr Blick wirkte höhnisch. »Sie wurden soeben Zeugin eines unter kontrollierten Bedingungen stattfindenden Vorgangs, der normalerweise als Unfall der Natur gilt.«

»Sie ist hervorragend im Umgang mit der ophtalmischen Klinge«, meinte von Schütz, als hätte die Französin nicht gerade zum wiederholten Male eine versteckte Beleidigung ausgesprochen. »Das ist ein feines Skalpell, das auch in der Augenchirurgie verwendet wird«, fuhr er fort. »Unser Institut verdient in relativ kurzer Zeit sehr viel Geld damit. Rinderembryonen aus ausgewählter Zucht sind ein Vermögen wert. Wir verkaufen sie in alle Welt.«

»Sie werden eingefroren, in großen Stickstofftanks«, ergänzte Marie Dubois. »So halten sie sich länger.«

»Marie, bitte!«, sagte von Schütz scharf.

Christina blickte sich suchend um, dann ging sie um eines der Regale herum, die den Raum teilten. Hinter der nächsten Regalreihe fand sie, was sie suchte. Ihr Herz setzte einen Takt aus. Sie grub ihre Finger in den steifen Stoff des Kittels über ihrer Brust und stöhnte unwillkürlich. In der Ecke des Raums stand ein großer runder Tank, der etwa einen Meter dreißig hoch war und ungefähr einen Meter im Durchmesser maß. Der Deckel war in der Mitte geteilt und mit Schlössern gesichert. Christina konnte die Blicke nicht abwenden. Ein dumpfer Schmerz begann sich hinter ihren Augen zu bilden.

»Es war nicht hier«, sagte von Schütz hinter ihr mit sanfter Stimme. »Es war einer der Tanks in den Kellerlabors. Christina! Hören Sie mich?« Er legte die Hände auf ihre Schultern. »Warum quälen Sie sich? Entschließen Sie sich für das Beste, was Sie tun können. Ich bin Arzt, kein Biologe, aber dafür ein erstklassiger Unternehmer. Bei mir ist das alles hier in guten Händen, glauben Sie mir. Ich kümmere mich um alles. Auch um Ihre Geschwister. Um Jochen und Martina. Und um die Firma. Vertrauen Sie mir, Christina.« Es klang verlockend. In seinen Augen spiegelte sich ehrliche Bereitschaft, und eine Aura von Integrität und Verlässlichkeit umgab ihn.

Christina erkannte bestürzt, dass sie versucht war, ja zu sagen und mit einem Wort die unerträglichen Belastungen abzustreifen. Fast hätte sie es getan. Sie musste sich förmlich zwingen, die Fragen zu stellen, die sie sich auf der Fahrt hierher zurechtgelegt hatte.

»Stimmt es, dass mein Vater dabei war, die Firma herunterzuwirtschaften?«

»Nun, er hatte in der letzten Zeit ... sagen wir, Probleme«, meinte von Schütz vorsichtig. In einer verlegenen Geste streifte er mit dem Zeigefinger eine der gefliesten Wände entlang. »Es fiel ihm zunehmend schwerer, außerhalb seiner Forschungsarbeiten Entscheidungen zu treffen. Sehen Sie, in einem Institut dieser Größe sind Marketing- und Personalangelegenheiten mindestens genauso wichtig wie die Wissenschaft. Dazu kam bei ihm eine gewisse ... Besorgnis, jemand könnte hinter seinen Forschungsergebnissen her sein, obwohl hier noch nie etwas gestohlen wurde. Dann wieder glaubte er, dass in der Firma Saboteure am Werk sind, nur weil ein-, zweimal Versuchsreihen verdarben – etwas, was leider in jedem Labor mal vorkommt.«

Offensichtlich hatte er noch nicht vom Diebstahl der Unterlagen erfahren. Christina überlegte, ihn danach zu fragen, entschied sich aber im Bruchteil einer Sekunde dagegen, ohne zu wissen, warum. »Sie meinen, er war paranoid oder so?«, fragte sie statt dessen.

»Das ist sicher zu hart«, schwächte von Schütz ab. »Er war ... depressiv. Und einfach überarbeitet, denke ich.«

»Woran hat er denn zuletzt gearbeitet?«

»Marie? Du weißt es besser als ich.«

»Er hat ja alles sehr geheim gehalten. Ich weiß nur, dass er durch Mikroinjektionen mit rekombinanter DNA aus einer klonierten mutierten Stammzelllinie Mäuse generiert hat, homozygote Mutanten.«

»Was bedeutet das?«, wollte Christina wissen.

»Er hat mittels Eingriff in die Keimbahn Mutationen hergestellt, die in der folgenden Generation ebenfalls transgene Mäuse hervorbrachten. Reinhold arbeitete hauptsächlich an einer Methode, durch Gentransfer die Konzentration bestimmter Enzyme im Körper zu erhöhen. Anfangs hatte er sehr viele Letalmutationen und infertile Linien, doch mit der Zeit hat er das in den Griff bekommen. Seit drei Jahren hat er sich mit nichts anderem beschäftigt. Er war ganz besessen davon.«

»Was genau wollte er damit erreichen?«, fragte Christina.

»Keine Ahnung. Ich weiß bloß, dass er die Konzentration gewisser Enzyme erhöhte. Aus dem Rest machte er ein Staatsgeheimnis. Alles hielt er unter Verschluss und schwieg sich aus, wenn man ihn danach fragte. Niemand durfte seine kostbaren Mäuse anrühren, außer ihm selbst und dem alten Carlos.«

»Wo werden sie aufbewahrt? Ich meine, die Mäuse?«

»Es gibt im Keller einen besonderen Trakt für die Zucht- und Versuchstiere«, erklärte von Schütz. »Die Mäusezucht findet unter strengster Hygiene statt, so keimfrei wie möglich. Wer dort hineinwill, muss durch eine zusätzliche Schleuse. Waschen, besondere Schutzkleidung. Ziemlich umständlich, viel umständlicher als hier oben im Labor. Und es stinkt schrecklich da unten. Ich glaube nicht, dass es Ihnen viel bringt, sich dort umzusehen.«

Christina dachte an zappelnde Mäuse in einem zugeschraubten Glas und stimmte ihm insgeheim zu. Die Schmerzen hinter ihren Augen hatten begonnen, Feuerkreise zu bilden, die bis zu ihren Schläfen und ihren Wangenknochen reichten. Ich bekomme eine ausgewachsene Migräne, dachte sie. »Hat mein Vater Unterlagen hinterlassen?«

Marie Dubois schüttelte den Kopf. »Er machte keine schriftlichen Notizen, alles gab er in den Computer ein. Seine Aufzeichnungen überspielte er auf Disketten und nahm sie mit nach Hause. Die Daten auf der Festplatte des Institutscomputers löschte er. Ein Passwort war ihm nicht sicher genug. Er nahm sogar sämtliche Röntgenfilme mit.«

»Röntgenfilme?«

»Die benötigt man für die sogenannte RFLP-Analyse. Das ist eine Abkürzung für Restriktions-Fragmentlängen-Polymorphismus. Damit kann man innerhalb der Abfolge der DNA-Basenpaare bestimmte genetische Eigenschaften aufspüren. Durch Gel-Elektrophorese werden DNA-Bruchstücke durch eine Gelschicht bewegt, dann werden mit radioaktiv markierten DNA-Sonden bestimmte Marker-Gene aufgespürt. Die strahlenden Teilchen heften sich an die gesuchten Gene, die auf einem Röntgenfilm ein charakteristisches Strichmuster bilden. Genetische Veränderungen können auf diese Weise lokalisiert werden.«

Am flüssigen, dozierenden Ton der Französin war unschwer zu erkennen, dass sie über dieses Verfahren ziemlich genau Bescheid wusste. Ob sie auch wusste, dass jemand die Unterlagen und Filme von Reinhold Marschall gestohlen hatte?

Christina drehte sich zu von Schütz um, das harte Pulsieren missachtend, das die rasche Bewegung in ihrem Hinterkopf erzeugte. »Glauben Sie, dass mein Vater ermordet wurde?«, fragte sie direkt.

»Um Gottes willen!« Er wirkte bestürzt. »Aber nein! Wer sollte so etwas Schreckliches tun?«

»Mein Bruder zum Beispiel.«

»Das ist völlig ausgeschlossen. Ich kenne Jochen. Er ist ein Luftikus, und er hat Probleme mit dem Geld und mit seiner Sucht, aber er ist kein Mörder.«

Christina wandte sich zu Marie Dubois um. Das Gesicht der Französin war blass. Christina beobachtete sie abwartend, während sie von Schütz die nächste Frage stellte. »Stimmt es, dass Jochen gedroht hat, meinen Vater umzubringen?«

»Du lieber Himmel, nein!« Es kam etwas zu schnell, um überzeugend zu wirken. Von Schütz besann sich einen Augenblick, bevor er fortfuhr: »Er hat vielleicht mal bei einem Streit etwas gesagt, das sich für Dritte so angehört haben könnte, aber er hat das auf keinen Fall so gemeint. Er würde doch bestimmt nicht …« Er stockte und starrte zu Boden. Sich räuspernd, fragte er schließlich: »Wie kommen Sie überhaupt darauf? Marie, hast du etwa …«

»Es ist nicht wichtig«, fiel Christina ihm ins Wort. Ihr Eindruck, dass sie hier nicht weiterkam, schien sich im selben Maße zu verstärken wie ihre Kopfschmerzen. »Ich möchte jetzt gern gehen, bitte.«

Sie wandte sich ab und ging, ohne die Französin noch eines Blickes zu würdigen. In dem Vorraum streifte sie schweigend die Schutzkleidung ab.

Von Schütz beeilte sich, es ihr gleichzutun, und begleitete sie anschließend zum Ausgang. Als sie in der Halle Anstalten machte, sich möglichst rasch von ihm zu verabschieden, hielt er sie auf. »Bitte versprechen Sie mir, darüber nachzudenken«, bat er sie.

Vielleicht wäre es wirklich das Beste, dachte sie, während sie sein offenes, sympathisches Gesicht musterte. Ihr Vater würde nicht wieder lebendig werden, weil sie in den Ereignissen herumstocherte, die mit seinem Tod zusammenhingen. Sie würde von Schütz die Firma übertragen, an Jochen und Martina die Vermächtnisse auskehren, vielleicht sogar den Erlös für das Institut. Was sollte sie auch damit?

Sie ärgerte sich bereits, dass sie so voreilig gewesen war, ihr Versprechen, das sie Jochen gegeben hatte, wieder rückgängig zu machen. Zweifellos hatte die Französin maßlos übertrieben. Allem Anschein nach hatte es gar keinen Mord gegeben. Das Pulsieren schloss sich wie eine Schraubzwinge um ihre Schläfen, weitere Anzeichen der beginnenden Migräne.

Und der Brand?, fragte die hartnäckige Stimme in ihrem Inneren. Der Mann, der wie ein glimmendes Stück Kohle gegen deine Füße gerollt ist, in den Taschen Unterlagen mit geheimen Forschungsergebnissen?

Christina bemühte sich, die Erinnerungen an die schreckliche Nacht zu verdrängen. Sie sehnte sich schmerzhaft danach, all das endlich hinter sich lassen zu können. Sie wünschte sich weit weg. Nach New York, zu den alten Fotomappen in ihrem Zimmer in Janets Apartment. An türkisfarbene, von buntem Leben erfüllte Lagunen, und weiße, in der Sonne glitzernde Strände.

Ricky, dachte sie. Richard war da, er war in ihrer Nähe. Und er war krank. Er brauchte sie. Plötzlich hatte sie es sehr eilig, wegzukommen.

»Ich muss gehen«, sagte sie geistesabwesend, die Hand bereits nach der Drehtür ausstreckend. Sie kniff die Augen gegen das Sonnenlicht zusammen. Unterwegs würde sie an irgendeiner Apotheke anhalten müssen, um sich ein Migränemittel zu besorgen.

»Sie haben meine Frage nicht beantwortet, Christina.« Von Schütz ergriff ihre Hand und hielt sie fest. Seine Berührung war sanft und unaufdringlich, und doch schien es beinahe so, als sei er es gewohnt, sie anzufassen, ja sogar, als hätte er das Recht dazu, als ob er es schon oft getan hätte.

Christina fragte sich flüchtig, in welcher Beziehung er zu ihrer Schwester stehen mochte. Er würde sich um sie kümmern, hatte er vorhin gesagt. Als ihr Arzt, so wie früher?

»Ich denke darüber nach«, versprach sie, aber in ihren Gedanken war sie bereits woanders.

10. Kapitel

Als sie in den Wagen steigen wollte, wurde sie von einem der Männer angesprochen, die von Schütz ihr vorhin als Hilfskräfte vorgestellt hatte. Er war etwa so groß wie sie selbst, um die sechzig und fast kahl. Über die gelblich glänzende Haut seines Schädels zog sich ein Gewirr großer und kleiner Leberflecke. Christina versuchte, sich an seinen Namen zu erinnern, doch das Hämmern in ihren Schläfen machte es ihr unmöglich.

»Ich muss Sie sprechen.« Seine Blicke strichen über die Fassade, suchten den Parkplatz ab, fixierten schließlich wachsam den Eingang.

Sie hatte solche Blicke heute schon einmal gesehen, als sie der Französin in den Schlachthof gefolgt war, Blicke, die eine Mischung aus Nervosität und Besorgnis ausdrückten.

»Ich bin offen gestanden ziemlich in Eile«, wich sie aus.

»Nennen Sie mich ruhig Carlos, das hat der Chef auch immer gemacht. Mein Vater war Spanier«, setzte er erklärend hinzu, so, als wäre das für sie von besonderem Interesse. »Es dauert nicht lange.« Abwartend sah er sie an.

Sie zuckte die Achseln und handelte sich damit eine erneute Welle von Übelkeit ein. »Also schön. Aber bitte wirklich nur kurz.«

»Es geht um die Mäuse.«

»Welche Mäuse?«

»Die Mäuse Ihres Vaters. Sie sind im Keller. Ich meine, in den Kellerlabors.«

»Ich weiß. Was ist damit?«

»Das will ich von Ihnen wissen. Was mit den Viechern werden soll.«

»Wieso ausgerechnet von mir?«

Carlos hob die knochigen Schultern. »Ich soll sie eigentlich alle vergasen. Aber ich wollte vorsichtshalber fragen. Nicht, dass ich nachher Schwierigkeiten kriege. Schließlich sind Sie ja jetzt die Eigentümerin, oder?«

»Wer hat gesagt, dass Sie die Mäuse vergasen sollen?«

»Ihr Vater.«

Christina legte die Fingerspitzen gegen die pochenden Schläfen. »Mein Vater«, echote sie.

»Ja. Wenn ihm was passiert, hat er gesagt. Ich frag ihn, wieso soll Ihnen was passieren, Chef, und er sagt, das kann schneller der Fall sein, als man vielleicht glauben will, und ich frag, wieso soll ich die armen Viecher vergasen, und er sagt, ich soll es auf jeden Fall machen, damit keiner sie mehr untersuchen kann. Und niemand soll solange zu ihnen. Es ist ein Extraraum, wissen Sie. Aber als ich heut Morgen anfangen wollte damit, kam die Dubois – ich meine, Frau Dubois – und hat gesagt, ich sollt's besser nicht machen, weil es Ärger geben könnte deswegen, schließlich ist es fremdes Eigentum, achtzig Prozent gehört doch jetzt der Tochter, und es könnt sein, dass ich Millionen vergase, weil es doch seine Forschungsergebnisse sind, den Schaden könnt ich niemals bezahlen, und die Firma könnt's auch nicht, und am besten lasse ich sie rein, und sie schaut sich die Tiere mal an. Ich sag zu ihr, na gut, ich tu's nicht, ich mach sie nicht tot, ich frag erst, aber es darf solange keiner rein zu den Mäusen. Auch sie nicht. Dann hab ich den Raum wieder abgeschlossen.« Carlos hob fragend die Brauen. »Ist doch in Ordnung, dass ich das getan habe, oder?«

»Ja, das ist in Ordnung«, gab sie geistesabwesend zurück. Eine unsichtbare Hand drehte und ruckte an der Schraubzwinge um ihren Kopf.

»Soll ich sie jetzt vergasen?«, fragte Carlos.

Christina machte eine Bewegung, die ein Kopfschütteln andeutete. »Nein, tun Sie's nicht«, sagte sie mühsam. »Machen Sie einfach so weiter wie immer.«

Als Carlos achselzuckend nickte und Anstalten machte, sich abzuwenden, hielt sie ihn zurück. »Warten Sie. Sagen Sie, Carlos ... Was sind das für Mäuse? Ich meine, was ist an ihnen so Besonderes?«

»Weiß nicht. Hat Ihr Vater mir nie gesagt. Ich habe mich nur um die Viecher gekümmert. Käfige sauber gemacht. Gefüttert. Ganz normale, gesunde, hübsch possierliche Mäuse. Praktisch genauso wie alle Standardmäuse, die wir verschicken, nicht solche widerlichen Monster wie die anderen.«

»Monster?«

»Ja, die anderen.« Seine Handbewegung drückte Ekel aus. »Onkoviecher. Mit Geschwulsten, so groß wie sie selber sind. Und die ohne Fell, solche, die völlig nackt sind und so runzlig, dass sie kaum die Augen aufmachen können. Zittermäuse, herzkranke Mäuse, blinde, allergische oder rheumakranke Mäuse. Für jede Krankheit eine andere Sorte, extra gezüchtet.«

»Durch Gentransfer?«, fragte Christina, abgestoßen und interessiert zugleich.

Carlos nickte. »Gentransfer, aber auch natürliche Mutanten. Und natürlich die Standardmäuse.«

»Was passiert mit all diesen Mäusen?«

»Sie werden erforscht. Und verkauft. Wir versenden sie an Labors in ganz Europa. Die selten gefragten Viecher halten wir auch auf Vorrat in den Tanks, als Achtzeller. Ohne Mäuse läuft heute nichts in der Forschung.« Er räusperte sich und fuhr in einer Sprechweise fort, die wie einstudiert klang. »Genetisch gleichen Mäuse den Menschen zu neunzig Prozent. Mäuse sind sozusagen die Stellvertreter des Menschen, wenn es um die Erforschung bestimmter Krankheiten oder die Wirkungsweise von neuen Medikamenten geht.«

»Sind von den Mäusen meines Vaters auch welche verkauft worden?«

»Nie. Keine einzige. Er hielt sie immer streng unter Verschluss. Ich glaube, er mochte sie beinahe. Für manche hatte er sich sogar Namen ausgedacht. War ja auch kein Wunder, es waren ja immer dieselben. Ging kaum mal eine kaputt in den letzten Jahren. Nicht diese Ex- und Hopp-Methode wie bei den kranken Biestern. Deshalb würd's mir auch schwer fallen, sie totzumachen. Sind ja irgendwie seine Lieblinge gewesen.«

»Tut mir Leid, ich fühle mich nicht gut, lassen Sie uns ein andermal darüber sprechen.« Christina tastete nach dem Türgriff, die Augen nahezu geschlossen. Sie bezweifelte, mit dem Wagen bis zur nächsten Apotheke zu kommen, ohne sich übergeben zu müssen.

»Migräne?«

Sie brachte ein schwaches Nicken zustande.

»Kenne ich. Hab's selbst zwei-, dreimal im Monat. Schlimme Sache.« Carlos öffnete ihr die Wagentür. »Kann ich Sie anrufen? Ich meine, wegen der Mäuse?«

Sie gab einen undeutlichen Laut der Zustimmung von sich, außerstande, einen zusammenhängenden Satz zu artikulieren.

»Wann denn?«, fragte Carlos.

»Egal«, stieß sie durch zusammengebissene Zähne hervor, während sie sich auf den Sitz fallen ließ.

»Ihre Nummer?«

Mit zitternden Fingern kritzelte sie die Nummer des Handys auf ein Stück Papier, das sie von der Bedienungsanleitung abriss und Carlos in die Hand drückte. Irgendwie gelang es ihr anschließend, den Wagen zu starten und vom Institutsgelände zu lenken, ohne etwas zu rammen.

Während der Rückfahrt war Christina nicht in der Lage, darauf zu achten, ob ihr wieder jemand folgte. Immer wieder musste sie die Augen schließen, weil sie die blendende Helligkeit der Herbstsonne nicht ertragen konnte, und mehrmals entging sie nur um Haaresbreite einem Unfall. Als sie endlich eine Apotheke erreichte, konnte sie nicht sofort aussteigen, sondern musste erst zwei Minuten im Wagen sitzen bleiben, bis das Schwindelgefühl nachgelassen hatte.

»Migräne?«, fragte der Apotheker mitfühlend, ihr weißes, schmerzverzerrtes Gesicht und die zusammengekniffenen Augen betrachtend.

Christina nickte, die Handballen gegen die Schläfen gepresst.

Er suchte ein Medikament heraus und legte es vor sie auf den Tresen. »Suppositorien. Sind allerdings rezeptpflichtig«, meinte er dabei halb bedauernd, halb abwartend.

»Ich reiche das Rezept nach«, versprach Christina mit undeutlicher Stimme, ohne dergleichen wirklich vorzuhaben.

Anscheinend hatte sie das Richtige erwidert. Falls der Apotheker merkte, dass sie log, schien es ihn nicht weiter zu stören. »In Ordnung. Ich hab auch manchmal damit zu kämpfen. Als ob sich rotierende Messer in die Schläfen bohren. Ich weiß, wie Sie sich fühlen.«

Christina wertete seinen blutrünstigen Erfahrungsbericht als Dispens und zog einen Geldschein aus dem Bündel, das sie seit gestern in ihrer Hosentasche mit sich herumtrug. Martinas Geld. Ich muss es ihr zurückgeben, dachte sie benommen. Ich muss mich darum kümmern, damit ich endlich wieder mit meinem eigenen

Geld bezahlen kann. Ich muss American Express wegen einer Ersatzkarte anrufen. Und ich muss zum Passamt wegen neuer Papiere. Ich muss ...

Doch als sie zum Wagen zurückwankte, erkannte sie, dass sie heute nichts weiter würde tun können, als im Bett ihren Migräneanfall durchzustehen. Wenn sie Glück hatte, war das Medikament stark genug, dass sie darüber einschlief. Von beginnenden Sehstörungen gepeinigt, brachte sie wie durch ein Wunder die restliche Fahrt hinter sich, parkte den Mercedes vor dem Fabrikgebäude und stieg aus. Die geschwungenen Fenster im ersten Stock reflektierten die Sonne und warfen gleißende Lichtbögen über den Gehsteig, die wie Flammenwerfer in Christinas Augen stachen. Obwohl sie sofort den Blick senkte, konnte sie nicht verhindern, dass sie strauchelte. Als sie endlich den Eingang an der Seite des Gebäudes erreicht hatte, zitterten ihre Hände so stark, dass sie fast zwei Minuten brauchte, um das Sicherheitsschloss zu öffnen.

Im Treppenhaus war es still, doch die Tür zum Loft war nur angelehnt. Zögernd ging Christina durch die sonnendurchflutete Halle, bemüht, möglichst leise zu sein. Richard schlief, lang ausgestreckt, auf dem Bauch diagonal über dem Bett liegend, Arme und Beine weit gespreizt, wie ein überdimensionales menschliches X. Die Decke war bis zu den Hüften herabgerutscht und entblößte die braunen Schultern und seinen Rücken. Christina trat leise näher und hörte das schwache Rasseln, das sich in sein Atmen mischte. Auf dem Nachttisch neben dem Bett standen frische Medikamente. Christina erkannte ein Fiebermittel, Hustensaft und Penizillinkapseln. Der Arzt musste bei ihm gewesen sein. Richard regte sich nicht, als sie ihn vorsichtig bis zum Hals zudeckte. Am liebsten wäre sie neben ihn aufs Bett gefallen, so sterbenselend fühlte sie sich. Doch so wie er lag, war trotz der enormen Ausmaße des Bettes neben Richards großem Körper nicht genug Platz für sie selbst.

Sie zog die Jacke aus, ging ins Bad und nahm eines der Migränezäpfchen, die der Apotheker ihr gegeben hatte. Anschließend rückte sie das weiße Ledersofa so herum, dass die Liegefläche von der Fensterseite abgewandt war und die hohe Lehne die Sonne abhielt.

Sie legte sich flach auf den Rücken, die Arme an den Seiten angewinkelt, den Kopf in den Nacken gelegt, in einer Stellung, von der sie wusste, dass diese ihre Schmerzen so gering wie möglich halten würde. Die kreisenden Feuerräder hinter ihren Augen drehten sich langsamer, und der Druck der Schraubzwinge ließ allmählich nach. Es kam nicht oft vor, dass sie einen Migräneanfall bekam, vielleicht einmal im Jahr, gerade so oft, dass es sie als bitteres Jahresgedächtnis an jenen Tag erinnerte, an dem sie zum ersten Mal diese Schmerzen erlebt hatte.

Sie spürte, wie der Schlaf kam und sie erlöste, ein großes, warmes, sie einhüllendes Tuch. Ihre Gedanken wirbelten durcheinander, trieben weg, bis auf einen. Ob sie wohl auch Migräne hat, seit damals?

Dann löste sich auch dieser Gedanke auf.

Der Herbst ging in den Winter über, die Tage wurden kürzer und kälter, und sie trafen sich nur noch selten zum Spazierengehen oder Bummeln. Sie fuhren stattdessen mit Thomas' Wagen herum, einem klapprigen alten Jeep, mit dem sie Ausflüge in die Umgebung machten. Doch meist blieben sie in der abgeschiedenen Anonymität seines Apartments im Studentenheim, redeten, lasen, hörten Musik und kochten sich aufwändige kleine Menüs auf den beiden Kochplatten seiner winzigen Küche, in der nur einer stehen konnte. Sie liebten sich bei jeder Gelegenheit, unersättlich in ihrem Bedürfnis, einander nahe zu sein.

Christina erschienen jene Tage wie eine Reihe kostbarer Perlen, die es zu sammeln und aufzufädeln galt, Erinnerungsstücke im milden Glanz des Winters, dessen dunklere Tage bereits drohend über ihr hingen.

In den Jahren danach dachte sie oft, dass irgendetwas in ihr bereits damals das Unheil ahnte, das wie ein geducktes Tier hinter dem Horizont lauerte und wartete.

»Morgen«, sagte er eines Tages. Sie saßen an dem lächerlich kleinen Klapptisch, auf dem kaum zwei Gedecke Platz hatten. Die Teller waren leer, bis auf die Knochenreste eines köstlichen Coq au vin, das sie zusammen für ein verspätetes Mittagessen zubereitet hatten. Sie hatten mit großer Sorgfalt das Hähnchen zerteilt, den Speck und die Zwiebeln kleingeschnitten und sich dann beim Schmoren abgewechselt, was den Vorteil hatte, dass immer einer von ihnen die Hände frei hatte. Als das Essen schließlich fertig war, waren sie beide nackt und von einer anderen Art Hunger erfüllt, so dass das Hähnchen nur noch lauwarm war, als sie sich endlich, nur mit einem Handtuch bekleidet, an den Tisch setzten und aßen.

»Was ist mit morgen?«, fragte Christina, sich genießerisch die Finger ableckend.

Er beobachtete ihren Mund. »Das machst du absichtlich, oder?«

»Was?«, fragte sie mit vorgetäuschter Unschuld.

»Das. Du willst, dass ich wieder über dich herfalle.« Er stand auf und kam um den Tisch herum. »Was ich jetzt sofort tue!«

Sein begehrliches Lächeln löste wie immer atemlose Erwartung bei ihr aus. Ihr Herz klopfte schneller, als sie zu ihm hochsah, seine Erscheinung in sich aufnahm, seine leuchtenden Augen, das widerspenstige Haar über der Stirn, das stoppelige Kinn.

»Du wirst mich wieder zerkratzen«, lachte sie und streckte in gespielter Abwehr die Hände aus.

Er ergriff sie und knabberte an ihren Fingerspitzen, dann zog er das Handtuch von ihrem Körper und kniete sich vor ihren Stuhl. Mit seinen Schultern spreizte er ihre Schenkel und begann, sie zu liebkosen, bis ihr protestierendes Gemurmel in abgerissenes Seufzen überging.

Erst viel später, als sie satt und zufrieden nebeneinander im Bett lagen, erinnerte sie sich wieder an den Beginn ihres Gesprächs. »Was ist morgen?«, wollte sie wissen.

»Morgen mache ich den Abwasch«, gähnte er. »Und ich lerne für die letzte Prüfung. Himmel, bin ich müde. Es ist erst fünf, aber es könnte ebenso gut schon zehn sein. Ich habe schon wieder Hunger. Wie ist es mit dir? Soll ich dir eins von meinen Spezialkäsebroten machen?«

»Ich weiß nicht. Lieber nicht.«

»Wie lange kannst du noch bleiben?«

»Höchstens eine Stunde. Tommy, du hast vorhin nach dem Essen gesagt: Morgen. Was meintest du damit?«

Er drehte sich zu ihr um und stützte sich auf einen Ellbogen. »Ich will deinen Vater kennen lernen, Tina. Wir haben lange genug gewartet, finde ich. Das Examen habe ich praktisch bestanden, die mündliche Prüfung ist nur noch Politur. Und es ist auch nicht so, als würden wir mit nichts anfangen, immerhin habe ich einen Verleger gefunden, und vielleicht hast du in einem Jahr schon einen berühmten Autor im Bett. Tag und Nacht. Dann musst du dich in den Nächten nicht mehr aus dem Haus schleichen.«

Ihr Herz raste. *Dann musst du dich in den Nächten nicht mehr aus dem Haus schleichen?* Er meint unsere Zeit auf Sylt, beruhigte sie sich sofort.

Er küsste sie spielerisch und schob die freie Hand unter die Decke. »Bis dahin leben wir davon, was mein Job bei der Zeitung mir bringt.«

Sie zog seine Hand von ihrem Bauch weg. »Was für ein Job bei der Zeitung?« Ihre Stimme war kaum mehr als ein Flüstern.

Thomas hob fragend die Brauen. »Aber ich hab's dir doch erzählt!«

»Was erzählt?« Bitte, dachte sie. Bitte, lieber Gott, lass es nicht wahr sein!

»Von meinem Zeitungsjob. Ich habe vor ein paar Wochen in der Mensa jemanden getroffen, der den Chefredakteur bei der *NRZ* kennt. Dem haben meine Artikel in der Studentenzeitung gefallen. Ich hab dir doch davon erzählt, oder nicht?«

Sie schloss die Augen, ohne zu antworten.

»Tina?«, fragte er unsicher. Er erschrak, als sie die Augen öffnete und ihn ansah.

Namenlose Traurigkeit verdunkelte ihren Blick. »Du hast es mir nicht gesagt, Tommy.«

»Kann sein«, räumte er zögernd ein. »Vielleicht hab ich nur geglaubt, ich hätt's dir erzählt.«

Vielleicht war es so, vielleicht hatte er sich einfach geirrt, vielleicht hatte er es wirklich noch nicht erzählt. Niemandem erzählt.

Christina klammerte sich verzweifelt an die Hoffnung, dass es so war und nicht anders.

»Halt mich fest, Tommy. Liebe mich. Lass uns nicht mehr über morgen reden.«

Diesmal fand sie in seinen Armen nicht das Feuer, das mit seiner Hitze die Furcht verbrannte, denn etwas in ihrem Inneren flüsterte ihr zu, was sie bereits ahnte. Das Tier hinter dem Horizont war erwacht und hatte sich zum Sprung aufgerichtet.

Dennoch glaubte und hoffte sie immer noch, bis zum nächsten Nachmittag. Als es an der Haustür klingelte, kam sie die Treppe herunter und fand ihre Schwester in Thomas' Armen. Wie angewurzelt blieb sie auf der letzten Stufe stehen.

Thomas hob den Kopf, als er sie bemerkte. Die Faszination in seinem Blick wich innerhalb weniger Sekunden aufkeimender Angst. Von einem Moment auf den anderen verwandelte sich das Leuchten in seinem Blick zu Asche.

»Das ist Christina«, sagte Martina. »Sehen wir uns nicht unglaublich ähnlich?«

»Ja.« Langsam ließ er Martina los und blieb mit hängenden Armen neben ihr stehen, Christina unverwandt anstarrend.

»Crissi, das ist Thomas, der Mann, den ich liebe. Ich habe ihm erst letzte Nacht von dir erzählt, Crissi. Weißt du, ich hab's vorher nicht über mich gebracht, irgendwie dachte ich, er findet dich vielleicht netter als mich. Aber jetzt, wo ich weiß, dass ich … na ja, ich kriege ein Kind, das habe ich ihm auch gestern Nacht erzählt, Papa weiß es schon, er kommt gleich, und jetzt wollen Thomas und ich so schnell wie möglich heiraten …«

Die atemlos hervorgestoßenen Worte ihrer Schwester zerstreuten Christinas letzte Zweifel, wie weit es zwischen den beiden gegangen war. Weit genug. Es spielte nicht die geringste Rolle, wie oft Martina sich nachts zu ihm geschlichen hatte. Einmal. Fünfmal. Zehnmal. Oder öfter. Es war egal. Für ihn waren sie Tina gewesen. Eine Person mit zwei beliebig austauschbaren Körpern

Unvermittelt war der Schmerz da und umschloss ihren Schädel mit solchem Druck, dass sie glaubte, die Besinnung zu verlieren.

Aber diese Gnade wurde ihr nicht zuteil. Wimmernd schloss sie die Augen, unfähig, sich gegen die Qualen zu wehren, die ihren Kopf in zwei Hälften spalteten. Noch nie hatte sie solche Schmerzen gespürt.

»Tina!« Das war Thomas' Stimme, hart wie ein Peitschenknall. Sie schlug die Augen auf und sah ihn an. Sein Gesicht hatte sich in eine Fratze des Hasses verwandelt. Die plötzliche Blässe ließ seine Wangen wächsern wirken.

»Was ist hier los?«, schrie er. »Was habt ihr zwei mit mir für ein Spiel gespielt?«

Christina schüttelte den Kopf, konnte aber nichts sagen. Das stählerne Band um ihren Kopf wurde enger, so eng, dass es ihre Schädelknochen zu zermalmen drohte.

»Was ist hier los?«, brüllte Thomas, während er Martina bei den Schultern packte und schüttelte.

Dann ließ er sie unvermittelt los und war mit zwei großen Schritten bei Christina, die immer noch bewegungslos am Fuß der Treppe stand. »Du«, zischte er, »wer bist du? Was hast du getan? Hat es dir Spaß gemacht, mich zum Narren zu halten?«

Ihre Erstarrung verwandelte sich in rasende Wut, als er in ihr Haar griff und ihren Kopf gewaltsam nach hinten zerrte, um ihr weitere Anschuldigungen ins Gesicht zu schleudern. Sie heulte auf wie eine verwundete Katze, trat ihn gegen die Schienbeine, riss an seinem Arm, kratzte und biss ihn. »Begreifst du es nicht?«, schrie sie. »Du hast alles kaputtgemacht! Es ist allein deine Schuld! Du hast mich mit ihr verwechselt! *Du hast mich mit ihr verwechselt!*«

Die letzten Worte kreischte sie mit überkippender Stimme und schlug besinnungslos vor Zorn und Entsetzen auf ihn ein, die Finger zu Klauen gebogen. Ihr Diamantring riss eine klaffende, gezackte Furche in sein Kinn, das Blut floss über sein Kinn, seinen weißen Kragen, tränkte die Hemdbrust, tropfte auf die Revers seines dunklen Anzugs und die Spitzen seiner blank geputzten Schuhe.

Er hat sich extra fein gemacht, registrierte sie am Rande ihres Bewusstseins mit sinnloser Genauigkeit, während sie abwechselnd schrie und schluchzte und obszöne Beleidigungen und Anklagen hervorstieß, mit einer Stimme, die so fremd war, dass sie nicht ihr gehören konnte.

Die Hand gegen die Wunde gepresst, ließ Thomas sie los und wich zurück, fuhr zu Martina herum. Er starrte sie an, dann wandte er sich wieder zu Christina um. Seine Hand fiel herab, und das stechende Rot an seinem Kinn bildete einen krassen Gegensatz zum kalkigen Weiß seines Gesichts.

Reinhold Marschall stand plötzlich in der Diele des Hauses. »Was ist hier los?«, schrie er.

»Thomas ist gekommen, Papa. Christina macht eine Szene. Sie kann nicht akzeptieren, dass ich heirate. Genau, wie ich es dir gesagt hatte.«

Ihr Vater löste seine Blicke von der blutdurchtränkten Hembrust des jungen Mannes und drehte sich zu Christina um, die mit maskenhaft unbewegter Miene ins Leere schaute. »Du hattest Recht, Martina. Ich habe dir nicht glauben wollen, aber du hattest Recht. Geh auf dein Zimmer, Christina. Sofort. Wir unterhalten uns später über dein Fehlverhalten.«

Einen Moment lang wirkte er unsicher, als er Christinas unnatürlich geweitete Augen sah. In ihnen stand ein Ausdruck nackten Entsetzens, so, als hätte sie etwas Grauenhaftes jenseits aller Vorstellungskraft gesehen, etwas, was so schrecklich war, dass es keinen Namen gab, um es zu benennen. Doch er zögerte nur den Bruchteil einer Sekunde, bevor er weitersprach. »Verschwinde!«, sagte er grob. »Du bist hier überflüssig. Mach, dass du wegkommst!«

Sie schien einen Punkt über seiner rechten Schulter zu fixieren, als sie langsam nickte. Dann drehte sie sich um und ging nach oben, Stufe für Stufe, Schritt für Schritt, mit den präzisen Bewegungen eines Roboters. Längst über den Zustand hinaus, in dem sie noch etwas anderes hätte empfinden können außer dem willkommenen, alles auslöschenden Schmerz in ihrem Kopf, ging sie in ihr Zimmer und holte den Diamantschmuck und den Reisepass aus ihrem Nachttisch. Während sie beides zusammen mit ein paar Kleidungsstücken in eine Reisetasche warf, hörte sie von unten die erregten Stimmen der anderen.

Es war nicht wichtig. Nichts war mehr wichtig. Nur die Worte, die ihr Vater am Schluss gesagt hatte und die ihr nun den Weg über die Hintertreppe hinaus in den Garten und auf die Straße wiesen. Sie musste diesen Weg gehen, das erkannte sie mit hellsichtiger Klarheit, obwohl sie wusste, dass am Ende dieses Weges möglicherweise nicht die Freiheit auf sie wartete. Freiheit oder Tod, summte es in ihrem Kopf. Freiheit oder Tod. Oder vielleicht auch beides.

Ein Geräusch ließ sie hochschrecken. Die Sonne stand tief am Himmel und erfüllte die Halle mit rötlichem Licht, in das sich bereits die Schatten des Abends mischten. Sie musste mehrere Stunden geschlafen haben. Ihre Schmerzen waren verschwunden.

Wieder hörte sie das Geräusch, von dem sie aufgewacht war. Schritte. Sie zog sich hoch und richtete sich auf, bis sie über die hohe Sofalehne blicken konnte.

Martina stand mit dem Rücken zu ihr in der offenen Schlafzimmertür, die Hände in die Hüften gestemmt. Wie am Vortag trug sie Jeans und Strickpullover. Diesmal waren es exakt die gleichen Kleidungsstücke, die sie selbst getragen hatte. Ihre Schwester hatte in diesen Dingen ein unbestechliches Auge. Vermutlich hatte sie eine Weile suchen müssen, bis sie den Pullover aufgetrieben hatte. In ihrem eigenen mondänen Modetempel in der Königsallee führte sie bestimmt nichts in dieser Art. Christinas diffuse Überlegungen, wie lange Martina heute wohl wegen dieses Kleidungsstücks durch die Läden Düsseldorfs gestreift war, wichen jäher Starre, als sie Richards Stimme aus dem Schlafzimmer hörte.

»Zum Teufel, wo warst du solange, Christina?«, fragte er auf Englisch, wie meistens, wenn er mit ihr redete.

»Besorgungen machen.« Martinas Antwort kam in genau dem akzentfreien Englisch, das sie selbst sprach. Mit einem Blick hatte Martina die Medikamente auf dem Nachttisch und Richards vom Fieber gerötetes Gesicht sowie seinen verschnupften Tonfall registriert. Zielsicher und mit einem genau dosierten Klang von Besorgnis kam ihre nächste Frage. »Wie fühlst du dich? Geht es dir besser?«

Christina sah durch die offene Tür, wie ihre Schwester zum Bett ging, sich über den dort liegenden Mann beugte und liebevoll die Hand an seine Stirn legte.

»Viel besser«, gab er zurück, während er sie zu sich aufs Bett zog. »Jetzt, wo du endlich wieder hier bist.«

Wie gestern war Christina nicht in der Lage, sich bemerkbar zu machen. Sie wollte es tun, doch ihre Stimme versagte. Ihre Stimmbänder waren ebenso gelähmt wie ihr Körper. Starr waren auch ihre Augen, die sie nicht von der Szene im Schlafzimmer abwenden konnte, so verzweifelt sie es auch versuchte.

Gestern im Krankenhaus hatte sie gebetet, hatte Gott angefleht, dass Thomas es merken müsse, doch heute, bei Richard, hatte sie keine Gebete mehr. Direkt vor ihren weit aufgerissenen Augen, keine fünfzehn Meter von dem Sofa entfernt, auf dem sie steif wie eine Puppe hockte, stand ihre Schwester und schlug ohne sichtbare Anstrengung den Rest ihres Lebens in Scherben. Richard war außer Thomas der einzige Mann, dem sie jemals vorbehaltlos vertraut hatte, dem sie nahe gekommen war, in körperlicher wie auch seelischer Hingabe, und sie hatte nach ihrer Flucht sieben Jahre gebraucht, bis sie wieder zu dieser vollständigen Hingabe imstande gewesen war.

Richard beugte sich über Martina; sein Rücken war gewölbt und angespannt, die Linien seines Körpers von der Schönheit einer dunklen römischen Statue. Christina beobachtete ihn mit derselben stummen Hilflosigkeit, mit der sie gestern Thomas beobachtet hatte. Ein paar Worte, ein paar zärtliche Bewegungen, eine Umarmung, mehr war nicht nötig, um alles zu vernichten.

Doch diesmal geschah es nicht. Es gab keine Zärtlichkeit, keine Umarmung. Plötzlich kam vom Bett ein schmerzerfüllter Aufschrei, und Christina sah, wie Richard sich drohend über Martina aufrichtete, sie an den Handgelenken hochzerrte und vom Bett stieß.

»Okay, Lady, das war's. Wir haben das Spiel gespielt, und ich habe gewonnen. Oder besser, Christina hat gewonnen. Und jetzt will ich verdammt noch mal wissen, was du im Schild führst!«

Martina rieb sich die Handgelenke und schaute mit zusammengekniffenen Augen auf den halbnackten Mann hinunter. »Was stimmt nicht an mir? War es mein Englisch? Ist es das? Mein Körper? Mein Geruch? Ich benutze dasselbe Parfüm! Oder ist es meine ... Haut? Verdammt, woran hast du es bemerkt?«

Richard verschränkte die Arme über der schwarz behaarten Brust und erwiderte schweigend ihren Blick. Christina wusste aus Erfahrung, dass er minutenlang diesen Ausdruck beibehalten konnte, ohne auch nur einmal zu blinzeln.

Sie spürte, wie das Leben in ihre erstarrten Glieder zurückkehrte. Linkisch stemmte sie sich vollends hoch, stand vom Sofa auf und ging ins Schlafzimmer.

Martina drehte sich zu ihr um. Sie wirkte weder erschrocken noch schuldbewusst. »Du warst hier?«

Warum hast du das getan?, wollte Christina schreien. Doch sie tat es nicht, weil sie die Antwort bereits kannte. Martinas Verhalten war von dem Zwang diktiert, jeden Eindringling zu vertreiben, der sich zwischen sie und Christina drängen könnte. Niemals würde sie imstande sein, ihre Schwester mit einem anderen Menschen zu teilen. Alle Vorwürfe der Welt würden nichts daran ändern.

Und noch etwas hielt Christina davon ab, Martina eine Szene zu machen. Richard. Er hatte den Unterschied zwischen ihr und ihrer Zwillingsschwester erkannt.

Er hatte den Unterschied erkannt!

Die plötzliche Erkenntnis löste ein Zittern in ihren Knien aus, das sie nicht unterdrücken konnte. Ein mächtiges Triumphgefühl durchflutete sie.

»Ja, ich war hier. Ich habe geschlafen«, erklärte Christina mit ruhiger Stimme, die den Aufruhr in ihrem Inneren Lügen strafte. »Da drüben auf dem Sofa. Bin vorhin erst von deinem Geschrei aufgewacht. Hast du dich mit Ricky bekannt gemacht?«

»Gerade eben. Attraktiver Bursche. Schläfst du mit ihm? Woher stammt er? Er ist ziemlich dunkelhäutig, aber ansehnlich.«

»Und er versteht ganz gut Deutsch«, sagte Richard wütend. »Entweder gehen Sie jetzt, oder wir zwei packen unsere Taschen und hauen von hier ab.«

Christina hörte kaum, was er sagte. Ihr Blick suchte Martinas Gesicht, und als ihre Augen sich trafen, war das Gefühl aus ihrem Traum wieder da, die dunkle Furcht vor einem unbekannten Weg, den sie beschreiten musste, nur mit dem Unterschied, dass das Ende des Weges bald erreicht sein würde.

Panik trat in Martinas Züge, als sich ihre Gedanken für Bruchteile von Sekunden zu einer Einheit verbanden. Dann gab sie sich einen Ruck und stürzte sich auf die nächstbeste Ablenkung. Ihre Blicke zuckten zwischen Christina und dem Mann auf dem Bett hin und her. »Dieser Junge hier. Ist er ... was bedeutet er für dich?«

»Das geht dich nichts an.«

»Besser, Sie verschwinden, bevor ich es schaffe, aus diesem verdammten Bett aufzustehen«, warf Richard drohend auf Englisch ein.

»Morgen besorge ich mir eigenes Geld, ich erstatte dir deine Auslagen, und dann ziehe ich hier wieder aus«, kündigte Christina sachlich an.

»Aber du musst doch nicht ...«

»Es wäre nicht richtig, noch länger hier zu wohnen.«

»Wenn du ... ich komme bestimmt nicht wieder unangemeldet her, falls es das ist, was dich stört.«

»Ich wollte sowieso nicht mehr lange bleiben.«

»Aber du reist doch nicht ab, oder?«

»Doch. Das heißt, vermutlich Anfang der Woche, wenn es Ricky wieder besser geht und ich neue Papiere habe.«

»Was soll aus der Firma werden?«

»Ich weiß nicht. Jakob von Schütz hat mir angeboten, meinen Anteil zu übernehmen, aber ich habe mich noch nicht entschieden. Ich will zuerst ...« *Vaters Brief lesen, der in New York in meinem Postfach liegt*, hatte sie sagen wollen. Doch sie verkniff es sich im letzten Moment. Stattdessen hob sie die Hand und zeigte auf das Plakat über dem Bett. »Das Auge des Riffs. Wieso hast du das hier aufgehängt? Und die anderen Fotos, vorn in der Halle? Das Poster in der Küche? Was soll das, Martina?«

»Sie sind hübsch, nicht?«, fragte ihre Schwester leichthin zurück.

»Ich find sie einfach schön, das ist alles. So schön, dass ich neulich auch mal getaucht habe. Es hat Spaß gemacht.«

»Gestern im Krankenhaus hast du so getan, als hättest du eben erst herausgefunden, dass ich solche Fotos mache.«

»Wirklich? Ist mir nicht aufgefallen. Es stimmt außerdem nicht. Ich hab bloß gesagt, dass ich im Hotel deine Kameratasche gesehen habe, sonst nichts.«

»Was hast du sonst noch über mein Leben herausgefunden? Und vor allem, wann hast du es herausgefunden?«

»Wozu ist das noch wichtig«, wich Martina aus. »Ich weiß es, okay? Ich kenne deine Adresse in New York, ich weiß, dass du tauchst und wunderbare Fotos machst. Das ist doch genug, oder?«

»Seit wann weißt du es?«

Martinas Lippen zitterten. »Erst seit neulich. Bist du jetzt zufrieden?«

»Wie hast du es rausgefunden?«

»Himmel, das spielt doch keine Rolle! Irgend jemand hat's mir erzählt, es fliegen jedes Jahr tausend Leute, die ich kenne, zum Urlaub auf die Malediven!«

Natürlich, dachte Christina. Es lag nahe, dass es auf diesem Weg herausgekommen war.

»Martina«, begann sie zögernd, »hat die Polizei mit dir über den Brand gesprochen? Und über Vaters Tod?«

»Natürlich. Heute Nachmittag erst war dieser Quint wieder bei mir. Sie haben übrigens inzwischen herausgefunden, wer der Mann war, der den Brand gelegt hat. Stell dir vor, es war jemand aus der Firma. Ich kannte ihn flüchtig. Jakob hat ihn identifiziert, es war schrecklich, sagt er.«

»Wer war es?«

»Ein Amerikaner, er hieß Tom Watts. Ich denke nicht, dass er dir was tun wollte. Wahrscheinlich wusste er überhaupt nicht, dass jemand im Haus war. Sicher wollte er mit dem Brand bloß Spuren verwischen oder so. Ich schätze, er hat einfach versucht, Vaters Forschungsergebnisse an sich zu bringen, bevor es jemand anders tat. Jakob meinte, er war furchtbar ehrgeizig.«

»Wann hat von Schütz das gesagt?«

Martina runzelte die Stirn. »Gerade eben erst, ich habe im Wagen mit ihm telefoniert.«

»Hm. Was weißt du über Vaters Tod?«

Martina verzog das Gesicht. »Musst du mich damit langweilen?«

»Er war unser Vater.«

»Tatsächlich, das war er. Erinnerst du dich an die letzten Worte, die er zu dir sagte?«

Du bist hier überflüssig. Mach, dass du wegkommst.

»Das spielt jetzt keine Rolle. Ich habe dich was gefragt, Martina. Sag mir, was du über seinen Tod weißt.«

»Er ist mit dem Arm und dem Gesicht in hundertsechsundneunzig Grad kaltem Stickstoff gestorben«, erklärte Martina nüchtern.

»Das meine ich nicht. Ich möchte wissen, was vorher war.«

»Okay, ich weiß schon, worauf du hinauswillst. Ich denke nicht, dass er ermordet wurde. Es war entweder Unfall oder Selbstmord, das ist auch Jakobs Meinung.«

»Seine Meinung scheint ziemlich wichtig für dich zu sein«, stellte Christina fest.

Martina tat es mit einem Schulterzucken ab. »Nehmen wir mal an, Vater wurde tatsächlich ermordet. Dann kann es nur dieser Tom Watts gewesen sein. Wer sonst könnte ein Interesse an seinem Tod gehabt haben, außer ihm? Vermutlich hatte er schon einmal versucht, sich Vaters Forschungsergebnisse anzueignen, und Vater ist ihm auf die Schliche gekommen und musste deshalb sterben. Wenn es überhaupt so gewesen ist. Ich bin sicher, dass es ein Unfall war.«

»Könnte Jochen etwas damit zu tun haben?«

»Woher soll ich das wissen?«, gab Martina in gereiztem Ton zurück.

»Weißt du, woran Vater vor seinem Tod gearbeitet hat?«

»Keine Ahnung. Ich weiß bloß, dass es irgendwas mit Mäusen zu tun hatte.« Martinas Miene drückte Abscheu aus.

»Sonst weißt du nichts darüber?«

»Nicht die Spur. Er hielt es geheim, vor jedem. Auch vor mir. Er hat es mir nie gesagt, obwohl ich ab und zu ins Institut kam.«

Wahrscheinlich, um von Schütz zu treffen, ergänzte Christina im stillen. »Warum glaubst du, hat Vater sein Testament geändert?« Die Frage, die ihr eigentlich auf der Zunge lag, blieb unausgesprochen. *Wem hatte er es zeigen wollen?*

»Weil er dir gegenüber ein schlechtes Gewissen hatte. Eine Wiedergutmachung sozusagen. Schließlich war es seine Schuld, dass du weggelaufen bist.« In Martinas Augen trat ein bösartiges Funkeln. »Genauso, wie es seine Schuld war, dass du all die Jahre nicht wiederkommen konntest, weil außer ihm niemand wusste, wo du bist!«

Vom Bett her kam ein verächtliches Schnauben. »Wie lange willst du dir diesen Unfug noch anhören?«

Bei Richards Worten erschien ein Ausdruck von Hass in Martinas Augen, kaum mehr als ein flüchtiges Aufblitzen, das so schnell verschwand, wie es erschienen war.

»Ich wollte sowieso gerade gehen. Bringst du mich zur Tür, Crissi?«

Richard setzte zu einer Entgegnung an, doch Christina brachte ihn mit einer kurzen Handbewegung zum Schweigen. »Ich komme mit.«

Sie gingen gemeinsam durch die Halle zum Ausgang. Die hohen schlanken Säulen warfen lange Schatten über den Marmorboden, und das Licht des Abends war erloschen, bis auf einen roten Saum an dem Stück Himmel, das durch die Fenster zu sehen war.

»Hinten am letzten Fenster ist ein Schalter für die Rollos«, sagte Martina. »Wie findest du das Loft?«

»Es ist perfekt.«

»Wirklich? Du sagst es nicht nur so?«

»Habe ich dich jemals angelogen?«

Martina schwieg. Christina hatte keine Antwort erwartet.

»Meine Kleider. Gefallen sie dir?«

Christina hörte die drängende Sehnsucht in der Frage ihrer Schwester und nickte. »Ja«, sagte sie wahrheitsgemäß, »sie sind wunderschön. Du hast eine große Begabung.«

»Würdest du ... würdest du mal eins davon anziehen? Mir zuliebe?«

Christina zögerte, nickte dann aber. Eine seltsam friedfertige Stimmung hatte von ihr Besitz ergriffen.

»Wenn du möchtest, kannst du dir auch mein Geschäft auf der Kö anschauen. Es ist etwas Besonderes, weißt du.« Martinas Stimme wurde eifriger. »Das in Paris ist größer, aber der Laden hier in Düsseldorf wirkt besser, er ist ... irgendwie eleganter. Drei Stockwerke mit Prêt à porter, das Beste, was du hier in Düsseldorf findest. Du weißt ja, dass Düsseldorf *die* Modestadt in Deutschland ist, oder?«

Wieder nickte Christina, diesmal mit dem Anflug eines Lächelns.

Sie waren an der Tür angekommen.

Martina blieb stehen, halb verborgen im Schatten der Säule neben ihr, das Gesicht im Dunkeln. »Crissi«, flüsterte sie in die aufkommende Stille hinein.

»Ja?«

»Glaubst du, es kann wie früher werden zwischen uns?«

Christina senkte stumm den Kopf.

»Sag es. Nenn mich Mari. Bitte!«

Christina konnte es nicht.

Martina gab einen ungeduldigen Laut von sich. »Du hast ihm verziehen, warum nicht auch mir?«

»Vater hat mir im Grunde nichts getan, was zu verzeihen wäre.«

»Ich rede nicht von Vater.«

»Thomas? Zwischen ihm und mir ist es vorbei. Es ist alles aus und vergessen.«

»Nichts ist vorbei. Ich habe gesehen, wie du ihn angeschaut hast, auf der Beerdigung und später in der Kanzlei. Und dann gestern im Krankenhaus. Nichts ist vorbei zwischen euch. Ich kenne dich genau. So gut wie mich selbst.«

»Du irrst dich«, sagte Christina mit fester Stimme. »In meinem Leben gibt es nur einen Mann, und er bedeutet mir alles.«

»Dieser braune Junge da drin? Der ist doch nur was fürs Bett!«

»Rede nicht so von ihm!«

»Verzeih. Crissi?«

»Ja?«

»Weißt du noch? Unsere Hände? Damals, als wir acht waren?«
Ihre schattenumhüllte Gestalt löste sich aus dem Dunkel neben der Säule. Sie hob die Hand und streckte sie Christina entgegen, die Innenfläche voran.

Ohne nachzudenken, legte Christina ihre eigene Handfläche dagegen. Die prickelnde Wärme war sofort da und schmolz sie zu einem Wesen zusammen, so rasch und unerwartet, dass Christinas Herzschlag sekundenlang aussetzte, um dann mit unvermittelter Wucht um so stärker wieder einzusetzen.

Crissi. Mari ...

Es war in ihren Gedanken. Sie sprachen nicht. Worte waren überflüssig. Die Kraft, die sie verband, war stark und ursprünglich, so unvermeidlich, wie der Bogen, den die Sonne über dem Himmel beschreibt, und der Regen, der zur Erde fällt.

Später konnte Christina nicht sagen, wie lange sie beide dort im Schatten des Abends gestanden hatten, Auge in Auge, Hand gegen Hand, aneinandergeschmiedet an Körper und Seele.

»Aber sie sind verbrannt«, hörte Christina irgendwann ihre eigene Stimme sagen, in der unnatürlich hellen Tonlage eines verwunderten Kindes. »Die Hände sind doch verbrannt!«

Aber es war gleichgültig, wie die Tatsache, dass Martina längst gegangen war. Sie würden immer zusammengehören. Nicht einmal der Tod könnte ihre Verbindung lösen.

11. Kapitel

Sie spürte einen leichten ziehenden Schmerz in ihrem rechten Fuß, als sie mit schleppenden Schritten zurück ins Schlafzimmer ging. Richard saß zurückgelehnt im Bett, die Decke bis zur Brust gezogen, und sah ihr entgegen. Christina war sofort klar, dass er sie und Martina gesehen haben musste. Sie setzte sich schwerfällig aufs Bett, Kopf und Schultern gesenkt wie bei einer alten Frau. In das anhaltende Schweigen hinein fragte sie schließlich: »Woran hast du es gemerkt?«

»Es war nichts dabei. Je näher sie kommt, um so mehr verschwindet die Ähnlichkeit. Wenn man sie berührt und ihr in die Augen sieht, ist nichts mehr davon übrig. Sie ist ein *dschin*.«

Christina hob überrascht den Kopf. »Ein böser Geist? Du willst doch nicht etwa behaupten, dass du daran glaubst! Ich dachte, du bist …«

»Christ? Nicht wirklich. Oh, ich weiß, als ich ein Baby war, kam eines Tages ein Pater von der Missionsstation in Sri Lanka und hat mich getauft, weil Großmutter darauf bestand, meine unsterbliche Seele zu retten. Aber das weiß ich nur, weil sie mir davon erzählte, bevor sie starb. Ich bin unter Moslems aufgewachsen und habe mit ihnen die Moschee besucht. Ich habe zu Allah gebetet wie alle Männer. Irgendwann hat keiner mehr daran gedacht, welche Schande meine Großmutter über das Dorf gebracht hatte, als sie einen *don miha* heiratete, die Tochter des Atollhäuptlings. Meine Mutter hätte nach dem Tod meiner Großmutter nicht fünfmal heiraten können, wenn irgendjemand geglaubt hätte, sie würde zu eurem Gott beten.«

»Wie kommst du darauf, dass meine Schwester böse ist?«

»Sie ist wie eine Mördermuschel. Erinnerst du dich? Schön und tückisch. Wenn eine Hand oder ein Fuß sie berührt, schnappt sie zu und lässt nie mehr los. Wie deine Schwester. Sie will dich haben. Dich fressen. Sie hat dich bereits in ihren Bann gezogen, nicht wahr? Sieh ihr nicht zu tief in die Augen. Sie ist ein Ding ohne Seele.«

Seine letzten Worte hingen sekundenlang in der Luft, bevor Christina die Kraft fand, ihm zu antworten. »Du bist gemein! Wie kannst du nur so was sagen! Sie ist … meine Schwester!«, stieß sie hervor, unfähig, ihre Bestürzung zu verbergen. Tief verunsichert starrte sie ihn an.

Richard seufzte. Er wusste, was in ihr vorging und dass sie nicht in der Lage war, dagegen anzukämpfen. Sie war machtlos gegen den gefährlichen Sog, der sie erfasst hatte und bereits begann, sie mit sich zu ziehen.

Die beste Lösung war, so schnell wie möglich abzureisen, doch er bezweifelte, dass er heute noch dazu imstande sein würde. Er verfluchte die Schwäche, die seine Glieder zittern ließ, das Fieber, das ihn krank und kraftlos machte. Die Anstrengung, die es ihn gekostet hatte, Christinas Schwester vom Bett zu stoßen, hatte ihm seine Grenzen aufgezeigt. Mühsam richtete er sich auf.

»Komm her, Liebes.« Er zog Christina in seine Arme und besänftigte ihren anfänglichen Widerstand durch gemurmelte Worte auf *dhivehi*.

»Wir müssen abreisen«, sagte er nach einer Weile, als sie ruhig in seiner Umarmung lag, die Wange an seine Brust geschmiegt. »Spätestens morgen. Das siehst du doch ein, oder? Es spielt gar keine Rolle, ob es einen Mörder gibt und ob er noch lebt oder schon tot ist. Es geht jetzt nur noch um dich und um sie. Und das weißt du, nicht wahr?«

»Ja«, flüsterte sie. Ihr Atem bewegte die gekräuselten Haare auf seiner Brust.

»Wir reisen morgen ab«, erklärte er in einem Ton, der keinen Widerspruch duldete.

»Du bist zu krank.«

»Der Arzt hat gesagt, dass ich morgen wieder aufstehen kann«, log er. »Wir können morgen früh die erste Maschine nehmen.«

»Aber ich habe keinen Pass. Er war in meiner Handtasche, und die ist verbrannt.«

»Bist du so sicher? Warst du heute in eurem Haus?«

Sie schüttelte den Kopf. »Ich hatte es vor, aber dann bekam ich Kopfschmerzen. Ich fahre morgen früh hin und sehe nach. Trotzdem, ich glaube nicht, dass irgend etwas in meinem Zimmer den Brand überstanden hat.«

»Besorg dir einen Ersatzpass. Ich bin sicher, dass da etwas zu machen ist. Was tun andere Leute, die ihren Pass verlieren und dringend ins Ausland müssen? Ich will, dass wir die erste Maschine nehmen. In Ordnung?«

»Okay, ich versuch's«, versprach sie. Mit den Fingerspitzen fuhr sie über seine Brust. »Ich bin froh, dass du bei mir bist, Ricky.«

Das war mehr als alles, was sie jemals über ihre Gefühle zu ihm geäußert hatte. Unter den gegebenen Umständen war es vielleicht das Beste, was er je zu hören bekommen würde. Er hatte gute Ohren, und ihm war nicht entgangen, was sie vorhin über ihn zu ihrer Schwester gesagt hatte. *Er bedeutet mir alles.*

Richard hatte gute Gründe, daran zu zweifeln, dass sie es wirklich so gemeint hatte. Warum sonst packte sie immer wieder ihre Koffer und verschwand aus seinem Leben?

Er erinnerte sich auch an die Worte, die ihre Schwester über den anderen Mann gesagt hatte. *Nichts ist vorbei. Ich habe gesehen, wie du ihn angeschaut hast.*

Richard pflegte seit Jahren seinen stillen Hass gegen diesen Mann, den er nicht kannte, über den er aber aus Christinas Erzählungen mehr als genug erfahren hatte.

Das Klingeln des Telefons riss ihn aus seinen düsteren Gedanken. Mit einem unwilligen Laut löste Christina sich aus seinen Armen und schob sich zur Bettkante. »Ja?«, meldete sie sich.

»Christina?«, fragte ihr Bruder.

Das schlechte Gewissen wegen ihres Anrufs bei Rasmussen gewann sofort die Oberhand über ihre anderen Gefühle. »Jochen, hör zu, ich musste es tun, ich war …«

»Du hattest es versprochen«, schrie er ins Telefon. »Du hast mich angelogen!«

»Und was ist mit dir?«, fuhr sie ihn an. »Was ist mit Vaters Tod?«

Schweigen am anderen Ende der Leitung, dann kam gedehnt seine Stimme: »Ach so. Ich verstehe.«

»Jochen, seit ich hier bin, habe ich genug gehört und gesehen, um ernsthafte Zweifel daran zu haben, dass Vater wirklich einen Unfall hatte oder Selbstmord begangen hat, und ich bitte dich, zu verstehen …«

»Hat die Dubois dir diesen Floh ins Ohr gesetzt? War sie es?«

»Jochen …«

»Natürlich war sie es! Du solltest sie mal fragen, wer derjenige ist, der alles tun würde, um sich Vaters Forschungsergebnisse unter den Nagel zu reißen! Und wenn ich sage, alles, meine ich wirklich alles!«

»Hör zu …«

»Spar dir die Worte!«, fauchte er dazwischen. »Du bist keinen Deut besser als Vater! Ich hätte es wissen müssen! Aber eins sage ich dir: Ich kann auch anders! Ganz anders, du Miststück!«

»Rufst du mich an, um mich zu beleidigen? Ich schätze, ich lege jetzt besser auf.«

»Nein, warte!« Sein Tonfall nahm einen weinerlichen Klang an. »Christina, ich brauche …«

»Stoff? Geld?«

Sie hörte sein schweres, erregtes Atmen durch die Leitung, dann klickte es. Er hatte aufgelegt.

»Was wollte dein Bruder?«, fragte Richard.

»Du siehst müde aus, Ricky. Du solltest dich hinlegen und ein bisschen schlafen.«

»Erzählst du mir freiwillig, was er gesagt hat, oder muss ich ein Bittgesuch einreichen?«

Christina gab nach. Sie legte den Kopf in den Nacken und ließ ihn hin- und herrollen, um die verspannte Muskulatur zu lockern, während sie den Inhalt ihrer Unterhaltung mit Jochen wiedergab und anschließend von dem unsichtbaren Verfolger in dem roten Peugeot und von ihrem Besuch im Institut erzählte. Als sie geendet hatte, schwiegen beide und starrten in das matte rötliche Zwielicht vor den Bogenfenstern. Schließlich drehte sich Christina zu Richard um und sah ihn stumm an. Das Blau seiner Augen wirkte im schwachen Licht der Abenddämmerung fast so schwarz wie sein Haar.

Sie strich sanft mit den Fingerknöcheln über seine Wange, und er schmiegte sein Gesicht gegen ihre Hand. In wortlosem Einverständnis klammerten sie alles aus, was heute geschehen war.

Christina stand auf, ging in die Küche und bereitete einen Imbiss für sie beide zu, eine Kanne Tee, ein paar gebutterte Toasts mit Käse, für jeden ein Spiegelei und Obst. Sie aßen und tranken schweigend, und Christina sah, dass Richard sich zwingen musste, etwas zu sich zu nehmen. Es schien ihm längst nicht wieder so gut zu gehen, wie er vorgab. Nach dem Essen schluckte er seine Medizin und ging anschließend unbeholfen ins Bad. Christina gab es einen Stich, als sie bemerkte, wie er sich an der Wand abstützen musste.

Sie brachte das Tablett in die Küche, räumte auf und wusch ab. Danach ging sie selbst ins Bad, um zu duschen. Im Nachthemd kam sie zurück ins Schlafzimmer, wo Richard in die Kissen gestützt dalag und hustete. Als er sie sah, unterdrückte er den Anfall sofort, doch Christina entgingen weder das krampfhafte Auf und Ab seines Brustkorbes noch die teigige Blässe seines Gesichts.

Während sie zu ihm ins Bett stieg, setzte sie zu einer Erklärung an, wollte ihm auseinander setzen, dass sie unmöglich reisen konnten, solange er so krank war, doch er wusste im voraus, was sie sagen wollte, und schnitt ihr das Wort ab.

»Die erste Maschine?«, fragte er ernst.

Widerstrebend nickte sie. »Die erste Maschine.«

Die erste Maschine flog zu den Malediven. Das Geld, das der Juwelier ihr für den Diamantschmuck gegeben hatte, reichte für wenig mehr als das Ticket. Während des Fluges machte sie, von einer unnatürlichen Ruhe erfüllt, eine Bestandsaufnahme ihrer Chancen. Da sie kaum noch Geld hatte, beschloss sie, sofort nach ihrer Ankunft Arbeit zu suchen. Es gab nicht viel, das sie wirklich gut konnte, deshalb waren ihre Möglichkeiten begrenzt. Doch sie hatte Glück und fand einen Job bei einem englisch sprechenden Fotografen, der auf Male ein Fotostudio betrieb und außerdem sein Geld damit verdiente, Hotelanlagen zu knipsen und Unterwasseraufnahmen an Touristen zu verkaufen. Sein Geschäft expandierte, und er konnte jede Hilfe gebrauchen. Er brachte ihr die Grundregeln des Tauchens bei, bis sie nach ein paar Wochen die Unterwasserfotografie für ihn übernehmen konnte. Christina hatte überraschend schnell ein feines Gespür für den Umgang mit der Kamera unter Wasser entwickelt; ohne Mühe gelang es ihr, mit dem optischen Phänomen der scheinbaren Distanzen fertig zu werden, das alle Gegenstände unter Wasser ein Drittel größer und ein Viertel näher wirken ließ. Von Anfang an erwies sie sich als äußerst geschickt im Umgang mit der Blende; fast instinktiv fand sie jedes Mal die richtige Einstellung, die ein Maximum an Tiefenschärfe gewährleistete. Die Probleme, die ihr anfangs das

Austarieren ihrer eigenen Bewegungen vor der Aufnahme bereiteten, hatte sie nach wenigen Tagen im Griff.

Für ein paar *rufyas* konnte Christina bei der Schwester des Fotografen wohnen. Das Zimmer war klein und hatte nur ein winziges Fenster, das mit Tüchern verhängt war. Außer einer Holzpritsche und einer Petroleumlampe enthielt es als einzige Bequemlichkeit einen schiefen Sessel aus grob geflochtenem Kokosseil. Für die sanitären Bedürfnisse gab es hinter dem Haus einen winzigen, von einer Mauer aus Korallensteinen umgebenen Hof mit einem Schöpfbrunnen und einer Sandecke als Toilette.

Doch wie primitiv die Umstände auch waren, unter denen Christina leben musste – es kümmerte sie nicht. In der Einfachheit ihrer Umgebung, dem steten hellen Licht und der Langsamkeit, die über dem Inselleben zu schweben schien, fand sie zu einem neuen inneren Frieden. Es war ein Anfang, und eine Zeit lang sah es so aus, als würde ihre Hoffnung, ein neues Leben aufzubauen, in Erfüllung gehen. Sie glaubte fest daran, es schaffen zu können, glaubte, dass sie eines Tages aufwachte und sagen konnte: Mir tut nichts mehr weh.

Sie glaubte es bis zu jenem Morgen, an dem alle ihre Träume zerplatzten wie eine Seifenblase und ihr mit brutaler Deutlichkeit klar wurde, dass ihre Hoffnungen nichts weiter waren als Illusionen.

Die wiederkehrende Übelkeit und die Spannungsgefühle in den Brüsten konnte sie nur so lange vor sich selbst leugnen, bis das Ergebnis des hastig durchgeführten Schwangerschaftstests sie mit einer Wahrheit konfrontierte, die ihr den mühsam zurückgewonnenen Lebensmut raubte und sie verstört und verängstigt zurückließ.

Als sie den zunehmenden Umfang ihres Leibes nicht mehr verbergen konnte, warf der Fotograf sie hinaus. Sie bekam Schwierigkeiten mit den Behörden, weil sie die zulässige Aufenthaltsdauer von neunzig Tagen längst überschritten hatte. Eines Morgens erschien ein Beauftragter des deutschen Konsuls und legte ihr nahe, so schnell wie möglich auszureisen. Mit ihrem Entschluss, sich vorübergehend auf eine kleinere Insel auf einem der anderen Atolle abzusetzen, gewann sie Zeit.

Sie lebte in einer aufgegebenen, undichten Palmblatthütte am Strand, über deren Dach büschelweise Bougainvillea herabhing und die Sonne zu pinkfarbenen Schatten filterte. Ihr Essen kaufte Christina im Dorf, meist getrocknete Fische, *roshi*-Fladen und Mangos, bei Frauen, die ihr mit einer Mischung aus Neugier und freundlicher Distanz begegneten. Auf der Insel lebten nur etwa dreihundert Menschen, und es sprach sich schnell herum, dass eine weiße Frau mit roten Haaren hier war, die die Sonne mied und nur herauskam, um in der Lagune zu tauchen und zu fotografieren.

Christina tat das, was sie am besten konnte. Das restliche Geld aus dem Verkauf der Diamanten und ihre geringen Ersparnisse aus der Zeit bei dem Fotografen hatten für eine gebrauchte Taucherausrüstung und eine angejahrte Weitwinkelkamera nebst Zubehör gereicht, außerdem für eine Anzahl guter Filme und eine Kühlbox. Nach einigen Palavern mit der Frau des *katheeb*, des Inselchefs, gelang es Christina, die Box im Dorfladen zu deponieren, wo ein Generator für elektrischen Strom sorgte. Hier konnte sie auch die Akkus für ihre Fotoausrüstung aufladen und ihr Tauchgerät nachfüllen lassen.

Täglich schwamm sie in die Lagune hinaus und schoss Fotos von allem, was ihr vor die Linse kam. Die Filme gab sie einem Fischer mit, der sie in der Kühlbox nach Male brachte und dort entwickeln ließ. Ihr gelangen unvergleichliche Aufnahmen von Feuerkorallen, Seesternen und Juwelenbarschen. Sie entwickelte ein Gespür für den Stand der Sonne und die Intensität des Tageslichts, für das Meer, seine Bewegungen und Strömungen. Wenn der Monsunwechsel bevorstand und die Wellen höher wurden, fühlte sie es Tage vorher. Sie tauchte tiefer, leuchtete die Grotten aus und erkundete die Geheimnisse in den Schluchten des Korallengartens. Mit ihrer Kamera bannte sie die einzigartigen Zeichnungen der schönsten Fische in allen Abstufungen funkelnder, reiner Edelsteinfarben. Ein eigentümliches Wechselspiel von Licht und Schatten verlieh ihren Fotos einen unnachahmlichen Reiz, und ihre Bilder von der exotischen Wunderwelt des Riffs ließen vergessen, dass diese Welt durch ein künstliches Auge erblickt worden war.

Mit demselben sicheren Instinkt gelang es ihr, subtile Zwischentöne darzustellen. Manche ihrer Fotos waren von düsterer Melancholie. Eine Kaurimuschel, matt gesprenkelt und verschlossen auf dem hellen Korallensand der Lagune. Eine Karettschildkröte, die sterbend auf dem Rücken lag. Eine Geisterkrabbe bei Sonnenuntergang.

Allen ihren Fotos war jedoch eines gemeinsam: Sie erweckten die Motive selbst zum Leben und ließen den Betrachter überwältigt zurück angesichts der Kraft, die diesem Leben innewohnte. Christina war sich ihres meisterhaften Talents nicht bewusst, denn sie tat nur, was sie tun musste, um zu überleben. Sie fing den Regenbogen.

Einen Teil der Fotos und Filme schickte sie unter falschem Namen mit einem postlagernden Male-Absender an ein Tauchmagazin in New York. Es dauerte länger als sechs Wochen, bis die Antwort eintraf, ein Scheck über eine für ihre Verhältnisse Schwindel erregende Summe und ein Auftrag für weitere Fotos. Zwei Monate später erhielt sie ein Angebot von einer Fotoagentur. Sie nahm es sofort an.

Wenn sie nicht tauchte, lag sie in der Hütte, dösend und träumend oder in zerfledderten Illustrierten blätternd, die ihr manchmal die Fischer von einer der Touristeninseln mitbrachten. Ihre Übelkeit hatte nachgelassen und schließlich ganz aufgehört, doch in der Hitze schwollen ihre Hände und Füße stark an, und immer öfter litt sie unter stechenden Rückenschmerzen. Die Bewegungen in ihrem Bauch ignorierte sie so lange, wie es ihr möglich war, doch dann ging unmerklich eine Wandlung in ihr vor. Von Mal zu Mal fühlte sie ihren inneren Widerstand schwinden, wenn sich das wachsende Leben bemerkbar machte, und irgendwann begann sie sogar, auf das Stupsen unter ihrer Bauchdecke zu warten. Dann, eines Tages stellte sie fest, dass sie das Kind wollte, es sich mit tiefer Inbrunst wünschte und sich nach ihm sehnte, so sehr, wie sie sich noch nie nach etwas gesehnt hatte. Ihr ganzes Denken begann, um dieses winzige Wesen in ihrem Leib zu kreisen, sie lauschte auf einen inneren Klang, den nur sie und das Ungeborene hören konnte: ihren

Herzschlag. Das sachte Strampeln in der Höhe ihres Nabels begleitete sie in den verträumten Stunden, in denen sie matt und erschöpft im Halbschatten der Hütte in ihrer Hängematte lag und ihre gewölbte Mitte mit den Händen umspannte. Sie stellte sich vor, wie es aussehen würde, und bald gewannen Gesichtszüge vor ihrem inneren Auge Konturen, sah sie leuchtend blaue Augen und goldblondes Haar, das sich widerspenstig über der Stirn teilte.

Frauen aus dem Dorf brachten ihr frisches Obst und einen *mundu*, einen Sarong, den sie nach Sitte der Eingeborenen um ihren schweren Bauch schlang. Ein zahnloser alter Mann flickte das Dach ihrer Hütte und hängte einen Korb für das Baby auf. Da sie immer noch kaum ein Dutzend Worte *dhivehi* beherrschte, bedankte sie sich bei allen durch Handzeichen sowie ein strahlendes Lächeln.

Wochen später, als die Bewegungen des Kindes immer kräftiger wurden und ihr Leib sich wie eine Kugel bis zu den Rippen hochwölbte, zog sie ihr einziges gutes Kleid an, das eine der Frauen für sie geändert hatte, und fuhr mit einem der Fischer nach Male, wo sie zu einem Arzt ging.

Der Arzt untersuchte sie und wiegte bedenklich den Kopf. In gebrochenem Englisch gab er ihr zu verstehen, dass sie Zwillinge erwartete und im siebten Monat war. Er signalisierte, dass sie bald ins Krankenhaus müsste.

Wie betäubt ging sie anschließend den Strand entlang, unfähig, die Stimme länger zu überhören, die von weit her nach ihr rief.

Crissi.

Mari ...

Sie stieg auf einen Wall aus Betonwellenbrechern und starrte auf das türkisfarbene Meer hinaus. Ihr Gesicht war tränenüberströmt, doch sie merkte es nicht. Sie streckte ihre Hand aus, die Handfläche nach außen gewandt, dem Himmel entgegen, der sich in unerbittlicher Bläue über ihr von Horizont zu Horizont spannte.

Einen Moment lang glaubte sie, etwas zu spüren, eine flüchtige Empfindung von Wärme, die nicht allein von der Sonne erzeugt war, wie von einem schwachen elektrischen Reiz. Dann war es wieder weg.

An diesem Tag fand sie keine Möglichkeit mehr, zurück zu ihrer Insel zu fahren. Sie übernachtete in einem billigen Hotel.

Stunden später erwachte sie von Schmerzen, die ihren Leib zerrissen, und in der Dunkelheit des schäbigen Zimmers spürte sie, dass das Laken unter ihr nass war von Blut.

Sie schrie auf, und die Schmerzen lösten sich auf im zurückweichenden Nebel ihres Traumes. Doch das Blut war Wirklichkeit. Es war überall auf ihrem Körper, dickflüssig, warm und klebrig, und der Geruch stieg ihr so beißend in die Nase, dass sie zu würgen begann. Ihre Todesangst wich alptraumhaftem Entsetzen, als sie erkannte, dass fremdes Blut auf ihr war. Blindlings kroch sie weg von der sprudelnden Quelle, aus der das Blut über sie floss und ihre Haut nässte. Am Rand des Bettes fühlte sie trockene, saubere Seide unter ihren Fingern, doch erst, als sie das Röcheln hinter ihrem Rücken hörte, wurde sie schlagartig hellwach.

»Ricky!«, stammelte sie, sich herumwerfend und fieberhaft mit den Händen nach ihm suchend. Es war so dunkel im Zimmer, dass sie seinen Körper nur als kaum sichtbaren Umriss neben sich ahnte. Sie berührte ihn, tastete ihn ab, machtlos gegen das Stöhnen, das aus ihr hervorbrach. Er lag auf der Seite, mit dem Rücken zu ihr, eine Hand in die rechte Schultermulde gekrampft. Die Sehnen auf seinen Schultern und Armen waren gestrafft wie Stahlseile. Und überall war Blut. Sein Blut. Ihr Stöhnen wurde zu einem Wimmern, dann zu einem Schluchzen, das sie mit äußerster Willensanstrengung bezwang, als sie sich näher zu ihm beugte, um auf seinen Atem zu lauschen. Er atmete flach, unterbrochen von kehligem Röcheln. Dann flüsterte er etwas. Sie verstand es nicht. Wälzte sich von ihm weg. Sprang aus dem Bett, suchte nach dem Lichtschalter. Doch sie kam nicht dazu, ihn zu betätigen. Direkt vor ihr tauchte ein Schatten aus der Schwärze. Außer ihr und Richard war noch jemand im Zimmer. Das war es, was er ihr hatte sagen wollen.

»Wer ist da?«, schrie sie mit überkippender Stimme. »Um Gottes willen, wer?«

Sie versuchte in der Dunkelheit die Bewegungen des Eindringlings auszumachen. Das Rollo war herabgelassen, und durch die wenigen verbliebenen Schlitze drang kaum Laternenlicht von draußen, so dass sie nichts anderes wahrnahm als ineinanderfließende Schatten. In der Nähe der Tür sah sie ein kurzes metallisches Aufblitzen, so schwach, dass sie zuerst glaubte, sich getäuscht zu haben. Doch dann sah sie es erneut, diesmal stärker, als die angelehnte Tür einen Spalt breit geöffnet wurde. Von der Halle fiel so viel Nachtlicht in das Schlafzimmer, dass deutlich die lange Schneide eines Messers zu erkennen war, das in einer schwarz behandschuhten Faust steckte. Der Rest der Gestalt blieb im Dunkeln, regungslos verharrend.

Ich kann auch anders.

»Jochen?«, flüsterte Christina. »Bist du das, Jochen?«

Das Messer bewegte sich auf sie zu. Schweres Atmen zerriss die gespenstische Stille. Richard röchelte und hustete.

»Tu es nicht, Jochen! Bitte, ich …«

Das Messer kam näher. Ein weiterer Schritt.

Christina wich zurück, prallte mit dem Rücken gegen die Wand. »Mein Gott!«, flehte sie. »Bitte …«

Das Messer war plötzlich nicht mehr zu sehen. Die Tür ging weit auf, und in einer einzigen fließenden Bewegung verschwand der Eindringling, ohne dass Christina mehr erkennen konnte als die schemenhaften Linien einer dunkel gekleideten Gestalt; einen Moment später hörte sie das rasche Auf und Ab davoneilender Schritte, dann ein klirrendes Geräusch und sofort darauf den Knall, mit dem die Eingangstür ins Schloss fiel.

Nach einem weiteren lähmenden Augenblick setzte sie sich in Bewegung, stolperte über ihre Handtasche, und ohne nachzudenken, bückte sie sich danach, riss das Handy heraus und drückte im grünen Licht des Displays die S.O.S.-Taste, während sie bereits zum Lichtschalter rannte und mit der geballten Faust darauf schlug. Ihr erster Blick fiel auf das Bett, und ein hoher spitzer Schrei entrang sich ihr. Richard lag zusammengekrümmt auf der Seite, in einem See von Blut, die Hand immer noch in die Krümmung zwischen Hals und Schulter gekrallt. Sein Gesicht war aschgrau, die Lippen bewegten sich schwach. Sie lief zum Bett, stolpernd und weinend, das Telefon am Ohr. Endlich meldete sich jemand.

»Schnell«, keuchte sie, »er hatte ein Messer ... Ricky verblutet ...«

»Die Adresse!«, fiel ihr die Männerstimme ins Wort.

Sie nannte sie ihm, während sie sich vor das Bett kniete. Richards Augen baten sie stumm um etwas. Als sie sich näher beugte, hörte sie sein Flüstern, leicht wie einen Windhauch. »Arterie ... abdrücken ...«

Seine Hand wurde schlaff und rutschte von der Schulter, und wie aus einem verstopften Springbrunnen schoss ein dünner Blutstrahl hervor, im Rhythmus seines Herzschlages pulsierend. Christina zögerte keinen Augenblick. Ohne nachzudenken, drückte sie ihre Finger in die klaffende Wunde und kniff die aufgeschlitzte Schlüsselbeinarterie zusammen. Die Decke rutschte herab, und zwei weitere tiefe Stichwunden wurden sichtbar, eine in der Brust, eine weitere im Bauch. Aus beiden sickerte Blut.

Das Stöhnen und Röcheln hatte aufgehört. Ohne seine Schulter loszulassen, beugte sich Christina dicht über sein Gesicht, starrte in die halboffenen Augen, in denen die Iris einen milchig trüben Ring um die unnatürlich geweiteten Pupillen bildete. Sie brachte ihre Wange dicht vor seine Lippen, bis sie den kaum spürbaren Hauch seines Atems wahrnahm. Er lebte. Noch lebte er.

»Das kannst du nicht machen«, beschwor sie ihn, »du bleibst bei mir, verstehst du! Ich brauche dich! Ricky, hörst du mich? Ricky, bitte! Ricky!« Sie redete auf ihn ein, schimpfte und schrie, so, als könnte sie ihn durch die bloße Macht ihrer Stimme zwingen, am Leben zu bleiben.

Die Finger in der Wunde brannten und schmerzten, ihr Arm war blutüberströmt bis zum Ellbogen, ihr Körper gefühllos, ihre Lippen taub, doch sie hielt ihn und ließ ihn nicht los, und sie hörte nicht auf zu reden. Sie legte die Fingerspitzen der freien Hand auf die kleine Falte zwischen seinen Brauen. Ihre Tränen ließen sein Gesicht vor ihren Augen verschwimmen, während sie unaufhörlich auf ihn einredete.

Später konnte sie nicht sagen, wie lange sie so gesessen hatte, sein Leben in Händen haltend. Ihre Stimme war längst heiser, doch ihre Kraft war nicht aufgebraucht. Ihre Stärke speiste sich aus einem unsichtbaren Quell, für den sie keinen Namen wusste, bis zu jenem Moment, als die Männer der Ambulanz sie wegdrängten und dann über ihm waren mit Aderklemmen, Gaze, Spritzen, Sauerstoffmaske, Infusionen. In diesem Augenblick begriff sie, dass sie ihn vielleicht verloren hatte, noch bevor sie ihm den Platz in ihrem Leben eingeräumt hatte, der ihm zustand. Wie viele Jahre hatte sie verzweifelt nach etwas gesucht, das sie in Wahrheit schon gefunden hatte? Wie lange war sie einem Ziel hinterhergejagt, das sie, ohne es zu wissen, bereits erreicht hatte?

Zusammengekauert blieb sie in der Ecke des Schlafzimmers hocken, die Arme um die Knie geschlungen, sich vor- und zurückwiegend, mit leeren Augen die fremden weißen Rücken beim Bett anstarrend. Auf ihren Händen trocknete das Blut allmählich zu braunen Schlieren. In ihrem Mund spürte sie den rostigen Geschmack ihres eigenen Blutes. Sie hatte sich in die Zunge gebissen und es nicht bemerkt.

Wie durch Watte hörte Christina die hektischen Stimmen der Männer, ihre scharfen Kommandos, und als sie Richards schlaffen Körper auf die Trage hoben und ihn festschnallten, rutschte sie auf Händen und Knien zu ihm hin.

»Er darf nicht sterben!«, flüsterte sie. Plötzlich gab es nichts Wichtigeres für sie, als dass er lebte. Er musste leben!

Er liebte sie, und er wollte sie, so wie sie war, mit all ihren Vorzügen und Schwächen, die er genau kannte. Ihre Großzügigkeit, ihren Sinn für Humor, ihre Zärtlichkeit. Ihre Unfähigkeit, bei einem Streit nachzugeben, ihre Art zu sticheln, ihre oft an Pedanterie grenzende Genauigkeit bei der Arbeit, ihre Ruhelosigkeit. Für ihn war sie einzigartig. Für ihn gab es nur sie. Sie allein. Er hatte den Unterschied erkannt.

Es war heute Abend erst passiert, vor wenigen Stunden. Wie hatte es geschehen können, dass sie das Ereignis nicht in seiner ganzen Tragweite erfasst hatte? Sie hatte eine Aufwallung von Triumph gespürt, der ihre Knie zum Zittern gebracht hatte, doch sie hatte nicht weiter darüber nachgedacht. In Wahrheit hatte Richard ihr das Geschenk gemacht, wonach sie ihr Leben lang vergeblich gestrebt hatte. Und sie hatte ihn dafür beschimpft. Ihre eigenen Worte hallten schmerzhaft in ihren Ohren nach. *Du bist gemein! Wie kannst du nur so was sagen!*

»Er darf nicht sterben!«, stieß sie erneut hervor. »Bitte, bitte, bitte, lasst ihn nicht sterben!«

Die Trage wurde hochgehoben, und einen Moment lang sah sie noch Richards graues Gesicht zwischen den Männern, die die schwankende Trage umringten und sich über ihn beugten, dann löste sich das Bild auf wie ein Spuk. Sie hatten ihn weggebracht.

Einer der weiß gekleideten Männer kam zurück, ging vor ihr in die Knie, richtete sie auf und führte sie zum Bett. Seltsam unbeteiligt registrierte Christina, dass er dünne Erste-Hilfe-Handschuhe trug. Er packte einen Zipfel der blutdurchtränkten Bettwäsche und riss mit einem Ruck die Laken herunter.

Christina ließ sich willenlos auf die nackte Matratze drücken, doch als kühle Flüssigkeit auf ihrem Arm verrieben wurde, fuhr sie ruckartig auf. »Nein!«, widersprach sie. »Ich will keine Spritze! Lassen Sie das!«

»Sie stehen unter Schock«, beschwichtigte sie der Mann. Ein Namensschildchen an seiner Jacke wies ihn als Arzt aus. Er hatte ein sanftes rundes Gesicht und aufmerksame graue Augen. Seine Hände waren groß und kräftig, und er machte keine Anstalten, seinen Griff zu lockern.

»Ich bin in ausgezeichneter Verfassung«, brachte Christina mühsam beherrscht hervor. »Ich will nur eins: Mit Ihnen ins Krankenhaus fahren und zu ihm. Sofort.«

»Ihr Mann?«

»Ja«, log Christina. Sie hob den Kopf. Von draußen ertönte Sirenengeheul, das langsam leiser wurde.

»Sie sind schon weggefahren. Ein anderer Einsatzwagen kommt gleich her und nimmt uns mit«, erklärte der Arzt. Er fühlte ihren Puls und befahl ihr, ihm in die Augen zu sehen.

Christina atmete durch und gehorchte. Bewusst versuchte sie, sich zu entspannen, sich zu beruhigen, denn ihr war vollkommen klar, dass es anderenfalls genau so ablaufen würde wie nach dem Feuer. Sie würde Minuten nach der Spritze einschlafen und erst am nächsten Tag wieder zu sich kommen. Das durfte nicht geschehen. Diesmal nicht. Sie musste zu Ricky. Er brauchte sie.

»Wir nehmen Sie mit, aber als Patientin«, teilte der Arzt ihr mit. »Sie sollten zumindest über Nacht zur Beobachtung im Krankenhaus bleiben.«

»Als was Sie mich mitnehmen, ist mir völlig egal. Wenn Sie mich bloß mit Ihren Spritzen verschonen.« Christina stand auf, riss ihre Reisetasche aus dem Schrank und stopfte wahllos ihre und Rickys Sachen hinein. Das, was nicht hineinpasste, ließ sie liegen. Zum Schluss zwängte sie das Handy mitsamt dem Akku, die Wagenpapiere für den Mercedes und die Autoschlüssel in die Seitentasche.

»Sie sollten hier besser nichts mehr anrühren. Die Polizei wird sicher gleich kommen.«

Christina beachtete ihn nicht. Ohne aufzusehen zerrte sie sich das blutige Nachthemd vom Körper und streifte mit fahrigen Bewegungen den Pulli und die Jeans über, die sie tagsüber getragen hatte.

Ricky, dachte sie. Mein Gott, Ricky, was haben sie dir angetan? Sie wollte schreien, mit dem Arzt reden, ihm befehlen, ihr die Wahrheit über Rickys Zustand zu sagen, doch erst, als sie die Schuhe zugebunden und die Jacke übergezogen hatte, wagte sie, die alles entscheidende Frage zu stellen. »Kommt er durch?« Sie hielt den Atem an.

»Darüber kann ich zum jetzigen Zeitpunkt keine verbindliche Auskunft geben«, erwiderte der Arzt. Seine glatte Stimme verriet, dass er dieselbe Frage schon oft auf diese Weise beantwortet hatte. Er stand in der offenen Tür, eine Hand in der Jackentasche, mit der anderen den Intensivkoffer haltend.

»Bitte!«, sagte Christina drängend. »Er hat viel Blut verloren.« Sie starrte ihn an. »Er wird sterben!«

»Das habe ich nicht gesagt. Alles hängt davon ab, wie schwer seine Verletzungen sind. Ob innere Organe verletzt sind. Verstehen Sie, er muss zuerst untersucht werden, bevor man Genaueres weiß. Im Krankenhaus erfahren Sie bestimmt mehr.«

»Worauf warten wir dann noch?« Christina schulterte die vollgepackte Reisetasche, ergriff ihren Kamerakoffer und drängte an dem Arzt vorbei in die Halle.

Vor den Fenstern zuckte in Intervallen blaues Licht auf. »Die Polizei«, sagte der Arzt. Er wirkte unschlüssig.

Christina blickte ihn beschwörend an. »Ich will jetzt nicht mit denen reden! Bitte! Sagen Sie Ihnen, dass ich … dass ich nicht vernehmungsfähig bin oder so! Ich will zu ihm ins Krankenhaus! Die Polizei kann auch dort mit mir reden, wenn es sein muss! Ich habe den Einbrecher sowieso nicht erkannt, es war zu dunkel!«

»Schon gut.«

»Danke«, sagte Christina erleichtert. Sie ging schneller, und als sie an der bizarren, insektenähnlichen Bronzeplastik in der Mitte der Halle vorbeikam, rannte sie fast. Nur wenige Meter vor der Eingangstür traf ihr Fuß mit metallischem Geräusch auf einen Gegenstand, der neben der ersten Säule auf dem Boden lag und auf dem makellos weißen Marmor in obszönem feuchtem Rot glänzte. Das Messer.

12. Kapitel

Seit einer Stunde saß Christina auf einem unbequemen Stuhl in dem Gang vor den Operationssälen. Abwechselnd starrte sie das Schild mit der Aufschrift *Zutritt nur für Personal* auf den blau gestrichenen Türen an, dann wieder den Fußboden. Die weißen Neonröhren spiegelten sich als längliche Lichtpfützen auf dem gewachsten Linoleum. Die Wirkung der halben Beruhigungstablette, die der Notarzt ihr noch während der Fahrt aufgedrängt hatte, begann nachzulassen. Sie fühlte sich elend. Ihr war entsetzlich kalt, und ihre Augen schmerzten, weil sie es sich nicht gestattete, sie zu schließen. Sie wollte den Moment nicht verpassen, in dem jemand in der Tür auftauchte, mit einem Gesicht, von dem man noch etwas ablesen konnte, bevor es sich mit der üblichen nichtssagenden Maske tarnte.

Ein von Kopf bis Fuß grün gekleideter Mann kam durch die Tür, doch er trug einen Papiermundschutz, der bis zu den unteren Rändern seiner Brille reichte. Während er auf Christina zukam, streifte er ihn mit einer achtlosen Bewegung herab, ebenso wie die grüne Papierhaube.

Christina sprang auf, die bange Frage in den Augen. Er wich ihren Blicken aus. Ein schlechtes Zeichen. Er wollte an ihr vorbeigehen. Etwas stimmte nicht.

Ohne zu zögern, stellte sie sich ihm in den Weg. »Was ist mit ihm?«

»Mit wem?«

»Meinem Mann. Dunkle Haut, sehr groß.«

»Die Messerstecherei?«

»Es war keine Messerstecherei«, berichtigte Christina ihn scharf. »Ein Einbrecher hat auf meinen Mann eingestochen, während er in seinem Bett lag. Dort lag und schlief.«

»Ich kann Ihnen leider nichts sagen.«

»Warum nicht?«

»Ich bin mit der Sache nicht befasst.«

»Aber ...«

»Ich war bei einer anderen Notfalloperation.« Er trat einen Schritt zur Seite und ging weiter.

»Wie lange wird es denn noch dauern?« Sie lief neben ihm her. »Bitte, sagen Sie mir doch, ob Sie da drin irgendwas gehört haben!«

»Soviel ich weiß, wird Ihr Mann noch operiert.«

»Was heißt das? Wie operiert?«

»Sicher wird gleich jemand kommen und Ihnen alles erklären.« Sein Ton war geduldig, doch seine Bewegungen signalisierten wachsende Gereiztheit. Er wirkte abgespannt und sichtlich überarbeitet.

Christina ließ ihn vorbei und sah ihm nach, bis er weiter vorn hinter einer der Türen verschwand.

Operation.

Das Wort hing noch im Raum, ein vielsagendes, beinahe mystisches Wort, das Hoffnung und Kampf symbolisierte. Aber würde der Kampf zum Sieg führen? Christina wusste nicht, was sie denken sollte. Operation bedeutete vorläufig zumindest nicht Tod, sondern Leben. Für den Moment.

Sie stützte sich schwer gegen die Wand, die Augen geschlossen, die Lippen in lautlosem Gebet bewegend. Sie schrak zusammen, als ein Mann sie ansprach.

»Geht es Ihnen nicht gut? Soll ich einen Arzt rufen?« Zwei Männer standen dicht vor ihr. Sie hatte sie nicht kommen hören.

Der jüngere der beiden, der sie angesprochen hatte, wiederholte seine Frage. »Soll ich einen Arzt rufen?«

»Nicht nötig, danke. Mir geht es gut. Ich habe gerade mit einem Arzt gesprochen.«

Sie betrachtete die Männer. Beide waren mittelgroß, trugen Jeans, gefütterte Windjacken und ausgetretene Schuhe. Ihre Gesichter wirkten hart, ihre Augen grenzenlos müde, so als hätten sie bereits zu viel gesehen, um noch irgend etwas anderes zu empfinden als Gleichgültigkeit. Die Männer hatten etwas an sich, das Christina sofort an Quint denken ließ.

»Sie sind von der Kripo«, stellte sie fest.

Der jüngere Mann, etwas größer als sein Kollege, nickte. »Sind Sie in der Verfassung, uns ein paar Fragen zu beantworten?« Er deutete auf die Stühle an der Wand vor den blauen Türen. »Wollen Sie sich setzen?«

Christina ging voran zu der Stuhlreihe und setzte sich auf den Stuhl, auf dem sie bereits vorhin gesessen hatte. Unter dem Stuhl standen ihre Reisetasche mit Rickys und ihren Sachen sowie der Kamerakoffer.

Sie versuchte, sich auf die Fragen zu konzentrieren, die der jüngere Beamte ihr stellte. Der andere Mann, der eine Spur übernächtigter und abgekämpfter wirkte als sein Kollege, lehnte mit unbeteiligtem Gesicht an der Wand und machte während Christinas Aussage Notizen auf einem lächerlich kleinen Block. Christina beantwortete mit monotoner Stimme zuerst die Fragen zur Person und dann zum Tathergang. Nein, sie hatte niemanden erkannt, und nein, sie hatte keine Ahnung, wer der Täter gewesen sein könnte.

Irgendwann schob der Beamte an der Wand seinen Block in die Innentasche seiner Jacke, was Christina als Signal wertete, dass die Vernehmung beendet war.

»Weiß man schon, wie der Täter hineingekommen ist?«, wollte sie wissen.

»Wir untersuchen es noch.«

»Das Messer. Haben Sie es gefunden? Es lag in der Halle.«

»Natürlich. Warum fragen Sie? Kennen Sie es?«

Christina schüttelte den Kopf.

Der Beamte zeigte auf die Reisetasche. »Wollen Sie verreisen?«

»Nein, aber ich will nicht dorthin zurück, wo ... es passiert ist.«

»Verständlich. Wo sind Sie erreichbar?«

Christina gab ihm die Telefonnummer des Handys.

»Adresse?«, fragte der Beamte.

»Ich weiß noch nicht. Ein Hotel. Vielleicht dasselbe, in dem ich bis vorgestern war. Ihr Kollege Quint kennt es.«

»Er wird sicher noch auf Sie zukommen wegen dieser Sache.«

»Ich kann ihm nichts anderes sagen als Ihnen.«

Der jüngere Beamte räusperte sich und wies mit dem Kinn auf die blauen Türen. »Weiß man schon, wie es ihm geht?«

Christina verneinte es mit erstickter Stimme. Etwas Warmes tropfte auf ihre Hände. Ein Stich des Entsetzens durchzuckte sie, bis sie erkannte, dass es Tränen waren.

Nach ihrer Ankunft im Krankenhaus, sofort nach der Aufnahme der Personalien, hatte sie in der Besuchertoilette mit verbissenem Eifer ihre Arme bis zu den Ellbogen geschrubbt, bis die Haut feuerrot geworden war. Dennoch glaubte sie, noch das warme Blut zu fühlen, wie es unter ihren Fingern hervorquoll und zu juckender Borke trocknete.

Sie hob den Kopf, die Wangen nass von Tränen. Der Beamte, der vor ihr stand, verlor etwas von seinem abgestumpften Ausdruck. Hilflos erwiderte er ihren Blick. Er hob die Hand, als wollte er die weinende Frau vor ihm berühren, ließ sie dann jedoch zögernd wieder sinken.

Er fand ein paar nichtssagende Worte des Abschieds und ging. Sein Kollege stieß sich von der Wand ab und folgte ihm zum Aufzug.

Christina sah ihnen nicht nach. Mit brennenden Augen starrte sie die blauen Türen an. Die Aufschrift *Zutritt nur für Personal* verschwamm vor ihren Blicken, und gerade, als sie die Hände hob, um sich die Augen zu reiben, öffnete sich die Tür, und ein Chirurg kam heraus.

Christina schaffte es nicht, sich auf seinen Gesichtsausdruck zu konzentrieren. Ihr Herz schlug so heftig, dass dunkle Flecken im Rhythmus ihres Pulses vor ihren Augen tanzten. Sie wollte die entscheidende Frage stellen, doch sie konnte nicht sprechen.

Der Arzt blieb vor ihr stehen, die Hände locker vor den Hüften verschränkt. Er war um die vierzig und wirkte durchtrainiert. Sein rechter Arm war deutlich dicker als der linke. Vermutlich spielte er Tennis. Seine Augen waren umschattet, und oben auf seiner rechten Wange zuckte ein winziger Muskel. Der Adamsapfel an seinem muskulösen Hals war stark ausgeprägt und bewegte sich unablässig auf und ab. Das alles registrierte Christina im Bruchteil einer Sekunde, mit der automatischen Gründlichkeit der Fotografin, die eine Szene zuerst betrachtet, um sie dann optimal auszuleuchten und ins Bild zu setzen.

Der Arzt begann ohne Umschweife zu reden, so, als wollte er es schnell hinter sich bringen. »Ihr Mann lebt. Wir haben ihn operiert und seinen Zustand einigermaßen stabilisiert.«

Erleichterung durchflutete Christina wie eine machtvolle Droge. »Kommt er durch?«

»Es ist zu früh, um das sagen zu können. Er wurde schwer verletzt.«

Das Gefühl der Euphorie verschwand schlagartig, und Christina war es, als stürzte sie kopfüber in ein bodenloses Loch. »Wie schwer?«, fragte sie tonlos.

»Da ist zunächst die Verletzung der Hauptarterie im Schlüsselbeinbereich. Er hat dadurch sehr viel Blut verloren, es grenzt überhaupt an ein Wunder, dass er nicht verblutet ist. Haben Sie erste Hilfe geleistet?«

»Er hat es zuerst selbst abgedrückt«, flüsterte Christina. Unvermittelt dachte sie daran, dass Ricky ein Jahr lang in England Medizin studiert hatte. Er hatte das Studium gehasst und ließ keine Gelegenheit aus, darüber zu frotzeln, was für ein miserabler Arzt er geworden wäre. Dennoch hatten ihm seine Kenntnisse von damals zweifellos das Leben gerettet.

»Erstaunlich. Wirklich erstaunlich«, bemerkte der Arzt. »Nun, hohe Blutverluste dieser Art bergen immer das Risiko mangelnder Sauerstoffversorgung. Hier können wir momentan noch nicht viel sagen. Wir müssen einfach warten, bis er aufwacht.«

»Was bedeutet das?«, stammelte Christina. Doch im nächsten Augenblick wurde ihr von allein klar, was es bedeutete. Sie tauchte seit einem Dutzend Jahren und wusste genau, was der Arzt meinte. Ohne ausreichende Sauerstoffzufuhr starben Gehirnzellen ab. In jeder Minute mehr. Bis von dem Menschen, dem das geschah, nichts weiter übrig war als eine leere Hülse aus Fleisch und Blut.

Der Arzt setzte zu einer Entgegnung an, doch Christina unterbrach ihn mit ihrer nächsten Frage. »Und die anderen Verletzungen?«

»Der Stich in die Brust war vergleichsweise ungefährlich. Die Lunge ist unverletzt, das Messer ist an einer Rippe abgeglitten. Bleibt natürlich wie immer in solchen Fällen die Infektionsgefahr. Der Stich im Oberbauch macht uns am meisten Sorgen.«

Christina umfasste ihre zitternde rechte Hand mit der linken.

Der Arzt sah es und blickte in einer Mischung aus Unbehagen und Mitleid zur Seite. »Die Leber wurde verletzt. Wir mussten ein Stück herausnehmen. Es gab schwere innere Blutungen, aber wir haben es in den Griff bekommen.«

»Dann kommt er doch wieder in Ordnung, oder?«, fragte Christina mit tauben Lippen.

»Im weiteren Verlauf hängt alles davon ab, ob die Leber normal arbeitet.«

Christina zitterte jetzt am ganzen Körper. Sie konnte nichts dagegen tun. »Wie lange dauert es, bis Sie das wissen?«

»Wir messen ständig seine Werte. Dennoch kann es passieren, dass die Leber entgleist.«

»Entgleist«, murmelte Christina.

»In seinem derzeitigen Zustand wäre das fatal. Dazu kommt, dass er schon vorher krank gewesen sein muss. Er hat ziemlich hohes Fieber.«

»Wie lange dauert es?«, wiederholte Christina ihre Frage. Die dunklen Flecken vor ihren Augen schienen größer zu werden. Sie kämpfte gegen den Drang an, die Handballen gegen die Augen zu pressen.

»Wenn er in achtundvierzig Stunden stabil ist, dann wissen wir mehr.«

Wissen wir mehr. Das war gleichbedeutend mit ›über den Berg‹. Christina war klar, dass es so gemeint war, doch natürlich durfte er sich nicht auf diese Weise festlegen.

»Darf ich zu ihm?«

»Im Moment nicht. Es wäre nicht gut für ihn und für Sie erst recht nicht. Sie sind am Rande Ihrer Kräfte. Sie sollten über Nacht …«

Christina schnitt ihm mit einer Handbewegung das Wort ab. »Wann kann ich ihn sehen?«

Der Arzt zögerte kurz. Mit einem Blick auf seine Armbanduhr sagte er dann: »Frühestens heute Abend. Sie sollten nach Hause gehen, wenn Sie nicht aufgenommen werden wollen. Ich kann Ihnen ein Taxi rufen.«

Christina ließ sich von dem Taxi zum Loft bringen. Ohne das heruntergekommene Fabrikgebäude auch nur eines Blickes zu würdigen, stieg sie in den Mercedes um und fuhr zu dem Hotel, in dem sie bereits nach ihrer Ankunft gewesen war. Als sie nach einer langen heißen Dusche ins Bett ging, wurde der Himmel draußen langsam hell. Spatzen und Amseln stimmten vor den Fenstern einen ohrenbetäubenden Lärm an, der Christina nicht zur Ruhe kommen ließ. Nach einer Weile schluckte sie die zweite Hälfte der Beruhigungstablette und sank in einen tiefen, traumlosen Schlaf.

Gegen Mittag erwachte sie, übernächtigt und gerädert, doch zum ersten Mal ohne den Nachhall von Bildern aus der Vergangenheit, die sie seit ihrer Ankunft in ihren Träumen heimgesucht hatten.

Vielleicht habe ich es überwunden, dachte sie, plötzlich von irrationaler Hoffnung beseelt. Vielleicht habe ich endlich die Vergangenheit besiegt!

Dann dachte sie an Richard, und die Hoffnung wich kalter Angst. Noch vom Bett aus rief sie im Krankenhaus an. Er hatte die Nacht überlebt, doch sein Zustand war unverändert kritisch. Er war noch ohne Bewusstsein.

Christina duschte in aller Eile, zog sich an und ging zum Frühstücken nach unten, doch außer einem halben Brötchen und einer Tasse Kaffee brachte sie nichts herunter. Die Sonne fiel durch die Fenster des einfachen Frühstückszimmers und füllte den Raum mit kaltem Licht. Außer Christina waren keine Gäste anwesend; der Kellner hatte ihr mit kaum verhohlenem Missmut das Gewünschte serviert, obwohl die Frühstückszeit längst vorbei war.

Christina betrachtete die kräftigen Sonnenflecken auf dem Tischtuch. Ihre Gedanken trieben davon, wirbelten ziellos umher, um schließlich um Richard zu kreisen. In ihrer Vorstellung war sie bei ihm, legte die Fingerspitzen zwischen seine Brauen, küsste seine Schläfen. Bleib bei mir, dachte sie.

Vage ging ihr durch den Kopf, dass sie nur zwei Nächte zuvor im selben Krankenhaus gewesen war. War der Brand wirklich erst vor wenigen Tagen gewesen? Eine Ewigkeit schien sie zu trennen von ihrem gewohnten Leben, von ihrer Welt in der Bläue des Indischen Ozeans. Ereignisse von schrecklicher Unausweichlichkeit hatten sie hier wie in einem Gefängnis festgesetzt. Ihr kam das Bild von den Kulissen in den Sinn, die man nur beiseite schieben musste, um wieder frei zu sein. Doch das war jetzt nicht mehr möglich. Die Wände waren nicht aus Pappmaché, sondern aus Zement.

Plötzlich fehlte ihr die Luft zum Atmen. Panik breitete sich in ihr aus, entfaltete wie ein Polyp tastende Arme, die sie umschlangen und erstickten. Ich darf nicht hysterisch werden, beschwor sie sich. Doch ihre Hände begannen bereits, haltlos zu zittern.

»Störe ich?«

Es war Quint, der Kommissar. Christina hatte ihn nicht kommen hören, obwohl er dicht vor ihr stand. Anders als bei den Beamten in der vergangenen Nacht empfand Christina bei seinem Anblick nicht den geringsten Widerwillen. Sie spürte, wie das Zittern ihrer Hände nachließ, und sie erkannte, dass sein unvermutetes Auftauchen dafür verantwortlich war. Beinahe dankbar sah sie zu Quint hoch. Wie beim letzten Mal trug er einen verknautschten Trenchcoat über einem schlecht sitzenden Anzug. Seine Züge wirkten jedoch anziehender als bei ihrem ersten Zusammentreffen, und es dauerte einen Moment, bis Christina darauf kam, woran es lag. Sein Lächeln. Es war nicht durch die Betäubung verzerrt.

Quint setzte sich zu ihr an den Tisch und betrachtete sie. »Wie fühlen Sie sich?«

Sie gab einen Laut von sich, der ebenso gut ein hysterisches Lachen wie ein unterdrücktes Schluchzen sein konnte. »Sie sehen es doch, oder?«

Er nickte. »Eine schreckliche Geschichte. Wollen Sie mir alles erzählen?«

»Ich habe gestern Nacht Ihren Kollegen schon alles erzählt«, sagte sie. Doch es klang halbherzig.

»Kommen Sie«, sagte Quint sanft.

Sie starrte ihn an, und plötzlich brach es wie ein Sturzbach aus ihr heraus. »Wir lagen im Bett und schliefen«, stammelte sie. »Ich bin von dem Blut aufgewacht, das über mich lief. Dann hörte ich ihn röcheln und erkannte, dass er verletzt sein musste. Ich …« Sie unterbrach sich und schluckte hart. »Ich habe mich zu ihm umgedreht, ihn abgetastet, dann sprang ich aus dem Bett und wollte Licht machen. Dann sah ich …« Sie hielt inne und suchte nach Worten.

»Was haben Sie gesehen?«

»Nichts außer dem Messer«, flüsterte sie. »Es war dunkel. Ich schrie: Wer ist da? Dann ging die Tür einen Spalt auf, und da war das Messer. Die Hand, die es hielt, steckte in einem schwarzen Lederhandschuh. Den Rest habe ich nur schemenhaft gesehen. Einen Schatten im Dunkeln, mehr war da nicht. Dann ging die Tür weiter auf, und er war so schnell weg, dass ich es kaum mitbekam.«

»Dieser Schatten, wie kam er Ihnen vor? Groß, klein? Dick, dünn?«

»Es war nicht genau zu erkennen. Weder dick noch dünn, denke ich. Mittelgroß, groß ... sicher nicht klein.«

»Größer oder kleiner als Sie?«

»Ich weiß nicht.«

»Geräusche?«

»Schweres Atmen, dann Schritte, bis das Messer runterfiel und die Eingangstür zuklappte.«

»Etwas Besonderes an den Schritten?«

»Ich weiß nicht. Es klang irgendwie ... unsicher. So, als müsste er aufpassen auf seine Schritte.«

»So, als würde der Täter sich in der Dunkelheit nicht auskennen?«

Christina legte den Kopf in den Nacken, schloss die Augen und konzentrierte sich. »Ja ... das könnte sein. Es war ja stockfinster, und in der Halle stehen überall diese Statuen und Plastiken herum.«

Quint betrachtete sie eingehend. »Sie verschweigen mir etwas«, stellte er schließlich in neutralem Tonfall fest.

Christina fühlte, wie Röte ihre Wangen überzog.

»Wen haben Sie gesehen?«

»Ich weiß es wirklich nicht!«

»Also gut. Ich stelle die Frage anders. Wen glaubten Sie zu sehen? Wen haben Sie in Verdacht?«

Sie massierte nervös ihre Finger.

»Ihren Bruder?«

Christina starrte auf ihre Hände.

»Ich kann verstehen, dass Sie ihn nicht fälschlicherweise verdächtigen möchten«, fuhr Quint im Plauderton fort. »Allerdings hat die Sache einen kleinen Haken. Wir haben es mit einem Mordversuch zu tun. Vielleicht ist es sogar morgen schon vollendeter Mord. Ihr Mann ist noch ohne Bewusstsein. Ich war heute Vormittag im Krankenhaus. Sein Zustand ist nach wie vor kritisch.«

Sämtliche Farbe wich aus Christinas Gesicht und ließ es kalkweiß zurück.

Quint räusperte sich. »Tut mir Leid. Doch es ist eine Tatsache, dass ein Mörder herumläuft, von dem ich annehme, dass er es in Wahrheit auf Sie abgesehen hat. Darin sind wir uns doch einig, oder?«

Christina nickte stumm.

»Wann haben Sie Ihren Bruder zuletzt gesehen?«

»Er war vor drei Tagen bei mir im Hotel, kurz nachdem Sie da waren.«

Quint erkannte sofort, dass das nicht alles war. »Und dann?«

»Er hat gestern Abend noch mal angerufen«, gab sie zu.

»Aha. Was wollte er?«

Es kostete Christina Überwindung, doch sie erzählte es ihm. Er hätte es ohnehin herausgefunden.

Quint hörte stirnrunzelnd zu. »Also wollte Ihr Bruder Geld. Wusste er, dass Ihr Mann bei Ihnen war?«

»Nein, ich denke nicht. Ich habe es ihm nicht gesagt.«

»Also wollte er Sie töten und hat in der Dunkelheit die falsche Seite erwischt.«

Christina sagte nichts, doch im Grunde zweifelte sie nicht mehr daran. Nicht nach dem, was Marie Dubois ihr erzählt hatte. Nicht nach der Unterhaltung mit Jochen gestern Abend am Telefon. Und da war noch etwas. Jakob von Schütz hatte Jochen etwas zu vehement verteidigt, als dass sie ihm vorbehaltlos die Unschuld ihres Bruders hatte abnehmen können. Er hatte den Eindruck gemacht, sich vor Jochen stellen zu wollen, ohne völlig davon überzeugt zu sein, dass Jochen mit dem Tod ihres Vaters wirklich nichts zu tun hatte. Aber warum? Weil er ein väterlicher Freund ihres Bruders war? Oder weil er sich durch sein solidarisches Verhalten einen Nutzen für die Firma versprach?

»Erzählen Sie mir den Rest auch noch, oder muss ich es in mühevoller Kleinarbeit selbst herausfinden?«

Christina zögerte. »Ich weiß natürlich nicht, ob es wahr ist«, begann sie stockend.

»Das spielt keine Rolle. Erst kommen die Tatsachen, dann die

Wahrheit.«

Vermutlich war das die übliche Auffassung eines Ermittlers. Der Gedanke an Ricky und sein Blut unter ihren Händen beseitigten Christinas letzte Vorbehalte in Bezug auf ihren Bruder. Sie erzählte Quint alles, was sie wusste, angefangen von ihrer Unterhaltung mit Rasmussen am Tag der Beerdigung, bis zu ihrer Unterhaltung mit Marie Dubois.

Quints Gesicht hatte einen nachdenklichen Ausdruck angenommen. »Eine interessante Geschichte. Ich fasse zusammen. Ihr Bruder ist knapp bei Kasse und süchtig. Er braucht dringend Geld, das Ihr Vater hat, ihm aber trotz aller Drohungen nicht geben will. Ihr Bruder tobt und randaliert, er wünscht seinem Vater den Tod und kündigt sogar an, nachhelfen zu wollen, wenn es nötig sein sollte. Doch Ihr Vater ist nicht zu beeindrucken. Im Gegenteil, er stellt sich anscheinend lieber auf seinen gewaltsamen Tod ein, als nachzugeben. Es geht ihm sowieso nicht gut, er ist deprimiert, er fühlt sich in die Enge getrieben, wittert Sabotage und Verrat. Doch er lässt sich nicht von Ihrem Bruder oder von Kollegen unter Druck setzen. Er ändert sogar noch sein Testament, um seinem Sohn und allen Leuten in der Firma, die ihm das Leben schwer machen, eins auszuwischen. Ihr Bruder, der davon nichts weiß, macht eines Tages seine Drohungen wahr. Vielleicht bedient er sich dabei der Hilfe eines Mitarbeiters Ihres Vaters. Wo ich gerade davon rede – wussten Sie, dass ein Mann namens Tom Watts den Brand gelegt hat?«

»Meine Schwester hat es mir gestern Abend erzählt. Haben Sie etwas über ihn herausgefunden? Ich meine, was war er für ein Mensch?«

»Seine Kollegen schildern ihn übereinstimmend als verschlossenen jungen Mann. Sie halten … äh, hielten ihn für ausgesprochen ehrgeizig, fast an der Grenze zur Hybris. Privat lebte er ziemlich zurückgezogen, sein Bekanntenkreis beschränkte sich auf die Leute, mit denen er im Institut zusammenarbeitete. Richtige Freunde hatte er nicht. Vielleicht liegt es daran, dass er erst seit einem knappen Jahr in Deutschland war.«

»Hatte er Familie?«

»Eltern. Sie leben in Amerika. Allerdings konnten wir dort noch niemanden erreichen. Das Auswärtige Amt ist bereits eingeschaltet.«

Christina starrte aus dem Fenster. Sie fragte sich, was für ein Mensch Tom Watts gewesen sein mochte, welche Hoffnungen, Träume und Wünsche sein Leben bestimmt hatten. War er Footballfan gewesen, hatte er Popcorn gemocht? War er gern ins Kino gegangen, oder hatte er an den Wochenenden lieber ferngesehen? Vielleicht etwas von alledem, vielleicht nichts. Doch was auch immer sein Wesen ausgemacht hatte – jetzt existierte nichts mehr davon. Keiner seiner Träume würde jemals in Erfüllung gehen. Christina verdrängte gewaltsam die Erinnerung an sein zerstörtes Gesicht.

»Meine Schwester. Hat man ihr schon mitgeteilt, was letzte Nacht in ihrer Wohnung passiert ist?«

»Ich war gerade bei ihr, in ihrem Modehaus.«

»Was hat sie gesagt?«

»Sie war erschüttert.« Quint zeichnete mit dem Zeigefinger einen der Sonnenflecken auf dem Tischtuch nach. »Außerdem hat sie mir in einer sehr wichtigen Frage weitergeholfen. Die Türen zum Loft wurden nämlich nicht aufgebrochen, sondern mit einem Schlüssel geöffnet.«

Christina sah verblüfft auf.

»Der Schlüssel Ihrer Schwester zum Loft ist verschwunden«, fuhr Quint fort. »Seit gestern Abend, sagt sie. Seit Ihr Bruder versucht hat, sie anzupumpen.«

»Also hat er den Schlüssel an sich gebracht.«

»Ja, es sieht so aus. Vermutlich wollte er vollenden, was bei dem Brand nicht geklappt hat.«

»Sie meinen, er hatte bei dem Feuer auch seine Hände mit im Spiel?«

»Nun, es wären zwei Fliegen mit einer Klappe gewesen, nicht wahr? Wertvolle, vielleicht unbezahlbare Forschungsergebnisse und Ihr Dahinscheiden.«

Sie verzog den Mund.

Quint merkte es und grinste entwaffnend. »Manchmal neige ich zu Euphemismen. Tut mir Leid.«

Der Kellner kam und räumte den Tisch ab. Christina und Quint warteten schweigend, bis er wieder gegangen war.

»Ich habe noch eine Frage«, eröffnete Christina anschließend wieder das Gespräch. »Die gestohlenen Unterlagen. Haben Sie schon untersuchen lassen, was darauf ist?«

»Ich hab mir alles angesehen. Von den Papierunterlagen sind nur noch ein paar Ascheflocken übrig. Das Filmmaterial ist völlig unbrauchbar. Die Disketten sind ziemlich beschädigt. Zum Teil zerschmolzen, zum Teil verbogen. Vielleicht kann man noch was damit machen, aber dazu brauchen wir Leute, die mehr davon verstehen. Experten vom LKA.«

»Es könnten brisante Daten darauf sein. Mein Vater hat nicht nur in der Firma gearbeitet, auch zu Hause. Dort hatte er die Programme mit einem Passwort gesichert.«

»Das LKA wird sich darum kümmern.«

»Wo sind die Disketten jetzt?«

Die Frage schien ihm peinlich zu sein. »In einer Asservatenkammer«, bekannte er.

»Sitzen da Ihre Experten?«

Er hob in einer Geste gespielter Verzweiflung die Hände. »Wenn ich ein Dutzend Leute hätte, die alle nötigen Formulare ausfüllen und alle vorgeschriebenen Dienstschritte in die Wege leiten, würde es sich vielleicht schon in der nächsten Woche jemand ansehen. Da ich nur drei Leute habe, wird es etwas länger dauern.« Damit war für Quint das Thema offensichtlich beendet.

»Weiter im Text«, meinte er. »Kommen wir zu Ihrem Bruder zurück. Es scheint alles zusammenzupassen. Ihr Bruder bringt Ihren Vater um, und zwar, wie wir annehmen dürfen, mit Hilfe von Tom Watts. Danach wird der Brand gelegt, doch es geht schief. Gestern Nacht versucht er es wieder, will zu Ende bringen, was Tom Watts nicht gelungen ist. Vorher stößt er am Telefon Drohungen gegen Sie aus. Übrigens ist bekannt, dass Ihr Bruder zu Gewalttätigkeiten neigt, und das betrifft nicht nur die Rüpelei an dem Abend, als Ihr Vater seine Mitarbeiter zum Essen eingeladen hatte. Ihr Bruder ist vorbestraft. Eine Jugendstrafe. Sechzehn Monate auf Bewährung.«

»Wann war das, und weshalb?«

»Vor gut fünf Jahren. Ein ziemlich stümperhafter Versuch, mit einer Ladung Plastiksprengstoff ein paar Bankschließfächer in die Luft zu jagen. Es wurden übrigens am Safe Ihres Vaters Spuren eines ähnlichen Sprengstoffes gefunden. Offenbar ist Ihr Bruder verzweifelt auf Geld aus.«

»Sie meinen seine Sucht?«

»Nicht nur. Er steckt bis zum Hals in Schulden. Bei ziemlich üblen Leuten. Offenbar hat er im Vorgriff auf sein Erbe ein paar recht lockere Investitionen getätigt.«

»Woher wissen Sie das? Ich meine, das mit den Schulden?«

»Routine. Bei der Polizei kennt man viele Leute aus allen möglichen Kreisen. Sagen Sie, wie schätzen Sie eigentlich Ihren Bruder ein? Trauen Sie ihm einen Mord zu? An Ihrem Vater oder an Ihnen selbst? Und vor allem, auf diese Art?«

Christina schloss die Augen und sah vor sich einen mageren, sommersprossigen Jungen mit zerzausten Haaren und verschlossenem Gesicht.

Spielst du mit mir, Tina?

Ihr verneinendes Kopfschütteln. Keine Zeit.

Manchmal hatte er nachts geweint, und sie war zu ihm gegangen, zu ihm ins Bett geschlüpft, hatte ihn an sich gedrückt und ihn getröstet.

Keine Angst, es sind nur Träume.

Wenn du da bist, habe ich keine Angst, Tina. Seine weit aufgerissenen Augen in der Dunkelheit, wie spiegelnde Teiche, die den Wunsch in ihr weckten, wieder in ihr Bett zurückzukehren. Das flüchtige Bild verschwand sofort wieder.

»Ich kann es nicht sagen«, sagte sie leise. »Es ist so furchtbar lange her. Er ist mein Bruder, aber ... er ist mir fremd. Ich habe ihn nie richtig gekannt. Meine Schwester und ich waren ...« Sie fand nicht die passenden Worte.

»Sie waren sich genug«, ergänzte Quint. Nachdenklich fuhr er fort: »Wissen Sie, ich frage mich, warum diese Französin mit dieser

Geschichte zu Ihnen und nicht zu mir gekommen ist.«

»Vermutlich aus demselben Grund, aus dem ich gezögert habe, Ihnen davon zu erzählen. Außerdem musste ich ihr praktisch jedes einzelne Wort aus der Nase ziehen. Meinen Sie, es könnte was dran sein? An dieser Sache mit dem Gas, meine ich.«

»Hört sich abenteuerlich an. Aber wir untersuchen es.«

Christina nickte langsam. »Was passiert jetzt mit meinem Bruder?«

»Wir nehmen ihn natürlich fest. Vorausgesetzt, er ist überhaupt noch da.«

»Heute noch?«

»So schnell wie möglich. Hätte ich vorher gewusst, was Sie mir gerade erzählt haben, säße er jetzt schon hinter Gittern.«

»Wo wohnt er überhaupt?«

»Wussten Sie das nicht? Dort, wo auch Ihre Schwester wohnt, wenn sie in Düsseldorf ist.«

»Und wo wohnt meine Schwester?« Eine merkwürdige Unruhe stieg in Christina auf, noch bevor sie die Antwort gehört hatte

»Bei Jakob von Schütz.«

Stille folgte seinen Worten. Christina fühlte, wie ihre Hände wieder zu zittern begannen. Sie verschränkte die Finger, doch es half nichts.

»Das war's dann wohl für den Augenblick«, beendete Quint das Schweigen. Er stand auf und streckte ihr die Hand hin. »Ich kümmere mich um alles Weitere. Tut mir Leid, dass es ausgerechnet Ihr Bruder ist.«

Christina nahm seine Hand, und Quint hielt sie einen Moment länger fest als nötig. Er spürte ihr Zittern, und wie bei ihrem ersten Treffen spiegelte sich Mitleid in seinem Blick. »Ich hoffe, dass Ihr Mann es schafft. Das hoffe ich wirklich.«

»Er ist gar nicht mein Mann.«

»Ich weiß. Was spielt das heutzutage denn noch für eine Rolle? Ich sehe, wie Sie leiden. Es macht keinen Unterschied, glauben Sie mir.« Er nickte ihr zu und ging.

Seine Worte klangen in Christina nach. Er hatte Recht. Es machte tatsächlich keinen Unterschied. Sie hätte nicht mehr leiden können, wenn sie tatsächlich mit ihm verheiratet gewesen wäre. Stumm blickte Christina auf die Tür, durch die Quint verschwunden war. Da war noch etwas gewesen, das sie von ihm wissen wollte, etwas sehr Wichtiges. Doch es fiel ihr nicht ein. Sie konnte sich nicht mehr konzentrieren. Ihre Gedanken schweiften ab und beschäftigten sich mit Richard, dann wieder mit ihrer Schwester und ihrem Bruder. Und mit Jakob von Schütz, der im Leben der beiden eine Rolle spielte, die sie anscheinend nicht durchschaute.

Eine knappe Stunde danach erinnerte sie sich, was sie Quint hatte fragen wollen. Es fiel ihr in der Sekunde wieder ein, als sie auf der Fahrt zum Haus ihres Vaters im Rückspiegel den roten Peugeot sah. Offenbar hatte Quint es nicht für nötig gehalten, ihr mitzuteilen, dass er sie weiterhin überwachen ließ. Christina spürte erneut nagende Zweifel, ob Quint es ehrlich mit ihr meinte. Die hartnäckige Stimme in ihrem Inneren flüsterte ihr zu, dass es nur zu verständlich wäre, wenn er sie weiter beobachten ließ.

Immerhin hatte es in den letzten Tagen zwei Gewaltverbrechen gegeben, und beide Male war sie in unmittelbarer Nähe gewesen.

Nein, beruhigte sie sich sofort selbst, er hatte allein ihren Bruder in Verdacht, und er war auf dem Wege, ihn zu verhaften. Wenn ihr jemand folgte, so geschah das nur zu ihrem Schutz, bis Jochen hinter Schloss und Riegel war.

Wirklich?, fragte die lästige Stimme. Wo war denn dieser Beschützer in der letzten Nacht? Vielleicht war er gar nicht von der Polizei, und vielleicht will er alles andere, als dich zu beschützen!

Der Peugeot folgte ihr im Abstand von etwa dreißig Metern. Christina bremste scharf und hielt an, nur einige Blocks vom Haus ihres Vaters entfernt. Sie schaute in den Rückspiegel. Der Peugeot rollte langsam an ihr vorbei, und sie reckte den Hals, um den Fahrer besser sehen zu können. Offensichtlich saß hinter dem Steuer des Peugeot ein Mann, aber viel mehr war nicht zu erkennen. Er trug eine dunkelblaue Baseballmütze mit irgendeinem weißen Aufdruck, hatte den Kopf zur Seite gewandt und schaute in die andere Richtung. Es schien so, als wollte er von ihr nicht gesehen werden. Christina prägte sich das Kennzeichen ein und starrte dem Wagen nach, bis er um die nächste Ecke bog.

Das Handy lag neben ihr auf dem Beifahrersitz. Ohne zu zögern wählte sie die Nummer, die Quint ihr gegeben hatte, doch er war noch nicht wieder im Büro. Von einer Überwachung oder einem Personenschutz war dem Beamten, mit dem sie sprach, nichts bekannt. Nein, erklärte er, ein verdeckter Personenschutz in dieser Art sei völlig unüblich. Christina gab ihm das Kennzeichen des Peugeot durch, und Quints Kollege versprach, sich um die Sache zu kümmern und ihr Bescheid zu geben.

Bevor sie weiterfuhr, rief Christina abermals im Krankenhaus an. Es gab keine Veränderungen. Im Geiste rechnete Christina die Zeit aus, die noch vergehen musste, bis Ricky über den Berg war.

Während der restlichen Fahrt tauchte der Peugeot nicht mehr auf, und Christina vergaß ihn in dem Moment, als sie um die letzte Ecke bog und das Haus sah. Zuerst glaubte sie, ihren Augen nicht zu trauen. Statt der erwarteten Ruine sah sie rote, in der Sonne leuchtende Ziegel und spitze Erker. Scheinbar unversehrt ragte der altertümliche Backsteinbau inmitten von Buchsbaumhecken und orangefarben belaubten Pappeln auf. Die Vorderseite des Gebäudes war kaum beschädigt, und bis auf die rußgeschwärzten, zum Teil herausgebrochenen Fenster deutete nichts auf den schweren Brand hin. Erst, als Christina näher kam, langsam am Grundstück vorbeifuhr und schließlich den Mercedes vor der Einfahrt zum Stehen brachte, erkannte sie die Schäden, die das Feuer angerichtet hatte. Die zum Garten gelegene Seite des Hauses war fast völlig zerstört. Die Fensteröffnungen klafften als schwarze Löcher in der teilweise eingebrochenen Wand, und aus dem vom Feuer halb weggefressenen Dachstuhl hingen geborstene, verkohlte Balken herab.

Der scharfe Novemberwind trieb einen Schauer welker Blätter über die Straße und ließ sie wie verknittertes gelbes Papier gegen die Windschutzscheibe des Mercedes segeln, so dass Christina sekundenlang die Sicht versperrt wurde. Zögernd stieg sie aus dem Wagen und ging langsam über den Kiesweg zum Haus. Auf dem japanischen Zierteich schwamm eine dünne, flockige Ascheschicht. Überall im Garten lagen Trümmerstücke und angesengte Dachziegel herum, und die Büsche waren geknickt, zum Teil ganz niedergewalzt. Der Zaun zur Straße war eingerissen und zur Seite geschoben. Vermutlich hatte ihn die Feuerwehr bei ihrem Einsatz aus dem Weg schaffen müssen.

Als sie zur Rückseite des Backsteinbaues ging, nahm sie aus den Augenwinkeln eine Bewegung hinter der zerstörten Fassade wahr. Jemand machte sich im Inneren des Hauses zu schaffen. Christina hörte ein Rumoren, als ob in den Trümmern herumgestöbert würde.

»Ist da jemand?«, rief sie.

Ein rußgeschwärztes, von wirren weißen Haaren umrahmtes Gesicht erschien in einer Maueröffnung. Flinke blaue Augen musterten Christina, dann schob sich eine gebückte Gestalt ins Freie.

»Thekla«, entfuhr es Christina. »Was um Himmels willen tun Sie denn da drin?«

Die alte Haushälterin kam näher. Christina hatte sie sofort erkannt, trotz des schmutzigen Gesichts. Sie hatte sich nicht sehr verändert. Ihre Wangen waren ein wenig eingefallener als vor zwölf Jahren, ihr Körper wirkte zusammengeschrumpft, doch ansonsten schien die Zeit spurlos an ihr vorübergegangen zu sein.

»Heute ist doch mein Arbeitstag«, erklärte die alte Frau, als wäre es das Normalste von der Welt, in einem ausgebrannten Haus sauber zu machen.

»Thekla, erkennen Sie mich? Ich bin Christina.«

Die Haushälterin, für Christina seit ihrer Kindheit eine Art lebendes Inventar ihres Elternhauses, musterte die junge Frau misstrauisch. »Wirklich?«, fragte sie.

»Aber ja. Thekla, wie geht es Ihnen?«

»Schlecht. Etwas besser als noch vor ein paar Tagen, aber immer noch schlecht. Ich habe Arthritis.« Sie hob die knotigen Finger. »Schreckliche Schmerzen. Ich konnte nicht mal zur Beerdigung kommen.« Tränen stiegen in die Augen der alten Frau.

»Das macht doch nichts«, sagte Christina mitleidig.

»Trotzdem bin ich mittags hier gewesen und habe sauber gemacht. Und die Betten bezogen. Sofort, als ich hörte, dass Sie wieder da sind.« Sie starrte Christina an, als erwarte sie ein Lob.

»Das war lieb von Ihnen«, beeilte sich Christina, ihr zu versichern.

»Ich muss weiterarbeiten.« Thekla machte Anstalten, zum Haus zurückzukehren

»Thekla, für Sie gibt es da drin nichts mehr zu tun. Sie sollten nicht mehr ins Haus gehen. Es könnte gefährlich sein.«

Thekla hob den Kopf und schien zu lauschen. »Ja, es ist gefährlich. Ich muss sie finden und wegschaffen. Sonst gibt es ein Unglück.«

Christina überlief ein kalter Schauer. »Wovon reden Sie?«

»Die Illustrierten und Magazine, die mit den Unterwasserbildern. Herr Marschall hat sie doch gesammelt, all die vielen Jahre, aber er hat sie in seinem Schrank versteckt, im Schlafzimmer.« Sie machte eine nachdenkliche Pause. »Aber sein Schlafzimmer ist verbrannt. Sie kann sie jetzt nicht mehr finden, oder?«

»Nein«, sagte Christina langsam. »Sie kann sie nicht mehr finden.«

Thekla starrte sie argwöhnisch an. »Wer sind Sie?«

»Ich bin Christina Marschall.«

»Wirklich?«

»Ja, wirklich.«

Plötzlich begann die alte Frau hastig zu atmen. »Wie soll ich wissen, ob Sie nicht die Falsche sind?«

»Sie müssen mir einfach glauben.«

Die Haushälterin wich zurück, Angst im Blick. »Gehen Sie weg!«

»Bitte! Warum glauben Sie mir denn nicht? Ich bin Christina!«

»Und wenn Sie es nicht sind, was ist dann?«

Ja, was war dann?

Thekla wandte sich ab und ging auf das Haus zu. Christina beobachtete hilflos, wie die verwirrte alte Frau wieder in den Trümmern des Hauses verschwand.

13. Kapitel

Christina wandte sich ab. Bereits auf den ersten Blick hatte sie erkannt, dass nichts in ihrem früheren Zimmer den Brand überstanden hatte. Hinter der ausgezackten Fensteröffnung waren nur noch geschwärzte Wände zu sehen. Dort oben gab es nichts mehr von Bedeutung, nur noch die Reste ihrer Kindheit, verbrannt und zu hässlicher Schlacke geschmolzen.

Es dürfte mir nicht so zusetzen, dachte sie unglücklich. Ich bin doch schon vor zwölf Jahren fortgegangen!

Aber es tat ihr weh, das Haus so zu sehen, zu akzeptieren, dass keiner der Geborgenheit verheißenden Winkel, in denen sie sich als Kind zu verstecken pflegte, mehr existierte. Dass die Umgebung, in der sie behütet aufgewachsen war, nun unwiderruflich der Vergangenheit angehörte. Es gab keine Puppe mehr, keine Spitzendecke, keine Bauernvase mit Blumen, keine Bilder auf dem Kaminsims, kein Mickymaustelefon. Kein Poesiealbum mit kleinen Händen aus Tusche.

Sie weinte lautlos, als sie zum Wagen zurückging. Hier gab es nichts mehr für sie zu tun, außer eine Baufirma zu beauftragen, die das Gebäude entweder abriss oder sanierte. Rasmussen sollte sich darum kümmern. Er würde alles in die Wege leiten, sich mit der Versicherung in Verbindung setzen; vielleicht konnte er sogar ein Maklerbüro mit dem Verkauf des Grundstücks betrauen.

Christina rieb sich mit dem Ärmel die Tränen von den Wangen und griff zum Handy, um ihn anzurufen, doch bevor sie es tun konnte, klingelte es.

Es war Carlos. »Jetzt ist es passiert!«, schrie er.

Christina erschrak über die kaum unterdrückte Hysterie in seiner Stimme. »Was denn, um Himmels willen?«

»Die Mäuse! Jemand hat sie gestohlen! Mein Gott, warum habe ich nicht getan, was mir der Chef gesagt hat! Aber jetzt warte ich nicht länger! Ich erledige den Rest auf der Stelle!«

»Warten Sie, Carlos! Welchen Rest? Und was soll das heißen, die Mäuse sind gestohlen?«

»Sie sind weg. Verschwunden. Jemand hat sie ausgetauscht. Die nehme ich mir jetzt vor, für alle Fälle. Vielleicht sind noch ein paar von den ursprünglichen dabei. Der Chef hat geahnt, dass das passiert! Warum habe ich nicht auf ihn gehört!«

»Carlos, unternehmen Sie nichts. Ich komme zum Institut.«

Auf der Allee, die zum Institutsgelände führte, herrschte stärkerer Verkehr als beim letzten Mal. Mehrere Lastwagen kamen Christina entgegen, so dass sie mit dem Mercedes auf das unbefestigte Bankett ausweichen musste. Die Reifen des Wagens versanken im Lehm. Das Wetter war schlechter geworden; während der Fahrt durch die Stadt hatte es begonnen zu nieseln. Als der verklinkerte Bau in Sicht kam, verschwand der blasse Himmel hinter tief hängenden Wolken, das Nieseln ging in Regen über, und der Wind nahm an Stärke zu. Aufheulend fuhr er durch die Bäume entlang der Zufahrt und peitschte die Äste wie dürre Finger zu einem dachartigen Gewirr zusammen. Düsteres Zwielicht hing wie ein Bote kommenden Unheils über der Straße.

Welche kleinen Monster hatte ihr Vater da herangezüchtet, dass seine letzte Anweisung strikt gelautet hatte, die Früchte seiner Arbeit zu vernichten? Hatte er die Büchse der Pandora geöffnet, im Wissen darum, dass er Kräfte entfesselte, die niemand unter Kontrolle halten konnte? Hatte ihm das, was aus der Büchse gekommen war, vor Augen geführt, wie wenig Schöpfer er war und wie viel mehr nur ein Mensch, jemand, der die Grenzen der Demut überschritten hatte? Ein Zauberlehrling?

Christina starrte in den Regen hinaus. Die Natur weiß nichts von menschlichen Gefühlen wie Mitleid oder Angst, dachte sie. Sie kennt weder Skrupel noch Moral; sie wägt nicht Für und Wider ab, sondern geht den ihr vorgezeichneten Weg. Manchmal schlägt sie einen Haken und läuft in den Bahnen, die der Mensch ihr aufzeigt und an deren Ende eine Maus mit einem Krebsgeschwulst steht oder eine Fliege mit Augen an den Hinterbeinen. Doch in dem Augenblick, wenn der Mensch zu triumphieren glaubt über die Schöpfung, schlägt sie zurück.

Infertile Linien.

Letalmutation.

Die Natur straft die Hybriden mit Unfruchtbarkeit oder einem schmerzhaften Tod und entlarvt so alle Versuche der Beeinflussung als dilettantische Kinderspiele.

Hatten die Ergebnisse seiner Forschung ihren Vater auf diese Art in die Schranken gewiesen? Welche Kräfte waren aus der Büchse der Pandora gekommen, verhießen sie Freiheit oder Tod?

Freiheit oder Tod, kam plötzlich das Echo ihrer Gedanken. Das Ende des Weges war zum Greifen nah.

Heute noch, flüsterte es in ihr. Sie spürte es mit allen Sinnen, das Tier hinter dem Horizont war erwacht.

Ich habe es genauso gemacht wie du, Vater. Ich habe eine Macht herausgefordert, die viel stärker ist als ich. Zwei Hände in einer, zwei Leben, ein Gesicht. Die Fessel, von der ich geglaubt hatte, dass sie zerrissen ist, war nie stärker als jetzt.

Christina starrte blind ins Leere, während sie an Martina dachte. Wo bist du jetzt? Sitzt du irgendwo im Regen, so wie ich? Wartest du, so wie ich?

Sie merkte nicht, dass sie den Wagen längst vor dem Institutsgebäude angehalten hatte. Regen floss über die Windschutzscheibe und ließ die Sicht verschwimmen. Da sie keinen Schirm hatte – er lag noch im Loft –, beeilte sie sich, rasch und mit eingezogenen Schultern die kurze Entfernung vom Wagen zum Eingang zurückzulegen.

Drei junge Männer mit Regenjacken und Schirmen kamen ihr entgegen. Sie unterhielten sich über eine bevorstehende Biologieprüfung. Anscheinend Studenten.

Die junge Frau am Empfang musterte Christinas tropfnasse, derangierte Erscheinung, dann erhellte ein Lächeln des Erkennens ihr Gesicht. »Der Chef ist nicht da«, teilte sie Christina freundlich mit. Zweifellos glaubte sie, Martina vor sich zu haben. Christina sah keinen Anlass, den Irrtum zu korrigieren. »Ich möchte zu Carlos.«

Die junge Frau runzelte die Stirn, stellte aber Christinas Wunsch nicht in Frage. Über die Telefonanlage versuchte sie, Carlos zu erreichen.

»Er ist hinten in den Ställen«, teilte sie Christina nach dem Anruf mit. »Soll ich jemanden rufen, der Sie hinbringt?«

»Ich find's schon, danke.« Christina wandte sich bereits wieder zum Gehen. Sie wich einer Gruppe Laborantinnen aus, die, in angeregte Unterhaltung vertieft, Christinas Weg kreuzten und zur Treppe gingen.

»Sie können mit dem Wagen am Gebäude vorbeifahren«, rief die junge Frau ihr nach.

Angesichts des strömenden Regens folgte Christina ihrem Rat und fuhr mit dem Wagen über den asphaltierten Streifen, der das Gebäude umgab, bis sie einen großen rechteckigen Hof erreicht hatte, der das Hauptgebäude von den Stallungen trennte. Christina parkte den Mercedes neben einem Lieferwagen, der dicht vor der Tür des Stalles stand, einem lang gestreckten, schlichten Betonbau, hinter dessen Wellblechdach die Biogeneratoren wie dicke silberne Zigarren in den stumpfen Himmel ragten. Aus der halb geöffneten Tür drang ein beißender Tiergeruch, der Christina sofort an den Schlachthof erinnerte.

Da hinten ist die Rampe.

Ein Schauder überlief sie, als sie langsam die Tür nach innen aufdrückte. Halb erwartete sie, beim Betreten des Gebäudes aufgeschlitzte Tiere auf riesigen Seziertischen zu finden oder Käfige mit monströsen Geschöpfen, eine Menagerie des Schreckens. Das Kalb mit zwei Köpfen. Riesenratten mit roten Augen und nadelspitzen Fängen. Oder verstümmelte Missgeburten in überdimensionalen Gläsern voll Formaldehyd.

Stattdessen sah sie eine weite, neonerleuchtete Halle mit betoniertem Boden, die sich auf den ersten Blick kaum von der üblichen Ausstattung eines modernen Stalles unterschied und in deren vorderem Bereich sich Boxen mit schwarzbuntem Fleckvieh befanden. In der ersten Box standen einige Kälber und Färsen, in der daneben drei Bullen. Die nächste Box war einem halben Dutzend Kühen vorbehalten, die zum Teil wiederkäuten, zum Teil die Köpfe aus dem Gatter reckten und mit den Mäulern in einer bereits gelichteten Futterlinie dicht außerhalb der Box wühlten.

Hinter einer Absperrung war eine brüllende Kuh angepflockt. Ein Stallknecht redete beruhigend auf das Tier ein. Erst als Christina an der Absperrung vorbeikam, erkannte sie Marie Dubois, halb von der Kuh verborgen, einen Arm bis zur Schulter in das Hinterteil des Tiers geschoben.

»Halt sie ruhig!«, schrie die Französin erbost den Stallknecht an. »Wie soll ich sonst ihre Gebärmutter tasten? Himmel, wie ich diese Biester hasse!«

Christina wandte den Kopf zur Seite und ging rasch weiter. Im hinteren Teil der Halle sah sie zwei weitere Stallknechte. Auf Christinas Frage nach Carlos deuteten sie auf eine offen stehende Tür, die in eine angrenzende, etwas kleinere Halle führte.

Carlos war dabei, einen kräftigen Ochsen in ein aus dem Boden ragendes Metallgestänge zu schieben, das dem Tier bis zum Hals reichte und so eng war, dass es kaum Bewegungsfreiheit bot. Verständnislos sah Christina zu, wie Carlos einen schweren Eisenbügel über den Schultern des Ochsen zuklappte und so den Kopf arretierte.

Carlos hob grüßend die Hand, als er sie sah. »Fünf Minuten!«, rief er.

Christina näherte sich zögernd und zeigte auf den Ochsen, der stumpfsinnig in dem Sperrgitter stand. »Was haben Sie mit ihm vor?«

»Sie können zusehen, wenn Sie wollen.« Er nickte einem der beiden Stallknechte zu, die Christina vorhin in der anderen Halle gesehen hatte. Der Mann kam mit einem schnaubenden Bullen an einer Kette näher.

Christina wich zurück, als der Bulle plötzlich mit einem Ruck den Ochsen besprang, der Stallknecht etwas zwischen die beiden Tiere schob und sich auf eindeutige Weise an dem Bullen zu schaffen machte. Errötend sah sie sich zu Carlos um, der gerade einen Schalter an der Wand anknipste. Eine Batterie von Lampen flammte dicht über dem Sperrgitter auf. Der Bulle war fertig und rutschte vom Hinterteil des Ochsen, der sich unruhig in dem engen Pferch bewegte. Sein Fell schimmerte rot unter den großen Lampen.

»Rotlicht«, erklärte Carlos. »Damit sein Rücken ihm nicht so wehtut hinterher. Es kommen gleich noch drei andere auf ihn drauf.«

Auf ihren verständnislosen Blick ergänzte er: »Zum Spermaabzapfen. Wir nehmen einen Ochsen als Untermann, weil er einen stärkeren Rücken hat als eine Kuh. Den Bullen ist es egal, wissen Sie.«

Christina spürte, wie die Wärme in ihren Wangen sich intensivierte. Hastig wandte sie sich ab. »Was passiert mit der Kuh draußen in der Halle?«, fragte sie, um ihre Verlegenheit zu überspielen.

»Embryonenspülung. Diese Kuh ist ein außergewöhnliches Zuchttier, wissen Sie. Die kann man nicht mit Schwangerschaften belasten. Die Embryonen werden ausgespült und tiefgefroren, bis sie verkauft werden. Manchmal kriegen wir über dreißig Stück bei einer Spülung zusammen. Das kommt durch die Hormonbehandlung vorher. Superovulation nennt man das.«

Christina verspürte keine Lust, das Thema zu vertiefen. Sie erinnerte sich, warum sie hergekommen war. »Was ist mit den Mäusen?«

Carlos Gesicht nahm einen wütenden Ausdruck an. »Ich muss mal weg«, sagte er zu dem anderen Mann, der den Bullen an der Kette zum Ausgang zog.

»Wollen wir rübergehen? Da können Sie sich die Bescherung selbst ansehen.«

Sie verließen die Stallungen, eilten durch den strömenden Regen über den Hof und betraten das Hauptgebäude durch einen Hintereingang, von dem aus eine Treppe in das Kellergeschoss führte.

Carlos öffnete die Tür zu einem fensterlosen Vorraum, der vom lauten Summen einer Klimaanlage erfüllt war. Ein schwacher, unangenehmer Tiergeruch stieg Christina in die Nase.

»Luftschleuse«, erklärte Carlos das laute Geräusch. »Vorschrift, an allen Zugängen zur Mäusezucht. Wir filtern die Luft, bevor sie in die Labors kommt. Hygiene ist hier sehr wichtig. Es muss alles weit gehend steril bleiben.« Er wies auf eine weitere Tür. »Da drin können Sie sich ausziehen und waschen. Legen Sie Ihre eigenen Sachen in einen der Spinde. Dann gehen Sie durch die nächste Tür und ziehen die Schutzkleidung an.«

»Ich muss Sie warnen, *Chérie*.«

Christina fuhr herum. Neben der Tür stand, an die Wand gelehnt, Marie Dubois. Haare und Kittel der Französin waren nass.

Lässig fuhr sie fort: »Es stinkt schrecklich da drin. Schlimmer als im Schlachthof. Hier vorn riecht es vielleicht nur nach Zoo, aber jedes Mal, wenn Sie durch eine weitere Tür gehen, wird es schlimmer. Es gibt keine anderen Tiere, die so entsetzlich stinken wie Mäuse. Zum Schluss stinkt es so, dass Sie sich vielleicht erbrechen müssen. Und ich habe diesmal kein Taschentuch dabei.«

»Was wollen Sie?«, fragte Carlos argwöhnisch.

»Außerdem gibt's nichts mehr zu sehen«, fuhr die Französin fort, ohne ihn zu beachten. »Die Mäuse Ihres Vaters sind weg.«

Christina sah fragend zu Carlos.

Der nickte und hob resigniert die Arme. »Sie hat Recht. Jemand hat sie vertauscht.«

»Woran haben Sie das bemerkt?«

»Sie haben sich gepaart«, sagte Carlos lakonisch.

Christina sah ihn verwirrt an.

»Normalerweise werden die Versuchstiere in den Käfigen nach Geschlechtern getrennt gehalten«, erklärte Marie Dubois. »Derjenige, der sie ausgetauscht hat, nahm auf dieses kleine Detail keine Rücksicht.«

Christina beobachtete die Französin. Das Gesicht der kleinen Frau war blass und verkniffen. Ihre Augen waren rot gerändert und verschwollen, als hätte sie geweint.

»Es wird Zeit, dass Sie mir etwas über die Mäuse meines Vaters erzählen, finden Sie nicht?«

»Sie müssen nicht glauben, dass Tom Watts Ihnen etwas zuleide tun wollte«, sagte Marie Dubois anstelle einer Antwort. »Der arme Junge, er wollte bloß die Unterlagen. Mit dem Feuer wollte er nur den Diebstahl vertuschen. Er wusste doch nicht, dass jemand im Haus war!«

Christina fühlte die Schwäche in ihren Knien und sah sich unwillkürlich nach einer Sitzgelegenheit um. »Für wen sollte er die Unterlagen holen?«, fragte sie mit tonloser Stimme.

»Für sich selbst natürlich. Himmel, er war versessen darauf.«

»Worauf?«

»Herauszufinden, wie Ihr Vater es angestellt hatte. Er wollte nur die Sachen aus dem Safe holen und sie sich anschauen, das war alles.«

Christina glaubte ihr kein Wort. »Bei unserer letzten Unterhaltung haben Sie mich angelogen. Sie sagten, Sie wüssten nicht genau, woran mein Vater gearbeitet hat. Aber Sie wissen es, nicht wahr? Sie wissen es sogar sehr gut!«

Carlos verfolgte die Debatte mit offenem Mund.

Das Gesicht der Französin versteinerte, und einen Moment lang glaubte Christina, sie würde es abstreiten.

»Was spielt es für eine Rolle, jetzt, wo die Tiere weg sind«, sagte Marie Dubois bitter. »Bald wird es alle Welt wissen. Wer auch immer sie gestohlen hat, wird so viel Macht und Reichtum damit gewinnen, wie kaum ein Mensch es sich vorstellen kann.«

»Warum denn, um Himmels willen?«, fragte Christina verzweifelt.

»Weil er den Schlüssel hat. Den Schlüssel zur Unsterblichkeit.«

Richard Stapleton bewegte sich zwischen Traum und Bewusstsein, in einem Zustand stiller Schwerelosigkeit, in dem es weder Schmerzen noch Trauer gab. Auf einer entfernten Ebene wusste er, dass er schwer verletzt war und vielleicht sterben musste. Ärzte hatten seinen Körper geöffnet und ihn wieder zugenäht, und in einer anderen, nicht allzu weit entfernten Welt gab es lange Schnitte und Nähte, die wulstig über seinen Bauch liefen und das Fleisch zusammenhielten und ihn vor Schmerz stöhnen und wimmern lassen würden, sobald er es wagte, einen Fuß in diese Welt zu setzen.

Leichte Traumbilder umgaukelten ihn und hielten ihn fest, und nur zu gern überließ er sich dem Geräusch der Wellen in der Lagune, dem warmen Sand unter seinem Rücken und den Händen des braunen Mädchens, das neben ihm im Schatten der Palmen lag. Irgendwo in der Nähe schrien und lachten die Kinder. Jane, seine Mutter, rief sie alle zum Essen zusammen, doch er selbst hatte keinen Hunger. Keinen Hunger auf Essen. Das Mädchen in seinen Armen lachte leise und begann dann, vor Lust zu stöhnen, als er sich an ihr rieb. Ihre Haut war nachgiebig und heiß. Dann veränderte sich ihr Gesicht unmerklich, ihr dunkler Teint wurde hell, die schwarze Haarflut rot und lockig. Traurige Augen von der Farbe matten Goldes sahen ihn an. Christina war es, die da bei ihm lag. Ihr Mund zitterte, und ihr Blick spiegelte so grenzenlose Einsamkeit wider, dass es ihm ins Herz schnitt. Er küsste sie, zuerst tröstlich, dann leidenschaftlich, und ihre Lippen schmeckten wie in der Sonne erwärmter Honig.

Ricky, bleib bei mir, flüsterte sie, mit den Fingerspitzen die Stelle berührend, wo seine Brauen zusammenwuchsen. Ich brauche dich, Ricky. Ich brauche dich. Verlass mich nicht!

Anstelle einer Antwort streifte er ihr das dünne Kleid aus bedrucktem Baumwollmusselin von den Schultern. Immer trug sie hochgeschlossene Kleider, niemals ging sie mit nackten Armen oder Beinen in die Sonne, wie es die anderen Engländerinnen taten. Aber dann fiel ihm ein, dass sie gar keine Engländerin war. Sie kam aus einem anderen kalten Land, das Deutschland hieß und von seiner Insel ebenso weit entfernt war wie England.

Er ging sanft mit ihr um, denn sie war schmal und zerbrechlich gebaut, wenn sie auch groß war und sich perfekt seinem eigenen Körper anpasste. Sie lag unter ihm, mit geschlossenen Augen. Er küsste ihre Stirn, ihren Mund und schließlich die korallenfarbenen Spitzen ihrer Brüste, bevor er seine Hände zu ihren Hüften bewegte.

Die Rufe der Kinder waren verstummt, und er hörte nur noch das Rauschen der Wellen, seinen eigenen rauen Atem und Christinas Seufzen. Ihre Lippen waren sehr rot und ihre Augen geschlossen. Die Lider lagen wie bläuliche Schmetterlingsflügel auf ihren Wangenknochen, gesäumt vom fransigen Rand der Wimpern. Richard wunderte sich, mit welcher Schärfe er die Struktur der durchscheinenden Haut wahrnahm, die hauchfeinen Äderchen, die aufwärts gekrümmten Bögen des Wimpernkranzes. Fast glaubte er, die goldfarbene Iris durch die Haut der Lider hindurch erkennen zu können, wie durch Reispapier. Dann öffnete sie die Augen, ganz langsam, und er begriff seinen entsetzlichen Irrtum, als er in die bodenlosen Tiefen blickte.

Dschin, wollte er hervorstoßen, doch in der Welt, in der er sich befand, gab es keine Stimmen. Die Palmen und das Meer waren verschwunden, und einen Herzschlag später verschwanden auch die Augen des *dschin* in gnädiger Schwärze.

Die Sekunden des Schweigens hingen nach der ungeheuerlichen Enthüllung der Französin im Raum wie schwere Regentropfen.
»Was reden Sie da?«, flüsterte Christina schließlich ungläubig. »Sie sind verrückt!«
Marie Dubois lachte kurz und scharf. »Glauben Sie wirklich? Was sonst könnte einen Reinhold Marschall dazu gebracht haben, so zu handeln, wie er es getan hat? Seine Forschungsergebnisse so strikt geheim zu halten? Material über seine Arbeit zu verstecken? Hinter jeder offenen Tür einen Spion zu sehen? Die Vernichtung der Mäuse anzuordnen, für den Fall, dass ihm etwas zustieß? Dachten Sie vielleicht, er hätte irgendeine Killermikrobe entwickelt?«
Christina hatte in der Tat etwas in dieser Art gedacht. Kaum in der Lage, die Schwindel erregenden Konsequenzen einer Unsterblichkeitsdroge zu erfassen, musste sie mühsam nach Worten ringen. »Aber ... warum hat er es nicht veröffentlicht? Oder wenigstens aufgehört, daran zu arbeiten?«
»Die zweite Frage ist leicht zu beantworten. Er war zu sehr Wissenschaftler, zu sehr leidenschaftlicher Forscher, um aufzuhören. Die erste Frage ist schwieriger. Warum hat er es nicht der Menschheit zu Füßen gelegt? Ich glaube, ich weiß, warum. Er dachte, die Menschen sind nicht reif dafür. Er dachte an die Millionen, die Jahr für Jahr an Hunger und Tuberkulose und in Bürgerkriegen sterben. Er hielt seine Entdeckung angesichts von Überbevölkerung und Elend für Selbstmord, bestenfalls für Hohn.«
»Er hatte Recht«, sagte Christina mit fester Stimme. »Es gibt bald sechs Milliarden Menschen auf der Erde. Es wird nicht mehr lange dauern, und es sind doppelt so viele. Was passiert, wenn niemand mehr alt wird und stirbt? Keiner mit einem Funken Verstand kann verantworten, dass so etwas passiert.«

»*Bien*. So sehen Sie es. Das ist Ihr gutes Recht. Ich denke anders darüber. Ich bin der Meinung, dass sich Reinhold in seiner Einschätzung gründlich geirrt hat. Die Medizin darf auf derlei Unfug keine Rücksicht nehmen. Wenn wir es täten, müssten wir morgen alle Medikamente abschaffen. Das wäre nur konsequent. Aber wir tun es nicht. Warum nicht? Weil es verrückt wäre. Welchen Grund sollte es geben, auf gentechnisch erzeugtes Insulin zu verzichten, wo es doch problemlos Hunderttausenden täglich das Leben rettet? Es gibt ein Sprichwort: Wer heilt, hat Recht. Und ich sage Ihnen noch etwas: Der Mensch vermag viel, und er sollte es tun. Wenn er es nicht tut, steckt er den Kopf in den Sand.«

»Manchmal wäre das für die Menschheit von größerem Nutzen als zweifelhafte Forschungsergebnisse.«

»Glauben Sie, dass jemals das ptolemäische Weltbild aus den Angeln gehoben worden wäre, wenn jeder solchen Blödsinn glaubte? Die Welt ist rund, *Chérie*, und sie hört nicht auf, sich zu drehen. Es geht schnell, und wem dabei schwindlig wird, der sollte besser die Augen zumachen.« Sie hielt inne und schüttelte ungeduldig den Kopf. »Wer bestimmt denn, was der Menschheit möglich sein wird und was nicht? Welches Gesetz schreibt vor, dass Bäume viertausend Jahre alt werden können und Schildkröten hundertfünfzig, nicht jedoch der Mensch?«

»Das Gesetz der Natur«, sagte Christina, doch sie merkte, wie wenig überzeugend es klang.

»Die Natur ist das, was der Mensch daraus macht«, gab die Französin lapidar zurück.

»Es muss Grenzen geben!«

»Und wo verlaufen diese Grenzen? Sollen wir vielleicht sofort alle Autos verschrotten, macht das etwa das Ozonloch wieder zu? Leben wir glücklicher, wenn wir keine Wale mehr fangen?«

»Woher wollen Sie überhaupt wissen, dass der Chef die Unsterblichkeit entdeckt hat?«, fragte Carlos mit unverhohlener Abneigung.

»In dieser Beziehung sind Sie genauso dumm wie Reinhold es war«, erklärte die Französin verächtlich. »Dachten Sie vielleicht, ich merke nicht, wie wenig Verbrauch er hatte? Dass es seit Jahren immer dieselben Mäuse waren, die in den Käfigen hockten? Wer, glauben Sie, ist bei allen Laborversuchen für den Nachschub und die Entsorgung verantwortlich?«

Wir stecken sie halbdutzendweise in einen Glasbehälter, wenn wir sie nicht mehr brauchen. Wir schrauben den Deckel zu und vergasen sie. Wir haben ein Krematorium, da verbrennen wir sie jeden Tag kiloweise.

»Ich bin vielleicht als Genetikerin nicht so gut, wie Reinhold es war, aber immer noch gut genug, um mir einiges zusammenzureimen. Ich weiß, was er gemacht hat, wenn auch nicht genau, wie. Und es ist auch nicht die Unsterblichkeit, jedenfalls nicht im strengen Sinne.«

»Erzählen Sie schon«, forderte Christina sie auf.

»Er hat das Gen isoliert, das für den Alterungsprozess von Zellen verantwortlich ist. Und dann hat er eine Möglichkeit gefunden, im Wege somatischer Therapie, also in vivo, das Altern von Zellen zu blockieren. Die somatische Gentherapie ist bereits seit Jahren bekannt und wird auch schon am Menschen durchgeführt, zum Beispiel bei bestimmten Blutkrankheiten wie Sichelzellenanämie oder Thalassämie. Aus dem Knochenmark werden pluripotente Stammzellen entnommen, in die dann bestimmte Gene eingeschleust, vermehrt und schließlich reimplantiert werden. Es gibt auch andere Möglichkeiten, dem Körper genchirurgisch veränderte Zellen zuzuführen, zum Beispiel durch Inhalation oder Injektion. Neuerdings werden auch Aids und Muskelschwund gentherapeutisch behandelt.«

Christina setzte zu einer ungeduldigen Zwischenfrage an, doch die Französin hob die Hand. »Warten Sie. Es ist nicht so unverständlich, wie es sich für Sie vielleicht anhört. Seit Jahren wird fieberhaft auf diesem Sektor geforscht, weltweit, in Hunderten von Labors. Es war nur eine Frage der Zeit, bis jemand das Alterungsgen fand. Ein Wettlauf, der so erbittert geführt wurde, wie Sie es sich gar nicht vorstellen können. Schließlich glückte es einem amerikanischen Laborteam. Sie entdeckten das Alterungsgen bei Hefezellen und isolierten es. Dasselbe klappte bei Würmern. Und vorletztes Jahr gelang Wissenschaftlern in Kalifornien der Durchbruch bei Fruchtfliegen. Diese Leute gingen noch weiter. Sie schafften es, den Fliegen zwei zusätzliche Gene einzubauen, die im Organismus Enzyme freisetzen und dadurch das Altern verlangsamen. Katalase und Superoxid-Dismutase. Diese Enzyme bauen im Stoffwechsel aggressive Substanzen ab, so genannte freie Sauerstoff-Radikale, die Zellen zerstören und damit den Alterungsprozess vorantreiben. Der Schritt von den Fliegen zu Mäusen war vorgezeichnet, es ging nur noch darum, wer es zuerst schafft. Ich wette, wenn jemand Reinholds behandelte Mäuse näher untersucht, wird er in ihrem Organismus Katalase und Superoxid-Dismutase im Übermaß finden. Und ich wette ebenso, dass die Mäuse doppelt so lange leben wie ihre Artgenossen, und das bei bester Gesundheit, genauso wie die Fruchtfliegen.«

Christina war beinahe enttäuscht. »Doppelt so lange? Aber Sie sagten doch …«

Marie Dubois lächelte ironisch. »Reicht Ihnen das nicht? Sie Lämmchen. Denken Sie nach! Mäuse unterscheiden sich genetisch nicht sehr vom Menschen. Wenn auf einem Mäusechromosom ein Gen identifiziert ist, findet man es beim Menschen mit neunzigprozentiger Wahrscheinlichkeit an genau derselben Stelle. Was, glauben Sie, wird mit den Umsätzen der Firma passieren, die ein Weltpatent für eine solche Maus anmeldet? Die ein Mittel in greifbare Nähe rückt, mit dem Menschen plötzlich hundertfünfzig Jahre und älter werden können, ohne dabei ihre Vitalität einzubüßen?«

»Das wäre eine Sensation!« Carlos' Glatze hatte einen hochroten Farbton angenommen. In seinen Augen funkelte Faszination. »Etwas, was noch nie da war! Wichtiger als die Landung auf dem Mond! Wichtiger als die Entdeckung des Atoms!«

»Gratuliere. Sie haben es erfasst.« Mit einem letzten triumphierenden Blick wandte Marie Dubois sich zur Tür. Über die Schulter sagte sie: »Und das Patent hätte Ihnen gehören können!«

»Aber wie kann man auf etwas Lebendiges ein Patent anmelden?«, fragte Christina hilflos.

»Glauben Sie mir, es geht. Die Amerikaner haben es vorgemacht. Zuerst bei einem gentechnisch veränderten Bakterium, das war 1972.

Die so genannte Chakrabarty-Entscheidung. Dieses Patent war ein wahrhaft bahnbrechendes Ereignis und hat weltweit für Aufsehen gesorgt. Dann wurde 1985 die erste Pflanze patentiert. 1988 gab es das erste US-Patent auf eine genmanipulierte Maus. 1992 hat das Europäische Patentamt nachgezogen. Und vor kurzem sind auch in Deutschland die letzten Widerstände zusammengebrochen.«

Marie Dubois öffnete die Tür nach draußen. Der schwache Luftzug trieb Christina den Tiergeruch intensiver in die Nase.

»Warten Sie!«, rief sie der Französin nach. »Wer hat die Mäuse gestohlen?«

»Raten Sie mal.«

»Um Himmels willen, wer?«

»Derjenige, der auch Ihren Vater umgebracht hat.« Die Tür fiel hinter der Französin ins Schloss.

Carlos drehte sich mit weit aufgerissenen Augen zu Christina um. »Was hat sie da eben gesagt? War das ihr Ernst?«

Christina ging nicht auf seine Frage ein. »Carlos, wer besitzt einen Schlüssel zu dem Raum, in dem die Mäuse aufbewahrt wurden?«

Carlos runzelte verwirrt die Stirn. »Ich selbst. Der Hausmeister. Und der Chef. Ich meine, er hatte einen, er lebt ja nicht mehr. Wurde er wirklich ermordet?«

»Das ist bis jetzt nur eine Vermutung von Frau Dubois. Wer hat denn jetzt den Schlüssel meines Vaters?«

»Ich weiß nicht. Vielleicht die Polizei. Er hatte sie immer bei sich, auch als … Na ja. Aber das tut eigentlich nichts zur Sache.«

»Was meinen Sie damit, Carlos?«

»Die Tür wurde nicht aufgeschlossen, sondern aufgebrochen.«

Aufgebrochen, von jemandem, der keinen Schlüssel hatte und auch keine Möglichkeit, sich einen zu verschaffen. Also niemand aus dem Institut.

Jochen. Ihr Bruder, der jetzt vielleicht schon im Gefängnis saß. Geistesabwesend stieg Christina zusammen mit Carlos die Treppe zum Hinterausgang hinauf. Draußen unter dem Vordach drückte sie ihm zum Abschied flüchtig die Hand. Er machte einen verwirrten, zutiefst verunsicherten Eindruck. Christina spürte, dass er etwas sagen wollte, sie mit Fragen überschütten wollte, für die sie selbst auch keine Antworten hatte, doch nach dem eben Gehörten schien er keine Worte mehr zu finden.

Ungeachtet des strömenden Regens trat Christina auf den Hof hinaus. Schon nach wenigen Schritten klebte ihr das Haar in feuchten Strähnen am Kopf, und ihre Wildlederslipper saugten sich voll Wasser. Die Schuhsohlen quietschten vor Nässe auf dem Pflaster, das unter winzigen Sprühkaskaden verschwand.

Es dämmerte bereits. Der Himmel hatte sich durch die zunehmende Wolkendichte weiter verfinstert, und der herannahende Abend ließ die Konturen der Gebäude verblassen. Christina blickte zu den tiefhängenden Wolken auf, und plötzliche Aufregung bemächtigte sich ihrer.

Es wurde Abend, und sie konnte zu Ricky! Sie blickte auf ihre Armbanduhr und zählte die Stunden seit vergangener Nacht. Es waren immer noch viel zu wenig. Aber mehr als heute Morgen. Mehr als heute Mittag. Sie rannte die letzten Schritte bis zum Wagen, stieg ein und wählte mit fliegenden Fingern die Nummer des Krankenhauses. Während die Verbindung aufgebaut wurde, startete Christina den Motor und schaltete wegen der beschlagenen Scheiben die Lüftung auf Maximalstärke.

Sie ließ sich die Stationsschwester geben und erkundigte sich hastig nach Rickys Zustand.

»Wer sind Sie?«, fragte die Schwester in merkwürdigem Tonfall.

»Seine Frau.«

»Können Sie das bitte wiederholen?«

Christina nahm das Telefon vom Ohr und starrte es an wie eine giftige Schlange. Es kostete sie unendliche Überwindung, der Aufforderung Folge zu leisten.

»Ich bin seine Frau.« Ihre Stimme klang blechern, ihre Zunge fühlte sich mit einem Mal unförmig an, und Eissplitter sammelten sich in der Gegend ihres Herzens. Sie wusste längst, was die Stationsschwester sagen würde, bevor sie es aussprach. »Seine Frau? Das muss ein Irrtum sein. Seine Frau ist gerade bei ihm.«

Sie saß an seinem Bett und starrte ihn an. Ihre Miene drückte nichts als Entschlossenheit aus, vielleicht eine Spur Triumph. Er bewegte sich nicht. Seine Bewusstlosigkeit war zu tief. Um so besser. Vorhin, als sie sich über ihn gebeugt hatte, hatte er kurz die Augen geöffnet, und eine Sekunde lang hatte sie gedacht, sie würde es nicht tun können. Nicht, wenn er sie so ansah. Doch dann war die Liebe in seinem Blick der Angst gewichen. Er hatte sie erkannt, daran bestand kein Zweifel.

Das Kopfende seines Bettes war umgeben von komplizierten Geräten, die für die Überwachung von Atmung, Herztätigkeit und die Zufuhr von Medikamenten sorgten. Schläuche und Kabel verbanden den reglosen Körper auf dem Bett mit den Apparaten; ein Schlauch mündete in der Nase des jungen Mannes, ein weiterer verschwand unter dem Leintuch, das seine Lenden bedeckte. Am Handrücken seiner rechten Hand war eine Kanüle befestigt, durch die mehrere Perfusoren genau dosierte Mengen von Schmerzmitteln, Glukose und Antibiotika leiteten. Biomonitoren standen dicht neben dem Bett und zeigten auf farbigen Bildschirmen den Verlauf der Vitalfunktionen an.

Die Verbände um seine Schulter, seine Brust und seinen Bauch hoben sich grellweiß von seiner dunklen Haut ab. Martina fragte sich, was Crissi an diesem Jungen fand. Denn ein Junge war er, obwohl er nicht viel jünger als sie selbst sein konnte. Sie hatte es ihm angesehen, es an seiner Sprache und der Art seines Blickes bemerkt, an der jugendlichen Unbekümmertheit und dem Leuchten in seinen Augen. Es hatte sie irritiert, und deshalb hatte sie es zu ergründen versucht, bis sie schließlich darauf gekommen war, dass es so etwas wie Unerfahrenheit sein musste. Vielleicht war es auch nur die ungewöhnlich ausgeprägte Fähigkeit, wie ein Kind über die unwichtigen Dinge des Lebens zu staunen, etwa über den intensiven Schimmer einer Kastanie, den Geschmack eines zuckerüberkrusteten Apfels oder ein Spiegelbild im Wasser, Nebensächlichkeiten, an die sonst kaum jemand einen Gedanken verschwendete.

Und er war stark. Auch ohne ihn anzusehen, konnte sie die Kraft spüren, die von ihm ausging, die in ihm steckte und ihn in die Lage versetzte, mit aller Macht um sein Leben zu kämpfen. Ja, das musste es sein, was Crissi an ihm mochte, plötzlich war sie sich dessen sicher. Ihr selbst hätten genau diese Eigenschaften auch am besten an ihm gefallen. Doch fast ebenso sehr gefiel ihr sein Körper. Der sinnliche Schwung seiner Oberlippe. Die langen, schlanken Glieder, die starken Muskeln an Schultern und Schenkeln, die samtige Glätte der Haut. Außerdem war er groß, größer als sie selbst, was bei sehr wenigen Männern, die sie kannte, der Fall war.

Aber das war nicht alles, was ihn auszeichnete. Er hatte etwas in ihr gesehen, das sie von Crissi unterschied. Alles, was sie von Crissi unterschied, trennte sie von ihr. Jeder, der einen solchen Unterschied erkannte, ließ die Trennung Realität werden. Brachte die Einheit in Gefahr. Das konnte sie nicht zulassen.

Ihre Blicke glitten suchend über die komplizierten Apparaturen neben dem Bett und blieben schließlich an der Klarsichtpackung mit dem Einmalspritzbesteck hängen, das auf einem fahrbaren Tisch auf der anderen Seite des Bettes lag. Sie stand auf, ging hinüber und riss die Verpackung auf. Als sie die ungefüllte Spritze aufzog, prallte sie mit dem Bein gegen den Urinbeutel, der seitlich am Bett befestigt war. Sie achtete nicht darauf, sondern stieß die Nadel in die Kanüle an der Hand des Jungen. Bevor sie begann, mit dem Kolben die Luft aus der Kammer zu drücken, schloss sie die Augen.

Eine Embolie würde das erledigen, was in der letzten Nacht nicht gelungen war. Sein Herz würde zu schlagen aufhören. Dann war alles wieder gut. Alles würde so wie früher sein. Sie hatte es in Crissis Augen gelesen, es in der Wärme ihrer Hand gespürt. Sie waren eins und würden es bleiben. Völlig versunken in diese Vorstellung, hörte sie nicht die raschen Schritte hinter sich, und erst, als eine Hand über ihre Schulter schoss und die Spritze wegriss, schrak sie auf. »Du!«, stammelte sie.

Von Schütz beugte sich ohne ein Wort über den Mann im Bett, zog ein Augenlid hoch, tastete nach dem Puls und hielt gleichzeitig sein Ohr dicht vor die blutleeren, rissigen Lippen. »Verdammt«, zischte er wütend und starrte die Spritze an. Auf seinen Zügen zeichnete sich Erleichterung ab, als er erkannte, dass er noch rechtzeitig gekommen war.

Kalte Wut im Blick, drehte von Schütz sich zu Martina um, die bleich und ohne erkennbare Regung vor ihm stand. »Es ist dein Glück, dass ich es war und nicht ein Arzt oder eine Schwester. Herrgott, wir sind auf einer Intensivstation! Jeden Augenblick kann jemand vom Personal hier auftauchen! Hast du völlig den Verstand verloren?«

»Eine Minute noch, und es wäre vorbei gewesen.«

»Ja, für dich! Sieh dir die Monitore an! Glaubst du vielleicht, sie hätten es nicht bemerkt? Oder sie hätte es nicht bemerkt? Es wird nicht lange dauern, und sie kommt her. Was denkst du, erzählen sie ihr zuallererst? Sie werden sie fragen, wieso sie denn schon zum zweiten Mal an diesem Abend kommt, und leider auch noch umsonst, wo doch ihr Mann zwischenzeitlich gestorben ist! Mein Gott, du kannst doch nicht so dumm sein, Kind!«

»Nenn mich nicht so! Ich hasse es, wenn du das tust. Wieso bist du überhaupt hier?«

»Warum wohl!«, fuhr er sie erbittert an. »Um dich vor einer weiteren Wahnsinnstat zu bewahren, darum! Wie soll ich dich und deinen Bruder schützen, wenn du auf diese Weise Amok läufst? Warum hörst du nicht auf mich? Du wirst alles kaputtmachen, wofür ich jahrelang gearbeitet habe!«

»Lass mich in Ruhe!«

Er holte tief Luft, trat zu ihr und zog sie an sich. »Tina, komm!«, sagte er besänftigend und schloss sie in die Arme.

Aufseufzend schmiegte sie sich an ihn, über seine Schulter den bewusstlosen Mann im Bett anstarrend. »Ich will, dass er verschwindet«, verlangte sie.

»Sei nicht kindisch. Vergiss ihn einfach. Früher oder später ist er weg. Es kommt schon alles in Ordnung, ich verspreche es dir.« Er umfasste ihr Kinn und sah sie an. Ihre Augen befanden sich auf gleicher Höhe mit seinen. »Wirst du tun, was ich sage?«

Martina nickte stumm.

»Schön. Dann wird alles gut.«

Sie blickte auf seinen Mund, auf eigenartige Weise erregt durch die Vorstellung, dass neben ihnen ein bewusstloser Mann lag, den sie fast getötet hatte. Von Schütz fing ihre stummen Signale auf und öffnete mit seinen Lippen die ihren zu einem verzehrenden Kuss, umfasste mit beiden Händen ihre Hinterbacken und drückte ihr Becken hart gegen seinen Körper. Sie stöhnte in seinen Mund und versuchte fieberhaft, den Kuss zu vertiefen, doch von Schütz löste die Umarmung und schob sie an den Schultern ein Stück von sich weg.

»Nicht hier«, sagte er sanft. »Lass uns nach Hause fahren.«

Ihr Atem beruhigte sich. »Ob Crissi gleich kommt?«, fragte sie, seltsam verloren.

»Das ist anzunehmen. Und es ist besser, du bist dann nicht mehr hier. Du musst Geduld haben, was sie angeht. Und vor allen Dingen musst du tun, was ich dir sage.«

14. Kapitel

Es kann nicht sein. Sie ist keine Mörderin. Als endlose Litanei gingen Christina diese Worte während der Fahrt zum Krankenhaus durch den Kopf.

Aber war es wirklich so? Sie dachte an die merkwürdig unsicheren Schritte des Einbrechers in der letzten Nacht. So, als ob er sich nicht ausgekannt hätte, hatte sie zu Quint gesagt. Aber hatte es sich nicht vielleicht so angehört, als trachte der Flüchtende danach, einen lädierten Fuß zu schonen?

Ein Blick in den Rückspiegel belehrte sie, dass ihr wieder der rote Peugeot folgte, doch diesmal interessierte es Christina nicht. Sie fuhr wie eine Wahnsinnige; rücksichtslos überholte sie trotz Verbots eine Wagenkolonne, und nur um Zentimeter entrann sie auf der Gegenfahrbahn einem Zusammenstoß mit einem Lastwagen. Der rote Peugeot kam rasch außer Sicht.

Na, wie gefällt dir das?, fragte sie stumm und grimmig in den Rückspiegel.

Dann starrte sie wieder das Handy an, das auf der Ablage lag, und wartete auf die Frauenstimme. Die Stationsschwester hatte sofort Christinas Befehl gehorcht und war in Richards Zimmer geeilt, doch sie war bis jetzt noch nicht wieder ans Telefon zurückgekehrt.

»Komm schon, komm!«, beschwor Christina das Telefon, doch es ging niemand dran. Vielleicht hatte die Schwester in Richards Zimmer eine Szene vorgefunden, die sie vollkommen beanspruchte, die ihr keine Zeit ließ, an so etwas Nebensächliches wie die Tatsache zu denken, dass am Telefon jemand auf ihre Rückkehr wartete. Christina trennte kurzentschlossen die Verbindung. Bevor sie die Taste für die Wahlwiederholung drücken konnte, piepte das Gerät. Atemlos meldete sie sich und fluchte gleichzeitig, weil sie sich zu einer Vollbremsung genötigt sah. Eine Ampel war auf Rot gesprungen, und direkt vor ihr hielt ein Wagen, dessen Stoßstange sie nur um Zentimeter verfehlte.

»Verflixt, in welchem Funkloch stecken Sie eigentlich?«, beschwerte sich ein Mann mit deutlichem Ärger in der Stimme. »Ich versuche seit Stunden, Sie anzurufen!«

Christina war mit den Gedanken woanders und erkannte den Anrufer erst Sekunden später. Es war Quint. »Was ist los?«, fragte sie nervös.

Die Ampel sprang auf Grün um, Christina gab Vollgas und überholte den Wagen vor ihr. Ein erbostes Hupkonzert folgte.

»Ihr Bruder ist flüchtig.«

Sofort dachte Christina an die Mäuse. Hatte Jochen sie vor oder nach dem nächtlichen Attentat aus dem Institut geholt? »Wie konnte das passieren?«, rief sie.

»Als wir heute Mittag mit einem Haftbefehl bei von Schütz' Villa aufgetaucht sind, war er schon über alle Berge. Von Schütz sagte, er hätte gehört, wie Ihr Bruder irgendwann im Morgengrauen aufbrach. Er hat sich allerdings nichts dabei gedacht, weil es öfter vorkam, dass Ihr Bruder bei Nacht und Nebel abreiste, ohne sich zu verabschieden.«

»Damit hätten Sie rechnen müssen«, sagte Christina wütend. »Sie hätten ihn früher verhaften können!«

»Ich hätte es gekonnt, wenn ich über ihn Bescheid gewusst hätte. Zum Beispiel, wenn Sie letzte Nacht gegenüber meinen Kollegen etwas aufgeschlossener gewesen wären.«

Er hatte natürlich Recht. Augenblicklich bereute Christina ihre vorwurfsvolle Bemerkung. »Tut mir Leid. Es ist nur ...« Hilflos brach sie ab.

Die Reifen des Mercedes quietschten protestierend, als sie abrupt bremste und in die Straße einbog, in der das Krankenhaus lag. Ohne nach einem Parkplatz Ausschau zu halten, hielt sie im Halteverbot, stieg aus und ging, das Handy am Ohr, durch den dichten Regen zum Hauptportal des Gebäudes.

»Ihr Mann, nicht wahr?«, sagte Quint unerwartet sanft. »Wie geht es ihm?«

»Ich weiß nicht. Ich bin auf dem Weg zu ihm. Ich ...«

Ich habe Angst um ihn. Sie ist bei ihm. Ich muss ihm helfen, ihn beschützen!

All das wollte sie ins Telefon schreien, doch sie konnte es nicht.

»Von Schütz hat uns das Zimmer gezeigt, in dem Ihr Bruder logiert hat. Unter dem Bett lag ein blutbefleckter Handschuh. Und in der Küche fehlt ein Fleischmesser.«

Christina schluckte und beschleunigte ihre Schritte, um dem Regen zu entkommen, der eisig in ihren Nacken klatschte und den Kragen ihrer Jacke unangenehm kalt an ihrer Haut kleben ließ.

»Ist alles in Ordnung mit Ihnen?«

»Ja«, erwiderte sie mit dünner Stimme. Sie ging durch das Portal, eilte durch die Halle zu den Treppenaufgängen und stieg, immer zwei Stufen auf einmal nehmend, in den ersten Stock, wo sich die Intensivstation befand.

»Der Peugeot, der Sie verfolgt hat, ist auf eine Detektivagentur zugelassen.« Quints Stimme war von Störgeräuschen unterbrochen. Christina hörte nur am Rande ihres Bewusstseins, was er sagte, weil sie ihre ganze Aufmerksamkeit darauf richtete, im Gang der Station nach Hinweisen Ausschau zu halten, die auf irgendeinen ungewöhnlichen Vorfall hindeuteten. Doch alles schien normal. Eine der Schwestern trug ein Tablett mit Medikamenten vorbei. Zwei Pfleger schoben ein Bett mit einem frisch operierten Patienten in eines der Zimmer. Am Ende des Ganges unterhielt sich ein Arzt mit der Stationsschwester, die ihm im nächsten Moment strahlend zulächelte. Lächelte! Es war alles in Ordnung!

Schwach vor Erleichterung, fragte Christina zerstreut ins Telefon: »Was haben Sie gesagt?«

»Hören Sie, ich merke, wie Sie herumlaufen. Die Verbindung ist miserabel, Sie sind immer wieder weg. Sie müssen ... kann nicht ... innerhalb eines Gebäudes ganz schlecht ...« Er sagte noch mehr, doch es ging im Piepsen und Knacken der Funkstörungen unter.

Christina schaltete das Gerät aus und ging auf die Stationsschwester zu, die gerade über eine Bemerkung des Arztes kicherte. »Ich möchte zu meinem Mann«, unterbrach sie ungerührt die Unterhaltung der beiden.

Die Schwester drehte sich zu ihr um. Sie war eine gut aussehende, etwas mollige Frau, deren Alter schlecht zu schätzen war, weil ihr Gesicht von immerwährendem Enthusiasmus geprägt zu sein schien. Bei Christinas Anblick wirkte sie sichtlich irritiert.

»Die Frau, die vorhin bei ihm war, ist meine Zwillingsschwester«, beantwortete Christina die unausgesprochene Frage. »Wie lange war sie bei ihm?«

»Nicht sehr lange.« Die Schwester nickte dem Arzt zu, der sich mit einem knappen Gruß entfernte. »Ich habe sie zu ihm gebracht, das war vor etwa ...«, sie schaute auf die Uhr, »... einer halben Stunde. Als Sie eben anriefen, habe ich nach ihm geschaut, da war er wieder allein.« Sie musterte Christina eindringlich. »Sie hat zu mir gesagt, er wäre ihr Mann.«

»Nun, da hat sie gelogen. Das tut sie manchmal. Warum sind Sie nicht zurück ans Telefon gekommen?«

»Oh, hatten Sie gewartet? Tut mir Leid, aber das wusste ich nicht. Das war ein Missverständnis.«

Argwöhnisch suchte Christina in den Zügen der Frau nach Anzeichen falscher Aufrichtigkeit, doch sie fand nur ehrliches Bedauern. Sie räusperte sich. »Na gut. Lassen wir das. Ich möchte jedenfalls, dass Sie niemanden mehr zu ihm lassen außer mir.«

»Wollen Sie damit sagen, dass Ihre Schwester ...«

»Ich will gar nichts sagen«, fiel Christina ihr gereizt ins Wort. »Sie sollen bloß darauf achten, dass ich allein ihn besuche.«

»Wie soll ich wissen, ob Sie nicht die Falsche sind?«

Christina starrte die Frau an, deren hübsches rundes Gesicht plötzlich von einem anderen Antlitz überlagert zu sein schien, demjenigen einer Greisin mit misstrauischen Augen. *Wie soll ich wissen, ob Sie nicht die Falsche sind?*

Die Hilflosigkeit, die Christina bereits bei derselben Äußerung der alten Haushälterin empfunden hatte, steigerte sich plötzlich zu lähmender Resignation. Unvermittelt begriff sie, wie unmöglich es ihr war, ihre Identität zu beweisen. Sie hatte nicht einmal einen Ausweis, den sie vorlegen konnte. Der einzige Mensch, der zweifelsfrei und ohne zu zögern bestätigen konnte, dass sie Christina Marschall war, lag hinter einer dieser Türen und befand sich in einem Zustand, der weit mehr Anlass zur Angst als zur Hoffnung bot. Die achtundvierzig Stunden waren noch lange nicht vorbei.

»Dann lassen Sie ganz einfach niemanden zu ihm«, sagte sie müde. »Außer, Sie sind dabei und passen auf.«

»Normalerweise ist das auch Vorschrift, wir wissen ja, dass auf ihn ein Anschlag verübt worden ist, aber ich dachte, Sie als seine Frau ... und Herrn von Schütz kenne ich persönlich, er ist Psychiater und Neurologe hier im Haus. Und er leitet das geriatrische Sonderprogramm.«

Christina hob überrascht den Kopf. »Jakob von Schütz? Er war auch bei meinem Mann?«

Die Schwester zuckte verunsichert die Achseln. »Er kam, um Sie ... hm, ich meine natürlich, Ihre Schwester abzuholen. Genauer gesagt, er wollte Frau Marschall abholen. Da dachte ich natürlich ... ich habe ihm die Zimmernummer gesagt ...« Sie unterbrach sich stirnrunzelnd und sagte dann betont: »Ihre Schwester heißt doch auch Marschall, genau wie Sie, woher sollte ich also wissen ...«

»Schon gut«, fiel Christina ihr ins Wort. Sie brachte nicht die Energie auf für langatmige Erklärungen.

»Sie sollten die Jacke ausziehen und sich das Haar frottieren. Sie sind vollkommen durchnässt. Bei dem Wetter haben Sie ganz schnell eine Erkältung.«

Und das wäre Ihr Pech, denn dann können wir Sie leider nicht mehr zu ihm lassen, ergänzte Christina im Stillen die Bemerkung, in der leiser Tadel mitgeklungen hatte. Gleich darauf ärgerte sie sich über sich selbst. Sie war zu empfindlich. Wie Vater, dachte sie. Genauso musste es bei ihm gewesen sein, bevor er starb.

Überall wähnte sie Bosheiten, Misstrauen, Verfolger. Nein, verbesserte sie sich sofort, den Verfolger gab es wirklich. Doch darum würde sie sich später kümmern. Zuerst wollte sie zu Ricky.

»Soll ich Ihnen ein Handtuch holen?«

»Nicht nötig, danke. Mir ist nicht kalt. Bringen Sie mich nur zu meinem Mann.«

»Aber nur für ein paar Minuten.«

Christina nickte wortlos. Sie nahm den sterilen Kittel in Empfang, den die Schwester ihr aushändigte, und ließ sich zu dem Zimmer führen, in dem Richard lag. In dem angenehm temperierten Raum standen zwei Betten, von denen eines leer war. Der Blick auf das Bett, das näher beim Fenster stand, war von einer Anzahl medizinischer Überwachungsapparate versperrt. Christina folgte der Schwester mit angehaltenem Atem, bis sie ihn sah.

Er lag flach auf dem Rücken, Schulter, Brust und Bauch verbunden, ansonsten jedoch nackt bis auf ein leichtes Leinentuch über den Hüften, das kaum bis zum Bauchnabel reichte. Erst jetzt nahm sie die blinkenden Geräte wahr, die Infusionsschläuche und Elektrodenkabel, an die sein Körper wie mit zahlreichen monströsen künstlichen Nabelschnüren angeschlossen war.

»Fünf Minuten, länger auf keinen Fall.« Die Schwester deutete unbestimmt auf die Perfusoren neben dem Kopfende des Bettes. »Er ist nicht ansprechbar, aber das ist normal wegen der Medikamente. Versuchen Sie nicht, sich mit ihm zu unterhalten, das könnte ihn aufregen. Berühren Sie ihn nicht. Kein Kuss oder so. Eine zusätzliche Infektion können wir nicht riskieren.«

»Wie ist sein Zustand?«

»Bisher stabil. Seine letzten Werte waren zufrieden stellend.«

Christinas Knie zitterten unkontrolliert. Sie schaffte es bis zum Stuhl in der Ecke des Raums und ließ sich schwer daraufallen.

»Sie dürfen sich den Stuhl neben das Bett stellen. Das hat seine ... Ihre Schwester vorhin auch getan. Aber fassen Sie ihn nicht an. Bitte.«

Christina nickte, in Gedanken versunken.

Stabil.

Natürlich war er stabil. Sie hätten sie sonst gar nicht zu ihm gelassen. Er würde es schaffen. Er musste es schaffen.

Die Tür fiel mit schwachem Klicken ins Schloss. Die Schwester hatte den Raum verlassen. Christina stand auf und schob den Stuhl näher zum Bett hin. Sie betrachtete sein Gesicht. Die Haut unter seinen Augen war dunkel verfärbt, als hätte er tagelang nicht geschlafen. Die Lippen, rau und aufgesprungen, waren leicht geöffnet und im Schlaf entspannt. Sein Brustkorb hob und senkte sich kaum merklich, unterstützt durch den zusätzlichen Sauerstoff, den der Beatmungsschlauch seinen Lungen zuführte. Unter dem Leintuch waren die Schenkel leicht gespreizt, und Christina konnte an den Umrissen unter dem Tuch erkennen, dass ein Katheter zur Urinableitung in seinen Penis geschoben worden war. Sie verkrampfte die Hände, so stark war ihr Bedürfnis, Ricky zu berühren, ihn zu trösten. Sie wollte aufstehen, zu ihm gehen, sich zu ihm hinunterbeugen. Ihm sagen, wie sehr sie ihn brauchte.

Eine zusätzliche Infektion können wir nicht riskieren.

Beim Anblick seiner bloßen, nach außen gedrehten Füße schossen Christina heiße Tränen in die Augen. Diese nackten Füße sahen seltsam verletzlich aus. Obwohl Ricky viel barfuß ging, waren seine Fußsohlen glatt und furchenlos wie die eines Kindes. Die großen Zehen waren kürzer als die anderen, und auf ihren Gelenken wuchsen lange, schwarz gelockte Haare, länger als die an seinen Beinen. Christina erinnerte sich, wie sie ihn einmal deswegen aufgezogen hatte. Wer lange Haare an Armen und Beinen hat, heiratet reich, hatte sie geflachst. Deine Frau wird Millionen mit in die Ehe bringen, denn immerhin wachsen sogar auf deinen Zehen eine Menge Haare. Es hatte ihn nicht besonders amüsiert. Warum nur hatte sie ihn damit geärgert?

So viel Haare, so viel Geld. Von wem hatte sie diesen Spruch in ihrer Kindheit gehört? Es musste ihre Mutter gewesen sein. Ihre schöne, rothaarige Mutter, Ingrid Marschall, die bei dem Versuch, ein Kind zur Welt zu bringen, gestorben war. Schatten zogen an den Wänden herauf und hüllten das Krankenzimmer, die Apparate, das Bett, ja selbst Ricky ein.

Sie war wieder das kleine Mädchen an der Seite einer Frau mit sanften Händen und einer tröstlichen Stimme. Ich gehe ins Krankenhaus, sagte die Stimme, und wenn ich wiederkomme, bringe ich euch das Baby mit.

Dann das nächste Bild, von schmerzhaft farbiger Klarheit, wie in einem verrückt wirbelnden Kaleidoskop. Das reine Aprikosenorange des Umstandskleides, das ihre Mutter trug. Vor ihren Augen veränderte es sich und wurde zu ihrem eigenen Umstandskleid. Eigentlich war es gar kein Umstandskleid, fiel ihr ein, sondern ihr einziges gutes Kleid, das sie noch von zu Hause besaß, für diesen Zweck geändert von einer der Eingeborenenfrauen. Dann sah Christina wieder ihre Mutter, das grelle Rot zwischen ihren Schenkeln, das herabtropfte, das Kleid nässte, den Teppich tränkte, und sie musste ins Krankenhaus, ins Krankenhaus …

»Du musst ins Krankenhaus!« Die junge Amerikanerin mit dem breiten texanischen Akzent beugte sich näher. »Verstehst du mich?«

Man würde sie in ein Krankenhaus bringen, die Babys aus ihr herausschneiden. Sie musste sterben, genau wie ihre Mutter.

Christina warf den Kopf von einer Seite auf die andere. »Nicht ins Krankenhaus!«, flüsterte sie mit steifen Lippen. Die nächste Wehe kam und presste einen Schwall blutigen Fruchtwassers aus ihr heraus. Der Schmerz lähmte sie von der harten Wölbung ihres Leibes bis zu den Knien.

»Natürlich musst du ins Krankenhaus. Der Empfangschef hat schon den Rettungsdienst angerufen.«

»Wer bist du?«, keuchte Christina, als die Kontraktion abebbte.

»Janet. Ich komme aus Houston, wohne aber in New York. Ich habe hier auf Male einen Gig, singe abends ein bisschen in den Bars und klimpere dazu auf der Gitarre. Für die Touristen, weißt du. Dein Glück, dass mein Zimmer neben deinem liegt. Ich hab dich anscheinend gerade noch rechtzeitig gehört. Die Ambulanz wird sicher jeden Moment hier sein. Wie heißt du?«

»Christina.«

»Okay. Wo sind deine Sachen, Christina?«

»Ich habe keine.«

Janet schüttelte ratlos den Kopf. Sie war eine grazile Erscheinung mit dunklen, mandelförmigen Augen, deren exotischer Schnitt durch die glatte Ponyfrisur noch betont wurde.

Christina sah das besorgte Gesicht der Amerikanerin wie durch einen Schleier, als die nächste Wehe kam. Ihr gellender Aufschrei ging in ein tiefes, abgehacktes Stöhnen über. »Nicht ... ins Krankenhaus«, stieß sie hervor, als sie wieder sprechen konnte.

»Darling, ich bin Sängerin, keine Ärztin. Aber ich habe Augen im Kopf. Du bekommst nicht einfach bloß ein Baby. Du verblutest.« Der angstvolle Ausdruck ihrer Augen strafte den sachlichen Ton Lügen.

Schräg hinter ihr erkannte Christina die merkwürdig verzerrt wirkenden Gesichter zweier Zimmermädchen und des Empfangschefs, bei dem sie am Nachmittag das Zimmer gebucht hatte. Wieder kam eine Wehe, und wieder quoll das Leben aus ihr heraus. Diesmal dauerte es länger. Sie wusste instinktiv, dass es bald vorbei sein würde.

»Es ist nicht nur ein Baby«, flüsterte sie tonlos. »Zwillinge. Sie werden leben, nicht wahr? Auch wenn ich sterbe, werden sie leben!«

»Zwillinge?« Janets Gesicht war ein weißer runder Fleck in der Dunkelheit über ihr. »Mein Gott im Himmel, das kannst du diesem Kind nicht antun!« Zitternde Hände schoben sich über Christinas Schultern, fanden ihre Wangen, umschlossen sie sanft.

Falsch, dachte Christina. Ich bin kein Kind.

Nein, sie war kein Kind mehr. Ihre Kindheit lag hundert Jahre zurück, aufgelöst im Meeresleuchten, hinweggefegt von nassen Armen, die sie in der Brandung umfingen und flüssiges Gold von ihrer Haut streiften.

»Ich sterbe. Aber die Babys, sie werden leben, bitte, mach, dass sie leben. Lieber Gott, bitte lass sie leben!« Ihre Stimme klang, als würde jemand anderes diese Worte sagen. Vage wunderte sie sich, dass sie überhaupt in der Lage war, Englisch mit der Fremden zu sprechen.

»Die Babys werden leben, aber du auch, Darling! Du darfst dir keine Gedanken deswegen machen, hörst du? Der Arzt ist gleich hier, und dann wird alles in Ordnung kommen!«

Von plötzlicher Panik erfüllt, bäumte Christina sich auf. »Ich bin doch allein! Wer kümmert sich um die Kinder, wenn ich nicht mehr da bin?«

»Schsch, niemand redet hier davon, dass du nicht mehr da bist!«

»Du musst es ihm sagen. Du musst ...«

Wieder zerriss eine Wehe ihren Leib, und sie wand sich in Agonie. Die schrillen Schreie schmerzten in ihren Ohren, so sehr, dass sie dem, der da schrie, befehlen wollte, damit aufzuhören. Erst am Ende der Wehe erkannte sie, dass es ihre eigenen Schreie waren.

»Es geht zu Ende«, sagte sie mit klarer Stimme.

Janet erkannte die schlichte Wahrheit hinter diesen Worten. »Der Arzt kommt gleich, halt durch, Christina, bitte!«, stammelte sie voller Entsetzen beim Anblick des Blutes. Ohne nachzudenken, zerrte sie von den Bettlaken so viel zusammen, wie sie greifen konnte, und drückte das Leinen zwischen Christinas Beine, um der Blutung Einhalt zu gebieten. Beschwörend sagte sie: »Du schaffst es. Du und deine Zwillinge. Mach dir keine Sorgen wegen der Babys! Wir kümmern uns zu zweit um sie, ja?« Sie presste mehr von den Bettüchern zwischen Christinas Schenkel, während sie unablässig weitersprach. »Weißt du was? Wir nehmen die Kleinen mit nach New York, ich habe ein schönes Apartment ganz in der Nähe vom Central Park. Wir setzen die beiden in einen von diesen tollen

Zwillingsbuggys und kutschieren sie durch den Park. Du kannst bei mir wohnen, so lange du willst. Ich habe mehr Platz, als ich brauche. Viel zu viel Platz. Fünf Zimmer. Ich gebe dir eins davon. Und eins für die Zwillinge. Weißt du, ich hab die Wohnung von einem Onkel geerbt, das war ein verrückter alter Kauz, er hatte siebenundzwanzig Katzen, und als er beerdigt wurde, schlichen sie wochenlang um den Friedhof herum und heulten. Heute sind sie im Tierasyl, aber manchmal reißt eine von ihnen aus und läuft zu seinem Grab …«

Christina hörte nicht zu. Sie wusste, was sie zu tun hatte. »Wenn ich sterbe … Reinhold Marschall …«

»Der Name kommt mir bekannt vor. Ist er der Vater der Babys?«

»Nein. Mein Vater. Bitte …« Sie fühlte die Wehe heranfluten und brach ab. Ihr Schrei klang wie der Laut eines tödlich verwundeten Tieres. Eines der Zimmermädchen begann zu weinen, das andere betete in monotonem Singsang.

Janet drehte sich zu ihnen um. »Haltet den Mund oder verschwindet.«

Beruhigend wandte sie sich wieder an Christina und legte erneut sanft die Hände an ihre Wangen. »Alles wird gut. Glaub mir, alles wird gut.«

Doch sie wusste instinktiv, dass es nicht stimmte. Die Wehen kamen im Minutenabstand, und die Bettücher waren blutgetränkt.

Als der Rettungsdienst endlich eintraf und Janet ihre Hände von Christinas Gesicht lösen wollte, hielt diese sie mit unerwarteter Stärke fest. Mit aller Kraft presste sie die Hände der jungen Amerikanerin gegen ihre von Schweiß und Tränen feuchten Wangen.

Sie schämte sich, weil sie ihre Angst vor dem Tod so offen vor einer Fremden zeigte, doch ihre Furcht vor dem Alleinsein war stärker als die Scham. »Geh nicht weg. Bitte bleib bei mir!«

»Ich bleibe bei dir, so lange du willst.«

»Thomas, warum?«, stieß Christina weinend hervor. »Warum hast du mich allein gelassen?« Plötzlich hob sie den Kopf und blickte wild um sich. »Wo ist er? Tommy? Tommy, wo bist du?«

»Er ist nicht da, Liebes!«

»Er war doch eben noch hier! Warum ist er gegangen?«

»Er kommt sicher bald wieder.«

»Ja, bestimmt. Er kommt bestimmt. Er muss ja kommen. Heute kennen wir uns nämlich genau ein Jahr. Ich hab Geburtstag. Ich werde achtzehn. Ich hatte es ganz vergessen, ist das nicht komisch?«

Janet begriff, dass Christina nicht mehr klar denken konnte. Sie strich ihr das schweißnasse Haar aus der Stirn und murmelte beschwichtigend auf sie ein, während die Sanitäter die Trage bereitstellten.

Janet hielt Wort und verließ die junge Deutsche nicht. Sie begleitete den Krankentransport zu dem einzigen kleinen Hospital, das es auf Male gab. Sie wich selbst dann nicht von ihrer Seite, als eine Hebamme dem teilnahmslosen Mädchen das blutdurchtränkte Kleid herunterschnitt, während eine andere ihr ein Beruhigungsmittel injizierte und anschließend mit zwei Gurten die Sonden eines Wehen- und Herztonschreibers auf ihrem Bauch befestigte. Erschrocken und fasziniert zugleich, starrte Janet die pralle, glänzend weiße Wölbung der Bauchdecke an, unter der zwei kleine Menschen darauf warteten, geboren zu werden.

Nachdem der Arzt die rasche Untersuchung beendet hatte, erteilte er den Hebammen knappe Anweisungen auf *dhivehi*. Als er anschließend auf Englisch von Janet wissen wollte, in welcher Beziehung sie zu der jungen Frau stand, behauptete sie ohne zu zögern, ihre Schwester zu sein.

Ihr Herz zog sich zusammen, als sie mit den Blicken dem Bett folgte, das die beiden Frauen aus dem Untersuchungszimmer rollten.

»Wie steht es um sie?«, fragte sie ängstlich den Arzt.

»Es sieht schlecht aus«, sagte er offen. »Einer der Föten liegt quer und versperrt den Geburtskanal. Die Wehen kommen zu schnell hintereinander und sind zu heftig für den derzeitigen Stand der Eröffnung. Außerdem sitzt die Plazenta ungünstig, direkt vor dem Muttermund. Deshalb auch die starken Blutungen. Eine normale Geburt ist völlig ausgeschlossen. Wenn wir nicht sofort operieren, stirbt sie.« Eilig verließ er das Zimmer.

»Christina«, flüsterte Janet. Unsagbare Angst bemächtigte sich ihrer, und sie fühlte sich hilflos angesichts der Tatsache, dass sie selbst nichts anderes tun konnte als zu warten. Obwohl sie dieses Mädchen erst seit einer knappen Stunde kannte, schien es ihr, als hätte sie mit Christina schon Jahre ihres Lebens geteilt und mehr über sie erfahren als jemals über eine andere ihr nahe stehende Person.

Christina lag mit halb geschlossenen Augen auf der weiß bespannten Liege, seitlich, die Beine angezogen, so, wie die Hebamme es ihr befohlen hatte. Es machte ihr nichts aus, sich nicht zu bewegen, nicht zu sprechen, obwohl sie merkte, dass der Raum voller hektischer Leute war, die um sie herumliefen und sich alle gleichzeitig an ihr zu schaffen machten. Apathisch blickte sie zur weiß getünchten Decke hoch, erkannte die Umrisse großer runder Operationslampen über sich. Die Schmerzen waren noch da, doch sie spürte sie nur noch am Rande ihres Bewusstseins. Das wehenhemmende Mittel hatte rasch gewirkt. Dennoch wusste sie in ihrem tiefsten Inneren, dass es viel zu spät war. Ich oder die Kinder, dachte sie, und die Gewissheit dessen war so absolut, dass es ihr den Atem verschlug.

Jemand drehte sie auf den Rücken und presste etwas Kühles gegen ihren Mund und ihre Nase. Obwohl sie einen Moment lang von der absurden Vorstellung überwältigt wurde, dass man sie ersticken wollte, um sie loszuwerden, fühlte sie doch gleichzeitig deutlich, wie ihr Bauch mit beißender Desinfektionsflüssigkeit abgerieben wurde. Sie würden mir nicht den Bauch desinfizieren, wenn sie mich töten wollten, dachte sie, und ein hysterisches Kichern gluckste in ihr hoch.

»Tief einatmen jetzt.«

Lieber Gott, lass die Kinder nicht sterben! Mach es wie bei Mutter. Lass es mich sein.

Sie erinnerte sich an die Gebete ihrer Kindheit, die sie längst hinter sich gelassen hatte, und lautlos bewegte sie die Lippen unter der Maske. Heilige Maria, Mutter Gottes, bitte für uns Sünder, jetzt und in der Stunde unseres Todes…

Die letzte Empfindung, die sie ins Land des Vergessens begleitete, war ein Gefühl von geradezu hellsichtiger Klarheit. Dasselbe Gefühl, das sie am Nachmittag gehabt hatte, als sie allein auf den Wellenbrechern am Strand gestanden und auf das Meer hinausgeblickt hatte. Ihre Schwester schien nach ihr zu rufen, ihre Hand auszustrecken, die Entfernung zwischen Kontinenten zu überwinden und sie zu berühren.

Crissi. Nichts kann uns trennen. Kein Mann, keine Kinder. Nichts und niemand. Auch nicht der Tod. Spürst du es?

Ja, sie spürte es, dieses unauflösliche Band, es hielt sie und stützte sie und verband sie mit dem Mittelpunkt des Universums, und sie spürte es selbst dann noch, als die Welt um sie herum längst erloschen war.

Ihr Herz hämmerte, ihr Atem raste wie Drachenfeuer durch ihre Bronchien. Sie fuhr hoch, keuchend vor Angst und Entsetzen. Es ist vorbei! Du darfst nicht mehr daran denken, befahl sie sich. Doch ihr war klar, dass es niemals vorbei sein würde, nicht, so lange es sie und Martina gab.

Sie zwang sich, ruhiger zu atmen, und sie blinzelte, bis sie das Krankenzimmer in allen Einzelheiten erkennen konnte. Die farbig blinkenden Grafiken auf den Monitoren. Das stumpfe Grün des Linoleums, mit dem der Fußboden belegt war. Die abgewetzten Räder des Bettes, die Schläuche und Kabel, die zu dem bewusstlosen Körper führten, der, nur mangelhaft bedeckt, auf den weißen Laken lag.

Sie nahm noch mehr wahr. Die unangenehme Feuchtigkeit ihrer Kleidung, die sich vorhin im Sturzregen voll gesogen hatte. Das stete Geräusch des Regens, der gegen die Scheiben trommelte, die Dämmerung, die durch das Fenster hereinzudrängen und das kalte Neonlicht zu trüben schien.

Alles wirkte durchaus deutlich und real, und dennoch schwebte eine eigentümliche Unwirklichkeit über der Szenerie. Christina brauchte einen Augenblick, um diese widersprüchlichen Eindrücke mit jenen aus ihrem Traum in Verbindung zu bringen, doch dann gelang es ihr, und plötzlich war alles ganz einfach.

Nichts kann uns trennen. Kein Mann ...

Unvermittelt wusste sie mit einer über jeden Zweifel erhabenen Sicherheit, dass ihre Schwester in der vergangenen Nacht versucht hatte, Richard Stapleton zu töten.

Unbeholfen stand Christina vom Stuhl auf und trat nah ans Bett. Auch ohne auf die Uhr zu schauen, wusste sie, dass es Zeit war, zu gehen. Sie hatte die kostbaren Minuten ihres Zusammenseins mit ihm verschlafen; jeden Augenblick würde die Krankenschwester kommen, um sie wegzuschicken.

Zum Abschied blickte sie ihn lange an. Es schmerzte sie, ihn vielleicht zum letzten Mal zu sehen, ohne ihm Lebewohl sagen zu können. Zum ersten Mal gestattete sie sich, hinter die Maske des liebenswerten, unbeschwerten Nichtsnutzes zu blicken und Ricky so zu sehen, wie er wirklich war. Seine Freundschaft und seine Treue, die ihn immer wieder veranlasste, ihre Nähe zu suchen, obwohl er jedes Mal schon vorher wusste, dass ihre gemeinsame Zeit nur kurz sein würde. Seine Verletzlichkeit ihr gegenüber. Und sie begriff, wie allein er im Grunde war und dass die Einsamkeit ihn trotz seiner großen Familie quälte, weil er ein Kind zweier Kulturen war. Er stritt es ab, wollte es nicht wahrhaben, und doch wusste sie, dass es so war. Er hatte mit seinem Studium in London die Assimilation versucht und war gescheitert. Jahre später hatte er durch seine Liebe zu ihr eine weitere Brücke schlagen wollen und hatte wieder versagt. Jetzt hatte er mit seiner Reise hierher zu ihr einen neuen Versuch unternommen, die kalte Welt seines Großvaters zu erobern, und es war für ihn eine Reise ins Verderben geworden.

Der Drang, ihn zu berühren, die Fingerspitzen zwischen seine Brauen zu legen, war überwältigend. Bevor sie ihm nachgeben konnte, drehte sie sich um und ging.

Von der Halle des Krankenhauses aus rief sie Quint an. »Haben Sie meinen Bruder ausfindig gemacht?«

»Nein. Wie hätten wir das wohl in den paar Minuten schaffen sollen?«

Christina fiel ein, dass sie erst vor weniger als zehn Minuten mit

ihm gesprochen hatte; die Zeit war ihr viel länger vorgekommen.
»Ich möchte, dass Sie jemanden abstellen, der meinen Mann bewacht. Sofort.«

Quint schwieg, doch Christina glaubte förmlich zu sehen, wie er die Stirn runzelte.

»Es muss sofort sein«, beharrte sie.

»Warum?«

»Ich kann es Ihnen jetzt nicht sagen. Aber sein Leben ist in höchster Gefahr. Der Mordanschlag galt ihm, nicht mir. Das weiß ich jetzt.«

»Woher?«

»Bitte!«, beschwor sie ihn. »Können Sie nicht einfach tun, worum ich Sie bitte?«

»Gut«, sagte er überraschend bereitwillig. Mehr nicht.

Christina glaubte einen Moment lang, sich verhört zu haben. »Sofort?«, vergewisserte sie sich verblüfft.

»Sofort«, bestätigte er. »Ich schicke gleich jemanden vorbei.«

Christina hatte keinen Grund, an seinen Worten zu zweifeln, wartete aber dennoch, bis eine knappe halbe Stunde später einer der beiden Beamten erschien, die sie in der vergangenen Nacht verhört hatten. Sie sagte ihm, wo er Ricky finden würde, dann ging sie hinaus in den strömenden Regen.

15. Kapitel

Wenn du mit mir reden willst – du weißt, wo ich wohne. Es ist das Haus, das ich dir damals gezeigt habe.

Sie brauchte eine Weile, bis sie sich orientiert hatte, weil die Jahre die Umgebung verändert hatten und die Dunkelheit allem ein anderes, fremdes Gesicht verlieh. Die Bäume waren höher, die Straßen breiter. Ganze Straßenzüge waren erneuert worden. Doch die alte Ritterburg thronte immer noch auf dem höchsten Hügel der Umgebung. Von Scheinwerfern in rötliches Licht getaucht, war sie trotz der Dunkelheit weithin sichtbar. Südlich davon musste der andere Hügel mit dem alten Fachwerkhaus liegen. Sie fand den Hügel, und sie fand das Haus. Es war nur über einen alten Wirtschaftsweg zu erreichen, genau, wie er es damals gesagt hatte.

Komm zu mir, wenn du darüber sprechen willst.

Der Weg war ausgebaut, asphaltiert und an den Seiten befestigt, dennoch beschlich Christina ein mulmiges Gefühl, während sie die steilen Serpentinen hinauffuhr. Sie schaltete herunter und drosselte die Geschwindigkeit, als sie feststellte, dass der Weg nicht beleuchtet war. Weiter bergauf wurde der Baumbestand dichter, und zeitweilig fuhr sie durch dunklen Wald. Einmal tauchte ein Reh im Lichtkegel der Scheinwerfer auf, die Augen zwei riesige funkelnde Scheiben, bevor es sich abwandte und mit einem Satz im Gehölz verschwand.

Kurz darauf machte sie zwischen den Bäumen ein Licht aus. Zuerst glaubte sie, schon das Haus vor sich zu haben, doch dann erkannte sie, dass sie sich getäuscht hatte. An einer Wegbiegung mitten im Wald stand eine altertümliche Haubenlaterne, deren mattes Licht auf ein Heiligenstandbild fiel. Christina bremste, als sie die Statue erreichte. Es war eine grob geschnitzte Maria mit Kind. Die Schwärze des Waldes warf geheimnisvolle Schatten auf die hölzerne Madonna und auf die kleinen Sträuße verwelkter Herbstblumen, die zu ihren Füßen lagen. Vermutlich Gaben, die fromme Spaziergänger zu Allerheiligen mitgebracht hatten.

Im nächsten Augenblick verstärkte sich der Regen, der den ganzen Abend über unablässig herabgeströmt war, zu einem Prasseln, und wahre Sturzbäche ergossen sich über die Windschutzscheibe und ließen das Madonnenstandbild hinter einer Wand aus Wasser verschwinden.

Christina fuhr vorsichtig weiter. Nach einer Weile lichtete sich der Baumbewuchs, doch Regen und Dunkelheit ließen von der Umgebung nicht mehr als wenige Meter rechts und links vom Weg erkennen.

Gerade als sie wegen der schlechten Sicht anhalten wollte, tauchte unmittelbar vor ihr das Haus auf. Es war ganz plötzlich da, wie von Gespensterhand ans Ende des Weges gestellt. Christina hatte so wenig damit gerechnet, dass sie einen überraschten Laut ausstieß und abrupt bremste. Der Regen, der die Scheiben des Wagens überflutete, machte es unmöglich, Einzelheiten zu erkennen. Nur grobe Umrisse waren im diffusen Licht der Scheinwerfer zu sehen, da keines der Fenster erleuchtet war. Wie ein urwüchsiger Kragen umgaben hohe, unbeschnittene Hecken das Fachwerkgemäuer und hüllten das Haus in zusätzliche Dunkelheit. Über dem heruntergezogenen Türbalken hing vom schindelgedeckten Dach eine schmiedeeiserne Lampe herab, die allerdings nicht brannte. Der Gedanke, dass er womöglich gar nicht zu Hause war und sie den ganzen Weg umsonst hierher gekommen wäre, erzeugte in Christina ein Gefühl, das sie bei selbstkritischer Einschätzung nur als Erleichterung werten konnte. Sie hatte sich nicht bei ihm angemeldet. Hatte es nicht fertiggebracht. Wollte sie ihn am Ende gar nicht sehen? Warum hatte sie dann, nachdem sie im Hotel rasch geduscht und sich umgezogen hatte, mehr als eine halbe Stunde Fahrt auf sich genommen, wenn sie doch gar nicht vorhatte, mit ihm zu sprechen?

Nun, da er offensichtlich nicht da war, spielte es keine Rolle, was sie wirklich wollte. Vor dem Haus befand sich ein nahezu runder, kopfsteingepflasterter Hof, der groß genug zum Wenden war. Entschlossen, wieder umzukehren, schlug Christina das Lenkrad ein, doch im selben Moment, als sie den Wagen gedreht hatte, ging hinter einem der Fenster in der Vorderfront des Hauses das Licht an. Gleichzeitig sah sie in einem angebauten, offenen Holzschuppen neben dem Haus einen Jeep – einen verrückten Moment glaubte sie sogar, es müsste derselbe wie damals sein –, und dann schwang langsam die Haustür auf und gab den Blick ins hell erleuchtete Innere des Hauses frei.

Christina sah ihn sofort. Er stand im Türrahmen, wegen des niedrigen Balkens mit eingezogenem Kopf, die Gestalt scharf konturiert von der Dielenbeleuchtung hinter ihm. Er trug einen hellen Rollkragenpullover und ausgebeulte Hosen von undefinierbarer Farbe. Seine Augen waren gegen das grelle Licht der Scheinwerfer des Mercedes zusammengekniffen. Die Arme hingen an seinen Seiten herab, seine Hände waren geöffnet, was ihn merkwürdig wehrlos aussehen ließ. Während Christina sich noch von diesem Eindruck zu lösen versuchte, ballte er die Hände zu Fäusten, öffnete sie wieder, ballte sie erneut. Er hatte sie also trotz der Dunkelheit und der blendenden Scheinwerfer erkannt.

Die Hände um das Lenkrad geklammert, blieb sie im Wagen sitzen und starrte ihn an. Ihr war klar, dass sie jetzt nicht einfach wegfahren konnte, doch sie brachte es auch nicht über sich, auszusteigen und zu ihm zu gehen. Mehrere Sekunden verstrichen, während derer sie einander nur ansahen, getrennt durch einen wirbelnden Regenschleier.

Er drehte sich um, weg von ihr, und verschwand im Haus. Die Tür blieb offen. Augenblicke später kam er zurück. Einen Schirm in der Hand, den er aufspannte, lief er über den Hof auf den Mercedes zu. Christina öffnete die Tür und wartete, bis er sie erreicht hatte, dann stieg sie ohne ein Wort aus, fasste ihn unter und ging mit ihm zusammen ins Haus. Die Bewegungen, mit denen er die Tür hinter ihnen beiden ins Schloss drückte und den geöffneten Schirm auf den Boden stellte, waren sparsam und bedächtig, doch Christina erkannte an dem Zittern seiner Hände, wie verstört er war. Mit derselben Sensibilität, mit der sie vorhin im Krankenhaus Rickys Verletzlichkeit gespürt hatte, nahm sie jetzt jede Regung in Thomas' Gesicht, jede Bewegung seines Körpers wahr als Signale eines Mannes, der verzweifelt um Fassung rang.

Er bemerkte, wie sie seine Hände ansah, und schob sie in einer verlegenen Geste in die Taschen seiner abgewetzten Jeans, während er sich zu ihr umdrehte. Sie hörte die mühsam unterdrückte Anspannung aus seiner Stimme heraus.

»Guten Abend, Christina.«

»Guten Abend.«

Sie standen in der Diele, einem fensterlosen, mit Buntschiefer ausgelegten Raum, von dem eine schmale Holztreppe nach oben führte. Die Wände, im ursprünglichen Fachwerk erhalten, waren sorgfältig restauriert. Das warme Licht einer Lampe mit Kupferschirm milderte den scharfen Kontrast zwischen weißer Tünche und schwarzem Holz. Christina gefiel das, was sie sah. Alles entsprach so sehr dem Bild, das sie sich von dem Haus gemacht hatte, dass es ihr fast so schien, als käme sie nach Hause. Der Geruch verstärkte diesen Eindruck noch. Es roch nach Wald, Torf und Regen.

»Willst du nicht reinkommen?« Thomas deutete auf eine Eichentür mit verwitterten Beschlägen, die halb offen stand und den Blick auf das Wohnzimmer freigab.

Christina trat langsam näher und sah sich um. Die Größe des Raumes entsprach den Ausmaßen des übrigen Hauses; auf keinen Fall maß er mehr als zwanzig Quadratmeter, und doch hatte er etwas Ungezähmtes an sich, das ihn größer wirken ließ, als er tatsächlich war. Die niedrige Decke wurde von rissigen Balken gestützt, die Dunkel vom Alter waren. Fast über die gesamte Breite der linken Wand erstreckte sich ein aus Bruchsteinen gemauerter Kamin, in dem ein Feuer brannte. Flackernde Lichtbahnen streiften über die blanken Holzbohlen des Fußbodens, erzeugten bewegliche Helligkeit auf den Wänden und hoben die unregelmäßig geformten, weiß getünchten Flächen hervor, die auch hier von schwarzem Gebälk eingefasst waren.

»Ich habe fast alles so gelassen, wie es war.« Leichte Verlegenheit klang aus seinen Worten.

»Es ist schön«, sagte sie einfach. »Es ist genauso, wie ich es mir immer vorgestellt hatte.«

Er sah aus wie ein Junge, dem jemand ein unerwartetes Geschenk gemacht hatte. »Setz dich doch.«

Die breiten Dielen knarrten unter ihren Schuhen, als sie den Raum durchquerte und auf einem der beiden Sessel Platz nahm. Das Mobiliar war anspruchslos; die beiden Sessel umgaben zusammen mit einem bequem aussehenden, etwas abgeschabten Sofa einen niedrigen Tisch. Fast ein Viertel des Raumes wurde von einer Arbeitsecke beansprucht. Vor dem Fenster stand ein ausladender Walnussschreibtisch, der von teils aufeinandergestapelten, teils unordentlich verstreuten Papieren, aufgeschlagenen Zeitschriften und Büchern überquoll. Auf dem Beistelltisch daneben leuchtete der Bildschirm eines Computers in geisterhaftem Grauweiß. Vor der Tastatur lag Thomas' Brille, aufgeklappt, offenbar in aller Hast hingeworfen, als er durch das Fenster ihren Wagen gesehen hatte. Der Drehstuhl war zurückgeschoben, der schmale Hirtenteppich darunter verrutscht.

Die gesamte Einrichtung war wie das Haus selbst: gediegen, aber schlicht und ohne überflüssigen Zierrat. Einzig sichtbares Zeichen des Wohlstandes waren die Regale voller Bücher, bei denen es sich, wie Christina auf den ersten Blick erfasste, zum großen Teil um wertvolle antike Stücke handelte, Beweis einer kostspieligen Sammelleidenschaft, der zu frönen es schon eines überdurchschnittlichen Einkommens bedurfte. Aus der Presse wusste Christina, dass er über ein solches Einkommen verfügen musste. Er hatte sieben Bücher geschrieben, die sich allein in Deutschland weit über fünfmillionenmal verkauft hatten.

Das Knacken eines Scheites im Kamin riss Christina aus ihren Gedanken. Sie blickte auf. Thomas stand scheinbar entspannt da, eine Schulter gegen den rußigen Sims gelehnt, die Hände noch immer in den Taschen vergraben, und sah sie unverwandt an. Der Feuerschein warf Reflexe auf sein Haar, ließ das Grau an seinen Schläfen stärker hervortreten.

Christina hatte das Gefühl, ihr zögerliches Verhalten vorhin bei ihrer Ankunft erklären zu müssen. »Ich dachte zuerst, dass niemand zu Hause ist. Alles war dunkel. Ich wollte gerade wieder wegfahren, weil ich kein Licht gesehen habe.«

»Ich habe seit heute morgen ununterbrochen geschrieben.« Er wies auf den Computerbildschirm, dann auf die Flammen im Kamin. »Mehr Licht als das hier brauche ich nicht dazu. Möchtest du etwas trinken? Einen Sherry vielleicht?«

Sie wollte schon bejahen, zögerte dann aber. »Lieber nicht. Ich habe seit heute Mittag nichts gegessen.«

»Ich auch nicht. Ich vergesse das Essen oft, wenn ich schreibe. Ich vergesse, Licht zu machen, ich vergesse, ob es morgens oder abends, Sommer oder Winter ist. Komm mit in die Küche, ich mache uns was.«

Die Küche war kleiner als das Wohnzimmer, doch mit derselben Funktionalität eingerichtet. Einfache helle Holzschränke, ein schmuckloser Tisch mit vier Stühlen. Bemerkenswert war nur der Rauchfang. Innen geschwärzt und außen wie die Wände weiß verputzt, ragte er einem mächtigen Fossil gleich aus der Wand und überschattete den Herd. Der Geruch von Kaminasche und altem Holz hing in der Luft. Alles war, wie im Wohnzimmer und der Diele, sauber und aufgeräumt, ebenso wie früher sein Apartment. Christina war sicher, dass er selbst dafür sorgte, so wie er es auch damals getan hatte. Er war einer jener Männer, denen es nicht schwer fiel, mit methodischer Gründlichkeit und ohne großen Aufwand ihre Umgebung zu ordnen.

Thomas schnitt mit einem Messer Scheiben von einem Laib Brot vor der Brust, auf dieselbe Weise, wie er es auch damals getan hatte. Bei diesem Anblick fragte sich Christina unwillkürlich, ob er jemals für ihre Schwester auf diese Weise Brot geschnitten hatte. Es berührte sie auf eigentümliche Art, ihm bei dieser alltäglichen und doch intimen Verrichtung zuzuschauen, und die Vorstellung, dass er dasselbe in Martinas Gegenwart getan hatte, verletzte sie mehr, als sie sich eingestehen wollte.

Ihr wurde bewusst, dass der Gedanke an Thomas und Martina beim Austausch von Zärtlichkeiten sie nie in diesem Ausmaß beschäftigt hatte. Sicher, sie hatte sich die beiden zusammen im Bett vorgestellt, hatte es sich in allen Einzelheiten ausgemalt. Dennoch war das Bild nie so deutlich geworden wie dieses hier, stets war es diffus geblieben und seltsam unscharf, wie hinter Milchglas verborgen.

Erst als er das Brot beiseite legte und sie mit schwacher Belustigung ansah, ging ihr auf, dass sie ihn die ganze Zeit angestarrt hatte. Verlegen wandte sie den Blick ab und musterte statt dessen die Kupferpfannen und -töpfe, die am Rauchfang hingen.

»Seit wann lebst du hier?«, fragte sie in dem vorgeblichen Bemühen, Konversation zu machen, in Wahrheit aber auf die Geräusche lauschend, die er beim Zubereiten der Mahlzeit verursachte.

»Seit zehn Jahren. Nach meinem zweiten Buch hatte ich genug Geld, um das Haus und das Land zu kaufen, das dazugehört.«

Christina überlegte, welch merkwürdige Ironie doch darin lag, dass sie von allen seinen Büchern nur eines kannte, jenen ersten Roman, den niemand vor ihr zu Gesicht bekommen hatte. Sie war nach ihm die Erste gewesen, die es gelesen hatte. Es war fast so etwas wie eine Entjungferung gewesen, so wie er umgekehrt auch sie entjungfert hatte. Der Akt der Hingabe war in beiden Fällen dem Wesen nach gleich gewesen. Sie hatten einander das Wertvollste geschenkt, das jeder von ihnen besaß – ihre Unberührtheit. Eine Unschuld, bei ihr selbst in einer kindlichen Naivität begründet, die sie nur Gutes erwarten ließ, bei Thomas in einer Idealvorstellung vom Schreiben als Kunst, die von den Zwängen des Marktes so weit weg war wie der Mond von der Erde. Beide hatten sie Trugbildern nachgejagt und mussten daher zwangsläufig scheitern.

Thomas hatte die Erfahrung gemacht, dass der Mond nichts ohne die Erde ist. Vielleicht war er einer jener Autoren, die ausschließlich für sich selbst schrieben, ohne Rücksicht auf den Zeitgeschmack oder die Nachfrage des Buchmarktes. Doch Christina glaubte nicht, dass es so war. Sie sah es ihm an. Seine Augen hatten ihr früheres Leuchten verloren.

Er stellte ein Holzbrett mit einem Käsebrot und ein Glas Orangensaft vor sie auf den Tisch. Christina nahm das Brot und führte es zögernd zum Mund. Auf dem hellen Käse sah sie winzige rote Sprenkel. Noch bevor sie hineinbiss, wusste sie, dass es Paprikapulver war. Er hatte nicht vergessen, dass sie ihr Käsebrot so am liebsten mochte. Die Situation hatte etwas Absurdes an sich. Christina kam sich vor wie in der Szene aus einem Film, der vor zwölf Jahren begonnen hatte und seitdem weitergelaufen war, ohne dass die Akteure sich dessen bewusst waren. Er stellte für sich selbst ebenfalls Brot und Saft auf den Tisch und setzte sich zu ihr. Sie aßen und tranken schweigend. Vom Wohnzimmer drang schwach das Geräusch knackender Scheite herüber, sonst war es still. Es war eine Stille von der Art, wie sie nur in einsamen Gegenden herrscht, ohne die gewohnten Hintergrundgeräusche einer Stadt. Kein entferntes Hupen, keine anfahrende Straßenbahn, kein Hundegebell.

»Du lebst ziemlich einsam hier.«

»Ich brauche das zum Schreiben.«

Er sagte nicht: Es gefällt mir so. Sie registrierte es aufmerksam, so wie alles, was ihr an ihm auffiel. Vieles davon war teils auf wohltuende, teils auf schmerzliche Art vertraut, doch es gab auch Aspekte, die sie nicht an ihm kannte. Der Ausdruck von Desillusion und kaum verhohlenem Zynismus in seinen Augen. Die Resignation in manchen seiner Gesten. Er hatte sich verändert.

»Warum bist du hergekommen?«

An seiner Frage erkannte sie sofort, dass er von dem, was in der vergangenen Nacht passiert war, noch nichts wusste. Ihr ging kurz durch den Sinn, ihm alles zu erzählen. Von dem Anschlag auf Richard, dem unsichtbaren Verfolger in dem roten Peugeot, von der Erfindung ihres Vaters und dem Diebstahl der Mäuse. Doch dann verwarf sie den Gedanken wieder. Sie war aus einem anderen Grund hergekommen. »Ich möchte mit dir reden.«

Er nickte. »Über deine Schwester, nehme ich an.«

»Ja. Erzähl mir von ihr.«

Er lachte kurz und ungläubig. »Ich? Was soll ich dir über sie erzählen? Ich kenne sie doch kaum. Der einzige Mensch, der sich anmaßen kann, sie näher kennen gelernt zu haben, bist du. Vielleicht noch dein Vater oder von Schütz. Aber nicht ich. Nein, niemals.« Wie zur Bekräftigung schüttelte er den Kopf.

Sie gab sich keine Mühe, ihr Befremden zu verbergen. »Du warst immerhin mit ihr verheiratet!«

»Diese Ehe war eine Farce. Ich weiß bis heute nicht, warum ich das gemacht habe. Wie viel weißt du eigentlich von dem, was sich in der Zeit direkt nach deiner Flucht damals abgespielt hat?«

»Nichts«, gab sie zu.

»Willst du es überhaupt hören?«

Sie nickte.

»Ich habe damals geglaubt, Martina wäre diejenige gewesen, mit der ich regelmäßig die Nachmittage in Düsseldorf verbracht hatte. Nachdem du weggelaufen warst, gab es einen fürchterlichen Eklat zwischen ihr und mir und deinem Vater. Irgendwie gelang es ihr, mir weiszumachen, dass du und ich uns zwar auf Sylt kennen gelernt hatten, dass du aber danach nichts mehr von mir wissen wolltest und sie auf deinen Wunsch hin an deine Stelle getreten ist. Ich weiß nicht, warum ich ihr das glaubte. Vielleicht wollte ich einfach glauben, dass es so war. Also redete ich mir ein, dass es stimmen musste, dass alles so passiert war, wie sie es behauptete, und dass es nur deshalb dazu kommen konnte, weil ihr beide einfach identisch wart.« Er spreizte in einer Geste der Hilflosigkeit die Hände. »Außerdem war sie schwanger. Von mir, so viel stand fest. Wir haben in aller Eile geheiratet, vor allem weil dein Vater darauf bestand. Ich bekam sie vorher kaum zu Gesicht. Immer, wenn ich sie sprechen wollte, hatte sie tausend wichtige Dinge zu erledigen, sie musste Hochzeitsvorbereitungen treffen, Einladungen schreiben, Brautkleider anschauen und so weiter. Schließlich kam der Tag der Hochzeit, wir gingen zum Standesamt, sprachen die Worte nach, die man uns vorsagte, und das war's. Alles raste wie in einer Achterbahn an mir vorbei. Am selben Abend begriff ich, dass sie mich hereingelegt hatte.«

»Woran hast du es gemerkt?«

»Sie hat es mir gesagt. Für mich brach in diesem Augenblick die Welt zusammen. Ich war wie gelähmt. Ich werde niemals vergessen, mit welchem Triumph sie mich angesehen hat, als sie mir eröffnete, dass sie mich vor unserer Hochzeit ganze zwei Mal getroffen hatte.«

»Nachts bei dir im Apartment«, ergänzte Christina tonlos.

Thomas strich sich mit einer fahrigen Bewegung die widerspenstige Haarsträhne aus der Stirn. »Beide Male hat sie kaum mit mir gesprochen. Ich lag schon im Bett. Sie kam im Dunkeln, kroch zu mir unter die Decke.«

»Wie war sie im Bett?«

Er starrte vor sich auf die Tischplatte, ohne zu antworten.

»Wie war sie? Genau wie ich?«

Er blickte hoch, offene Qual im Blick.

»War sie genau wie ich?«, fragte Christina erneut.

»Ja«, flüsterte er heiser. Seine Züge waren starr, wie in Stein gemeißelt.

Christina konnte nichts sagen.

»Christina, ich …«

»Lass mich.«

Sie schwiegen beide. Irgendwo zerhackte der Sekundenzeiger einer Uhr die angespannte Stille.

Schließlich meinte er: »Hinterher verschwand sie, ohne mehr als ein paar Worte mit mir zu wechseln.«

»Was hast du getan, als sie es am Abend eurer Hochzeit zugab?«

»Nichts. Ich konnte nichts tun, verstehst du? Natürlich wollte ich weg, so weit weg, wie es nur ging. Ich litt wie ein Tier.« Er brach ab, rang nach Worten. »Ich suchte nach einem Ausweg, aber ich drehte mich im Kreis, egal, was ich mir überlegte. Ich konnte nicht weg. Sie war schwanger. Wie sich ziemlich schnell herausstellte, mit Zwillingen. Dein Vater beschwor mich, Martina eine Chance zu geben, der Kinder wegen. Ich versuchte es, aber wieder tat ich das Falsche. Sämtliches Interesse, das sie je an mir gezeigt hatte, war schlagartig in dem Moment erloschen, als die Trauung vorüber war, und als ihr schließlich klar wurde, dass du nicht wiederkommen würdest, drehte sie völlig durch. Sie schrie und tobte stundenlang, zerbrach Porzellan, zerriss ihre Kleidung, beschuldigte deinen Vater und mich, dich vertrieben zu haben. Sie drohte Reinhold sogar, ihn umzubringen, wenn er nicht dafür sorgte, dass du wiederkämest. In ihren Augen hatte er die Hauptschuld, weil er die schicksalhaften Worte ausgesprochen hatte, die dich dazu gebracht hatten, wegzulaufen. Dann wieder war sie apathisch, völlig teilnahmslos und nicht ansprechbar. Einmal verkroch sie sich tagelang in deinem Bett und war nicht dazu zu bewegen, wieder aufzustehen. Sie hatte ein kleines Buch, ich glaube, es war eines von diesen Poesiealben, die früher die Mädchen untereinander austauschten, das hielt sie ständig an ihre Brust gedrückt. Dabei weinte sie. Ihr Gesicht war ganz rot und verschwollen, richtiggehend entstellt, so sehr weinte sie.«

Christinas Hände begannen ebenfalls zu zittern. Rasch legte sie die Handflächen gegeneinander, presste die Fingerspitzen zusammen. Sie sah ihre Schwester vor sich, die Hand auf einen kleinen schwarzen Tintenabdruck gepresst, weinend und verloren.

Mari, dachte sie, o Gott, Mari!

»Was geschah dann?«, fragte sie mit schwankender Stimme.

»Nach einer Weile erholte sie sich. Je weiter die Schwangerschaft fortschritt, um so mehr schien sie aufzublühen. Sie wollte die Kinder, das war ganz deutlich zu sehen. Sie kaufte sich schicke Umstandskleider und bewunderte ihren Bauch im Spiegel. Sie redete mit den Kindern, nannte sie Crissi und Mari, versprach ihnen, eine gute Mutter zu sein und sie niemals zu verlassen. Manchmal glaubte ich fast, dich vor mir zu haben, wenn ich ihr Lachen hörte und das Blitzen in ihren Augen sah. Aber es war reiner Zufall, dass ich solche Momente miterlebte. Mir gegenüber war sie unversöhnlich. Sie blockte ab, ließ mich außen vor, behandelte mich wie einen Fremden, der zufällig und ungebeten zu Besuch da war. Wenn es nach ihr gegangen wäre, hätte ich längst verschwunden sein können. Nichts wäre ihr lieber gewesen. Aber sie hatte Angst, dass Reinhold sie dann auf die Straße setzen würde. Wir wohnten in seinem Haus, lebten von seinem Geld. Sie war ein Leben gewohnt, das ich ihr zum damaligen Zeitpunkt nicht bieten konnte.«

»Das hätte Vater niemals getan.«

»Sei dir da nicht so sicher, Christina.«

An der Art, wie er ihren Namen aussprach, erkannte sie, dass er bewusst darauf achtete, sie nicht wie früher ›Tina‹ zu nennen. Die Szene, die sich vor zwei Tagen im Krankenhaus abgespielt hatte, stand spürbar zwischen ihnen.

»Und dann? Was war weiter?«

»In der Nacht ihres achtzehnten Geburtstags setzten verfrühte Wehen ein. Sie bekam massive Blutungen, die nicht zu stoppen waren. Es musste ein Notkaiserschnitt gemacht werden. Die Kinder starben ein paar Stunden nach der Geburt. Sie waren zu klein.« Er senkte den Kopf. Eine helle Haarsträhne fiel über seine Brauen. »Es waren Mädchen.« Er umklammerte die Tischkante so stark, dass seine Knöchel weiß hervortraten. »Allmächtiger, es war so entsetzlich! Ich habe sie gesehen. Zwei wunderbare, vollkommene kleine Wesen. Ich habe neben den Brutkästen gestanden, als ... ich konnte sie nicht allein lassen ... ich ... es waren doch meine Töchter!«

In Christina tobten Gefühle, die sie nicht kontrollieren konnte. Sie versuchte, etwas zu sagen, vermochte es aber nicht. Sie war kaum fähig, zu denken.

Du hattest vier Töchter!, wollte sie ihn anschreien, doch eine unsichtbare Hand umschloss gewaltsam ihre Kehle, drückte ihr die Luft ab und hinderte sie, auch nur den geringsten Laut von sich zu geben. Wie durch Watte hörte sie, dass er weitersprach.

Seine Stimme klang brüchig, und er sah aus, als wäre er geschlagen worden. »Es war furchtbar, für uns alle. Für Reinhold, für mich. Am schlimmsten aber für Martina. Es hat sie völlig vernichtet. Nach der Geburt war sie nicht mehr dieselbe. Sie litt unter starken Depressionen.«

Ein beklemmendes Schweigen folgte seinen Worten, in dessen Verlauf Christina langsam ihre Fassung zurückgewann. Sie musste das zu Ende führen, weswegen sie hergekommen war, und wenn es sie alle Kraft kostete, die sie noch besaß. »Hattest du den Eindruck, dass sie ... krank war? Ich meine ...« Sie schluckte, hatte trotz aller Vorsätze Schwierigkeiten, das Wort auszusprechen. »Ich meine, psychisch krank?«

Grimmige Genugtuung zeichnete sich auf seinen Zügen ab, als er den Kopf hob und Christina ansah. »Du hast es also endlich gemerkt, wie?«

Sie konnte nur stumm seinen Blick erwidern und warten, dass er weitersprach.

»Ich hatte nicht nur den Eindruck, dass sie krank war, ich wusste es. Es war nicht zu übersehen, dass ihr Zustand weit über normale Wochenbettdepressionen hinausging. Ganze Nachmittage verbrachte sie auf dem Friedhof, überhäufte das Grab mit weißen Blumen, sprach mit den Babys. Zu Hause lief sie herum wie ein Gespenst. Sprach man sie an, sah sie durch einen hindurch. Dein Vater und ich haben uns alle Mühe gegeben, sie wieder aufzurichten, doch es war sinnlos. Eines Tages schluckte sie Schlaftabletten. Wir fanden sie rechtzeitig, doch sie erklärte sofort, es wieder tun zu wollen. Der Arzt sah schließlich keinen anderen Ausweg, als sie in eine psychiatrische Klinik einzuweisen. Als sie ein paar Wochen später zurückkam, war sie verändert. Erwachsener. Kühl, selbstsicher, unnahbar, überlegen. So wie heute. Aber ich bezweifle, dass sie wirklich geheilt war. Das, was sie uns zeigte, war nur die schöne, aber dünne Maske scheinbarer Normalität.«

»Habt ihr die Ehe fortgesetzt?«, fragte Christina, obwohl sie von Rasmussen wusste, dass es nicht so gewesen war. Sie wollte es einfach von Thomas selbst hören.

»Nein, dazu bestand für uns beide nicht der geringste Anlass. Ich war schon ausgezogen, während sie noch in psychiatrischer Behandlung war. Danach hatten wir uns nichts zu sagen, genauso wenig wie vorher. Die Scheidung ging ziemlich schnell über die Bühne. Einvernehmlich, wie man so schön sagt.«

»Hattet ihr danach noch Kontakt?«

»Nicht persönlich. Dein Vater hielt die Verbindung mit mir aufrecht. Ab und zu kam er vorbei, redete mit mir, erzählte mir, was sie tat. Sie war nach Paris gegangen, auf eine Modeschule. Sie kam nur noch selten nach Hause, und wenn sie kam, war sie meist bei von Schütz. Er war ihr Arzt.«

»Ich weiß. Und du? Was hast du danach getan?«

»Mich wie ein Besessener ins Schreiben gestürzt. Seitdem mache ich nichts anderes.« Gedankenverloren rieb er die Narbe an seinem Kinn.

Sofort erinnerte Christina sich, wie er diese Narbe bekommen hatte. Im Geiste sah sie ihn wieder vor sich stehen, in seinem einzigen feinen Anzug und seinen blank polierten Schuhen, sah wieder das Blut aus der klaffenden Wunde auf seine weiße Hemdbrust tropfen, sah den maskenhaften Ausdruck seines Gesichts, den Hass in seinen Augen.

Jetzt erkannte sie nur unendliche Müdigkeit darin und eine Spur Trauer. Er hielt ihren Blick fest, sagte aber nichts.

»Hast du manchmal an mich gedacht?« Es rutschte ihr heraus, bevor sie es zurückhalten konnte. »Vergiss es«, sagte sie rasch.

Doch dazu war es zu spät. Ihre Frage hatte die mühsam errichtete Fassade distanzierter Sachlichkeit einstürzen lassen.

»Großer Gott!« Seine Stimme klang rau, und er sah aus, als hätte sie ihm das Herz aus dem Leib gerissen. »Ich habe an nichts anderes gedacht! Ich habe all die Jahre nur an dich gedacht!« Christinas Saftglas fiel um und rollte klirrend über den Tisch, als er mit einem Ruck ihre beiden Hände ergriff und sie festhielt. »Dich nach dieser ganzen Zeit wiederzusehen ... Wenn es die Hölle auf Erden gibt – ich habe sie kennen gelernt. Ich war mittendrin. Ich bin es immer noch. Sieh mich doch an! Sieh dir an, was aus mir geworden ist!«

Ein Laut, der wie ein ersticktes Schluchzen klang, stieg aus seiner Kehle. Der Schmerz, der ihn umgab, war real, fast mit Händen zu greifen. Er quetschte ihre Finger so fest zusammen, dass sie leise aufschrie, doch er hörte es nicht. Seine Augen waren dunkel vor jahrelang aufgestauter Qual, als er hervorstieß: »Warum hast du uns das angetan? Mein Gott, warum nur?«

Fassungslos sah sie ihn an. »Ich? Was ich uns angetan habe?«

»Du hättest mir von ihr erzählen sollen! Du hättest nur zu sagen brauchen: Ich habe eine Zwillingsschwester. Vier Worte, und nichts von alledem hätte passieren müssen!«

»Wozu? Eine war so gut für dich wie die andere.«

Abrupt ließ er ihre Hände los und stieß sie von sich. »Erzähl mir nicht diesen himmelschreienden Blödsinn!«, presste er zwischen zusammengebissenen Zähnen hervor. »Kein Mensch auf Erden hätte euch auseinander halten können! So verschieden ihr vom Wesen her seid, so sehr gleicht ihr euch äußerlich. Sogar dein Vater hatte Probleme, euch nicht zu verwechseln, und er kannte euch euer ganzes Leben lang. Außerdem, vergiss nicht, sie hatte es darauf angelegt. Ich habe euch nur deshalb verwechselt, weil jeder andere es in dieser Situation auch getan hätte. Was hatte das mit meinen Gefühlen für dich zu tun?«

»Genauso war es wohl vorgestern im Krankenhaus, nicht?«, fragte sie höhnisch.

Seine Schultern sackten herab, als jegliche Aggressivität schlagartig von ihm wich. »Ja«, sagte er erschöpft. »Ja, es war genau dasselbe.«

»Nun, dann lass dir sagen, dass es sehr wohl jemanden gibt, der mich niemals mit meiner Schwester verwechseln würde, und wenn sie es noch so sehr darauf anlegt. Jemand, der mich wirklich liebt. Bei ihm hat sie dasselbe versucht wie bei dir, und er fiel nicht darauf herein!« Sie schämte sich sofort wegen des versteckten Triumphes in ihrer Stimme, doch es war zu spät, um ihre Bemerkung zurückzunehmen und den gepeinigten Ausdruck, der bei ihren Worten auf seine Züge getreten war, auszulöschen. Unvermittelt brach sie in Tränen aus und vergrub das Gesicht in den Händen.

Thomas stieß den Stuhl zurück, stand auf und ging zum Herd. Sein Kopf hing herab, seine Schultern zuckten, und er nestelte ziellos am Saum seines Pullovers herum.

Sie stand ebenfalls auf und folgte ihm. Tränen liefen über ihre Wangen, und in ihrer Brust schien ein kantiger Stein zu liegen. Thomas hatte Recht. Es war allein ihre Schuld gewesen. Sie hatte es immer gewusst, doch niemals wahrhaben wollen. Wenn sie damals von Anfang an die Wahrheit gesagt hätte, wäre alles gut geworden, und sie hätte nicht ihrer beider Leben verpfuscht. »Es tut mir Leid!«, weinte sie. »Es tut mir so Leid, Tommy!« Unbeholfen legte sie die Hand auf seinen Rücken. »Ich weiß, dass es allein meine Schuld ist! O Gott, was habe ich nur getan!«

Mit einem gebrochenen Laut fuhr er zu ihr herum und riss sie in seine Arme, presste sie so fest an sich, dass sie glaubte, ihre Rippen müssten brechen. Doch noch nie war ihr ein Schmerz so willkommen gewesen wie dieser.

»Christina! Um Gottes willen ...«, stammelte er an ihrem Hals. »Mein Liebes ... So viele Jahre...«

Sie grub ihre Finger in seinen Rücken, spürte die knochigen Schulterblätter unter seinem Pullover. Er war viel zu dünn. Vergaß über der Schreiberei das Essen. Wusste nicht, ob es morgens oder abends war ...

Schluchzend presste sie sich noch dichter an ihn, sog den Geruch seiner Haut in sich auf, der ihr so wichtig und so vertraut war, dass sie glaubte, nicht weiterleben zu können, wenn sie ihn nochmals verlor.

»Tommy! Damals, ohne dich ... ich wollte sterben ...«
»Verlass mich nicht! Verlass mich nie mehr, Christina!«

»Wenn ich damals doch nur ...«

»Nein! Es war nicht deine Schuld, das darfst du nicht denken, das darfst du niemals denken!« Die Worte, fieberhaft in ihre Haare gemurmelt, waren kaum hörbar. Sein Körper bebte in ihren Armen wie unter einem heftigen Stromschlag, als sie den Kopf hob und ihn ansah. An seinem Hals pulsierte eine Ader, und die Narbe an seinem Kinn hatte sich dunkelrot verfärbt, Zeichen seiner extremen Anspannung. Sein Gesicht war ein Spiegel heftiger Emotionen, und wieder wollte er etwas sagen.

Doch sie legte den Finger auf seinen Mund. »Nicht reden. Sprich jetzt nicht!«

In seinen Augen stand eine stumme Frage, die sie ebenso stumm beantwortete. Dann verschlangen seine Lippen die ihren, und ihrer beider Atem ging schwer und abgerissen, sie umklammerten einander mit aller Kraft, weinten und lachten zugleich. Sie sprachen nicht, auch dann nicht, als sie in wortloser Übereinkunft Hand in Hand die Treppe hinaufstiegen und in sein Schlafzimmer gingen. Dort drängte er sie ungeduldig gegen die Wand, bog ihren Kopf zurück und küsste sie erneut hart und fordernd. Das Feuer, das seine Berührungen in ihr entfachte, war so verzehrend in seiner Intensität, dass sie keinen Zweifel an der Berechtigung dieser Umarmung zuließ. Eher wollte sie sterben, als darauf zu verzichten. Sie ergab sich seinen stürmischen Lippen, erwiderte seine fast rohen Liebkosungen in gierigem Verlangen.

Erst, als sie nebeneinander auf dem Bett lagen und er Anstalten machte, sie auszuziehen, hielt sie seine Hände fest. »Mach das Licht aus.«

»Aber ...«

»Bitte.«

Er löschte das Licht und kam zurück zum Bett. Mit ungeschickten Bewegungen zogen sie einander im Dunkeln aus, kämpften mit Reißverschlüssen, Knöpfen, Ärmeln, das Geräusch ihrer abgehackten Atemzüge in den Ohren. Dann fanden sie einander wieder. Diesmal war es ein echtes Nachhausekommen. Wie gut sie ihn doch kannte! Wie gut sie sich an den warmen Geruch seines Atems, an das Gefühl seiner Haut unter ihren Handflächen und Fingerspitzen erinnerte! Wie hatte sie nur die Jahre ohne ihn ertragen können? Christina zitterte und weinte in seinen Armen, drängte sich gegen ihn, forderte ihn in rastlosem Hunger auf, zu ihr zu kommen.

Eine flüchtige Sekunde lang dachte sie an Ricky, doch er war zu weit weg, gehörte zu einer anderen Zeit, einem anderen Leben. Die Erinnerung an ihn verlor sich in dem machtvollen Sog, der sie erfasst hatte und in eine Welt voller Verheißungen lockte, an deren Ende eine Erfüllung auf sie wartete, die nichts und niemand ihr versagen durfte.

Sie wollte wieder weinen, doch für Tränen war kein Raum mehr. Nichts existierte mehr für sie außer dieser einen Nacht und der Unaufhaltsamkeit, mit der ihre Körper sich gegeneinander und ineinander bewegten und schließlich in Ekstase verschmolzen.

16. Kapitel

Als sie später in der Dunkelheit nebeneinander lagen und redeten, klammerten sie alles aus, das alte Wunden wieder aufreißen könnte. Die Gesichter einander zugewandt, sprachen sie leise, als könnte ein lautes Wort die tiefe Verbundenheit stören. Thomas erzählte, wie er in monatelanger, mühevoller Arbeit das verfallene Haus restauriert und das überwucherte Gelände gerodet und neu angelegt hatte.

»Hier gab es unglaublich viel Gestrüpp, das Haus war richtig zugewachsen, eingesperrt wie Dornröschens Schloss unter der hundertjährigen Hecke. Aber ich hab nur das Nötigste weggeschnitten, um genug Licht zum Schreiben und Lesen zu haben.«

Christina ging durch den Kopf, wie wenig dieses Haus und die Wohnung ihrer Schwester gemeinsam hatten. Kein Paar hätte so grundverschieden sein können wie Thomas und Martina. Ihre Beziehung stand von Anfang an auf tönernen Füßen und war in jeder

Hinsicht völlig aussichtslos gewesen.

»Jetzt bist du dran«, sagte Thomas und biss ihr sacht ins Ohrläppchen. Seine rechte Hand lag besitzergreifend auf ihrer Hüfte. »Erzähl mir von deiner Arbeit!«

Bereitwillig kam sie seiner Aufforderung nach. Ihre lebhafte Schilderung, der Überschwang in ihrer Stimme und ihre unwillkürlichen Gesten unter der Decke ließen keinen Zweifel daran, wie wichtig der Beruf ihr war. »Natürlich gibt es im ganzen Pazifik herrliche Riffe, etwa im Fidschi-Archipel oder das One-Tree-Reef vor Australien. Aber die besten Fotos gelingen mir immer auf den Malediven, deshalb tauche ich meistens dort.«

»Erzähl mir, wie es ist, wenn du tauchst.«

Das ließ sie sich nicht zweimal sagen. Ausführlich beschrieb sie den Artenreichtum und die Farbenpracht, die sie mit ihrer Kamera einzufangen versuchte. »Die wenigsten Leute wissen, dass Riffe Kolonien winziger Lebewesen sind«, schloss sie, »ein unvorstellbar großes und extrem weit verzweigtes Bauwerk unzähliger Meeresorganismen. Kalk bildende Polypen, die in Symbiose mit Algen über Jahrtausende hinweg die Skelette der Steinkorallen wachsen lassen. Und die Farben! Man glaubt es gar nicht, wenn man es nicht selbst gesehen hat. Es ist wie ein wundervoller, unglaublich bunter Unterwassergarten.«

»Ich würde es mir gern mit dir zusammen ansehen.«

Nein, durchzuckte es sie. Diese Welt gehört Ricky!

Thomas spürte sofort, wie sie sich innerlich von ihm zurückzog; eilig wechselte er das Thema. »Soll ich dir von meinem nächsten Buch erzählen?«

Christina nickte an seiner Schulter, doch die innige Vertrautheit war verschwunden. Alle Probleme, vorher nur scheinbar ausgelöscht, brachen mit unvermitteltr Wucht wieder über sie herein, und sie rührte sich mehrmals unruhig neben ihm, während er weitersprach.

»Ich habe vor, ein altes Thema zu variieren. Der Protagonist wird ins dreizehnte Jahrhundert zurückversetzt und verliebt sich unsterblich in die Tochter eines Edelmannes. Etwas Romantisches also.

Burgfräuleins, Barden, Gaukler, böse Ritter. Eine Zeitreisegeschichte, etwas in der Art wie *Ein Yankee aus Connecticut an König Arturs Hof.*«

»Was ist das?«, fragte sie, eher aus Höflichkeit als aus echtem Interesse.

»Ein Roman von Mark Twain.«

»Ach so.«

»Christina«, sagte er sanft.

»Hm?«

»Alles in Ordnung?«

»Sicher.«

»Ich glaube nicht.«

»Wieso nicht?«, fragte sie leicht gereizt.

»Weil ich es merke. Was ist los mit dir?«

Sie konnte es ihm nicht erklären. Sie wusste es ja selbst nicht genau. Was hätte sie auch sagen sollen? Dass die Frau, die genetisch mit ihr identisch war, vermutlich wahnsinnig und eine Mörderin war?

Ihr war klar, dass es für Thomas keine echte Überraschung sein würde. Sicher fiele es ihm nicht besonders schwer, Martina einen Mord zuzutrauen. Genau genommen hatte er es bereits getan. Er hatte den Tod ihres Vaters mit ihren Geschwistern in Verbindung gebracht und ihr empfohlen, nicht mit ihnen darüber zu sprechen.

Vor allem nicht mit deiner Schwester.

Dennoch war Christina nicht imstande, ihm zu offenbaren, was sie bedrückte. Ihre Furcht ging weit tiefer als der bloße Verdacht, Martina könne eine Mörderin sein.

Es wäre ganz einfach, ihm zu sagen: Meine Schwester ist eine Mörderin. Doch wie hätte sie ihm erklären sollen, dass die Schlüsse, die sie aus dieser Tatsache für sich selbst ziehen musste, sie so sehr verstörten, dass ihr jeder klare Gedanke nahezu unmöglich geworden war?

Identisch, flüsterte die Stimme in ihr. Du und sie, ihr seid gleich, hast du das vergessen?

Sollte sie ihm das sagen? Oder dass da draußen irgend etwas auf sie lauerte, darauf wartete, sie in die Dunkelheit zu ziehen? Wie sollte sie die kalte Gewissheit beschreiben, mit der sie fühlte, wie nah das Ende war?

Freiheit oder Tod.

Der Gedanke war wie ein Signal. Es wurde Zeit für sie. Sie richtete sich auf, streifte die Decke ab.

»Was ist mit dir?«

»Ich muss gehen.« Sie stand auf und hangelte in der Dunkelheit nach ihren Sachen.

Thomas tastete herum und fand den Lichtschalter. Die Nachttischlampe erhellte mit mildem Licht den Raum. Christina wandte sich rasch ab und schlüpfte in ihre Unterwäsche.

»Sieh mich an«, bat er.

Sie schüttelte den Kopf und stieg in ihre Jeans. »Ich muss mich beeilen.«

»Aber wieso, um alles in der Welt? Was habe ich falsch gemacht? Christina, sag es mir!«

Sie hörte, wie er ebenfalls aufstand und hinter sie trat. »Geh nicht!« Er legte beide Hände auf ihre Schultern und drehte sie zu sich herum. Im Schein der Lampe wechselte der Farbton ihrer Iris. Das goldgefleckte Braun verdunkelte sich, wurde beinahe schwarz. Ihr Gesicht war unnatürlich blass.

»Es wird Zeit für mich«, sagte sie leise. Als er sich näher beugte, wich sie zurück, bückte sich und zog ihre Schuhe an. Ihr Haar fiel nach vorn und entblößte ihren feinknochigen weißen Nacken. Ungeachtet seiner Nacktheit ging Thomas neben ihr in die Hocke und umfasste ihr Kinn.

Abermals wich sie zurück, richtete sich auf und griff nach ihrem Pullover, den sie über einen Stuhl geworfen hatte.

»Ist es ... Hat es mit dem Mann zu tun, von dem du vorhin gesprochen hast? Der ... der dich und deine Schwester auseinanderhalten kann?« Seine Frage kam halb besorgt, halb aggressiv.

Christinas Kopf ruckte hoch, und plötzlich lag ein bitterer Zug um ihren Mund. »Vielleicht.«

Er packte ihre Schultern, hielt sie fest. »Du wirst mich nicht so verlassen! Diesmal nicht!«

Sie stieß ihn von sich. »Es bleibt eine Tatsache, dass du mich nicht von ihr unterscheiden kannst.«

»Du willst doch nicht allen Ernstes behaupten, dass du deswegen gehst?«

Christina wich seinen Blicken aus und legte unentschlossen den Kopf schräg. »Ich ... ich ...« Hilflos brach sie ab. Was war los mit ihr? Sie versuchte, darüber nachzudenken, doch in ihr war kein Raum für vernünftige Überlegungen. Ich muss mich beeilen, dachte sie, von sonderbarer Unruhe erfasst. Sie wartet doch auf mich. Ich darf sie nicht warten lassen. Nie mehr warten lassen! »Christina, was ist mit dir?«

Diesmal sah sie ihn an, doch etwas seltsam Lauerndes lag in ihrem Blick. »Woher weißt du eigentlich, dass ich diejenige bin, für die ich mich ausgebe? Wie willst du wissen, ob ich nicht die Falsche bin?«

Ihre letzten Worte dröhnten in ihren Ohren, tausendfach verstärkt wie von einem gewaltigen Mikrophon. Die Falsche, die Falsche, die Falsche!, brüllte die Stimme ihr zu. Grauen packte sie, nicht nur als psychische Empfindung, sondern als ein heftiger körperlicher Schmerz, der unter ihrem Rippenbogen begann und sich bis zur Kehle hochzog und dabei immer mehr verstärkte, bis er ihren Brustkorb zu sprengen drohte.

Warum?, dachte sie verzweifelt. Wovor fürchte ich mich so? Doch dann sah sie den Ausdruck in Thomas' Augen und wusste, wovor. In seinen Blicken las sie dasselbe wie vor zwölf Jahren. Davor hatte sie Angst gehabt, immer wieder davor, in Träumen und im Wachzustand hatte sie diesen Blick mit allen Fasern ihres Seins gefürchtet. Damals hatte Thomas seinen feinen schwarzen Anzug getragen, heute war er nackt, doch der Ausdruck in seinen Augen war derselbe. Zweifel.

Sein Mund formte ein tonloses Wort, dann stöhnte er. »Christina?«

»Wirklich?«, flüsterte sie mit schrecklichem Lächeln.

Der Zweifel in seinen Augen wurde zur Wut.

Sie stieß ein schrilles Lachen aus, wandte sich zur Tür und floh. Mit jedem Schritt, den sie tat, steigerte sich ihr Herzschlag, um sich schließlich mit jener dröhnenden Stimme in ihrem Kopf zu einem misstönenden rhythmischen Donnern zu vereinen. Die Falsche, donnerte die Stimme, und dann immer wieder: Falsch, falsch, falsch!

Sein Atem biss in ihren Nacken, und sie spürte, wie dicht er hinter ihr war, während sie rannte, über den Gang flog. Dann erwischte er eine Faust voll kastanienroter Locken, zerrte ihren Kopf in den Nacken. Sich scheinbar geschlagen gebend, blieb sie stehen, doch dann riss sie sich unerwartet los, sprang durch die nächstbeste offene Tür, landete im Bad.

»Du!«, brüllte er.

Sie knallte ihm die Tür vor der Nase zu, verriegelte sie mit fliegenden Fingern.

Das massive Holz der Tür dröhnte unter seinen Fäusten. »Mach auf!«

Ihr Gesicht im Spiegel war ein weißer, schwebender Mond, die Augen dunkle Teiche. Ihr Mund klaffte auf, ließ das schimmernde Rot ihrer Zunge sehen. Sie lauschte mit seitlich geneigtem Kopf.

»Mach – mir – auf! Mach – mir auf!«

Im Takt seiner Worte malträtierte er die Tür mit donnernden Faustschlägen und Fußtritten, doch das Holz hatte Jahrhunderte überdauert. Thomas würde eine Axt brauchen, um zu ihr zu gelangen. Dann würde er sie töten, so wie er sie schon einmal hatte töten wollen.

Verschwinde, bevor ich dich umbringe.
Das würdest du nicht wirklich tun.
Ich schwöre dir, dass ich es könnte. Lass es nicht darauf ankommen.

Was spielte es für eine Rolle? Sterben musste sie ohnehin, so oder so. Und es würde noch in dieser Nacht passieren, am Ende des Weges.

Wieder starrte sie sich im Spiegel an. Wie weiß mein Gesicht ist, dachte sie verwundert. Das Krachen von Thomas' Fäusten an der Tür schien dumpf und weit weg. Ein funkelnder Gegenstand lenkte ihre Blicke auf sich. Dort auf dem schmalen Brett unter dem Spiegel lag es. Aufgeklappt, dünn geschliffen und tödlich scharf. Sein Rasiermesser. Langsam streckte sie die Hand danach aus.

Thomas hämmerte immer noch gegen die Tür, rasend vor Wut, Angst und Entsetzen. Nach endlosen Jahren der Einsamkeit hatte er die Frau, die er liebte, wiedergefunden, nur um sie sofort wieder zu verlieren. Nur entfernt ahnte er, was in ihr vorging, aber das, was er vorhin in ihren Augen zu sehen geglaubt hatte, war wie ein Fausthieb in den Magen gewesen. Noch nie hatte er im Gesicht eines Menschen solche besinnungslose Panik gesehen. Und noch etwas hatte in ihrem Blick gelegen, etwas Unheilvolles, Abgründiges. Was war es? Was hatte er gesehen? Seine suchenden Gedanken wurden blitzartig ausgelöscht, gingen unter in der lähmenden Erkenntnis dessen, was sie vorhin im Schlafzimmer von ihm gedacht haben musste, und sofort hörte er auf, gegen die Tür zu schlagen.

Vor zwölf Jahren hatte er sie verwechselt. Vor drei Tagen ebenso. Er verfluchte sich dafür, hasste sich, doch er konnte es nicht ändern. Aber zwischen diesen Ereignissen und der Szene, die sich vorhin im Schlafzimmer abgespielt hatte, gab es einen grundlegenden Unterschied, der alles doppelt so schlimm machte. Während er die anderen Male Martina für Christina gehalten hatte, war es jetzt umgekehrt; diesmal hatte er geglaubt, Christina sei ihre Schwester. Jedenfalls hatte sie das irrtümlich angenommen.

Wirklich?, raunte es in seinem Inneren. Hat sie sich wirklich geirrt, als sie das dachte? Was hat sie in deinem Gesicht gesehen, das sie so in Schrecken versetzt hat?

Wütend schüttelte er den Kopf, um das Flüstern zu vertreiben. »Du irrst dich!«, schrie er. »Ich weiß, dass du Christina bist! Hörst du! Du bist die Richtige! Ich weiß es, egal, was du denkst! Niemals würde ich dir etwas antun! Du bist mein Leben, Christina! Ich liebe dich! Mach mir auf! Bitte!« Die schmerzenden Knöchel seiner Hände massierend, lauschte er auf Geräusche aus dem Bad, doch kein Laut war zu hören. »Mach mir auf! Bitte, Liebes, lass uns über alles reden! Hab keine Angst vor mir!«

Im Bad herrschte absolute Stille. Das wilde Pochen seines Herzschlages in den Ohren, legte Thomas die Wange gegen die Eichenbohlen der Tür. Er konzentrierte sich, doch noch immer war nichts zu hören.

Plötzlich sah er sein Rasiermesser vor sich, das er wie jeden Morgen aufgeklappt unter dem Spiegel liegen gelassen hatte. »Nein«, sagte er monoton. »Nein, nein, nein. Bitte, nicht das. Nur das nicht!«

Er merkte, dass er Zeit vergeudete. Keinen weiteren Augenblick verlierend, rannte er in den Keller, riss den Vorschlaghammer aus der Halterung neben der Werkbank und war wenige Sekunden darauf wieder oben vor der Badezimmertür. Der Atem rasselte in seiner Kehle, als er das Schloss anvisierte und weit ausholte.

Doch der Hammer fand nie sein Ziel. Die Tür war offen, schwang leise knarrend nach innen. Thomas ließ den Hammer einfach los. Krachend schlug der schwere Eisenkopf auf die Dielen.

»Christina?« Gebannt wartete er auf eine Bewegung, einen Laut. Er wagte kaum, näher zu treten, als könnte die Tür bei der leisesten Regung wieder ins Schloss fallen. Doch sie öffnete sich noch weiter, gab den Blick auf den weiß gefliesten Badezimmerboden frei. Der Schrei erstickte in seiner Kehle, als er Rot auf dem Weiß sah, und dann brach er ohne jede Vorwarnung in die Knie, da ihn schlagartig alle Kraft verließ. Der Luftzug traf das Rot auf den Fliesen, wirbelte es hoch.

Benommen stützte er sich am Türrahmen ab und richtete sich auf, immer noch unverwandt den Blick auf die verstreuten roten Locken auf dem Fußboden geheftet.

Dann hörte er ihr gedämpftes Lachen. Von der halb geöffneten Tür verborgen, hockte Christina auf dem Wannenrand, in der einen Hand das aufgeklappte Rasiermesser, mit der anderen den kurzgeschorenen Kopf abtastend. In unregelmäßigen Büscheln, teilweise bis auf die Kopfhaut weggeschnitten, standen die verbliebenen Haare ab und verliehen ihr das Aussehen eines struppigen, trotzigen Jungen. Trotz ihrer starken Blässe und ihrer offensichtlichen Verstörtheit wirkte ihr Äußeres komisch, ein Eindruck, der durch das hysterische, glucksende Kichern noch verstärkt wurde. Stoßweise quollen die Lachgeräusche aus ihr heraus, halb verschluckt, halb schrill; es war offensichtlich, dass sie völlig machtlos dagegen war.

Thomas lächelte unwillkürlich, obwohl das Adrenalin in seinem Kreislauf immer noch seine Pulse rasen ließ. Er sagte das Erstbeste, das ihm einfiel. »Jetzt kann dich niemand mehr verwechseln.«

Stahl klirrte gegen Email, als Christina das Rasiermesser in die Wanne fallen ließ. »Du hast Recht. Jetzt nicht mehr.« Sie stemmte sich vom Wannenrand hoch und machte einen unsicheren Schritt auf Thomas zu.

Er stieß ruckartig die Luft aus und nahm sie in die Arme. »Ich bin fast gestorben vor Angst!«

»Ich auch. Glaub mir, ich auch.« Ihr Körper zitterte wie Espenlaub. Sie ließ sich von Thomas halten, duldete willenlos seine Umarmung.

»Schsch. Alles wird gut. Alles wird gut.« Minutenlang hielt er sie einfach nur fest, tröstliche Worte in ihr Ohr murmelnd. Seine Lippen streiften ihre Wange, dann die verunstalteten Haare. »Du bist dir meiner nicht sicher, habe ich Recht? Es war wie damals, oder? Du denkst, sie muss nur in meiner Nähe auftauchen, und alles zwischen uns beiden ist wieder zerstört. Aber das stimmt nicht. Glaub mir, es stimmt nicht. So etwas wird nie wieder passieren!«

Sie sagte nichts, doch Thomas spürte, wie ihr Zittern nachließ. »Für alles gibt es eine Lösung, auch für dieses Problem«, fuhr er betont sachlich fort, während er sie um die Taille fasste und behutsam zurück zum Schlafzimmer dirigierte. »Wir werden sie gemeinsam finden, Christina.« Er drückte sie auf das Bett nieder, setzte sich neben sie und schloss sie erneut in die Arme. Mit der Hand stützte er ihren Hinterkopf, barg ihr Gesicht an seiner Brust. »Ich liebe dich. Das darfst du nie wieder vergessen. Nie wieder!« Unter seinen Handflächen fühlte er borstige Stellen. Mechanisch streichelte er sie. »Du wirst zum Friseur müssen, Liebes. Vielleicht kann man noch was retten.«

»Wie sehe ich aus?«

»Wie ein Igel. Jedenfalls fühlt es sich so an.«

»Mein Gott«, sagte sie, ehrlich erschüttert.

Thomas lächelte unwillkürlich, wurde aber sofort wieder ernst. »Warum, Christina? Warum hast du das gemacht?«

»Ich weiß nicht, warum«, sagte sie mit einem lang gezogenen Atemzug, die Lippen an seine nackte Brust gedrückt. »Ich würde alles darum geben, wenn ich es wüsste, glaub mir!«

»Vielleicht hast du es aus demselben Grund gemacht, aus dem du damals weggelaufen bist.«

»Das Beste wäre, ich würde wieder weglaufen.«

»Sag so etwas nie wieder.«

»Du weißt ja nicht, was …«

»Was?«

»Nichts. Es ist nichts. Meine Nerven sind angegriffen, das ist alles. Die Beerdigung. Der Brand.« Fast hätte sie hinzugefügt: Ricky. Doch sie tat es nicht. Intuitiv wusste sie, wie sehr sie Thomas damit verletzt hätte. Warum sollte sie ihm von Ricky erzählen, wenn die bevorstehenden Ereignisse eine Entscheidung überflüssig machten?

Ich muss gehen, wollte sie rufen. Doch sie wusste, dass er sie jetzt, in diesem Zustand, nicht weglassen würde. Sie fühlte sich leer, innerlich hohl, wie ausgepumpt nach dem Filmriss, den sie vorhin im Badezimmer gehabt hatte. Als sie wieder zu sich gekommen war, hatte sie auf dem Wannenrand gesessen, das Rasiermesser in der Hand, und in der Gewissheit, soeben verrückt geworden zu sein, auf ihre abgeschnittenen Haare gestarrt. »Wahrscheinlich bin ich einfach überreizt«, sagte sie in bravem Ton. »In den letzten Nächten habe ich kaum ein Auge zugekriegt. Vielleicht ist es noch der Jetlag. Am besten schlafe ich einfach ein bisschen.«

»Gute Idee. Leg dich hin.« Thomas zog ihr die Schuhe aus, drängte sie in die Kissen, zog die Decke über sie. »Ich hole etwas zu trinken, ich bin gleich zurück.« Er nahm einen Bademantel aus dem Schrank und streifte ihn nachlässig über, während er zur Tür ging. Die Hand an der Klinke, blieb er kurz stehen und sah Christina besorgt an, doch sie mied seinen Blick, voller Angst, aus ihren Augen könnte für jedermann erkennbar der Wahnsinn leuchten. Außerstande, einen klaren Gedanken zu fassen, wartete sie, bis Thomas zurückkam und ihr irgendein scharfes, alkoholisches Getränk aufdrängte. Widerwillig schluckte sie es und hustete. »Was ist das für ein Teufelszeug?«

»Kirschwasser. Gut für die Nerven.«

Christina zwang sich zu einem Lächeln. »Komm ins Bett.«

Er hob grinsend beide Hände. »Ich glaube, dazu bin ich nach der Aufregung nicht mehr imstande.«

»Nur schlafen«, beteuerte sie, dann erkannte sie, dass er nur einen Versuch unternommen hatte, sie durch einen Scherz aufzuheitern.

Thomas zog den Bademantel aus und stieg zu ihr ins Bett. Er schloss sie in die Arme und hielt sie an sich gedrückt. »Liebst du mich, Christina?«

»Ja. Ich habe dich immer geliebt.«

»Dieses Haus habe ich deinetwegen gekauft. Als ich es herrichtete, habe ich mir bei jedem Handgriff vorgestellt, ob es dir so gefallen würde. Ich habe gewartet, dass du wiederkommst. Gott, wie habe ich darauf gewartet!«

»Jetzt bin ich ja da.«

»Bleibst du bei mir?«

»Ja«, log sie und kuschelte sich dichter an ihn. Sie wartete, bis er sich entspannte, und stellte sich schlafend. Als sie nach einer Weile an der tiefen Regelmäßigkeit seines Atems spürte, dass er eingeschlafen war, löste sie sich vorsichtig aus seiner Umarmung und stand auf. Im diffusen Licht des heraufziehenden Morgens fand sie ihre Schuhe und zog sie geräuschlos an. Die Dämmerung erhellte schwach das Gesicht des Mannes auf dem Bett. Christina, schon auf dem Weg zur Tür, blieb stehen und sah ihn ein letztes Mal an. Seine Züge waren im Schlaf entspannt und wirkten verletzlich und jung. Fast so jung wie vor zwölf Jahren in jener Nacht auf Sylt, als ihre wunderbare, einzigartige Liebe begonnen hatte.

In diesen endlosen, bittersüßen Augenblicken, während derer Christina reglos dort stand und Thomas betrachtete, wurde ihr klar, dass die Zeit sich nicht einfach zurückdrehen ließ. Jene glücklichen Tage waren vorbei, für immer verloren. Vielleicht, dachte sie, sich gegen die Hoffnungslosigkeit dieser Erkenntnis auflehnend, wenn wir uns beide Mühe geben. Einfach einen neuen Anfang versuchen ...

Aber niemals konnte es genauso wie damals werden. Diese herzklopfende Sehnsucht würde es nicht mehr geben, ebenso wenig wie die himmelstürmende Seligkeit, die aus der zuversichtlichen Gewissheit wuchs, alles mit dieser Liebe bezwingen zu können.

Und doch liebte sie ihn, weil sie diesen verlorenen Teil ihres Lebens betrauerte, ihn nie aus ihrem Wesen würde bannen können. Er gehörte zu ihr, so wie ihre Kindheit zu ihr gehörte. Zeitlebens würde er sie auf seine Weise begleiten, denn er war ein Stück von ihr. Sie würde ihn immer lieben. Tränen rannen über ihre Wangen, und ihr Herz krampfte sich zusammen, weil sie ihn vielleicht nie wiedersehen würde. In Gedanken streckte sie die Hände aus und berührte ihn, sagte ihm auf diese Art Lebewohl.

Dann wandte sie sich ab und ging. Ihre Slipper verursachten nicht den leisesten Laut auf den Dielenbrettern. Im Gang wäre sie beinahe über den Vorschlaghammer gestolpert, den Thomas an die Wand gelehnt hatte. Als sie an der offenen Tür zum Badezimmer vorbeikam, sah sie ihre abgeschnittenen Haare, die sich rötlich leuchtend vom Weiß der Fliesen abhoben. Christina drehte rasch den Kopf zur Seite, weil sie den Anblick nicht ertrug.

Die Haustür knarrte in den Angeln und ließ einen Schwall frostiger Morgenluft herein. Der Geruch von Moos und feuchtem Laub schlug Christina entgegen und vertrieb ihre letzte Müdigkeit. Als sie über den Hof zum Wagen ging, bildete ihr Atem Dampfwolken. Der Mercedes war so geparkt, dass sie ihn ein Stück hangabwärts würde rollen lassen können, bevor sie den Motor startete. Vorsichtig zog sie die Haustür ins Schloss, stieg in den Wagen und löste die Bremse. Behäbig setzte der Mercedes sich in Bewegung, und während er langsam den Hügel hinabrollte, sah Christina sich um. Die Aussicht auf die Umgebung, von der sie gestern wegen der Dunkelheit und des dichten Regens nichts hatte erkennen können, war trotz des diesigen Morgens atemberaubend. Oberhalb der Waldgrenze bot der Hügel einen ungehinderten Blick auf die umliegenden bewaldeten Täler und die weiter entfernten Bergkämme. Auf einem der Hügel in nördlicher Richtung ragten die Zinnen der Ritterburg in den bleifarbenen Himmel. Christina erinnerte sich, wie

Thomas und sie von dort aus das alte Fachwerkhaus gesehen hatten. Suchend blickte sie über die Schulter zurück, bis sie das heruntergezogene Schindeldach und das schwarzweiße Fachwerkgemäuer oberhalb einer Schneise ausmachte. Auf halber Höhe einer unbewaldeten Bergflanke an den Hang geduckt, befand sich das Haus am Ende der asphaltierten Zufahrt. Von seinem Arbeitsplatz aus musste Thomas kilometerweit über Hügel und Wälder des umliegenden Landes blicken können. Vom Haus führte der Weg ins Tal; zwischen verkrüppelten Kiefern und vereinzeltem Buschwerk hindurch ging es streckenweise steil bergab, dann wieder wand die schmale Straße sich, einem ausgerollten Band gleich, in weit ausgreifenden Serpentinen talwärts, um an der etwas unterhalb liegenden Waldgrenze zwischen hohen Fichten zu verschwinden.

In dieser Minute ging die Sonne auf und säumte die Baumwipfel mit Morgenrot.

Christina ließ den Mercedes weiterrollen. Von Zeit zu Zeit bremste sie, und die Bewegung verursachte ein kaum spürbares Ziehen in ihrem rechten Fuß. Sie hatte geglaubt, dass die Verstauchung bereits völlig ausgeheilt wäre, doch vermutlich war sie zu viel herumgelaufen.

Als sie die Waldgrenze erreichte, gaukelte ihr das schattige Zwielicht, das noch zwischen den Bäumen herrschte, für Sekunden Dunkelheit vor. Während sich ihre Augen dem Dämmerlicht anpassten, griff sie zum Zündschlüssel, um den Motor zu starten. In diesem Moment sah sie ihre Schwester.

Sie stand neben dem Madonnenstandbild, das Gesicht zu einer Lücke im Laubdach emporgewandt. Von einem einzelnen Strahl der gerade erst aufgegangenen Sonne getroffen, umgab das offen herabfallende Haar ihren Kopf wie eine Wolke flüssigen Kupfers. Unbeweglich blieb sie dort stehen, auch als die Reifen des Mercedes mit einem knirschenden Geräusch in ihrer Nähe zum Stillstand kamen. Erst, als Christina ausstieg und auf sie zuging, kam Leben in sie. Langsam wandte sie sich zu Christina um. Ihr Gesichtsausdruck war unergründlich. »Ich habe auf dich gewartet.«

»Ich weiß.«

»Weißt du auch, warum?«

Christina konnte nichts darauf erwidern. *Sie ist keine Mörderin. Sie kann es nicht tun.*

»Glaubst du, dass ich es kann?«, wollte Martina wissen.

»Ja«, sagte Christina nach kurzem Überlegen.

Vom Licht der Morgensonne übergossen, stand Martina zwischen den Bäumen, schön und fern wie die Madonna neben ihr. »Es hätte wie früher sein können, Crissi. Warum, Crissi? Warum willst du weg von mir?«

Christina antwortete nicht, wartete auf ihre nächsten Worte.

»Warum hast du den Motor nicht gestartet, Crissi?«

»Ich wollte keinen überflüssigen Lärm machen.«

»Du ahnst ja gar nicht, welchen Lärm du gemacht hättest, wenn du den Zündschlüssel gedreht hättest.«

Christinas Blicke flogen zu dem Mercedes, und unwillkürlich wich sie einen Schritt zurück.

Martina lächelte sphinxhaft, und in diesem Augenblick glich ihr Gesicht so frappierend dem der hölzernen Madonna, dass es Christina den Atem verschlug.

»Du hast es nicht getan. Hast den Schlüssel nicht gedreht. Irgendwie wusste ich, dass du es nicht tust. Komisch, nicht? Ob du einen Schutzengel hast? So wie bei dem Brand?«

»Was weißt du von dem Brand?«

»Du hast dir die Haare abgeschnitten«, sagte Martina anstelle einer Antwort. »Es sieht scheußlich aus. Und es stellt mich vor einige Schwierigkeiten. Nun, ich nehme an, in diesem Wagen befindet sich ein Verbandskasten mit einer halbwegs vernünftigen Schere. Ich muss es wohl über mich bringen, was meinst du? Wir müssen einander völlig gleich sein, auch im Tod.«

»Ich weiß nicht, wovon du redest«, erwiderte Christina mit tauben Lippen.

»Stell dich nicht so naiv«, tadelte Martina sie. »Du weißt doch genau, worum es hier geht. Du oder ich. Ich muss in deine Rolle schlüpfen, verstehst du. Das ist natürlich kein Problem, schließlich sind wir beide gleich. Ich meine, absolut gleich.« Sie hob lauschend den Kopf. »Nein, noch nicht.« Beinahe zerstreut fuhr sie fort: »Es ist viel mehr als das. Wir sind nicht nur gleich, sondern identisch.«

»Bitte«, flüsterte Christina. Ihre Stimme brach.

Martina trat drei Schritte auf sie zu und stand plötzlich dicht vor ihr, die Handfläche erhoben. »Crissi«, hauchte sie.

Gebannt vom Klang dieser Stimme, schaute Christina mit weit aufgerissenen Augen in das vertraute und doch so fremdartige Gesicht vor ihr. Sie hob die Hand, von unaussprechlicher Sehnsucht erfüllt, ihre Schwester zu berühren. Doch dann trieb ein Impuls sie dazu, sich die Hand statt dessen auf den Kopf zu legen, ihn zu reiben, bis sie spürte, wie die Stoppeln der kurzen Haare in die Haut ihrer Handfläche stachen, ein zuverlässiger Beweis, dass sie sie selbst war.

Martina ließ die Hand sinken und blickte verunsichert zum Wagen. »Die Schere. Ich muss meine Haare schneiden, damit ...«

»Du wolltest nicht nur Ricky töten, sondern auch mich«, fiel Christina ihr ins Wort.

Martina fuhr zu ihr herum, und funkelte sie so böse an, dass Christina nur mit Mühe einen Aufschrei unterdrückte. Ricky hatte es gesehen, und nun sah sie es selbst.

Dschin.

Aus den Augen ihrer Schwester sprach Wahnsinn, der um so furchtbarer war, weil er unverkennbar mit anderen Gefühlsregungen gepaart war. Liebe, Mitleid, Trauer.

»Denkst du das wirklich? Nun, es ist egal, oder? Aufgeschoben ist nicht aufgehoben. Du hast den Zündschlüssel nicht gedreht, das war dumm. Aber jetzt sind wir beide hier.«

Christina stand mit hängenden Armen da, unfähig, sich zu rühren. Sehe ich auch so aus?, fragte sie sich, dem Hämmern ihres Herzens lauschend. Ist in meinen Augen dasselbe zu sehen wie in ihren?

Zeit, dachte sie plötzlich, ich muss Zeit gewinnen. Mit ihr reden. »Hast du Vater getötet?«

Martinas Augen waren zu Schlitzen verengt, ihr Mund verzerrte sich, versuchte krampfartig, Worte zu bilden.

»Martina, hast du Vater getötet?«

»Er wusste, wo du bist«, stieß Martina hervor. »Er wusste es all die Jahre, stell dir das vor! Er war schuld, er allein! Er hat dich weggejagt und hat verhindert, dass wir wieder zusammenkommen konnten!«

»Wie hast du das herausgefunden?«

»Zufall. Vor ein paar Monaten hörte ich, wie er Thekla fragte, ob sie die Zeitschriften weggeräumt hätte, damit ich sie nicht finden könnte. Ich stellte ihn zur Rede und sagte ihm auf den Kopf zu, dass er wüsste, wo du steckst. Ich sah ihm sofort an, dass ich Recht hatte, aber er wollte mir nicht sagen, wo du bist.« Ein klagender Aufschrei entrang sich ihr. »Er wollte es nicht sagen!«

»Er meinte es nur gut mit uns. Vielleicht hat er das hier vorausgesehen.«

»Ich habe ihm gesagt, ich würde ihn töten«, presste Martina hervor, ohne auf Christinas Bemerkung einzugehen. »Aber es war ihm ganz egal. Tu's doch, hat er gesagt, tu's doch! Was schert es mich, wenn ich tot bin? Dann sagte er: Aber vorher sorge ich dafür, dass du nicht kriegst, was du willst!« Martina ballte die Hände zu Fäusten, hob sie an den Mund, biss in die Knöchel. »Ich wollte, dass er stirbt. Ich wollte es so sehr, dass ...« Sie hielt inne, holte tief Luft und fuhr ruhiger fort: »Dann hatte ich eine gute Idee. Ich habe bei Gericht beantragt, dass du für tot erklärt wirst. Auf diese Weise konnte ich ihn zwingen, Farbe zu bekennen. Wenn er keine begründeten Einwände vorgebracht hätte, wärst du offiziell tot gewesen. Doch bevor es dazu kam, kriegte ich auch so heraus, was ich wissen wollte. Ich habe die Alte in die Zange genommen.« Sie kicherte unbeherrscht. »Es war ein hartes Stück Arbeit, aber schließlich hat sie mir doch verraten, was das für Zeitschriften gewesen waren, die sie hatte wegräumen müssen. Ein Detektiv hat den Rest für mich herausgefunden!«

»Derselbe, von dem du mich beschatten lässt, wenn ich unterwegs bin?«

»Natürlich. Wie hätte ich sonst wissen können, wohin du gehst?«

»Warum hast du Vater getötet, nachdem du wusstest, wo ich bin?«

Wieder kicherte Martina. »Wer sagt dir denn, dass ich es war?«

»Aber ...« Christina brach verwirrt ab. »Martina, hat Jochen ...«

»Jochen wollte Vaters Geld«, teilte Martina ihr mit, immer noch das verzerrte Lächeln auf den Lippen. »Aber vielleicht gab es noch jemanden, der Vaters Tod wollte, weil er ihn bis aufs Blut hasste.«

»Wer?«, flüsterte Christina.

»Jemand, der sich den rechten Arm abgehackt hätte, wenn er dafür hätte erfahren können, wo du bist. Jemand, der sich nicht damit abfinden konnte, dass Vater ihm all die Jahre deinen Aufenthaltsort verheimlicht hatte.«

»Du meinst ...?«

Martina warf lachend den Kopf zurück. »Wie schnell du schaltest! Hat er dich eingewickelt? Hm, lass mich raten. Ich wette, er hat dir nahegelegt, nicht mit mir zu sprechen. Stimmt's? Ich sehe dir an, dass ich Recht habe. Raffiniert. Äußerst schlau von diesem Burschen. Wie war eure Nacht in dem schnuckeligen kleinen Fachwerkhäuschen? Ihr habt es miteinander getrieben, so viel ist klar.« Ihr Gesicht verzerrte sich zu einer Fratze bösartigen Eifers, ihre Hüften bewegten sich in einer grotesken Parodie des Liebesaktes stoßweise vor und zurück. »Genau so, stimmt's? So habt ihr es gemacht! Das habe ich dir damals schon auf hundert Meter Entfernung angemerkt. Wie war es? Wie früher? Hat er dich glücklich gemacht, so wie mich auch? Ja, bestimmt, du siehst ganz danach aus. Du hattest vorhin wieder dieses Strahlen an dir, genau wie damals. Oh, du wolltest es immer vor mir geheim halten, warst so ängstlich besorgt, dass ich es rauskriegen könnte. Aber zwischen uns gab es keine Geheimnisse, nicht wahr?«

»Nein«, sagte Christina leise.

Martina reckte sich und zeigte triumphierend mit dem Finger auf sie. »Du wolltest mich reinlegen, und dafür hattest du Strafe verdient. Außerdem war er nichts wert. Er ist auch heute nichts wert.«

»Du weißt, dass das nicht wahr ist!«

Martina überhörte es. »Wie ging's denn letzte Nacht nach eurem intimen Beisammensein weiter, hm? Warte, sag's nicht. Ich weiß es auch so. Er hat dir vorgejammert, wie sehr er auf dich gewartet hat, stimmt's? Oh, ich weiß es, ich weiß alles! Ich weiß auch, dass du dich entscheiden musst, und auch, wie schwer es dir fällt. Du hast geweint, nicht? Wen willst du denn nun nehmen? Den blauäugigen braunen Jungen, der es dir besorgt? Oder den Jammerlappen da oben in seinem Fachwerkhaus, der in regelmäßigen Abständen seine Seele auf fünfhundert Seiten Papier kotzt?« Plötzlich wurde Martinas Stimme einschmeichelnd. »Sie sind beide nichts wert, du wirst es schon noch selbst merken. Außerdem ist es jetzt völlig gleichgültig. Jetzt gibt es nur noch uns.« Ihre Augen wurden zu schimmernden, hypnotisch kreiselnden Strudeln. »Crissi«, wisperte sie, um dann in sonderbar leierndem Ton fortzufahren: »Crissi. Mari. Wir sind eins. Du bist ich bin du bist ich.«

Ja, sang eine lockende Stimme in Christina. Heb deine Hand und leg sie in ihre, und ihr beide seid für immer zusammen! Für immer eins! Mari und Crissi, Crissi und Mari!

Christina rieb ihre geschorene Kopfhaut so heftig, dass ihre Hand heiß wurde. »Ich bin nicht du!«, schrie sie. »Sieh doch! Du bist dort, ich bin hier. Christina Marschall. Sieh mich an! Ich trage eine andere Jacke, andere Schuhe! Ich habe kurze Haare! Ich sehe ganz anders aus als du! Ich bin ich! Ich bin ich!«

Das verwirrende Farbenspiel in den goldenen Augen ihrer Schwester erlosch.

»Nein«, sagte Martina mit kalter Stimme, und dann kam wie aus dem Nichts ihre Faust und traf Christina am Kinn.

17. Kapitel

Sie kam zu sich, als ein kalter Luftzug ihre Haut streifte. Gegen die Morgensonne blinzelnd, erkannte sie Martinas ernstes, schönes Gesicht über sich, von den Baumspitzen umrahmt. Was für ein malerisches Motiv, dachte die Fotografin in ihr automatisch, doch dann erkannte sie, dass es nicht stimmte, weil Martina entstellt war.

Ihr wundervolles langes Haar war abgeschnitten, bis auf traurige Reste, die in hässlicher Unordnung vom Kopf abstanden. Sie ist ich, durchfuhr es Christina, und sekundenlang war sie sicher, dass es wirklich so war, dass sie während ihrer Bewusstlosigkeit die Körper getauscht hatten. Sie war Martina und lag hier auf dem Waldboden, abgestorbene Zweige und nasses Moos unter sich, und Christina stand über sie gebeugt und machte sich an ihr zu schaffen.

»Nicht ... so kalt«, murmelte sie mit verschwommener Stimme. »Deine Jacke. Ich brauche nur noch deine Jacke. Ich zieh dir dafür meine an, Crissi.«

Gewissheit durchflutete sie. Sie war Crissi. Sie war in ihrem eigenen Körper.

Martina zog ihr vollends die Jacke aus und streifte sie sich selbst über. Christina sah aus den Augenwinkeln, dass sie auch ihre Schuhe trug.

»Der Pulli ist okay. Niemand, der nicht etwas davon versteht, wird den Unterschied merken.«

Christina wollte sich bewegen, protestieren, doch ein plötzlicher Schmerz in ihrem Hinterkopf hinderte sie daran. Sie würgte und stöhnte. Ihr Blickfeld verschwamm, löste sich in blassem Nichts auf, und als sie ihre Umgebung wieder klar erkennen konnte, kniete Martina neben ihr, bis ins kleinste Detail ihr Ebenbild. »Du bist mit dem Kopf gegen eine Baumwurzel geschlagen. Du hast eine Gehirnerschütterung. Tut mir Leid.«

Tut mir Leid. Tut mir Leid ..., echote es in Christinas Ohren. Die Ratte, dachte sie bestürzt. Ich hätte sie nicht anfassen dürfen! Dann merkte sie, wo sie war. Sie wollte eine Frage stellen, doch ihre Stimme gehorchte nicht. Bis auf einen unartikulierten Laut brachte sie nichts hervor.

»Du hast meinen Ausweis in der Tasche, Kreditkarten, mein Adressbuch, ein bisschen Geld. Meinen Führerschein.«

»Was ...«, murmelte Christina undeutlich. Sie bemühte sich, den Sinn in Martinas letzten Worten zu ergründen, doch es gelang ihr nicht.

»Du bist ich, und ich bin du, deshalb spielt es nicht die geringste Rolle. Wenn du tot bist, ist alles gut.« Mit einem beinahe heiteren Ausdruck richtete Martina sich auf. »Du hast eine Kaiserschnittnarbe, Crissi. Genau wie ich. Du wirst mich für verrückt halten, aber ich wusste es. Irgendwie wusste ich es. Dass du auch schwanger warst. Mit Zwillingen. Und dass du deine Babys verloren hast, genau wie ich. Oh, ich hab's gespürt! Deinen Schmerz, deine Angst! Es waren Mädchen, nicht wahr? Crissi und Mari.«

Mühsam versuchte Christina, sich herumzurollen, doch wieder verdunkelte eine Welle von Schmerz ihre Wahrnehmung. Übelkeit brandete in ihr auf, und sie drehte den Kopf zur Seite, weil sie fürchtete, sich zu übergeben, die Kleidung zu beschmutzen, die ihr nicht gehörte. Sie fühlte, wie Mari ihre Hand nahm, sie öffnete und ihre eigene Hand gegen ihre Handfläche presste. Die geflüsterten Worte ihrer Schwester verstand sie nicht, doch es war auch nicht nötig. Die unsichtbare Fessel war da, stärker denn je, schmiedete sie zusammen bis zum Ende.

Dann wurde Maris Stimme deutlicher. Sie sprach leise, aber hörbar, mit einem Unterton von Verzweiflung. »Ich hab dich lieb, Crissi, du bist doch mein Leben! Weißt du noch, als wir acht waren und die Poesiealben bekamen, wie wir den Abdruck unserer Hände verglichen? Ich habe schrecklich geweint, als sie verbrannt sind. Immer musste ich an dich denken, weißt du das? All die Jahre. Als ich die Babys verlor, da weinte ich um dich und mich. Wir waren genauso, genau wie sie, so klein, so einzigartig und vollkommen eins. Kleine Hände, die zusammengehörten. Wie kann ich leben ohne dich? Paris war aufregend, bunte Kostüme und applaudierende Menschen, aber du warst nicht da. Es war niemals so, wie es sein sollte, all die Jahre nicht. Immer unvollständig. Ich war so leer, so allein. Ging es dir auch so?«

Ja, sagte Christina. Sie sprach es nur in Gedanken aus, doch sie wusste, dass Mari sie auch so verstand. Ja, ich war allein ohne dich. Immer allein.

Sie fühlte die Wärme an ihrer Handfläche, als ihre Schwester verzagt fragte: »Gehst du jetzt nie mehr von mir fort, Crissi?«

Niemals mehr, Mari.

»Wir gehören zusammen, du und ich. Du musst keine Angst haben. Ich bin hier, Crissi.«

Ja, dachte Christina. Jetzt bist du da, und wir bleiben für immer zusammen. Crissi und Mari. Zwei Körper, ein Geist. Als Martina sich erhob, riss der Kontakt ab. Blicklos starrte Christina nach oben, innerlich hohl, eine tote Hülse, bis auf wenige sinnlose Gedankenfetzen in ihrem Kopf.

Ein Unfall der Natur.

Da hinten ist die Rampe.

Schräg über ihr schwebte das friedliche, überirdisch schöne Antlitz der Madonna.

Heilige Maria, Mutter Gottes ...

Von weit weg hörte sie Worte, denen sie keinen Sinn entnehmen konnte. In warmen Dampfwolken traf Atem auf ihre Lider, ihre Wangen. Hände zerrten sie über den Waldboden, schleiften sie über Geröll, fauliges Laub und knackende Zweige. Dann lag sie wieder still.

Mari?, fragte sie in Gedanken, doch sie erhielt keine Antwort. Als sie die Augen öffnete, sah sie, wie Martina in einiger Entfernung stand und zu ihr herüberblickte. Wieder trübte der Schmerz ihre Sicht, und sie schloss die Augen, bis die Benommenheit nachließ. Sie zwang sich, erneut hinzuschauen, und jetzt konnte sie besser sehen. Deutlich erkannte sie den Ausdruck von Trauer in den Zügen ihrer Schwester.

»Uns kann nichts trennen«, rief Martina mit klarer Stimme. »Nicht einmal der Tod!«

Heilige Maria, Mutter Gottes ...

»Du oder ich, das war von Anfang an klar. Aber das ist nicht schlimm, weißt du. Wir können nicht sterben, solange eine von uns da ist!«

Bitte für uns Sünder ...

»Es ist entschieden, Crissi, es ist entschieden!«

Jetzt und in der Stunde unseres Todes ...

»Du bist bei dem Brand nicht umgekommen! Du hast den Zündschlüssel nicht gedreht! Du hast einen Schutzengel, hörst du! Gott hat uns gezeigt, wer es sein soll!«

In diesem Moment erst begriff Christina, was ihre Schwester vorhatte. Sie fand ihre Stimme wieder.

»Mari! Mari! Nein!«, brach es aus ihr heraus, doch es war zu spät. Martina hatte den Mercedes erreicht, stieg ein und schlug die Tür hinter sich zu. Der Wagen rollte langsam an, wurde schneller und verschwand hinter der nächsten Biegung. Gegen das Schwindelgefühl ankämpfend, stemmte Christina sich hoch, fiel wieder auf die Knie, kroch über den modrigen Boden ihrer Schwester nach. »Nein! Tu es nicht! Tu es nicht! Mari, o mein Gott, Mari!«

Das Geräusch des anspringenden Motors übertönte ihre Schreie. Hinter der Biegung explodierte der Mercedes in einem blendenden Feuerball. Die Stichflamme zuckte dreißig Meter hoch in den Himmel, und die Hitzewelle traf sengend ihr Gesicht, riss ihr den Atem von den Lippen. Dessen ungeachtet bewegte sie sich unaufhörlich auf die Stelle zu, wo die Flammen emporloderten. Immer weiter kroch sie, über bröckelnde Rindenstücke, morastige Erdhügel und kantiges Geröll. Sie schürfte sich Hände und Knie auf, während sie sich dem fauchenden Flammenwind entgegenkämpfte, ohne zu denken, ohne zu atmen, bis ihre zerschundenen Finger gegen ein Ding stießen, das nass und rund und warm und borstig war, etwas, das zu erkennen ihr Verstand sich weigerte. Sie fiel zurück, den Arm vor den Augen, heulend, kreischend, stöhnend, zuerst laut und mit aller Kraft, dann schwächer, bis ihre Stimme schließlich heiser wurde und versagte.

Wilde Schreie rissen sie aus der Agonie, doch nur für kurze, wirre Augenblicke, in denen sie wie aus weiter Entfernung wahrnahm, dass jemand an ihr herumzerrte, sie schlug und trat und anbrüllte und ihr gewaltsam das runde borstige Ding wegnahm, das sie an sich gepresst hielt. Von der Stimme nahm sie nur Wortfetzen wahr.

»Gott ... hab Erbarmen ... nicht das ... bitte nicht das!«

Die Schreie gingen in Würgen über.

»Nein«, keuchte die Stimme, »neineineinnein!«

Erneutes Zerren, diesmal an ihrer Kleidung. Kalte Luft strich über ihre Rippen, dann über ihren Unterleib. Vage wunderte sie sich, dass sie fühlen und hören, aber nicht sehen konnte. Doch dann merkte sie, dass sie auch nichts hörte. Sie fiel in einen endlosen schwarzen Tunnel.

Aus den wogenden Schatten tauchte ein Gesicht auf. Es gehörte Janet, der Amerikanerin mit dem breiten texanischen Akzent.

»Meine Babys?«, fragte Christina mit schwacher Stimme.

»Es sind zwei Mädchen.«

Zwei Mädchen. Sie hatte es gewusst. Crissi und Mari. Eineiige Zwillinge. So wie ...

»Wo sind sie? Warum kann ich nicht ...«

»Jemand kümmert sich um sie.«

»Ich will sie sehen.«

»Sie sind gut aufgehoben, Darling.«

»Ich will sie sehen!« *Meine Babys. Crissi und Mari.*

Janet blickte sie stumm an. Ihre Augen waren rot geweint.

»Was ist mit den Babys?«, flüsterte Christina.

»Sie sind zu klein. Sie können nicht ...«

»Was können sie nicht?« Übelkeit stieg in Christina hoch. Sie begann zu würgen.

Janet schob ihr eine Schale unter das Kinn. »Beruhige dich, Liebes!«

»Mir ist so schlecht!«

»Das ist normal, wenn die Wirkung der Narkose abklingt«, beruhigte Janet sie.

Christina nahm die feinen Untertöne von Verzweiflung in der Stimme der jungen Frau wahr, sah die Schatten unter ihren Augen, das strähnige Haar, den Ausdruck tiefer Erschöpfung. »Du bist bei mir geblieben, die ganze Zeit«, sagte sie verwundert.

»He, ich halte mein Wort, okay?«

»Ich will meine Babys sehen.« Sie bewegte sich, und jetzt spürte sie auch zum erstenmal den schneidenden Schmerz in ihrem Unterleib. Mit lautem Keuchen presste sie eine Hand gegen ihren Bauch und fiel zurück in die Kissen. »Es tut weh!«

»Du darfst dich nicht so viel bewegen. Du hast sehr viel Blut verloren!«

»Meine Babys! Bitte! Oh, ich bitte dich, Janet!«

Hilfesuchend wandte Janet sich zur Tür. Eine der Hebammen stand dort und wartete mit stoischer Miene. Janet zog sie am Arm auf den Gang hinaus. Christina hörte ihr erregtes Tuscheln. Anschließend kam die Amerikanerin zurück, setzte sich zu ihr ans Bett und nahm ihre Hand. Sie war heiß und feucht, wie alles in dem Zimmer. Die Luft, die Laken, alles schien von tropischer Schwüle durchtränkt und nahm Christina den Atem. An der Decke kreiste behäbig ein Ventilator, der die Luft eher aufzuheizen als abzukühlen schien.

»Sie bringen sie dir. Aber du musst …« Janets Stimme brach. Ihr Haar fiel wie ein glatter schwarzer Vorhang über ihr Gesicht und verbarg ihre Augen.

»Was muss ich?«, flüsterte Christina.

Dann kam die Hebamme mit zwei Bündeln, eines in jeder hohlen Hand, und Christina wusste, was Janet ihr hatte sagen wollen. Sie blickte in die Gesichter der handgroßen Geschöpfe, die neben sie auf das Kopfkissen gepackt wurden, kleine, merkwürdige weise Gesichter. Sie sah ein mageres, bleiches Händchen aus einem der Bündel hervorkommen, fuchtelnd und zuckend. Der kleine Mund öffnete sich zu einem kaum hörbaren Schrei. Das andere Kind war still, auf den ersten Blick schien es zu schlafen. Christina schob mit dem Finger ein wenig die Decke beiseite und erkannte den hellen Flaum auf dem Kopf des Babys. Rechts über der winzigen Stirn war deutlich die Linie eines Haarwirbels zu erkennen. Die Hebamme wollte die Bündel wieder aufnehmen, doch Christina stieß ihre Hand beiseite. »Sie gehören mir. Ich will sie bei mir behalten.«

»Sie werden nicht überleben«, sagte Janet behutsam. Tränen erstickten ihre Stimme.

»Warum sagst du das? Ich sehe doch, dass sie leben! Sieh doch, das hier bewegt sich!«

»Sie sind zu klein. Sie werden nicht durchkommen.«

»Das ist nicht wahr!«

»Bitte …«

»Warum kann man sie nicht in ein Glasbettchen legen?« Christina hob den Kopf, von plötzlicher Hoffnung erfüllt. »So ein Bettchen, wo sie gewärmt werden und mehr Sauerstoff haben!«

»Ein Inkubator.«

»Ja«, stimmte Christina eifrig zu. »Genau das meine ich. Ein Inkubator!«

»Sie haben keinen.«

Christina starrte ungläubig die Hebamme an, die bedauernd den Kopf schüttelte und etwa auf *dhivehi* sagte, bevor sie in gebrochenem Englisch wiederholte: »Kein Inkubator mehr frei.« Sie beugte sich zum Bett nieder und nahm mit raschem Griff das eine Bündel auf, in dem das Kind sich nicht regte. »Ist tot«, sagte sie.

Christina stieß einen schrillen Schrei aus und streckte die Hand aus, doch die Hebamme war schon durch die Tür verschwunden.

Schluchzend schob sich Christina nah an das ihr verbliebene Baby heran, legte ihre Hände wie Schalen um den winzigen Körper, als könnte sie auf diese Weise das Leben in ihm festhalten. Sie erkannte, dass die Haut des kleinen Wesens bläulich angelaufen war. »Ich wollte euch doch lieben und beschützen«, weinte sie. »Ich wollte euch eine gute Mutter sein! Jetzt sterbt ihr und lasst mich allein! Gott, bitte, wenn es dich gibt, lass mein kleines Mädchen leben, lass wenigstens eins am Leben!« In halb gemurmeltem, halb geschluchztem Gebet lag sie über ihre nicht lebensfähige Tochter gebeugt, hielt den zarten Körper in ihren Händen, atmete den schwachen Atem des Babys ein und folgte mit den Augen den ziellosen Bewegungen der kleinen Fäuste, bis sie schließlich aufhörten. »Hilf mir! Es stirbt, sieh doch, es stirbt! Hilf mir!«

Doch niemand konnte dem Baby mehr helfen. Es hörte einfach auf zu atmen, von einem Moment auf den anderen, und starb in ihren Händen.

Janet kniete vor dem Bett, stumm weinend. Ihre Tränen fielen auf den entblößten Kopf des toten kleinen Mädchens, als sie es Christina wegnahm und rasch fortbrachte. Sie kam sofort wieder und nahm die junge Deutsche in die Arme. »Morgen«, flüsterte sie.

»Morgen setzen wir uns in ein Flugzeug und fliegen nach New York. Du kommst mit zu mir. Ich helfe dir. Glaub mir, ich helfe dir!«

Christina konnte nicht aufhören zu weinen. Schluchzer schüttelten ihren Körper wie Krämpfe, und sie stieß raue, bellende Laute aus wie ein misshandeltes Tier. »Sie sind tot! Meine Babys sind tot!«

»Sie sind tot! Sie sind tot!« Sie weinte es hinaus, immer wieder, immer lauter, bis ihre Stimme schließlich überkippte.

»Ich weiß, Liebes, ich weiß, ist schon gut, nicht weinen, alles wird gut!« Das war nicht Janets Stimme, sondern die eines Mannes, der aus der Dunkelheit zu ihr sprach und sie umarmte. Sie kannte ihn nicht und stieß ihn von sich.

»Sie sind gestorben!«, sagte sie klagend.

»Wer, Tina?«

»Ich ... ich weiß nicht ...« Wieso nannte er sie Tina? War das ihr Name? Sie erinnerte sich plötzlich nicht mehr, wovon der Traum gehandelt hatte. Die Bilder lösten sich in substanzlose Nebelwolken auf, die ihr entglitten und schließlich ganz verschwanden. Nichts blieb mehr, nur noch der grenzenlose Schmerz des Verlustes. Dazu gesellte sich das quälende Gefühl einer unbestimmten Bedrohung, das sich unmittelbar zu einem Schock ausweitete, als sie begriff, dass sie nicht wusste, wer sie war. Sie kannte ihren Namen nicht, sie wusste nicht, wo sie sich befand. Haltloses Zittern befiel sie, und augenblicklich versteifte sie sich.

Wer bin ich? Herr im Himmel, ich weiß nicht, wer ich bin!

Der Mann, der sie in seinen Armen hielt, hatte sie Tina genannt. Offenbar hieß sie so. Ja, erkannte sie, es stimmte, das war ihr Name. Aus irgendeinem Grund mochte sie ihn nicht.

»Ich bin krank«, wimmerte sie in die Dunkelheit über die Schulter vor ihr. Sie fühlte, dass ihr am ganzen Körper der Schweiß ausbrach. Ihre Hände und Füße verkrampften sich, und in ihrem Magen bildete sich ein Eisklumpen. »Ich weiß nicht, wer ich bin. Ich weiß nicht, wer ich bin!«

»Schon gut. Du hattest einen Schock, Liebes, alles ist ganz normal, kein Grund zur Unruhe.«

Kein Grund zur Unruhe, höhnte ihr Verstand. Du hast keine Ahnung, wer oder was du bist, aber was soll's. »Was ist mit mir los?«, stieß sie hervor.

»Du hattest einen Unfall.«

Sie glaubte, ein winziges Zögern vor dem letzten Wort gehört zu haben, doch er sprach bereits weiter. »Du warst ein paar Stunden zur Beobachtung im Krankenhaus, dann habe ich dich mit zu mir nach Hause genommen. Dein Name ist Tina Marschall.«

Sofort entspannte sie sich. Sie wusste sofort, dass das ihr Name war, wenn er auch keine weiteren Erinnerungen in ihr auslöste. Ein unerwartet einsetzender Brechreiz zwang sie zum Würgen. »Mir ist übel!«, keuchte sie.

»Tief durchatmen.«

Sie gehorchte. Trotz des unaufhörlichen Drangs zu würgen nahm sie bestimmte Eindrücke wahr. Die Kraft der Hände, die ihre Schultern hielten. Raschelnder Stoff, wie von Seide oder Spitze. Der schwache Geruch eines teuren Rasierwassers.

»Langsam. Ja, so. Noch einmal. Kopf auf die Knie, und tief Luft holen. Besser?«

Sie tat, was der unsichtbare Mann ihr sagte, bis das Würgen aufhörte und sie wieder frei atmen konnte. Der Mann ließ sie los, entfernte sich und knipste irgendwo Licht an. Eine Nachttischlampe zeigte ihr einen schlanken Mann im Morgenmantel. Er war um die Vierzig, und sein leichtes Lächeln ließ sein schmales Gesicht verwirrend attraktiv wirken. Ihr schien es beruhigend und bestürzend zugleich. Sie kannte ihn, und doch kannte sie ihn nicht. Warum konnte er sie einfach mit zu sich nach Hause nehmen?

»Wer bist du?«, fragte sie impulsiv.

»Dein Verlobter.« Sein Lächeln wurde breiter, als er wieder zu ihr zurückkam und sich zu ihr setzte. Jetzt erst erkannte sie, dass sie auf einem Bett lag. Die Decke, bis zu ihren Knien herabgestrampelt, entblößte einen gutgeformten Frauenkörper in einem weißen Spitzenhemd. Die Knie waren mit Pflastern bedeckt, genau wie ihre Hände. Anscheinend hatte sie einen Unfall gehabt. Sie spürte, dass sie immer noch schwitzte, und sie war sich bewusst, dass sie dringend ein Bad oder eine Dusche brauchte. Obwohl sie gerade erfahren hatte, dass sie aufgrund eines Schocks ihr Gedächtnis verloren hatte, erschien ihr die ganze Situation eher peinlich als beängstigend.

Wie hypnotisiert betrachtete sie die Hand des Mannes, die plötzlich auf ihrem Schenkel lag, dort eine lange senkrechte Narbe nachzeichnete und dabei das Hemd höher schob. »Du machst Fortschritte. Ich glaube, langsam kommt alles wieder ins Lot.« Er betastete die Narbe, hielt inne, tastete wieder. »Das hat mir keine Ruhe gelassen. Es war das allererste, was ich tat. Ich habe mir deine Narben angeschaut. Natürlich auch deine Zähne, aber die sind, wie du sicher weißt, perfekt. Von geradezu ungewöhnlicher Vollkommenheit. Blieben also nur die Narben. Bestimmt hat dieser Severin es genauso gemacht. Ja, ich wette auf meinen guten Ruf, dass er das tat. So wie ich auch. Noch bevor ich einen Blick auf dein Gesicht warf. Aber nicht richtig. Nicht so wie jetzt.«

Sie wollte protestieren, merkte aber, dass sie nicht wusste, was sie sagen sollte. Ich muss ihm Fragen über mich stellen, dachte sie verzweifelt, doch es fiel ihr keine einzige ein. Gebannt starrte sie die Männerhand an, die jetzt den Spitzensaum über ihren Bauch nach oben streifte, bis im matten Licht der Nachttischlampe ein Slip aus der gleichen Spitze sichtbar wurde. Mit dem Daumen zog er das elastische Material ein wenig nach unten und fuhr mit der Spitze des Zeigefingers über eine weitere blasse Narbe, die einen knappen Zentimeter oberhalb der rotbraunen Löckchen parallel zur Schamhaargrenze verlief. Prüfend folgte sein Finger der schmalen Linie, ertastete die winzigen Punkte, wo sich die Nähte befunden hatten.

Sie versuchte, sich zu erinnern, woher sie diese Narben hatte, doch es gelang ihr nicht. Nicht, solange seine Finger auf ihrem Bauch lagen und sie auf diese intime Weise berührten. Von jähem Widerwillen erfasst, stieß sie ruckartig die fremde Hand von ihrem Körper. »Nicht!«

»Schon gut.« Er ließ sie los und zog das Hemd nach unten.

»Ich will ... ich will ...« Sie verstummte, weil ihr aufging, dass sie gar nicht wusste, was sie wollte.

Unvermittelt erhob er sich. »Ja? Was möchtest du?«

Ohne zu antworten, zerrte sie die Decke über ihre Knie und spürte dabei das Brennen an ihren aufgeschürften Händen. Auch ihre Kopfhaut brannte und juckte, als hätte sie sich zu heiß gewaschen. Sie wollte ihr Haar zurückstreichen, doch ihre Finger glitten über borstige Stoppeln. Beide Hände an den Kopf gedrückt, blickte sie erschrocken den Mann an, der sich als ihr Verlobter vorgestellt hatte. »Was ist mit meinen Haaren passiert?«

»Ich erzähle es dir morgen. Vielleicht weißt du es dann aber auch schon von allein wieder.«

»Du meinst, ich werde wach und kann mich wieder an alles erinnern? Praktisch über Nacht?«

»Möglich ist es. Fälle von Amnesie werden häufig auf diese Weise geheilt.«

Amnesie. Das war die medizinische Bezeichnung für ihren Gedächtnisverlust, sie wusste es sofort. Warum konnte sie sich nicht an ihr Leben erinnern, dafür aber an solche nichtigen Dinge wie einen Fachausdruck?

Amnesie. Das Wort hatte etwas zutiefst Beunruhigendes an sich.

»Ja, vielleicht kann ich mich morgen an alles erinnern«, sagte sie tapfer, obwohl sie tief in sich die Gewissheit spürte, dass sie es gar nicht wollte.

»Du solltest wieder schlafen.« Er blickte auf seine Armbanduhr. »Doch vorher musst du dein Mittel nehmen.«

»Was für ein Mittel?«

»Dasselbe, das du auch im Krankenhaus bekommen hast. Zwei kleine Tabletten, die dich schlafen lassen wie ein Baby.«

Ein Stich durchfuhr sie, als sie das letzte Wort hörte. Baby ... Der Traum, dachte sie. Es hatte etwas mit dem schrecklichen Traum zu tun, aus dem sie schreiend aufgewacht war. Hatte sie ein Baby, das bei dem Unfall gestorben war? Bevor sie sich dazu durchringen konnte, die Frage laut zu stellen, hatte ihr Verlobter bereits das Zimmer verlassen. Grübelnd betrachtete sie die schimmernde Seidentapete, die stuckverzierte Decke, die geschmackvolle, antike Einrichtung. Dieser Raum rief keinerlei Erinnerungen in ihr wach. Ob sie schon einmal hier geschlafen hatte? Oder gar hier wohnte?

Das Bett, in dem sie lag, war nicht breit genug für zwei Personen. Sicher hatte sie allein darin geschlafen. Anscheinend war das Zimmer ihres Verlobten – wie war sein Name? – nebenan, und er war gekommen, weil er ihr Weinen gehört hatte. Erleichterung überkam sie, weil er nicht mit ihr zusammen in einem Bett schlafen würde. Sie wusste nicht, wie sie darauf reagiert hätte. Wie konnte sie mit einem Mann verlobt sein, vor dessen Berührung sie zurückschreckte?

Morgen, dachte sie, morgen werde ich alles wieder wissen. Schmerz zog sich in ihren Schläfen zu harten, stechenden Knoten zusammen, strahlte ringförmig aus und verursachte ihr Übelkeit. Instinktiv wusste sie, dass sie Migräne bekam. »Mir ist wieder schlecht«, sagte sie, als ihr Verlobter kurz darauf wieder erschien. »Ich glaube, ich bekomme Migräne.«

»Nimm die Tabletten«, sagte er und hielt ihr zwei kleine Pillen hin. »Die helfen gegen alles.« Vom Nachttisch nahm er ein Glas Mineralwasser und reichte es ihr.

Folgsam schluckte sie die Tabletten mit etwas Wasser und legte sich auf die Seite, um den Migräneschmerz besser ertragen zu können.

Ihr Verlobter – sie wusste immer noch nicht, wie er hieß – blieb neben ihrem Bett stehen und blickte auf sie herunter. »Geht es dir besser?«

Sie gab einen schwachen Laut der Zustimmung von sich. Ja, es ging ihr besser. Der Schmerz ließ nach und hörte schließlich ganz auf. Was für ein wunderbares Mittel, dachte sie noch, bevor sich alles um sie herum langsam in Nichts auflöste.

»Ihr Zustand ist weiterhin unverändert.« Jakob von Schütz deutete auf die bewegungslos am Fenster sitzende Frau. Sie trug einen grünseidenen Morgenmantel und weiße Tennissocken. Den Kopf mit den streichholzkurz geschnittenen Haaren auf die Lehne des Rollstuhls gelegt, starrte sie aus dem Fenster im dritten Stock der schlossähnlichen Villa. Der klare Novemberhimmel spiegelte sich metallisch blau in dem von Hecken umgebenen See neben der Zufahrt, die zu dem Anwesen führte. Die Sonne sprenkelte den weitläufigen Rasen der Parkanlage mit goldenen Reflexen und färbte das restliche Herbstlaub feuerrot, doch die Frau schien das reizvolle, farbenfrohe Bild nicht wahrzunehmen.

Quint trat näher an den Rollstuhl heran. Der antike persische Teppich schluckte das Geräusch seiner Schritte. »Hört sie uns?«

»Nein, sie ist völlig in sich zurückgezogen.«

»Dabei ist es jetzt drei Tage her! Und wieso sitzt sie immer noch im Rollstuhl? Kann sie denn nicht laufen?«

»Wenn Sie damit meinen, ob sie wegen eines physischen Defektes gelähmt ist, muss ich die Frage verneinen, Herr Kommissar. Allerdings macht es im Ergebnis keinen großen Unterschied. Sie ist das, was man katatonisch nennt. Sehen Sie her.« Er nahm eine der verpflasterten Hände der Frau aus ihrem Schoß und hielt sie hoch. Als er sie losließ, schwebte sie starr in der Luft, um dann langsam wieder zurückzusinken. »Der Schock war einfach zu groß, verstehen Sie. Sie hat es nicht bewältigen können.«

»Kann sie inzwischen reden?«

»Ja, aber das wird Ihnen nicht weiterhelfen. Sie lallt nur ein wenig vor sich hin.«

»Hat sie etwas über die Sache erzählt?«

»Nein, nichts. Nur zusammenhangloses Zeug. Was soll sie auch sagen? Wir wissen doch, wie es sich abgespielt haben muss. Meine Verlobte war unterwegs zum Haus von Severin, als ihre Schwester ihr entgegenkam und mit dem Wagen in die Luft flog. Martina hat es aus nächster Nähe miterlebt und einen schweren Schock erlitten.«

Quints Miene umwölkte sich. »Offen gesagt verstehe ich dann nicht, wie sie es noch hinkriegen konnte, den Verbandskasten aus den Trümmern des Wagens herauszusuchen und sich mit der Schere die Haare zu schneiden, wenn das, was vorher passierte, sie in diesen katata …«

»Katatonischen.«

»Danke. Also, in diesen katatonischen Zustand versetzt hat.«

»Das Haareschneiden war eine Art Reflexhandlung, ein unkontrollierter Prozess, von ihrem Unterbewusstsein diktiert. Sie hat ihre Schwester mit kurzen Haaren vorgefunden, vielmehr ihren abgetrennten Kopf mit den kurzen Haaren, und in diesem Augenblick war alles in ihr von dem Wahn beherrscht, genauso zu sein. Sich gewissermaßen im Tode noch anzugleichen. Ich hatte Ihnen doch von dem Vorfall aus ihrer Kindheit erzählt, oder?«

»Ja, diese Geschichte mit der Ratte und dem Skalpell. Ich bin aber nicht überzeugt von dieser Theorie. Wenn sie wirklich von einem derartigen Angleichungszwang beherrscht gewesen wäre, hätte sie sich den Kopf abschneiden müssen.«

»Vielleicht hätte sie es versucht, wenn nicht ihr Exmann aufgetaucht wäre. Obwohl ich mir vorstellen kann, dass Thomas Severin ihr nur zu gern diese Arbeit abgenommen hätte. Ich habe noch nie jemanden gesehen, der von solchem Hass besessen war.«

»Nun, es mag sein, dass er schlecht auf seine Exfrau zu sprechen ist, dennoch hat er ihr nichts angetan. Er hat sie sogar ins Krankenhaus gebracht.«

»Nichts angetan? Ihr Körper war von blauen Flecken übersät! Ich bin Arzt! Ich weiß, woher solche Male kommen. Glauben Sie vielleicht, sie hat sie sich selbst beigebracht?«

Quint seufzte. »Für Thomas Severin ist das, was da im Wald passiert ist, ein schwerer Schicksalsschlag. Christina Marschall hat ihm sehr viel bedeutet. Wesentlich mehr als seine geschiedene Frau. Er ist der felsenfesten Überzeugung, dass sie« – er wies auf die Frau im Rollstuhl – »hinter dem Bombenattentat steckt. Und ich muss dazu sagen, dass er durchaus Recht haben könnte.«

»Ich hätte es mir denken können. Deshalb kommen Sie jeden Tag her, wie? Lächerlich. Der Vorfall trägt ganz eindeutig die Handschrift von Jochen Marschall. Ich wollte es lange nicht wahrhaben, ich dachte immer, so schlecht kann der Junge nicht sein. Aber man kann die Augen nicht länger vor den Tatsachen verschließen.«

»Auf den ersten Blick scheint einiges auf ihn als Attentäter hinzudeuten, genau wie bei den beiden vorangegangenen Anschlägen«, räumte Quint ein. »Bis auf einen kleinen Schönheitsfehler.«

»Welchen?«

»Nun, er ist weg. Seit Tagen verschwunden. Und natürlich wird fieberhaft nach ihm gefahndet.«

»Wo sehen Sie da ein Problem?«, wollte von Schütz ungeduldig wissen.

»Tja, wenn er es wirklich war, wird er wohl kaum die Früchte seines Tuns genießen können, oder? Er ist auf Geld aus, haben Sie das vergessen? Wie soll er im Knast noch was davon haben? Wenn er Christina Marschall umgebracht hat, kann er sie nicht beerben, so viel ist klar.«

Von Schütz zuckte die Achseln. Er blickte aus dem hohen, zweiflügeligen Fenster und betrachtete das parkartig angelegte Gelände, das seine Villa umgab. »Die Motive eines Mörders sind oft vielschichtig und nicht immer auf den ersten Blick einleuchtend«, belehrte er Quint. »Es kann gut sein, dass sich Geldgier als ursprüngliches Motiv langsam in blindwütige Rachsucht verkehrt hat. Abgesehen davon wäre es in jedem Fall Sache der Polizei gewesen, das, was da passiert ist, zu verhindern. Schließlich war dieser Anschlag nur das logische Ende einer Kette gleichartiger Ereignisse.«

Quint war anzusehen, dass ihm dieser Vorwurf nicht schmeckte, vielleicht deswegen, weil ein gehöriges Quantum Wahrheit dahintersteckte. Er schwieg eine Weile, dann hielt er es für angezeigt, dem Gespräch eine Wendung zu geben. »Was passiert eigentlich mit der Firma, jetzt, wo Christina Marschall tot ist?«

»Sie machen auf mich durchaus den Eindruck, als wüssten Sie es bereits, also was soll diese Frage?«

»Ertappt«, sagte Quint mit gespielter Fröhlichkeit. »Ich gebe zu, ich habe den alten Rasmussen gefragt. Die Geschwister Jochen und Martina Marschall sind die Glücklichen, es sei denn, es existieren irgendwo Abkömmlinge oder ein Ehegatte von Christina Marschall oder ein Testament, in dem sie jemand anderen zum Erben bestimmt hat. Da das offenkundig nicht der Fall ist, sind ihre Geschwister die gesetzlichen Erben. Falls bei Jochen Marschall der Mordverdacht zutrifft, wäre er erbunwürdig, dann erbt Ihre Verlobte alles.«

»Sie sind gut informiert.«

»Reine Routine. Wann kann ich mit einer Besserung ihres Zustandes rechnen?«

»Das ist schwer zu sagen. Es kann morgen schon so weit sein, es kann aber auch Wochen dauern. Mir sind Fälle bekannt, in denen sich eine Amnesie jahrelang hielt.«

Quint verzog das Gesicht. »Was für Aussichten! Warum haben Sie sie überhaupt aus der Klinik geholt? Wäre sie da nicht besser aufgehoben?«

»Sie hat hier die beste Betreuung, die sie bekommen kann. Eine hervorragend ausgebildete Krankenschwester kümmert sich Tag und Nacht um sie. Und ich bin, mit Verlaub gesagt, ein recht kompetenter Facharzt für Neurologie und Psychiatrie. Außerdem wollen wir in Kürze heiraten.«

»Das sagten Sie vorgestern schon.« Quint deutete auf den Biedermeiertisch am Fenster, auf dem verschiedene Medikamente lagen. »Was für Mittel geben Sie ihr?«

»Spritzen zur Entkrampfung des Muskeltonus. Und Beruhigungsmittel. Sie muss sich ganz langsam erholen. Es besteht beträchtliche Suizidgefahr.«

Quint musterte die Frau im Rollstuhl. Während er noch hinschaute, rann ein dünner Speichelfaden aus ihrem rechten Mundwinkel und bildete eine glitzernde Spur bis zum Kinn. »Wir sollten wohl besser nicht in ihrer Gegenwart über diese Dinge sprechen.«

»Sie ist in ihrer eigenen Welt. Von unserer Unterhaltung bekommt sie nichts mit.«

»Na schön. Ich werde also morgen um dieselbe Zeit wieder hereinschauen.«

»Ich denke nicht, dass das sehr sinnvoll wäre. Man muss ihr einfach mehr Zeit lassen. Außerdem glaube ich kaum, dass sie zur Aufklärung des Bombenanschlags viel beitragen kann.«

»Bleibt die Tatsache, dass sie die einzige war – außer dem von ihr beauftragten Detektiv –, die wusste, wo Christina Marschall sich aufhielt.«

»Woher wollen Sie das wissen? Sonst jemand könnte ihr dorthin gefolgt sein und den Sprengsatz angebracht haben.«

»Ich gebe zu, es ist eine Mutmaßung. Dennoch beschäftigt mich die Frage, warum sie einen Privatdetektiv beauftragt hat, der Christina Marschall beschatten sollte. Und warum sie, nachdem sie von ihm erfahren hatte, dass Christina bei Severin zu Besuch war, nichts Besseres zu tun hatte, als auch dorthin zu fahren.«

Von Schütz schob die Hände in die Taschen seines gut geschnittenen grauen Sakkos und hob indigniert die Brauen. »Ich dachte eigentlich, ich hätte es Ihnen eingehend erklärt, Herr Kommissar. Meine Verlobte wurde von starken Emotionen, um nicht zu sagen, Obsessionen beeinflusst, was ihre verstorbene Schwester betraf. Es gibt Studien zur physischen und psychischen Verbundenheit eineiiger Zwillinge ... Aber lassen wir das, es würde zu weit führen, das zu erörtern. Der Fall hier ist von geradezu klassischer Konstellation. An der Schwelle zum Erwachsenenalter wurden die beiden, die immer ein Herz und eine Seele waren, durch höchst dramatische Umstände getrennt. Diese Trennung und die Ereignisse, die dazu führten, haben tiefe Verstrickungen von Schuld, Hass und Reue zwischen allen Beteiligten ausgelöst. Wir haben es mit unbewältigten, tief sitzenden Konflikten zu tun, gewissermaßen mit seelischen Verkrüppelungen, die bestimmte Reaktionen in einem ganz anderen Licht erscheinen lassen. Vorausgesetzt, man macht sich die Mühe, hinzusehen.«

Quint nahm den versteckten Zynismus der letzten Bemerkung nicht zur Kenntnis. »Ich habe mir die Geschichte inzwischen von drei Seiten angehört. Von der alten Haushälterin, dem Anwalt Rasmussen und zuletzt von Thomas Severin«, zählte er an den Fingern auf. »Alle haben den damaligen Vorfall äußerst beeindruckend zum besten gegeben. Schön und gut. Es erklärt vielleicht gewisse Ressentiments. Doch was hat das mit dem Detektiv zu tun? Und mit der Fahrt Ihrer Verlobten zu ihrem Exmann?«

»Wenn Sie es nicht selbst erkennen, haben Sie vielleicht Ihren Beruf verfehlt«, erklärte von Schütz kühl.

»Sie wollen vermutlich behaupten, dass Ihre Verlobte die Vorstellung nicht ertragen konnte, ihre Zwillingsschwester würde sang- und klanglos verschwinden so wie damals, und dass sie deswegen für eine Überwachung gesorgt hat.«

»Es scheint mir plausibel. Ihnen nicht?«

Quint ging nicht darauf ein. »Und außerdem wollen Sie sicher darauf hinaus, dass Ihre Verlobte sich nur deshalb auf den Weg zu ihrem Exmann machte, weil ihr der Gedanke unerträglich war, ihre Schwester könnte sich wie damals mit ihm zusammengetan haben.«

»Es liegt auf der Hand, dass es so war«, sagte von Schütz beherrscht.

»Hm. Nun gut. Lassen wir es vorläufig dabei.« Mit einem letzten Blick auf die Gestalt im Rollstuhl wandte sich Quint zur Tür.

»Warten Sie. Ich begleite Sie nach unten.« Von Schütz zog hinter sich und seinem Besucher die Tür ins Schloss. Auf halbem Weg durch den mit ornamentreichen Läufern ausgelegten Korridor fragte er: »Der junge Mann, mit dem die Schwester meiner Verlobten zusammen war, dieser ... Insulaner – weiß er, dass sie tot ist?«

Quint legte die Hand auf das mit kostbaren Schnitzereien verzierte Geländer und schüttelte den Kopf. »Ich habe mich heute Morgen nach ihm erkundigt. Es geht ihm etwas besser, aber immer noch nicht gut genug. Zwischendurch hat er phasenweise das Bewusstsein wiedererlangt, doch er ist noch sediert. Er befindet sich nicht in der Verfassung für derlei Hiobsbotschaften.«

»Ich weiß«, sagte von Schütz zerstreut.

»Wieso?«

»Wie bitte?«

»Wieso wissen Sie es? Wie es Richard Stapleton geht, meine ich?«

»Ach so. Ich habe mich auch nach ihm erkundigt. Ich arbeite in dieser Klinik als Belegarzt, wissen Sie. Jedenfalls, soweit meine Tätigkeit im Institut mir Zeit dafür lässt.«

»Interessant.« Quint musterte die Ölgemälde in der Eingangshalle. »Was machen Sie denn genau dort?«

»Von Hause aus bin ich Psychiater und Neurologe. Aber ich habe mich schon vor Jahren auf die Geriatrie spezialisiert. In der Klinik behandle ich Patienten mit spezifischen geriatrischen Leiden.«

»Was sind das für Kranke?«

»In erster Linie Alzheimer-Patienten, außerdem einige Fälle von Progeria.«

»Hört sich interessant an. Alzheimer ... das ist Altersschwachsinn?«

»Das trifft es nicht exakt. Genau genommen ist es eine Krankheit, die infolge einer genetischen Disposition vorprogrammiert ist. Eine Aberration auf einem bestimmten Chromosom, durch die ein Protein im Überfluss produziert wird, das die Gehirnzellen überschwemmt. Es bewirkt, dass das Gehirn sozusagen im Zeitraffer altert.«

»Theoretisch könnte ich auch so eine Aberration haben, ohne es zu wissen?«

»Nicht nur theoretisch. Die Möglichkeiten, das festzustellen, sind heute gegeben, so wie für eine Menge anderer genetisch disponierter Krankheiten auch.«

»Was würde es mir nützen? Ich meine, es zu wissen?«

»Nichts«, sagte von Schütz lapidar. »Es fängt meist um das sechzigste Lebensjahr herum an, mit leichter Vergesslichkeit. Am Ende brauchen Sie jemanden, der Ihnen Windeln anzieht. Ungefähr sechshunderttausend Menschen in Deutschland leiden unter Alzheimer.«

»Du liebe Güte!« Quints Miene spiegelte Unbehagen. »Und was ist Progeria?«

»Eine der furchtbarsten Krankheiten überhaupt. Ich behandle drei Kinder auf meiner Station. Eins ist vierzehn, die beiden anderen sind fünfzehn Jahre alt. Physiologisch gesehen sind sie Greise, die bald sterben müssen.«

»Mein Gott. Woran denn?«

»An Alter. Ihre Körper sind einfach verbraucht. Verschlissene Herzen, verkalkte Arterien, brüchige Knochen. Kleine, faltige, weißhaarige, gichtige Kinder, biologisch fünf- bis sechsmal so alt wie ihr wahres Alter in Jahren.«

»Entsetzlich«, sagte Quint erschüttert. »Woher kommt diese Krankheit?«

»Auch ein genetischer Defekt. Wir hoffen, bald etwas dagegen tun zu können.«

»Ein neues Mittel?«

»Vielleicht. Wir arbeiten daran.«

»Sagen Sie«, meinte Quint in beiläufigem Tonfall, »einer der Laborgehilfen hat mir da gestern eine haarsträubende Geschichte aufgetischt. Ein Mann namens Carlos. Er erzählte mir, dass Reinhold Marschall ein Mittel gegen das Altern entdeckt hat. Dass deswegen jemand seine Mäuse geklaut hat. Um damit ein Vermögen zu machen.«

»Ich denke, Carlos wollte sich bloß wichtig machen.«

»Sind Sie sicher? Er sagte, er wüsste es von Marie Dubois.«

»Und was sagt Marie dazu?«

»Ich konnte sie gestern nicht erreichen. Vielleicht fahre ich gleich noch mal zum Institut raus und frage sie.«

»Tun Sie das, Herr Kommissar. Sicher wird sie lachen, wenn sie diese Geschichte hört.«

Die Schritte der beiden Männer hallten auf dem polierten Parkett der Halle, als sie auf die schwere Eingangstür zugingen.

Quint verabschiedete sich und trat durch das Portal ins Freie, doch auf der ersten Stufe der geschwungenen Treppe wandte er sich noch einmal um und blickte zum dritten Stock hoch, wo hinter einem der spiegelnden Fenster im rechten Flügel der Villa die Frau im Rollstuhl saß und blicklos nach draußen starrte.

18. Kapitel

Als sie das nächste Mal wieder zu sich kam, war es finster um sie herum. Bis auf eine verschwommene menschliche Silhouette neben dem Bett konnte sie nichts sehen.

»Tina! Wach auf! Du musst aufwachen!«

»Was …«, lallte sie langsam.

»Verdammt, komm endlich zu dir! Wir haben nicht viel Zeit! Vielleicht hört er uns, dann kann er jeden Augenblick hier auftauchen! Komm schon, Tina, aufwachen!«

Ihr Name war Tina. Seit einiger Zeit hatte sie nicht mehr gewusst, wie sie hieß. Sie registrierte es ohne spürbares Interesse.

Eigentlich spielte es keine Rolle. Ihr Name hatte keine besondere Bedeutung für sie.

»Ich bin müde«, brachte sie undeutlich hervor.

»Herrgott, natürlich bist du müde! Er pumpt dich seit Wochen mit Drogen voll, die ich selbst in meinen schwärzesten Zeiten nicht angefasst hätte! Noch mal ein paar Wochen, und von deinem Gehirn ist nur Matsch übrig!«

Sie begriff nicht, was die Stimme aus der Dunkelheit ihr zu erklären versuchte, doch sie fühlte, wie sich unerwünschte Unruhe ihrer bemächtigte.

»Meine Tabletten«, murmelte sie. »Es wird Zeit ... ich brauche ...«

Ein ungeduldiger Laut kam von der Gestalt, deren Umrisse sich schwach vor dem Fenster abzeichneten. Plötzlich flammte ein kleiner runder Lichtkreis auf, und eine Taschenlampe wurde in der Hand des schwarz gekleideten jungen Mannes sichtbar, der jetzt auf sie zukam. Er war hager, etwa Mitte Zwanzig und hatte rostfarbenes Haar. Sofort merkte sie, dass sie ihn kannte, obwohl ihr sein Name nicht einfiel.

»Ich kenne dich.« Sie bemühte sich, deutlicher zu sprechen. »Du bist ... du bist ...«

»Dein Bruder. Ich heiße Jochen Marschall und bin dein Bruder. Du brauchst eine Tablette? Ich habe eine. Hier, nimm das. Vielleicht bringt dich das für eine Weile hoch.« Er schob ihr eine Tablette in den Mund und hielt ein Glas Wasser an ihre Lippen.

Sofort schluckte sie und trank gierig. Gleich würde es ihr besser gehen, dann konnte sie wieder schlafen.

Doch die ersehnte Ruhe stellte sich nicht ein. Statt dessen wurde sie zusehends wacher.

»Was ist denn?«, fragte sie mit schwankender Stimme. Vollständige Leere herrschte in ihrem Kopf, obwohl sie verzweifelt versuchte, sich wenigstens einen einzigen Gedanken abzuringen. »Ich ... ich kann nicht denken! Was ... warum kann ich es nicht?« Sie wusste buchstäblich nichts mehr. Sie hatte einen Bruder, kannte ihn aber ganz offensichtlich nicht mehr. Und wer war sie selbst? Wie alt war sie, wie sah sie aus? Ganz schwach erinnerte sie sich, dass sie ihr

Gedächtnis verloren hatte, bei irgendeinem Unfall, doch selbst das schien ihr bereits Jahre her zu sein.

»Er füllt dich seit Wochen mit einem Tranquilizercocktail ab. Ich habe mir das Zeug vorhin angesehen. Nicht das, was auf dem Tisch da vorne liegt, das ist für die Öffentlichkeit. Nein, das andere, das er in seinem speziellen Schrank im Keller aufbewahrt. Mir hat er auch schon was aus diesem Schrank gegeben, wenn ich schlecht drauf war.«

Bevor sie noch beginnen konnte, die Bedeutung dieser Mitteilung nachzuvollziehen, redete er bereits weiter, und seine Stimme klang bitter, fast höhnisch. »Ich war weg. Untergetaucht, im Ausland. Er hat mir sogar eine hübsche Stange Geld dafür in die Hand gedrückt. Ist besser, du bleibst eine Weile weg, hat er gesagt. So lange, bis Gras über den Brand und den Anschlag im Loft gewachsen ist. Sie würden dir sowieso nicht glauben, Junge.« Jochen lachte, ein gepresster, hässlicher Laut. »Genau das waren seine Worte. Hör auf mich und verschwinde, hat er gesagt. Und ich hab auf ihn gehört. Und dann komme ich zurück und sehe, was für ein Schlamassel hier passiert ist!«

Sie fühlte, wie sie zu zittern begann und wie Speichel aus ihrem Mund floss. »Ich ... ich möchte wissen ...« Sie konnte den Satz nicht zu Ende bringen, weil sie vergessen hatte, was sie wissen wollte.

»Du musst hier raus, und zwar auf der Stelle! Er bringt dich um. Langsam, aber sicher bringt er dich um. In ein paar Monaten brauchst du keine Tabletten mehr, weil du dann irreversibel wahnsinnig geworden bist. Oder vielleicht springst du auch zufällig aus dem Fenster, wer weiß. Natürlich erst, nachdem er dich geheiratet hat. Vielleicht hat er das ja sogar schon gemacht.«

»Wir ... wir sind verlobt.« Ihre Stimme klang, als hätte sie Watte im Mund. Das Herz klopfte ihr bis zum Hals, und sie atmete wie nach einem langen Lauf.

»Jetzt wirkt es langsam. Komm, versuch es!« Er zog sie aus dem Bett, versuchte, sie an den Armen zu stützen, damit sie auf den Füßen blieb, doch ihr fehlte die dazu nötige Kraft. Die Knie knickten unter ihr weg, und sie stöhnte, als sie zur Seite fiel und sich dabei die Hüfte an der Bettkante anschlug. »Es funktioniert nicht. Ich trage dich.« Er hob sie auf die Arme. Sie merkte, dass es ihm schwer fiel. Er war zwar groß, aber mager und nicht sehr stark. Ihr Gewicht ließ ihn schwanken, dennoch ging er mit raschen Schritten zur Tür und stieß sie mit dem Ellbogen auf.

Der Gang war nur matt erhellt von wenigen Wandlüstern, die ihr Licht nach unten abstrahlten und die verschlungenen Muster in den orientalischen Läufern hervorhoben. Durch das hohe Fenster vorn am Treppenabsatz drang verlöschendes Tageslicht. Die purpurgraue Färbung des Himmels deutete darauf hin, dass es allenfalls früher Abend war und nicht, wie sie zunächst angenommen hatte, mitten in der Nacht.

Die Tür des nächstgelegenen Zimmers stand offen, und sie hörten den Klang einer energischen Stimme. »Ja, ich weiß, dass es kurzfristig ist. Aber es geht nicht anders. Heute Abend noch, ich will nicht länger warten. Wiederhören.«

»Verflucht«, zischte Jochen. »Vorhin war die Tür von seinem Zimmer noch zu!«

Sie fühlte, wie sie weitergetragen wurde. Ihr Kopf pendelte ruckartig hin und her, und die Flurbeleuchtung wurde zu einem albtraumhaft kreisenden Lichtkarussell. Eine weitere Tür öffnete sich, und sie befanden sich in einem kleinen, fensterlosen Raum. Jochen stolperte über einen Putzeimer und fluchte unterdrückt, während er vergeblich versuchte, die Balance zurückzugewinnen und gleichzeitig die Frau in seinen Armen festzuhalten. Polternd landeten sie beide auf dem Boden. Sofort warf Jochen sich herum, robbte zur Tür und zog sie zu.

Sie selbst lag wie ein Stück menschliches Treibgut quer in der schmalen Besenkammer, in der bis auf den dürftigen Lichtstreifen unter der Tür Dunkelheit herrschte. Ein harter Gegenstand drückte schmerzhaft in ihren Hals, und als sie danach griff, berührte sie eine kleine Schachtel, vermutlich die Tabletten, die Jochen bei dem Sturz aus der Tasche gefallen waren. Sie streckte sich, und dabei stießen ihre in Socken steckenden Füße gegen eine Wand. Als sie den Kopf drehte, spürte sie an ihrer Wange das kantige Metall von Gitterstäben. An dem kühlen Lufthauch auf ihrer Haut erkannte sie, dass sie neben dem Klimaschacht lag. Ein merkwürdiger, beißender Geruch stieg ihr in die Nase, der so unangenehm war, dass sie trotz ihres Schwindelgefühls versuchte, vom Klimagitter wegzukriechen.

»Lieg still und gib keinen Laut von dir!«, zischte Jochen.

Sie gehorchte und beschränkte sich darauf, den Kopf so weit wie möglich von dem Gitter wegzudrehen. »Jochen.« Sie räusperte sich und holte Luft. »Warum bist du hergekommen?«, fragte sie. Sofort wiederholte sie die Frage, erstaunt, ja fast glücklich über ihre wiedergewonnene Fähigkeit, einen vollständigen Satz zu bilden, den sie vorher in Gedanken formuliert hatte.

Er gab keine Antwort, sondern lauschte durch die geschlossene Tür auf den Flur hinaus. Doch dann bewegte er sich in ihre Richtung, und auf einmal spürte sie seine Hände an ihren Wangen, hörte sein Wispern an ihrem Ohr.

»Du bist doch meine Schwester! Weiß der Himmel, manchmal hätte ich dir nur zu gern den Hals umgedreht, besonders neulich, als du mich auf dem trockenen hast sitzen lassen. Aber ich würde doch niemals ... mein Gott, und du hast es wirklich geglaubt! Du hast gedacht, ich hätte ...« Er schluckte und legte seine Stirn gegen ihre Schläfe. »Du kannst es dir nicht vorstellen, stimmt's? Du weißt überhaupt nicht, was du für mich bedeutest, habe ich Recht?« Wieder hielt er inne, und das Zittern seiner Finger offenbarte den Gefühlsaufruhr, der ihn beherrschte. »Du warst der einzige Mensch, der nachts mein Weinen gehört hat! Du bist gekommen und hast mich getröstet. Vater nicht, und sie auch nicht. Nur du, sonst niemand. Weißt du was? Als du damals abgehauen bist, habe ich wochenlang jede Nacht geheult, obwohl ich schon zwölf war. Ich habe mir in meinem ganzen Leben nichts mehr so verzweifelt gewünscht wie damals deine Rückkehr. Aber du warst weg und bist nicht wiedergekommen.«

Flüssigkeit tropfte auf ihre Wange, und sie erkannte, dass er weinte. Sie spürte, wie sich etwas in ihrem Inneren zu lösen begann wie ein verknotetes Wollknäuel, von dem jemand das lose Ende gefunden hatte und nun anfing, es aufzurollen. Das, was es in seiner

Umhüllung barg, war beinahe sichtbar, so nah, dass sie glaubte, es greifen zu können, wenn sie sich nur ein wenig bemühte. Nur noch ein bisschen, betete sie, nur noch ein kleines bisschen! Sie wollte ihn bitten, ihr mehr zu erzählen, über ihre Eltern zu sprechen, ihr früheres Zuhause, ihr alles zu sagen, was er wusste.

Schon setzte sie dazu an, als das dünne Quietschen der Türangeln sie verstummen ließ. Vor der Korridorbeleuchtung zeichnete sich die hoch gewachsene Gestalt des Mannes ab, von dem sie nichts weiter wusste, als dass er ihr Verlobter war und sie in den letzten Wochen unter Drogen gehalten hatte.

»Dachte ich mir, dass du es bist«, sagte er. Seine Worte klangen beherrscht; die einzige Gefühlsregung darin schien milder Tadel zu sein. »War das Geld schon alle?«

»Zur Hölle mit dir«, zischte Jochen.

»Komm raus, wir reden.«

»Worauf du dich verlassen kannst. Ich war im Keller. Irgendwie habe ich geahnt, dort das vorzufinden, was da unten ist.«

»Ich bin sicher, dass ich dir alles zu deiner vollen Zufriedenheit erklären kann.«

»Niemals!«

»Hör dir meine Geschichte zuerst an, Junge.«

»Ich will verdammt noch mal nichts hören von deinen aalglatten Reden! Sieh sie dir doch an! Sieh dir an, was du mit ihr gemacht hast!«

»Hör dir an, was ich zu sagen habe, und urteile dann.« Sein Gesicht, im Halbschatten gut sichtbar, drückte ehrliches Mitgefühl und tiefe Besorgnis aus.

Jochen zog sich hoch und kam auf die Füße. Bevor er die Besenkammer verließ, bückte er sich, fasste seine Schwester unter die Achseln und stemmte sie in Sitzposition hoch. An die Wand gelehnt, blickte sie zu ihm auf. Seine schmale Gestalt verschwamm vor ihren Augen, und wieder fühlte sie, wie ihr Herz raste.

»Bin gleich zurück«, erklärte er und drückte kurz und beruhigend ihr Handgelenk. Dann war er draußen, zusammen mit dem anderen Mann.

Sie hörte die Stimmen der beiden, zuerst tuschelnd, dann laut und erregt, doch sie konnte nicht verstehen, was sie sagten. Schließlich entfernten sich die Stimmen, wurden leiser, verklangen schließlich ganz.

Sie vergessen mich hier, dachte sie benommen, sie sind gegangen, um zu reden, und denken nicht mehr daran, dass ich hier oben sitze. Heftig krampfte sie die Finger in den festen Stoff ihres Hemdes. Dumpf erinnerte sie sich, dass sie vor einiger Zeit noch ein Spitzenhemd getragen hatte. Wer hatte es ihr weggenommen und durch dieses hausbackene, fast grobe Baumwollhemd ersetzt? Ihr Verlobter? Ihre Gedanken überschlugen sich, und Tränen schossen ihr in die Augen, weil sie nicht in der Lage war, einen davon zu fassen und zu vertiefen.

Sie wartete, rieb ihre kalten Hände und zwang sich, in langsamen Zügen tief Luft zu holen. Dadurch war der widerliche Geruch wieder stärker wahrzunehmen, und sie musste ein Würgen unterdrücken.

Ich muss hier weg, dachte sie, beherrscht von dem Gedanken, möglichst schnell dieses Haus zu verlassen. Ihr Versuch, sich an der Wand hochzuziehen, misslang, ebenso wie ihre Bemühungen scheiterten, sich auf Händen und Füßen zum Stand aufzustemmen. Sie flog am ganzen Körper vor Anstrengung, dennoch war das Äußerste, was sie schließlich zuwege brachte, sich kriechend auf die offen stehende Tür zuzuschieben.

Sie drückte gegen das glatte Holz und verharrte, bis die Tür nach außen aufschwang, dann atmete sie erneut tief ein und kroch auf den Gang hinaus, Meter um Meter, wie ein Käfer auf allen vieren. Im Haus war es still; sie hörte weder Stimmen noch andere Geräusche, die auf die Anwesenheit ihres Bruders und ihres Verlobten hindeuteten. Sie waren verschwunden und hatten sie hier in diesem Zustand zurückgelassen.

Doch sie hatte sich geirrt. Ihre Hände stießen gegen elegante Hausschuhe, und als sie den Kopf hob, begegneten ihre Blicke denen ihres Verlobten. Die Hände in den Taschen seiner legeren Strickjacke vergraben, schaute er zu ihr herunter und musterte sie. Sie konnte den Ausdruck in seinen Augen nicht erkennen, weil Tränen ihre Sicht verschwimmen ließen, doch sie sah, dass er den Kopf schüttelte. »Du solltest im Bett liegen! Dieser dumme Junge! Dich einfach hierher zu schleppen!«

»Wo ist er?«, flüsterte sie. »Wo ist mein Bruder?«

»Gegangen.« Er bückte sich und hob sie auf.

Sie wehrte sich, doch ihre Bemühungen waren so wirkungslos wie ihr Versuch, sich aus seinen Armen zu winden. Er hatte keine Mühe, sie festzuhalten. Sein Körper war kräftiger als der ihres Bruders; ohne erkennbares Zeichen von Anstrengung trug er sie zurück in ihr Bett.

Wie kann ich mit ihm verlobt sein, wenn sein Anblick mir solche Furcht einflößt?, fragte sie sich. Wie kommt es, dass ich mich nicht an seinen Geruch erinnere? Instinktiv wusste sie plötzlich, dass Geruch immer eine elementare Bedeutung für sie gehabt hatte, vor allem der Geruch eines Mannes, der ihr nahe stand. Wenn sie mit diesem Mann verlobt war, hätte sie ihn lieben müssen. Sie hätte seinen Geruch als vertraut und angenehm empfinden müssen. Doch nichts von alledem war der Fall. Sie schloss die Augen und wartete, bis er sie losließ. Dann blickte sie fragend zu ihm hoch. »Wann kommt Jochen wieder?«

Er deckte sie zu und holte eine silberne Pillendose aus der Tasche seines Morgenmantels. »Vorläufig nicht.«

Übelkeit erfasste sie, doch ihre Fähigkeit zu denken und Schlussfolgerungen zu ziehen, wurde von Sekunde zu Sekunde stärker. »Was hast du mit ihm gemacht?«

»Ihn mit guten Worten und ein paar Tausend Mark davon überzeugt, dass du bei mir gut aufgehoben bist.«

Sie kam sich vor wie ein Tier in der Falle, die gerade zugeschnappt war.

»Wolltest du noch etwas sagen?«, fragte er weich.

Sie antwortete nicht. Aus den Augenwinkeln nahm sie das Aufblitzen der silbernen Dose in seinen Händen wahr. Warum nur musste er mich finden, dachte sie, plötzlich erfüllt von der grausamen Gewissheit, dass ihr eine halbe Stunde, vielleicht sogar eine

Viertelstunde gereicht hätte, ihre Betäubung vollends abzuschütteln. Vielleicht hätte sie es sogar geschafft, ans Telefon zu gehen und um Hilfe zu rufen. Sie verfluchte sich, nicht noch eine weitere von Jochens Aufputschpillen geschluckt zu haben, vorhin, als sie allein in der Besenkammer gewesen war und noch Zeit dazu gehabt hätte. Sie verfluchte Jochen für seine Geldgier und seinen Wankelmut.

»Es wird Zeit für deine Tabletten.« Ihr Verlobter hielt ihr zwei Pillen an den Mund und streckte ihr mit der anderen Hand ein Glas Wasser hin.

Sie presste die Lippen zusammen und wandte den Kopf zur Seite. Auf einem Tisch am Fenster sah sie die Reste einer Mahlzeit. Einen Teller mit zerbröckelten Kartoffeln, ein paar Stücke gebratenes Fleisch inmitten einer Pfütze inzwischen eingetrockneter Sauce, auf einem Extrateller braun verfärbte Spalten eines geschälten Apfels. Sie sog an ihrer Zunge und glaubte den schwachen Nachgeschmack von Obst zu spüren. Bestimmt hatte sie von dem Essen etwas zu sich genommen, oder besser, sie war gefüttert worden, doch sie konnte sich nicht an einen einzigen Bissen dieser Mahlzeit erinnern. In einer Ecke des Raums stand ein Toilettenstuhl, wie er in Krankenhäusern und Pflegeheimen benutzt wurde. Sie gab sich keinen Illusionen darüber hin, zu welchem Zweck dieser Stuhl hier im Zimmer stand, ohne dass sie jedoch hätte sagen können, wer sie dorthin geführt hatte.

Wer hatte ihr Bett bezogen, sie gewaschen, ihr das Essen gebracht? Ihr fehlte jede Erinnerung daran. Nichts als gähnende schwarze Leere.

Er füllt dich seit Wochen mit einem Tranquilizercocktail ab.

»Mach den Mund auf.«

»Ich will das Zeug nicht nehmen. Ich möchte weg.«

»Wohin denn?«

»Raus hier.«

»Und dann? Zu wem würdest du gehen?«

Ja, zu wem? Sie hatte nicht die geringste Ahnung.

»Komm, mach endlich den Mund auf!«

Sie schüttelte den Kopf. »Ich will nicht! Bitte nicht!«

»Ich kann dir auch eine Spritze geben, wenn dir das lieber ist.«

Ihre Gedanken zerfaserten zu einem konfusen Durcheinander, als sie vergeblich versuchte, ihre Möglichkeiten abzuwägen.

»Soll ich die Spritze holen? Es wird nicht wehtun und wirkt außerdem schneller.«

»Nein«, sagte sie leise. »Keine Spritze.«

Seine Finger berührten ihre Wange, dann ihre Lippen, und im nächsten Augenblick lagen die glatten runden Tabletten auf ihrer Zunge. Wasser rann kühl in ihren Mund und spülte sie hinunter.

Noch mal ein paar Wochen, und von deinem Gehirn ist nur Matsch übrig!

»Ich wusste, dass du ein vernünftiges Mädchen bist.«

Obwohl sie die Augen weiterhin geschlossen hielt, fühlte sie seine Gegenwart.

»Geht es dir jetzt besser?«, fragte er nach einer Weile.

Schwäche übermannte sie, dennoch brachte sie eine Antwort zustande. Ihre Worte waren kaum zu hören, weil ihre Stimme sie wieder im Stich ließ, doch sie wusste, was sie sagte, und das war die Hauptsache. »Der Teufel soll dich holen!«

Als es klopfte, legte Richard Stapleton die Zeitschrift zur Seite, in der er seit zwanzig Minuten lustlos geblättert hatte, und blickte fragend dem Mann entgegen, der das Krankenzimmer betrat und nun sichtlich verlegen auf ihn zukam. Der Besucher war nachlässig, beinahe schlampig angezogen, als hätte er seit Tagen nicht die Kleidung gewechselt oder sogar darin geschlafen. Sein bleiches Gesicht war stoppelbärtig und von scharfen Falten durchzogen, die Augen eingesunken und glanzlos.

Noch bevor sein Besucher sich ihm vorgestellt hatte, wusste Richard Stapleton, wen er vor sich hatte.

»Mein Name ist Thomas Severin.«

»Ich weiß«, entgegnete Richard spröde. Er ärgerte sich wegen der lächerlichen Überlegenheit, die er empfand, weil er selbst sauber rasiert und gekämmt war und einen funkelnagelneuen Trainingsanzug trug. Eine der Schwestern hatte in der vergangenen Woche für ihn diverse Einkäufe erledigt.

Thomas warf einen Blick auf den dösenden Patienten in dem zweiten Bett, das im Zimmer stand, und nahm sich unaufgefordert einen Stuhl von der Wand, den er neben Richards Bett schob. »Ich nehme an, Sie haben mich erwartet«, sagte er in unbeholfenem Englisch, während er sich setzte. »Hat Quint Ihnen erzählt, dass ich Sie besuchen wollte?«

Richard nickte. »Er war vorhin hier. Kurz vor Ihnen. Zwei Minuten früher, und Sie wären ihm begegnet.«

»Wann hat er Ihnen gesagt, dass sie ... tot ist?«

»Vorige Woche.«

»Macht es Ihnen etwas aus, dass ich hergekommen bin? Ich meine, ich möchte auf keinen Fall ...«

»Was wollen Sie?«, fiel Richard ihm rüde ins Wort.

Thomas zuckte die Achseln. »Ich weiß selbst nicht recht, was ich will. Sie sehen. Mit Ihnen sprechen. Weil Sie doch ... Ich will einfach mit jemandem reden, der sie gekannt hat. Der die letzten Jahre mit ihr verbracht hat. Sie waren doch die letzten Jahre mit ihr zusammen, oder?«

»Mehr oder weniger. Sie ist viel umhergezogen.«

Thomas räusperte sich. »Entschuldigen Sie bitte. Ich sollte wohl erst fragen, wie es Ihnen geht.«

»Den Umständen entsprechend«, gab Richard knapp zurück.

»Sind Ihre Wunden gut verheilt?«

»Hervorragend, wenn man den Ärzten glauben darf. Meine Leber ist ein Stück kleiner als vorher, und ich habe Narben wie nach einer Schlacht, aber ich werde damit zurechtkommen.«

»Wann werden Sie entlassen?«

»Morgen.«

»Was haben Sie dann vor?«

»Ein paar Kleinigkeiten erledigen. Meine Sachen packen und nach Hause fliegen.«

»Hat Quint Ihnen ... hat er Ihnen gesagt, dass sie diese letzte Nacht bei mir ...«

»Ja«, unterbrach Richard ihn schroff, von der Frage völlig aus der Fassung gebracht. Nie würde er die bohrende, hässliche Stimme vergessen, die ihm, seinem rasenden Schmerz zum Trotz, zugeflüstert hatte, wie schlimm und unverzeihlich dieser Verrat war, dass Christina es nicht besser verdient hatte. Die Stimme war rasch verstummt angesichts der grenzenlosen Trauer, die ihn gefangen nahm und für nichts anderes mehr Raum ließ. Er hatte zu Allah gebetet, wie auch zu dem anderen Gott, in dessen Namen er getauft war, doch keines seiner Gebete hatte vermocht, ihn zu trösten und die Leere zu füllen, die ihn betäubte.

Thomas räusperte sich abermals. »Nun, ich bin hauptsächlich gekommen, um Sie um Verzeihung zu bitten. Ich hatte nicht gewusst, dass Christina und Sie ...« Er hielt inne und schüttelte den Kopf. »Nein, es ist nicht wahr. Ich will Sie nicht belügen. Ich wusste es. Ich wusste, dass es jemanden gab in ihrem Leben. Doch es war mir egal. Ich würde es jederzeit wieder tun. Ich habe sie begehrt, mehr als alles auf der Welt. Sie war die einzige Frau in meinem Leben, die mir jemals etwas bedeutet hat. Ich habe sie geliebt.«

Heiße Röte stieg in Richards Wangen, und er ballte die Fäuste, mühsam sein Verlangen bezwingend, diesem Mann die Hände um den Hals zu legen und zuzudrücken.

Thomas bemerkte nichts davon. Die Finger im Schoß verkrampft, starrte er die Wand über Richards Bett an. »Sie war meine einzige Liebe. Ohne sie war mein Leben nichts. Jahrelang habe ich gehofft, dass sie wiederkommt. Als ich erfuhr, dass ihr Vater die ganze Zeit gewusst hatte, wo sie ist ... Als er starb, war mein erster Gedanke, gut so, das ist die Quittung dafür, dass er ihr und mir das angetan hat.« Er stöhnte und warf den Kopf in den Nacken. »Ich habe ... habe sie gefunden ... ihr Kopf ... all das Blut ... Mein Gott, ich werde niemals vergessen, wie ...« Mit einem erstickten Laut schlug er die Hände vor das Gesicht, wiegte sich vor und zurück.

»Sie können ja in Ihrem nächsten Buch darüber schreiben«, sagte Richard mit wohlberechneter Grausamkeit. »Ich habe mal gehört, dass Schriftsteller alle aufregenden und interessanten Dinge aus ihrem eigenen Leben in ihren Büchern aufarbeiten.« Sein Triumph über diesen gelungenen Hieb dauerte nur bis zu dem Moment, als

Thomas die Hände sinken ließ und sich ihm zuwandte.

»Tut mir Leid«, sagte Richard, betroffen von dem tiefen Leid in den Augen des anderen.

»Warum? Sie wissen ja nicht, wie Recht Sie haben. Was glauben Sie, womit ich mich die letzten Wochen am Leben erhalten habe? Ich schätze, es wird mein bisher bestes Buch.« Thomas lächelte. Es sah aus wie das Grinsen eines Totenschädels. Er machte Anstalten, aufzustehen. »Ich glaube, es war ein Fehler, herzukommen. Ich habe nicht berücksichtigt, wie sehr Sie selbst um sie trauern.«

»Warten Sie. Sagen Sie ... haben Sie ihre Schwester seitdem gesehen?«

»Nein. Quint geht jeden Tag hin, ich rufe ihn ab und zu an und lasse mir erzählen, wie es war. Sie ist immer noch weggetreten. Schock, Amnesie, was weiß ich. Sie kann weder reden noch laufen. Von Schütz meinte sogar, es könnte irreversibel sein. Allerdings glaube ich nicht, dass es ihn besonders stört. Er hat jetzt sein Ziel erreicht. Die Firma geht auf Martina und Jochen über, nachdem die letzte Hürde beseitigt ist.« Thomas kratzte seinen rechten Handrücken.

Richard sah, dass die Haut von blutigem Schorf bedeckt war.

»Die einzige Hürde vor einem Milliardenvermögen«, fuhr Thomas fort. »Christinas Leben war der Preis für eine wahrhaft göttliche Trophäe.« Er schwieg und kratzte sich erneut. An einer Stelle löste sich der Schorf, und Blut floss heraus.

»Haben Sie da eine Allergie?«, fragte Richard, nur um etwas zu sagen, das die lastende Stille durchbrach.

Ohne auf die Frage einzugehen, fuhr Thomas geistesabwesend fort: »Eine Trophäe, die ihresgleichen sucht. Der heilige Gral, der Becher des ewigen Lebens.« Fahrig rieb er die blutende Stelle auf seinem Handrücken.

»Dieser Kommissar mit dem zerknautschten Mantel und dem schlecht sitzenden Anzug würde jetzt sagen, dass Sie zu Euphemismen neigen.« Richard deutete Thomas' irritierten Blick richtig und fuhr gereizt fort: »Wir haben Schulen auf Male, ob Sie's glauben oder nicht.« Absichtlich grob setzte er hinzu: »Vermutlich denken Sie, dass ich höchstens in einer Beziehung gut genug für sie war.«

»Tut mir Leid, ich wollte nicht ...«

»Schon gut. Kommen Sie zur Sache. Sie waren beim Becher des ewigen Lebens stehen geblieben.«

»Sie wissen also, woran Reinhold Marschall zuletzt gearbeitet hat?«

»Gearbeitet haben soll«, korrigierte Richard ihn. »Quint hat mir davon erzählt. Eine unvorstellbare Geschichte.«

»Nicht, wenn man alle Meldungen der letzten paar Jahre aufmerksam verfolgt hat. Unvorstellbar wird es nur, wenn man versucht, sich die Profite aus der Herstellung eines entsprechenden Medikaments auszurechnen. Einen größeren Markt dafür kann man sich wohl kaum denken. Krank wird nur ab und zu mal jemand. Alt wird jeder.« Thomas wandte den Kopf und starrte aus dem Fenster, von dem aus man auf einen kleinen Park blicken konnte. Es war sechs Uhr abends und bereits dunkel. Der Dezember war in diesem Jahr mit einer Kältewelle gekommen, hatte das Land mit Frost überzogen und Bäume und Sträucher mit einer Eisschicht umhüllt, die im Licht weniger Laternen kalt glitzerte.

Wieder stellte Richard die erstbeste Frage, die ihm in den Sinn kam, nur um die Stille zu beenden. »Wer, glauben Sie, hat Reinhold Marschall getötet?«

»Ich weiß es nicht. Vielleicht Jochen, vielleicht Martina, vielleicht beide. Oder von Schütz und dieser Tom Watts. Jeder könnte es gewesen sein. Motive und Gelegenheiten hatten sie alle. Vermutlich werden wir es nie erfahren. Watts ist tot, Jochen verschwunden, Martina verrückt, von Schütz stumm wie ein Fisch. Eine Mauer des Schweigens.«

»Und wenn sein Tod gar kein Mord war, sondern Selbstmord? Oder tatsächlich ein Unfall?«

»Den Reinhold auf diese Art vorausgesehen hatte?«, fragte Thomas spöttisch.

»Viele Menschen sehen ihren Tod voraus und handeln danach«, antwortete Richard unbewegt.

Thomas begann am ganzen Körper zu zittern. Er kratzte seine Hand so heftig, dass die Wunde noch stärker blutete und seine ohnehin schon mitgenommenen Jeans befleckte. Er schluckte, als wollte er etwas sagen, doch er brachte keinen Ton hervor.

»Sie hat es auch vorausgesehen, nicht wahr?«, fragte Richard. »Sie hat ihren Tod geahnt.«

Thomas verlor die Beherrschung. »Was soll das?«, schrie er. »Gleich werden Sie behaupten, ihr Tod wäre vorherbestimmt gewesen, wie? Oder gar ein Unfall, wie bei Reinhold? Sie haben ja keine Ahnung, Mann!«

Der Patient im Nachbarbett regte sich und stöhnte, dann öffnete er die Augen und starrte missbilligend zu ihnen herüber.

»Natürlich war ihr Tod kein Unfall«, sagte Richard hitzig. »Aber es war ihr Schicksal, kapieren Sie das denn immer noch nicht? Was glauben Sie denn, warum ihr Vater um keinen Preis wollte, dass sie herkommt? Etwa wegen dieser Scheißfirma, an der ihm sowieso nicht mehr viel lag? Oder um seinem Sohn oder diesem von Schütz eins auszuwischen? Verdammt, Sie schreiben doch so dicke schlaue Bücher! Wieso bemühen Sie dann nicht Ihren Grips ein bisschen?«

Thomas starrte ihn an. In seinem Gesicht arbeitete es.

Richard setzte sich auf und beugte sich eindringlich vor. »Es war allein wegen dieser Verrückten, mit der Sie mal verheiratet waren! Martina war zu allem fähig, und Reinhold wusste es. Begreifen Sie es? Er wusste es! Damit meine ich nicht nur, dass sie ihn kalt lächelnd töten würde, ihren eigenen Vater, sondern auch ihre Schwester. Ihr anderes Selbst, ihr zweites Ich. Und wissen Sie warum?« Richard wartete keine Erwiderung ab, sondern beantwortete seine Frage sofort selbst. »Weil sie nur dadurch sicherstellen konnte, dass sie nie mehr von sich selbst getrennt sein würde. In ihrer Vorstellung gab es keine zwei Personen, sondern nur eine. Und jeder, der es wagte, dieses Ideal zu zerstören, musste aus dem Weg geräumt werden. Bei Ihnen hat eine hübsche kleine Theatervorstellung genügt, um Sie bei Christina auszubooten und dadurch unschädlich zu machen, bei mir brauchte sie ein Messer.«

»Sie meinen ...«

»Natürlich. Ich wusste in jener Nacht in dem Loft sofort, dass es Martina war. Sie wollte mich töten. Ich war eine Gefahr, ich konnte beide auseinanderhalten. Sie trennen. Aus demselben Grund wollte sie Christina auslöschen, weil das der einzige Weg war, eine Trennung zu verhindern. Endgültig zu verhindern. Es machte nichts aus, wenn Christina starb. Ein Zwilling blieb ja immer noch übrig, und das reichte. Denn in ihrer Vorstellung gab es sowieso nur eine Person, von Anfang an.« Richard holte Luft. »So muss es gewesen sein«, schloss er. »Genau das hätte ihrer verdrehten Logik entsprochen. Die Autobombe war ihr Werk.«

»Ihr fehlen die technischen Fähigkeiten, eine Bombe anzubringen«, wandte Thomas ein.

Ungeduldig winkte Richard ab. »Für genug Geld kann man Leute kaufen, die einem solche Arbeit abnehmen. Vielleicht hat sie sogar ihren geldgierigen Bruder eingespannt.«

»Vermutlich haben Sie Recht.« Nachdenklich musterte Thomas den jungen Mann im Bett. Seine Züge trugen deutliche Spuren dessen, was er durchgemacht hatte. »Sie haben Christina sehr geliebt?«

»Ja, das habe ich«, sagte Richard leise. »Und Gott helfe mir, ich kann einfach nicht glauben, dass sie tot ist.«

»Sie ist es aber.« Thomas schluckte und holte hörbar Luft. »Ich habe ... ich habe ihren ...« Unfähig, weiterzusprechen, rutschte er auf dem Stuhl herum. Wieder rann Blut von seiner aufgekratzten Hand, als er heftig die Fingernägel der anderen Hand darüberzog.

»Ich weiß. Sie haben ihren Kopf gefunden. Er hatte kurz geschorene Haare.«

»Ja. Sie hatte sie in der Nacht bei mir abgeschnitten.«

»Damit war natürlich keine Verwechslung mehr möglich«, sagte Richard tonlos.

Thomas hob überrascht den Kopf. »Hat Quint Ihnen denn nicht gesagt ...?«

»Was gesagt?«, fragte Richard argwöhnisch.

»Dass Martina sich kurz vor oder nach der Bombenexplosion ebenfalls die Haare geschnitten hatte, mit der Schere aus dem Verbandskasten des Mercedes!«

»Sagen Sie das noch mal«, befahl Richard schleppend.

»Sehen Sie mich nicht so an! Dass beide kurze Haare hatten, ändert nichts an Christinas Tod. Glauben Sie, ich wäre nicht imstande gewesen, herauszufinden, welche von beiden sie war?«

»Man sollte meinen, dass Sie dazu imstande wären. Schließlich waren Sie mit beiden im Bett, und mit Martina waren Sie lange genug verheiratet, um sie von Christina unterscheiden zu können. Aber seit einer halben Minute habe ich meine Zweifel. Sie haben sich schon einmal geirrt. Warum sollten Sie sich nicht wieder geirrt haben?«

Hass glomm in Thomas' Augen auf, doch die Regung erlosch so schnell, wie sie gekommen war und machte düsterer Resignation Platz. »Ich gebe zu, dass ich die beiden damals verwechselt habe. Aber ich habe dafür bezahlt. Sie können gar nicht ermessen, was ich deswegen schon durchmachen musste. Und das Furchtbare ist, ich habe sie wieder verwechselt, vor ein paar Wochen erst, als Christina nach dem Brand im Krankenhaus lag.«

Richard fuhr auf. »Davon hat Christina mir nichts erzählt!«

Thomas wandte den Kopf zur Seite. »Nun, es war leider so. Martina hat genau wie damals ein kleines Schauspiel inszeniert, und ich fiel darauf herein. Ich habe Christina damit wieder wehgetan, aber mir selbst vielleicht noch mehr. Herrgott, ich wünschte, ich könnte es ungeschehen machen!«

Fassungslosigkeit zeichnete sich auf Richards Zügen ab, als traute er seinen Ohren nicht. »Sie konnten die beiden wieder nicht auseinander halten?«

»Verdammt, ja! Ich konnte es nicht, aber das ändert nichts an den Tatsachen. Christina ist tot und wird es bleiben! Diesmal gab es keine Verwechslung, das können Sie mir ruhig glauben! Die Frau, die ich lebend vorfand, war Martina. Sie trug andere Kleidung als Christina, und sie hatte Ausweise in der Tasche.«

»Weiter.«

»Was weiter?«

Richard schnaubte. »Ich sehe Ihnen doch an, dass das nicht alles ist!«

»Ich habe mich vergewissert, und zwar auf eine Art, die jeden

Zweifel ausräumte!«

Richard presste die Fingerkuppen gegeneinander, um das plötzliche Zittern seiner Hände unter Kontrolle zu bringen. »Wie?«

Um Sachlichkeit bemüht, erklärte Thomas: »Ich habe die Narbe an ihrem Unterleib gesehen.«

Richard starrte ihn stumm an, Ungläubigkeit im Blick. »Sie müssen wissen, dass Martina und ich ... wir hatten Kinder«, sagte Thomas gequält. »Sie starben kurz nach der Geburt. Zwei Mädchen. Zwillinge.«

Richard konnte nichts entgegnen. Er schüttelte den Kopf, wie um eine Betäubung zu vertreiben.

Thomas sah es nicht. Seinen blutigen Handrücken betrachtend, sprach er weiter. »Sie kamen mit Kaiserschnitt auf die Welt. Diese Narbe habe ich bei Martina gesucht. Und ich habe sie gefunden.«

»Wollen Sie damit sagen, dass Sie bloß wegen der Kaiserschnittnarbe ... dass diese Narbe das Einzige war, woran Sie sie erkannt haben?« Richards Worte waren kaum hörbar. Entsetzen, gepaart mit wilder Hoffnung leuchtete aus seinen Augen.

Thomas schaute ihn verwundert an. »Ja, natürlich, wieso fragen Sie ...« Er verschluckte das letzte Wort, und Totenblässe überzog sein Gesicht, als er den Ausdruck in Richards Blick bemerkte und die unausgesprochene Wahrheit erkannte. »Nein«, keuchte er. »Sie hätte es mir gesagt, wenn sie Kinder hätte! Es kann nicht stimmen! Sagen Sie, dass es nicht stimmt!«

»Doch«, sagte Richard kalt. »Christina hat an ihrem achtzehnten Geburtstag Zwillinge von Ihnen bekommen und sie noch am selben Tag verloren. In unserem ersten Sommer hat sie mir davon erzählt. Sie hat vor mir gesessen, so wie Sie jetzt vor mir sitzen, und Wort für Wort herausgeweint, so voller Kummer, dass ich nur jedes zweite Wort verstand. Und ich schwöre Ihnen, wenn Sie damals in meiner Nähe gewesen wären, hätte ich Sie umgelegt, mein Freund!« Er setzte sich auf und schwang die Beine aus dem Bett. Sein Gesicht war grau unter der dunklen Tönung seiner Haut, sein Mund zu einer entschlossenen Linie zusammengepresst. »Und ich schätze, genau das sollte ich jetzt nachholen!«

19. Kapitel

Sie tauchte im kristallklaren Wasser einer Lagune, die abseits vom Touristenrummel vor einer versteckten, namenlosen Insel im Süd-Male-Atoll lag.

Vor ihren Augen breitete sich ein endloser Wald von Weichkorallen aus, deren sprühende Farben das Licht der Sonne fingen. Beinahe reflexartig hob sie die Kamera. Ein sechzig Zentimeter großer Dornenkronen-Seestern trieb als träger blauer Schatten über das Gewirr und weidete die Korallenstöcke ab. Sie knipste auch ihn, bevor sie mit routinierten Schlägen ihrer Taucherflossen weiterpaddelte.

Tiefer am Riffhang erblickte sie eine Grotte, deren Eingang von feuerrotem Seegras überwuchert war wie das Tor zu einer verwunschenen Höhle. Mit einer Hand teilte sie zögernd den flammenden Vorhang und spähte ins Innere. Das, was sie sah, ließ einen Schrei aus ihrer Brust steigen, der als kugelförmige Luftblase aus ihrem Mund drang und dann in winzige gläserne Perlen zerplatzte.

Ein groß gewachsener Mann lag auf dem felsigen Boden in der Grotte, an Händen und Füßen mit Seetang gefesselt. Sein Gesicht war nicht zu erkennen, seine Züge zerflossen bei näherem Hinschauen. Doch dafür war der Rest seines Körpers um so deutlicher zu sehen. Blut stieg in einer dunklen Wolke von einer Verletzung in seiner Halsbeuge auf, ebenso von einem Riss in seiner Brust. Der schlanke Körper bäumte sich auf, und der nur verwaschen sichtbare Mund öffnete sich zu einem grotesken lautlosen Schrei, als unvermittelt eine rothaarige Frau in der Grotte erschien und ein blitzendes Messer in seine Seite stieß. Sie schnitt das Fleisch entzwei, als wollte sie einen Braten tranchieren, und mit einer geschickten Drehung des Messers löste sie ein Stück der Leber aus dem Körper des jungen Mannes. Mit dem Gewebeklumpen in der Hand wandte die Frau sich zum Grotteneingang um. Auch ihr Gesicht blieb verschwommen, wie hinter einer Wand trüben Wassers, doch ihre Stimme war deutlich zu vernehmen. »Das ist für die Mäuse«, sagte sie und hielt das blutige Fleisch hoch. »Weißt du, es macht ihm nicht das Geringste aus, wenn ich etwas wegschneide. Er ist unsterblich. Genau wie du und ich ... ich bin du bist ich bin du ...« Die rothaarige Frau hob das Messer, das sie in der anderen Hand hielt, und trennte sich selbst in einer raschen, gleitenden Bewegung den Kopf ab. Er fiel herab und rollte wie ein Ball zum Eingang der Grotte.

Diesmal kam ihr Entsetzensschrei als scharfer, schriller Ton von ihren Lippen, und die Grotte verblasste und wirbelte wie Rauch davon, mit den Resten des sich auflösenden Alptraums.

Das Erste, was sie wahrnahm, war der durchdringende Geruch von Erbrochenem dicht neben ihrem Kopf. Die Tabletten, dachte sie sofort, ich habe die Tabletten erbrochen!

Sie wusste, dass es so sein musste, denn sie war hellwach. Und dann brach mit brutaler Plötzlichkeit die Erinnerung über sie herein. Es tat so weh, dass sie fürchtete, sterben zu müssen. »Nein!«, wimmerte sie. »O bitte, nein, nein, nein!«

Christina wälzte sich herum und biss in das feuchte, stinkende Kissen, bis sie zwischen ihren Zähnen den Stoff reißen fühlte. Wieder und wieder rollte der abgetrennte Kopf auf sie zu, stieß gegen ihre Finger, und jedes Mal streckte sie die Arme danach aus, nahm ihn, hielt ihn, wiegte ihn, drückte ihn gegen ihre Brust. Mit beiden Händen fuhr sie über ihren eigenen Kopf, befühlte ihn, strich über die kurzen Haare, schabte mit den Nägeln über die juckende, verschorfte Kopfhaut, presste ihre Schädelknochen mit ihren Handflächen, bis sie meinte, in einem Schraubstock zu stecken. Unablässig flüsterte sie dabei ein Wort vor sich hin, und es dauerte eine Weile, bis ihr Verstand sich so weit geklärt hatte, dass sie selbst es verstand.

»Mari«, flüsterte sie, »Mari!« Und dann noch einmal: »Mari ...«

In diesem Augenblick, da sie die Kontrolle über ihre Stimme wiedergewonnen hatte, hörte sie auf, den Namen ihrer toten Schwester zu murmeln. Doch die Bilder in ihren Gedanken ließen sich nicht so einfach ausschalten.

Stöhnend und schluchzend versuchte sie, sich aufzusetzen und gleichzeitig nach dem Lichtschalter zu tasten. Irgendwie gelang es ihr, die Lampenschnur zu erreichen und sich daran entlang zum

Knipsschalter zu hangeln. Licht flammte auf und blendete sie für Sekunden, bis sie auf die Idee kam, sich abzuwenden. Beherrscht von Fluchtgedanken und getrieben von plötzlichem, wildem Überlebensdrang kämpfte Christina sich aus dem Bett.

Weg, dachte sie, ich muss weg hier!

Sie stieß sich vom Bett ab, nur um im selben Moment festzustellen, dass sie nicht gehen konnte. Mit beiden Händen einen Pfosten des geschnitzten Kopfteils umklammernd, starrte sie die Tür an, die ebenso gut drei Kilometer anstatt drei Meter hätte entfernt sein können. Sie mochte die Tabletten oder zumindest einen Teil davon erbrochen haben, aber durch die wochenlange Behandlung mit Tranquilizern war ihr Körper zu sehr geschwächt, als dass sie jetzt einfach hätte losmarschieren und verschwinden können.

Tief durchatmend ließ sie sich auf Hände und Knie nieder und kroch zur Tür. Die Klinke war weit oben angebracht, wie früher in Herrschaftshäusern üblich, und Christina musste sich recken, um sie zu erreichen. Bemüht, so wenig Geräusche wie möglich zu verursachen, kroch sie auf allen vieren hinaus auf den Gang. Ein Blick zum Fenster am Treppenabsatz überzeugte sie davon, dass es draußen dunkel war, ohne dass sie jedoch hätte erkennen können, wie viel Zeit nach dem Verschwinden ihres Bruders verstrichen war. Ihre Erinnerungen an seinen kurzen Besuch schienen ihr plötzlich seltsam unwirklich, und angestrengt überlegte sie, was er zu ihr gesagt hatte. Etwas über Drogen. Ja, das war es. Sie bekam Drogen von Jakob von Schütz, weil er sie für Martina hielt. Verwirrung bemächtigte sich ihrer, während sie unaufhörlich weiter zur Treppe kroch. Wieso gab er ihr Drogen, wenn er sie für ihre Schwester hielt? Christina spürte, dass sie immer noch Schwierigkeiten hatte, klar zu denken. Mit einem Mal stiegen auch Zweifel in ihr auf, ob ihr Bruder tatsächlich hier gewesen war und sie in die Besenkammer getragen hatte. Vielleicht hatte sie auch das nur geträumt, so wie sie vorhin von Ricky und Martina geträumt hatte.

Bei dem Gedanken an Ricky durchfuhr sie ein so heftiger Schreck, dass sie wie gelähmt verharrte. Wie hatte sie ihn nur vergessen können? Sie hatte Wochen im Dämmerzustand verbracht, während Ricky allein im Krankenhaus gelegen hatte! Zitternd wartete sie, bis ihr jagendes Herz sich beruhigte und die Nebel, die von allen Seiten heranwogten, wieder verblassten.

Als sie tief Luft holte, stieg ihr die ranzige Ausdünstung alten Schweißes in die Nase, vermischt mit dem Gestank von dem Erbrochenen, das ihr hässliches Baumwollhemd befleckte. Keuchend setzte Christina sich auf, angeekelt von ihrem eigenen Geruch. War es dieser Gestank gewesen, der ihr in der Besenkammer vom Luftstrom des Klimaschachtes in die Nase geweht worden war und mit seiner Widerwärtigkeit den Atem verschlagen hatte? Vorausgesetzt, sie war wirklich dort gewesen, setzte sie sogleich in Gedanken hinzu. Sie zählte die Türen zu ihrer Rechten ab. Die Tür neben dem Raum, aus dem sie gekommen war, führte in das Schlafzimmer von Jakob von Schütz. Hinter der nächsten musste also die Besenkammer liegen, wenn sie nicht geträumt hatte. Entschlossen stemmte sie sich erneut auf Hände und Knie hoch und kroch die wenigen Meter bis zu der Tür. Sie war schmaler als die Tür zu ihrem Schlafzimmer, und die Klinke war besser zu erreichen. Christina öffnete sie und erkannte auf den ersten Blick, dass sie vorhin nicht geträumt hatte. Im schwachen Dämmerlicht, das vom Flur in die Kammer fiel, konnte sie auf dem nackten Betonboden neben dem Lüftungsgitter des Klimaschachtes einen kleinen Gegenstand liegen sehen. Es war die Tablettenschachtel, die ihrem Bruder dort aus der Tasche gerutscht war. Ohne zu zögern, bewegte Christina sich darauf zu so rasch sie konnte, und mit fliegenden Fingern riss sie die Packung auf und drückte zwei der kleinen runden Tabletten in ihre Handfläche. Noch bevor sie nachschauen konnte, um welches Medikament es sich überhaupt handelte, hatte sie die Pillen schon in den Mund gesteckt und geschluckt. Während die Tabletten sich bereits ihren Weg durch ihre Speiseröhre bahnten, las Christina den Namen auf der Packung, ohne dass er ihr etwas gesagt hätte. Es war ihr ohnehin egal. Entscheidend war das Wort, das sie unter dem Namen des Medikaments fand. Analeptikum. Das war genau das, was sie brauchte. Ein Aufputschmittel.

Mit dem Rücken an die Wand der Besenkammer gelehnt, wartete sie mit wachsender Ungeduld auf das Einsetzen der Wirkung, während sie an die Kaltblütigkeit dachte, mit der von Schütz ihr heute Abend die Tabletten aufgezwungen hatte. Wieder fragte sie sich, ob er überhaupt wusste, wer sie war, doch diesmal stiegen Fragmente von Erinnerungen aus der Tiefe ihres Unterbewusstseins. Suchende Hände, die über ihren Oberschenkel und ihren Bauch strichen. Die Erkenntnis, dass er es wissen musste, brachte sie dazu, sich augenblicklich aufzurichten. Erneut versuchte sie, sich an der Wand hochzuziehen, und als es ihr tatsächlich auf Anhieb gelang, konnte sie kaum einen Aufschrei des Triumphs unterdrücken. Sich an der Wand abstützend, schleppte sie sich in den Gang hinaus und zur Treppe. An der Brüstung blieb sie stehen und schaute in die dämmerig erleuchtete Halle hinunter, die mit dem polierten Parkett und den dunklen antiken Gemälden Ähnlichkeit mit einem verstaubten Museum hatte. Der Unterschied zu der lichten, strahlenden Weite von Martinas Loft war so augenfällig, dass Christina sich unwillkürlich fragte, wieso ihre Schwester überhaupt mit von Schütz zusammengewesen war. Die Treppe zu bewältigen, war ein größeres Problem, als sie gedacht hatte. Mehrere Male schaffte sie es nur mit äußerster Willenskraft, einen Sturz zu vermeiden. Bei ihrem krampfhaften Bemühen, sich am Geländer festzuklammern, brachen ihr zwei Fingernägel ab, und sie merkte, dass sie sich vor Anstrengung die Lippen zerbissen hatte.

Irgendwie gelang es ihr, heil unten anzukommen. Das Parkett war glatt unter ihren Füßen, zu glatt. Wenn sie sich nicht vorsah, könnte sie leicht ausrutschen.

Gleich, dachte sie, gleich habe ich es geschafft! Nur noch durch die Halle, dann bin ich an der Haustür. Wenn sie abgeschlossen ist, schlage ich ein Fenster ein.

Darüber, wie sie weiter vorgehen wollte, wenn sie erst draußen war, wagte sie allerdings keine Spekulationen. Es war Winter, sie trug nichts außer einem fleckigen, stinkenden, kaum hüftlangen Hemd und einem Paar Tennissocken. Und sie hatte keine Ahnung, wo sich von Schütz' Haus befand. Vielleicht lag es weit außerhalb der Stadt, Kilometer von der nächsten menschlichen Behausung entfernt! Womöglich brauchte er nur bequem im Wagen hinter ihr her zu fahren, während sie sich eine einsame Landstraße entlangschleppte! Und welche Gewissheit hatte sie denn, irgendwo Zuflucht zu finden, mit diesem Aussehen? Jeder, dem sie in dieser Aufmachung begegnete, mit stoppeligen Haaren, blutigem Mund und voll gespucktem Hemd, würde sie für eine entlaufene Verrückte halten. Beinahe hätte sie hysterisch gekichert, weil diese Annahme eigentlich gar nicht so falsch war. Vielleicht traf sie sogar zu. Woher nahm sie überhaupt die Gewissheit, dass sie geistig normal war? Glaubten nicht die meisten Verrückten, normal zu sein? Schließlich war ihre Schwester wahnsinnig gewesen, nicht wahr? Und sie war nichts anderes als eine Kopie ihrer toten Schwester, eine völlig identische Zweitausgabe. Vielleicht hatte sie die Tranquilizer zu Recht erhalten, weil sie völlig durchgedreht war! Sie dachte an das, was im Wald geschehen war, bevor ihre bewusste Wahrnehmung abgerissen war. Wer hatte sie so gefunden, den Kopf ihrer toten Schwester an sich gepresst? Vermutlich Tommy. Armer Tommy! Er hielt sie für tot, wie alle, die sie kannten. Anderenfalls wäre sie nicht hier. Offiziell war sie Martina, offiziell war sie verrückt geworden. Nur ihr Bruder wusste es besser, doch er zählte nicht, da er sich den Schneid hatte abkaufen lassen. Was von Schütz ihm wohl dafür gezahlt hatte, dass er sich verzog?

Einen Moment lang überlegte Christina verwirrt, warum von Schütz sie überhaupt auf diese Weise festgesetzt hatte. Welchen Grund hatte er gehabt, ihr das anzutun?

Dann begriff sie schlagartig die ganze Wahrheit. Die unterschiedlichsten Ereignisse seit ihrer Ankunft in Deutschland, bedeutsame ebenso wie nebensächliche, fügten sich wie von allein nahtlos zusammen und ergaben ein vollständiges Bild. Die Knie knickten unter ihr weg, als ihr mit brutaler Deutlichkeit die Zusammenhänge klar wurden. Um ein Haar hätte sie bei ihrem Versuch, an der Wand Halt zu finden, eines der Gemälde herabgerissen, einen hässlichen Ölschinken mit einer düsteren, nebligen Moorlandschaft.

»Wie ich sehe, bist du diesmal weiter gekommen als vor zwei Stunden.«

Von Schütz stand hinter ihr, lässig an die Wand gelehnt, die Hände wie stets in den Jackentaschen vergraben. Ohne, dass sie es gehört hatte, war er heruntergekommen und ihr durch die Halle gefolgt.

Wie in Zeitlupe drehte sie sich zu ihm um.

»Du müsstest dich jetzt sehen«, sagte er mit deutlichem Amüsement in der Stimme. »Du siehst tatsächlich aus wie eines jener Wesen aus einem Horrorfilm. Eine lebende Leiche. Dein Gesicht ist schrecklich anzusehen, so ausgemergelt ist es. Deine Augen sind so groß wie Untertassen. Deine Haare … von denen reden wir besser nicht. Du hast ja kaum noch welche! Und dein Körper ist so mager wie eine Vogelscheuche, dabei habe ich dich treu und brav jeden Tag zweimal gefüttert.«

Sie schob sich rückwärts von ihm weg in Richtung Haustür.

»Es nützt dir nichts. In dem Zustand kommst du keine zehn Meter weit. Der Boden ist gefroren, und draußen liegt Schnee. Bis zum nächsten Haus sind es fast zwei Kilometer.« Er schnüffelte. »Du hast die Tabletten erbrochen, wie?« Stirnrunzelnd kam er näher. »Aber das reicht nicht, nicht bei der Dosis, die ich dir gegeben habe. Du hast irgendwas anderes eingenommen. Wo ist es?« Er kam noch näher, hatte sie fast erreicht.

Sie wich weiter zurück, bis sie mit der Schulter hart gegen die Wand neben der Eingangstür prallte.

Das ist ein Albtraum, dachte Christina. Gleich wache ich auf, und der Spuk ist vorbei!

Doch sie wachte nicht auf. Dies hier war bittere Realität. Alle Anstrengungen waren vergeblich gewesen.

Heftige Wut packte sie plötzlich. »Ich bin nicht Martina! Ich bin Christina!«

»Tatsächlich?«, fragte er sarkastisch. »Was für eine Überraschung!«

Er hatte es gewusst!

»Komm mir nicht zu nahe!«, schrie sie.

Er wirkte belustigt. »Hast du etwa Angst vor mir?«

»Du hast meine Schwester getötet«, sagte sie, verblüfft über ihre klare Stimme und die Heftigkeit der Emotionen, die sie nach dem wochenlangen Dämmerzustand aufwühlten.

»Sie hat sich selbst getötet. Sie ist in den Wagen gestiegen, weil sie es so wollte. Zugegeben, die Bombe war vermutlich für dich bestimmt, aber sie hat entschieden, dass sie diejenige sein sollte, die es traf. Aus irgendeinem Grund hat sie geglaubt, dass es reicht, wenn eine von euch da ist. Egal, welche.«

»Nicht aus irgendeinem Grund«, widersprach Christina hysterisch. »Sie hat es getan, weil jemand es ihr eingeflüstert hat, immer wieder, über Jahre hinweg. Jemand, der ihre Identitätskrise mit allen Mitteln verstärkt hat, anstatt ihr zu helfen, sie zu überwinden. Jemand, der nur ein Ziel hatte: Die Firma meines Vaters an sich zu bringen, und dazu skrupellos jeden benutzt hat, der ihm dabei helfen konnte! Du hast meinen Vater umgebracht, und mich wolltest du auch aus dem Weg räumen! Der Brand, die Bombe ...«

»Das ist der verrückteste Blödsinn, den ich je gehört habe.« Er lächelte, doch das Lächeln erreichte seine Augen nicht. »Dein Vater hatte einen bedauerlichen Unfall. Den Brand hat Tom Watts gelegt. Den Mordanschlag auf den jungen Mann im Loft hat Martina verübt, wie du sicher weißt. Sie konnte es nie ertragen, dich mit jemandem zu teilen. Anschließend hat sie versucht, Jochen die Schuld anzulasten. Auch das Bombenattentat war allein Martinas Idee. Kann sein, dass Jochen ihr dabei geholfen hat, es würde zu ihm passen.«

»Und wenn es so war?« Kämpferisch straffte sie die Schultern und blickte ihm geradewegs ins Gesicht. »Wenn wirklich alles so war, wie du sagst, warum hast du mich dann wochenlang unter Drogen gesetzt?«

»Du wirst es mir nicht glauben, aber ich habe erst heute Abend von Jochen erfahren, dass ich die ganze Zeit die falsche Schwester gepflegt habe«, behauptete er scheinheilig. »Ich dachte allen Ernstes, du bist meine Verlobte, um die ich mich kümmern müsste. Außerdem kann gar keine Rede davon sein, dass ich dich unter Drogen gesetzt habe. Ein mildes Beruhigungsmittel, etwas zur Entkrampfung, weiter nichts. Ich hab's nur gut gemeint. Der schwere Schock, die Anfälle von Raserei die ganze Zeit über ...«

Er log. Er musste lügen!

»Jakob, was ist hier los?«

Beim unerwarteten Klang der Frauenstimme fuhr Christina ruckartig herum. Marie Dubois stand im Rahmen der Haustür, gekleidet in eine dunkle Pelzjacke, warme Hosen und hohe Stiefel. Ein eisiger Luftschwall umwehte sie, und ihr bleicher Teint unterschied sich kaum vom Weiß des Kittels, den sie über dem Arm trug.

Ohne einen Gedanken auf diesen Kittel zu verschwenden, stolperte Christina mit verzweifeltem Aufschluchzen auf die Französin zu. »Helfen Sie mir!«, flehte sie unter Tränen. »Lassen Sie ihn nicht in meine Nähe!« Mit aller ihr zu Gebote stehenden Kraft umklammerte sie den Arm der viel kleineren Frau. Sie kam sich ungelenk vor, wie ein großes dürres Insekt, und am raschen Zurückweichen der anderen merkte sie sofort, welchen Widerwillen sie mit ihrer Annäherung erzeugte.

»Bitte«, sagte sie noch einmal, diesmal leiser. »Er hat mich hier gefangen gehalten! Er hat jahrelang meine Schwester psychisch terrorisiert! Er hat meinen Vater umgebracht, und mich will er auch töten!«

»*Mais non*«, sagte die Französin abwehrend. Hastig drückte sie die Haustür ins Schloss und schob einen Schlüssel in die Tasche ihrer Pelzjacke. »Der Tod Ihres Vaters war ein Unfall.«

Christina spürte, dass die andere es ernst meinte. »Aber ... Sie haben mir doch selbst gesagt, dass mein Bruder es getan hat!«, stammelte sie.

Die Französin legte den Kittel über den anderen Arm und schlenderte zu von Schütz hinüber. »Alles nur Theater«, erklärte sie. »Damit meine ich nicht das, was sich vor seinem Tod abgespielt hat. Das war wirklich so, wie ich es Ihnen erzählt habe. Der Anruf, den ich zufällig belauschte, Jochens hässliche Auftritte, Reinholds depressive Stimmungen. Aber der Rest war frei erfunden. Sie müssen zugeben, dass ich bei dieser Narkosegeschichte eine blühende Fantasie entwickelt habe.«

Auf die versteckte warnende Geste von Schütz' machte sie eine unwillige Handbewegung. »Wozu jetzt noch Versteck spielen? Warum sollen wir es ihr nicht sagen?« An Christina gewandt, fuhr sie fort: »Ihr Vater hatte wirklich einen Unfall. Es war endlich das passiert, was manche sich schon seit langer Zeit wünschten, und zwar ganz von allein. Es war so, wie die Polizei angenommen hat. Es muss so gewesen sein. Er ist auf einer Ölspur ausgerutscht, mit dem Arm in den Tank gefallen, der Schock hat sein Bewusstsein getrübt ... *et voilà*.«

»Sie lügen doch«, flüsterte Christina. Ihre Knie gaben nach, und wie unter einem zentnerschweren Gewicht rutschte sie Zentimeter für Zentimeter an der Wand nach unten, bis sie auf dem Parkettboden saß.

Kälte stieg von den Holzbohlen auf und breitete sich unter ihrem Hemd aus. Fröstelnd umschlang sie ihre Knie, eine Bewegung, die ihr wieder den unerträglichen Geruch ihres ungewaschenen Körpers zu Bewusstsein brachte.

Wenn mir etwas passiert ...

War es das gewesen, ein Unfall? Waren all ihre Gedanken und Befürchtungen, jemand könnte ihn getötet haben, so weit von der Wirklichkeit entfernt gewesen? Aber wie hatte er dies voraussehen können? Häufig hörte oder las man von Menschen, die ihren Tod ahnten, kurz bevor er wirklich eintrat. War Reinhold Marschall einer von diesen Menschen gewesen? Oder hatte er sich doch das Leben genommen, ausgelaugt, am Ende seiner Kraft, nicht länger bereit, gegen die Menschen anzukämpfen, die Front gegen ihn machten? Vielleicht hatte er diesen Weg gewählt. Sich einfach fallen gelassen, in eine Kälte, von der er wusste, dass sie ewig dauern würde.

»Sie lügen doch«, wiederholte Christina schwächlich, obwohl sie längst vom Gegenteil überzeugt war.

»Nein, es ist die Wahrheit«, beteuerte Marie Dubois. »Auch haben wir mit dem Brand nichts zu tun, ob Sie es glauben oder nicht. Tom Watts war ein blinder Eiferer, und er wollte um jeden Preis dahinter kommen, auf welchen Wegen Ihr Vater das Geheimnis der

Langlebigkeit entdeckt hat.« Marie Dubois schüttelte traurig den Kopf. »Er wusste nicht, dass Sie im Haus waren, da bin ich ganz sicher. Allerdings brachte der Brand mich erst auf die Idee, Ihnen etwas vorzuschwindeln. Es war eine Chance, wie wir das Dilemma lösen konnten, in das uns Ihr plötzliches Auftauchen gebracht hat. Sie müssen wissen, dass Jakob mir sehr am Herzen liegt. Ich hatte einfach Angst, dass Sie Ihren Firmenanteil über kurz oder lang an Fremde verkaufen würden, womöglich an irgendeinen Großkonzern, der alles an sich gerissen und Jakob in der Geschäftsleitung ausgebootet hätte. Jakob hat so viel für die Firma getan, sich jahrelang aufgeopfert bis zum Letzten! Also erfand ich die Geschichte, die ich Ihnen im Schlachthof erzählt habe. Dass Ihr Bruder der Mörder sein könnte. Ich wollte Ihnen Angst machen. So viel Angst, dass Sie die Erbschaft fallen lassen wie eine heiße Kartoffel und wieder abreisen.«

Christina dachte daran, wie die Französin ihr im Schlachthof ausgewichen war, als sie nach all den dunklen Andeutungen Einzelheiten erfahren wollte. Die Art, wie sie sich Wort für Wort hatte aus der Nase ziehen lassen, wie sie jede Einzelheit scheinbar nur widerstrebend preisgegeben hatte – alles nur raffinierte Taktik!

»Im Idealfall hätten Sie auf die Erbschaft verzichtet«, ergänzte von Schütz, »so wie Sie es im ersten Moment vorhatten. Oder Ihre Anteile auf mich überschrieben, wie ich es Ihnen angeboten habe. Ein Jammer, dass Sie es nicht taten!«

»Sie sehen also, im Grunde haben wir uns nichts zuschulden kommen lassen außer einer kleinen Notlüge«, sagte Marie Dubois.

Jakob von Schütz nickte zu ihren Worten, breit grinsend.

Fieberhaft versuchte Christina, Lücken in dieser Geschichte zu erkennen, die ihr die beiden da auftischten. Etwas stimmte daran nicht! Ihre Gedanken überschlugen sich, doch sie fand die schwache Stelle nicht.

»Sie halten mich gefangen, pumpen mich mit Drogen voll«, sagte sie, doch sie hörte selbst, wie erbärmlich unzureichend es klang.

»Das haben wir doch vorhin schon geklärt«, meinte von Schütz nachsichtig. »Und natürlich können Sie jederzeit gehen, wohin Sie wollen.«

Am Rande ihrer angestrengten Überlegungen registrierte Christina mit entferntem Erstaunen, dass sie einander wieder siezten. So, als hätte es die letzten Wochen nicht gegeben. Als wäre alles ein bedauerlicher, aber leider unvermeidlicher Irrtum gewesen. Schlagartig begriff sie, dass sie nichts von alledem, was sie von Schütz vorhin an den Kopf geworfen hatte, jemals würde nachweisen können.

Der Tod ihres Vaters – ein Unfall.

Der Anschlag auf Ricky und das Bombenattentat – die Tat einer Verrückten. Niemand würde glauben, dass man es hier in Wahrheit mit dem Ergebnis jahrelanger, skrupelloser psychischer Kontrolle zu tun hatte, ausgeübt durch einen hervorragenden Fachmann auf diesem Gebiet. Wenn Martina am Ende wirklich die Grenze geistiger Normalität überschritten hatte, war es mit gezielter Unterstützung dieses Mannes geschehen, der als Psychiater mit allen Erscheinungsformen des Wahnsinns vertraut war.

Er ist Psychiater und Neurologe hier im Haus. Und er leitet das geriatrische Sonderprogramm.

Das geriatrische Sonderprogramm. Das geriatrische Sonderprogramm.

»Das geriatrische Sonderprogramm!« Erst jetzt merkte sie, dass sie die Worte laut gerufen hatte. »Sie leiten das geriatrische Sonderprogramm! Die Schwester auf der Intensivstation hat mir damals erzählt, was Sie machen! Sie helfen alten Menschen! Vielleicht auch dabei, nicht noch älter zu werden?«

Von Schütz' Augen verengten sich, und Christina wusste nun, wo die schwache Stelle war. Sie hatte es die ganze Zeit vor Augen gehabt, sie hätte nur hinschauen müssen.

»Die Mäuse«, flüsterte sie und blickte auf den weißen Kittel, den Marie Dubois immer noch über dem Arm trug. »Sie sind unten im Keller, nicht? Ich hab's gerochen, da oben in der Besenkammer! Der Gestank aus dem Klimaschacht – er stammte von den Mäusen! Genauso hat es damals im Institut gerochen vor der Schleuse zu der Mäusezuchtstation! Und Jochen hat sie auch im Keller gesehen, er hat's ja sogar gesagt, nur habe ich nicht verstanden, was er meinte!« Ihre Stimme wurde lauter, fast schrill. »Sie beide haben die Mäuse gestohlen, als Einbruch getarnt, den Sie auch wieder auf Jochen schieben konnten! Da unten im Keller sitzen Milliardenwerte, wenn Sie es clever anstellen, stimmt's? Jetzt brauchen Sie auch die Firma nicht mehr, deshalb kann ich gehen, wohin ich will!« Sie brach ab, keuchend vor Anstrengung.

»Jakob!« Marie Dubois schaute offensichtlich entsetzt zu von Schütz auf.

Er hob die Hand. »Sei still. Geh schon in den Keller.«

»Aber was ...«

»Geh in den Keller.«

»Was hast du mit ihr vor?«

»Überlass das mir.« Wütend fuhr er zu ihr herum. »Geh, hab ich gesagt!«

Die Französin wich einen Schritt zurück und schüttelte den Kopf. »Jakob, hör zu, wenn du sie ...«

Er hob beide Hände, sanft lächelnd. »Schau, Marie«, argumentierte er. »Sie weiß es, oder nicht? Was glaubst du, was passiert, wenn wir sie jetzt gehen lassen? Denkst du, ich habe sie wochenlang umsonst mit dem ganzen Zeug voll gepumpt, ihr den Hintern gewischt, ihr das Essen hineingestopft wie einem sabbernden Idioten? Ich brauchte Zeit! Zeit, um ein verschwiegenes Team zusammenzustellen, ein neues Versuchslabor einzurichten!«

Marie starrte ihn ungläubig an. »Aber ... ich dachte, du hast es getan, weil du glaubtest, dass sie Martina ist!«

Er lachte verächtlich. »Das kann nicht dein Ernst sein! Genauso wenig wie du denken kannst, dass dieser versponnene Trottel Watts plötzlich von ganz allein auf die Idee kam, bei Reinhold die Papiere zu stehlen und sein Haus anzustecken! Dachtest du vielleicht, dieser plumpe, weltfremde Trottel hätte das ohne meine Hilfe fertig gebracht? Oh, er brannte darauf, es zu tun, er hätte seine Mutter für Reinholds Unterlagen verkauft! Aber Tom hatte keine Ahnung von praktischen Dingen. Ein Wunder, dass er sich nicht schon zusammen mit dem Safe in die Luft gejagt hat!«

Die Französin blickte zu Boden, die Finger in den Pelz ihrer Jacke gekrampft. »Wusste Tom, dass jemand im Haus war?«, fragte sie mit dünner Stimme.

»Natürlich.«

»Nein«, stieß die Französin hervor. »Bitte ... sag, dass du Scherze machst!«

Wieder lachte von Schütz, diesmal lauthals. »Ich mache Scherze!« Dann verlor seine Miene schlagartig jeden Ausdruck von Heiterkeit. Er wirkte hart und zu allem entschlossen. »Marie. Geh in den Keller.«

Marie Dubois wich fassungslos zurück. »Und Reinhold?«, flüsterte sie.

Christina beobachtete gebannt, wie die bleiche Haut der Französin noch weißer wurde, bis die Augen wie schwarze Kiesel darin wirkten.

»Was soll mit Reinhold sein?«, fragte von Schütz ungeduldig.

»Hast du ihn auch auf dem Gewissen?«

Von Schütz zuckte gleichmütig die Achseln. »Wenn du damit meinst, ob ich ihn in den Stickstoff getunkt habe – nein. Es war ganz einfach ein Unfall. Oder Selbstmord, das halte ich für ziemlich wahrscheinlich.«

Christina glaubte ihm sofort. Nach allem, was er schon zugegeben hatte, war es nicht mehr nötig, sie in diesem Punkt zu belügen. Im Grunde war es völlig gleichgültig, ob der Tod ihres Vaters ein Unfall oder Selbstmord war. Wozu noch darüber nachdenken? Er wurde davon nicht wieder lebendig. Welche Rolle spielte es schon, ob er sich das Leben genommen hatte?

Doch dann erkannte sie, welche Rolle es spielte. Taumelnd kam sie auf die Beine. »Auch wenn es Selbstmord gewesen sein sollte, so haben Sie meinen Vater trotzdem auf dem Gewissen!«, schrie sie anklagend. »Sie haben Martina dazu getrieben, ihn meinetwegen zu bedrängen und zu bedrohen, genauso wie Sie Jochen gegen ihn aufgehetzt haben!«

Von Schütz schüttelte den Kopf. »Falsch. Ganz falsch. Weiß der Himmel, sie war verrückt, aber sie wurde es erst, als sie herausbekam, dass Sie noch lebten und Reinhold ihr nicht sagen wollte, wo. Ihr war in diesem Punkt nicht beizukommen. Sie war wie besessen! Wenn er nicht von allein gestorben wäre – vielleicht hätte sie ihm wirklich was angetan, so wie sie es ihm ständig androhte. Ihr Hass gegen ihn war groß genug, und Reinhold wusste das. O ja, er wusste es. Er blickte seiner Tochter in die Augen und sah den Tod. Vielleicht hat er sich deshalb das Leben genommen.«

Von Schütz hatte Recht. Es war nicht nötig gewesen, Martina gegen ihren Vater aufzubringen. Aber was war mit ihr?

»Und was war mit mir?«, flüsterte sie. »Sie wollte mich töten. Am Schluss wollte sie mich töten! Haben Sie sie dazu getrieben?«

»Man kann niemanden zu einem Mord bewegen, der in seinem Inneren nicht bereit ist, ihn zu begehen«, sagte von Schütz in neutralem Tonfall, wie ein Wissenschaftler, der eine Vorlesung vor Studenten hielt.

Wieder erkannte Christina intuitiv, dass es stimmen musste. Martina hatte ihren Tod gewollt, um nie wieder getrennt von ihr zu sein. Der Tod hatte keinen Schrecken für sie gehabt, er zählte nicht. Sie waren identisch, und eine von ihnen blieb ja übrig. *Ich bin du bist ich bin du.* Eine Art der Unsterblichkeit. Was zählte es schon, wenn von Schütz sie in diesem Wahn bestärkt hatte? Christina würde es niemals beweisen können. Erschöpft ließ sie den Kopf sinken. Sie sollte endlich aufgeben. Ihre Fragen führten zu nichts. Sie zermürbten sie nur und zögerten das unausweichliche Ende hinaus.

Doch dann merkte sie, dass sie etwas Wichtiges vergessen hatte. Die Autobombe, dachte sie, den Kopf hochreißend. Sie schrak zusammen, als sie merkte, dass von Schütz dicht vor ihr stand. Ihr war entgangen, dass er auf sie zugekommen war. »Die Autobombe«, flüsterte sie, ihn benommen anblickend. »Sie kann es nicht allein getan haben! Und Jochen hat ihr nicht geholfen, das weiß ich!«

»Natürlich nicht«, sagte von Schütz leichthin. »Ich bin technisch recht versiert. Von dem Sprengstoff, den ich für Toms nächtliche Aktion besorgt hatte, war noch genug übrig.« Er kam noch näher, beugte sich vor.

»Jakob, bitte, lass uns über alles reden ...«

Ärgerlich fuhr von Schütz zu der Französin herum. »Es ist zu spät für sentimentalen Schwachsinn, Marie! Denk daran, welche Aufgabe auf uns wartet!«

»Ja, die große Aufgabe!«, höhnte Christina. »Retter der Alten! Verlängerer des Lebens! Was für ein gepriesenes Ziel! Die Verdoppelung der Weltbevölkerung in der Hälfte der bisher üblichen Zeit! Statt alle dreißig Jahre alle fünfzehn. Oder noch schneller. Vielleicht haben wir sogar schon in zehn Jahren die zwanzig Milliarden, die wir bis zur Mitte des einundzwanzigsten Jahrhunderts erwarten!«

»Das ist nur ein Aspekt dieser ganzen Sache!« Marie Dubois trat vor, die Hände in einer flehenden Geste erhoben.

»Seien Sie doch still!«, fuhr Christina sie an. »Sie haben doch von Anfang an mit ihm unter einer Decke gesteckt! Ihnen war jedes Mittel recht, wenn Sie nur dafür meinem Vater seine Entdeckung stehlen konnten!«

»Das ist nicht wahr! Ich habe die Mäuse nicht gestohlen. Glauben Sie vielleicht, ich hätte Ihnen sonst verraten, welche Entdeckung Ihr Vater gemacht hatte? Jakob hat mich erst eingeweiht, nachdem er die Mäuse genommen hatte. Bitte!« Die Französin blickte sie beschwörend an. »Wem kann es schon schaden, wenn wir die Arbeit Ihres Vaters zu Ende führen? So viel unendliches Leid kann dadurch verhindert werden!«

»Ich will von solch einem Unsinn nichts mehr hören!«

»Was wissen Sie denn schon von diesen Dingen! Schauen Sie mich an! Ich wirke wie eine normale Frau um die Vierzig, nicht wahr? Aber ich bin zu einem schrecklichen Tod verurteilt! Mir bleibt nicht mehr viel Zeit! Ich werde sterben, wie meine Eltern und drei von meinen Großeltern, Jahr für Jahr, Stück für Stück! Ich trage das Gen für die erbliche Alzheimer-Krankheit in mir! Glauben Sie, dass ich so enden will, jeden Monat ein bisschen vergesslicher, bis ich brabbelnd und greinend daliege und in meinen eigenen Exkrementen verfaule? Sie ahnen ja nicht, wie ich mich fühlte, als ich dahinterkam, was Ihr Vater entdeckt hatte! Ich habe förmlich vor ihm auf den Knien gelegen, ihn angebettelt, mich an seiner Arbeit beteiligen zu dürfen, mir wenigstens einen winzigen Hinweis zu geben, worauf es ankommt, ob es … Zusammenhänge gibt! Doch er weigerte sich! Er weigerte sich!« Die letzten Worte schrie sie förmlich hinaus.

Christina starrte sie an, fasziniert und abgestoßen. Zu spät merkte sie, dass von Schütz plötzlich nach ihr griff. Bei der ersten Berührung seiner Fingerspitzen auf ihren Schultern sprang sie zurück. Sie wunderte sich noch über ihre neu gewonnene Behändigkeit, als sie bereits merkte, dass sie stürzte. Den harten Aufprall ihres Kopfes auf den Holzdielen des Parketts empfand sie eher als dumpfen Druck denn als Schmerz.

Nach einem Zeitraum, der ebenso gut Minuten wie Sekunden gedauert haben konnte, kam sie wieder zu sich, doch ihre Wahrnehmung war getrübt. Wie durch einen Schleier sah sie von Schütz über sich knien, eine Spritze aufziehend.

»… sie hinbringen?«, fragte Marie Dubois irgendwo hinter seiner Schulter. Christina konnte die Französin nicht sehen, doch ihre Stimme klang kühl und gefasst.

»Dorthin, wo ich vorhin ihren unbelehrbaren Bruder verstaut habe«, gab von Schütz unbewegt zurück. »Sobald wir die Mäuse transportfertig gemacht und verladen haben, müssen wir etwas arrangieren. Einen kleinen Fenstersturz vielleicht oder wieder ein Feuer.«

Die Nebel vor Christinas Augen flossen zu undurchdringlichem Grau zusammen, als sie die Augen schloss.

Die Stimme der Französin: »Willst du damit sagen, dass du Jochen umgebracht hast?«

»Was glaubst du wohl?«, fragte von Schütz gereizt. »Jahrelang hat der Bursche mein Geld genommen, wieso heute nicht? Verdammt, was blieb mir anderes übrig, Marie? Was war er denn schon? Ein koksender, saufender Idiot! Was bedeutet sein Tod, gemessen daran, was die Zukunft bereithält? Dafür werden andere leben, verstehst du, leben! Hunderttausende, vielleicht Millionen, mit unserer Hilfe!«

Christinas Gedanken glitten davon, bis sie bei einem Bild verharrten, das einen kleinen Jungen mit struppigen rostroten Haaren zeigte. *Spielst du mit mir, Tina?*

Es war Nacht, und er weinte, bis er ihre Nähe spürte. *Wenn du da bist, habe ich keine Angst.*

Jochen, dachte Christina, o Gott, es tut mir so Leid! Sie keuchte, als ihr Arm grob herumgedreht wurde.

»Das wird reichen«, murmelte von Schütz.

Der Einstich der Nadel war kaum spürbar. Ich sterbe, dachte Christina seltsam unbeteiligt. Dieses Ende erschien ihr allzu kalt und rasch, ohne Gebete, ohne Abschied vom Leben.

Das laute Geräusch einer Hausglocke füllte ihr Universum, begleitet von durchdringenden Schreien und dem Hämmern von Fäusten auf Holz.

Ein harter Schlag traf ihre Brust, gefolgt von einem erstickend schweren Gewicht auf ihrem Körper, das jedoch sofort wieder entfernt wurde.

Christina schlug die Augen auf und sah von Schütz' Gesicht dicht neben ihrem. Seine Augen waren halb geschlossen und glasig, er atmete röchelnd. Er war bewusstlos.

Hoch über sich erkannte sie die Gestalt von Marie Dubois. Sie hielt einen schweren Gegenstand in der Hand, der die Umrisse einer Vase hatte. Mit dem dunklen Pelz und dem weißen Gesicht sah sie aus wie ein missgestalteter Bär.

»Ich konnte es nicht zulassen«, sagte sie schluchzend, während sie zur Haustür blickte, wo das Hämmern plötzlich aufhörte. Im nächsten Moment war das Klirren zerbrechenden Glases zu hören. Christina vernahm vertraute Männerstimmen und schloss die Augen wieder. Richard und Thomas. Sie kamen sie holen, keine Sekunde zu früh.

»Legen Sie das Ding weg! Ganz langsam!« Eine andere Stimme. Es war die von Quint, dem Kommissar. Sie hatten ihn mitgebracht. Oder war es umgekehrt, hatte er Thomas und Richard mitgebracht? Egal, sie waren da. Sie waren gekommen, um ihr zu helfen.

»Ich konnte es nicht zulassen!«, rief die Französin erneut, diesmal verzweifelt, als wollte sie Christina und die Männer zwingen, zu begreifen, dass sie in jedem Fall so gehandelt hätte, auch wenn keine Hilfe gekommen wäre.

»Natürlich konnten Sie das nicht«, murmelte Christina.

Wieder hörte sie die Stimmen, diesmal näher.

»Ist sie es? Mein Gott, ist sie es?« Das war Tommys Stimme, die Worte kamen stoßweise und rau. Er befand sich irgendwo außerhalb ihres Blickfeldes. Armer Tommy, dachte sie, er erkennt mich nicht.

Dann sah sie Rickys dunkles Gesicht über sich. Er erkannte sie, das wusste sie. Er war der Einzige, der dazu imstande war. Sie wollte die Hände nach ihm ausstrecken, die kleine Falte zwischen seinen Brauen berühren, aber sie konnte es nicht. Ihre Arme schienen zu einer anderen Person zu gehören, sie gehorchten den Befehlen ihres Gehirns nicht. Später, dachte sie. Ich muss mich erst erholen. Ein bisschen schlafen.

Dann spürte sie die Feuchtigkeit auf ihrem Gesicht, Tropfen, die auf ihre Stirn fielen. Rickys Wangen waren tränenüberströmt, als sie zu ihm hochschaute und mit ihren aufgesprungenen Lippen versuchte, seinen Namen zu formen.

»Sei ruhig«, befahl er ihr. »Sprich nicht. Alles wird gut, mein Liebes. Ich bin hier.«

Die Nadel wurde behutsam aus ihrem Arm gezogen. Doch erst im nächsten Augenblick, als starke Arme sie aufhoben und wegtrugen, wusste sie mit letzter Sicherheit, dass sie leben würde.

Danach

Rasmussen betrachtete die junge Frau, die ihm gegenüber auf dem Besuchersessel saß. Sie trug ein Wollkostüm, dessen zartrosa Farbton ein wenig von der Blässe ihrer Haut ablenkte. Der formlose Schnitt konnte jedoch nicht die Zerbrechlichkeit ihrer Erscheinung mildern, ebenso wenig wie die Perücke und das geschickte Makeup die Spuren dessen, was sie erlebt hatte, zu kaschieren vermochten. Tiefe Schatten lagen unter ihren Augen, denen jeder Glanz fehlte, und die zwei Wochen Krankenhausaufenthalt hatten nicht ausgereicht, um ihren eingefallenen Wangen die jugendliche Straffheit zurückzugeben.

Christina unterzeichnete das letzte der Dokumente, die vor ihr auf der Schreibtischplatte lagen. Die Verhandlungen über den Verkauf ihres Firmenanteils waren erstaunlich schnell vorüber gewesen. Ein Drittel des Schwindel erregend hohen Kaufpreises war bereits vor einigen Tagen auf ein notarielles Anderkonto geflossen, der Rest würde heute oder morgen folgen, sobald die vollständigen Verträge beurkundet waren. Nicht ohne Zynismus überlegte Christina, um wie viel höher wohl das Angebot ausgefallen wäre, wenn sie nicht noch an jenem Abend vor zwei Wochen Carlos angerufen und ihm befohlen hätte, unverzüglich die Mäuse zu vernichten. Sie nicht einfach nur zu vergasen, sondern sie zu verbrennen, bis nichts mehr von ihnen übrig war außer Asche und einer hässlichen Erinnerung.

»So, das war's. Ich danke Ihnen, dass Sie sich um alles gekümmert haben.« Christina stand auf, nahm ihre Handtasche und ihren Mantel von der Lehne des Stuhls, auf dem sie gesessen hatte, und streckte Rasmussen die Hand hin. »Auf Wiedersehen.«

Der alte Anwalt hielt ihre Hand fest und blickte sie forschend an. »Sie werden nicht wiederkommen.« Es war eine Feststellung, keine Frage.

»Nein, ich denke nicht.«

»Lassen Sie mich noch einmal mein tiefes Beileid bekunden.«

Sie nickte ernst und wandte sich zum Gehen. Jedem Außenstehenden musste das, was sie durchgemacht hatte, unfassbar erscheinen. Und doch fühlte sie seltsamerweise keinen Schmerz, nur eine schreckliche innere Leere und ein tiefes Bedauern, dass sie ihren Bruder nicht besser gekannt hatte.

Draußen auf dem Gang wartete Quint, wie üblich im zerknautschten Trenchcoat. »Alles erledigt?«, fragte er.

Sie nickte und ließ sich von ihm die Treppe hinunter zum Ausgang der Kanzlei begleiten. Die Angestellten hinter den futuristischen Acrylglasschreibtischen in der Halle blickten ihr neugierig nach, als sie mit Quint das Gebäude verließ.

Er hielt ihr die Beifahrertür seines Wagens auf. »Wohin jetzt? Zum Hotel zurück, Ihr Gepäck holen?«

»Nein, noch nicht. Ich bin mit jemandem verabredet.« Sie nannte ihm die Adresse.

Während der Fahrt schwiegen sie. Irgendwann sagte Christina: »So richtig glauben Sie es immer noch nicht, stimmt's?«

Er wusste, worauf sie anspielte. In den ersten Tagen war er fast täglich unter irgendeinem Vorwand im Krankenhaus erschienen, zuerst, um sie unauffällig auszuhorchen und sich so ihrer Identität zu vergewissern, später, um sein schlechtes Gewissen zu beruhigen, weil er das, was ihr zugestoßen war, nicht vorausgesehen und verhindert hatte.

Wohl auch aus diesem Grund hatte er Christina angeboten, sie bei ihren letzten Besorgungen zu begleiten. Ohne auf ihre rhetorische Frage einzugehen, sagte er: »Die Französin ist heute aus der U-Haft entlassen worden. Es wird schwierig sein, ihr eine Beteiligung an den Vorfällen nachzuweisen. Immerhin belastet sie von Schütz schwer. Er kriegt auf alle Fälle lebenslänglich. Schon allein wegen Ihres Bruders. Von Schütz' Fingerabdrücke waren an der Vase, und an seinen Hausschuhen fanden wir Blutspritzer, die von Ihrem Bruder stammten. Eine Ironie des Schicksals, dass von Schütz um ein Haar von derselben Vase erschlagen worden wäre, oder?«

Christina schwieg.

Quint hielt es für angezeigt, das Thema zu wechseln. »Habe ich Ihnen schon von dem Brief erzählt, den ihr Vater Ihnen nach New

York geschrieben hatte, kurz bevor er starb? Die LKA-Experten haben eine Diskette mit privater Korrespondenz entschlüsselt. Möchten Sie wissen, was Ihr Vater Ihnen geschrieben hat?«

»Ich weiß es schon.«

Janet, die vorige Woche von ihrer Tournee zurückgekehrt war, hatte auf Christinas Bitte hin in New York den Brief aus dem Postfach geholt und ihn ihr geschickt. Als Christina ihn las, hatte sie beinahe geglaubt, wieder ein kleines Mädchen zu sein, so sehr hatte die Wahl seiner Worte sie an früher erinnert, an die liebevolle und doch manchmal unbeholfene Art, wie er mit seinen Kindern umzugehen pflegte.

Viel hatte nicht in dem Brief gestanden, dennoch hatte jedes Wort die Seelenqual ihres Vaters signalisiert.

Wenn mir etwas passiert ...

Komm nicht. Sei auf der Hut vor deiner Schwester. Sie ist zu allem fähig. Ich liebe dich. Verzeih mir!

Das war der Tenor des Briefes gewesen. Auch der Rest hatte sie nicht in Erstaunen versetzt. Er hatte die Testamentsänderung verfügt, um wenigstens noch im Tod über jene Menschen zu triumphieren, die ihm die letzte Zeit seines Lebens zur Hölle gemacht hatten. Die im Verhältnis zum Gesamtvermögen lächerlichen Vermächtnisse mussten Jochen und Martina als Hohn erschienen sein. Vielleicht hatte er das beabsichtigt, vielleicht auch nicht. In jedem Fall hatte er jedoch verhindern wollen, dass von Schütz die Firma übernahm und nach seinem Gutdünken fortführte. Reinhold Marschalls Plan sah vor, dass Christina wegblieb. Seine Gesellschaftsanteile gingen auf sie über, ohne dass sie auf der Bildfläche erschien. Damit wären alle richtungsweisenden Entscheidungen innerhalb der Firma unmöglich geworden, weil eine Klausel im Gesellschaftsvertrag für alle bedeutenden Beschlüsse zwingend die Zustimmung des Hauptgesellschafters vorschrieb. Das Institut hätte dadurch über kurz oder lang seine Konkurrenzfähigkeit auf dem Weltmarkt verloren und wäre völlig bedeutungslos geworden.

Rasmussen hatte es ihr erklärt, ebenso wie die Einzelheiten des Verfahrens, mit dessen Hilfe Martina sie hatte für tot erklären lassen wollen, um auf diese Weise ihren Vater zu zwingen, Christinas Aufenthaltsort preiszugeben.

Rasmussen hatte die Akte angefordert und festgestellt, dass Reinhold Marschall gegenüber dem Gericht eine eidesstattliche Versicherung abgegeben hatte, derzufolge seine Tochter Christina Marschall noch lebe und sich bester Gesundheit erfreue, ohne jedoch ihren Aufenthaltsort zu nennen. Damit hatte er das Verfahren blockiert.

Er hatte alles so gut geplant, nur nicht, dass der Tod, den er mit schrecklicher Gewissheit vorausgesehen hatte, ihn ereilen würde, bevor sie den Brief bekam. Damit war sie selbst zum einzigen Faktor geworden, durch den mit unerbittlicher Konsequenz eine Folge von Ereignissen in Gang gesetzt wurde, die weitere zwei Menschen das Leben gekostet hatten.

Quint bremste und hielt. Sie waren angekommen.

Christina wandte sich ihm zu. »Es wird nicht lange dauern«, sagte sie, bevor sie ausstieg und über den grob gepflasterten Weg zu der alten Burg hinüberging.

Quint blickte ihr nach, bis sie hinter einem breiten Torbogen verschwand.

Christina ließ sich beim Ersteigen des Bergfrieds Zeit. In der Kälte kondensierte ihr Atem und umwehte sie bei jedem Schritt wie Rauch. Die ausgetretenen Steinstufen hatten sich im Laufe der Jahrhunderte herabgesenkt und erschwerten den Aufstieg. Weit davon entfernt, ihren Körper wie früher belasten zu können, blieb sie zwischendurch immer wieder stehen, um zu verschnaufen oder um sich am staubigen Gemäuer des Turms festzuhalten.

Noch bevor sie die letzte Kehre der Treppe erreicht hatte, hörte sie das Gitarrenspiel. Herzzerreißend wehmütige Klänge wurden ihr vom Wind zugetrieben, und erneut blieb sie stehen, die Augen geschlossen, eine Hand am wild klopfenden Puls ihrer Kehle. Dann holte sie entschlossen Luft und stieg die restlichen Stufen zum Bergfried hinauf.

Thomas saß auf einer verwitterten Steinbank vor dem schmalen Fenster, von dem aus man bei schönem Wetter das Fachwerkhaus auf dem gegenüberliegenden Hügel sehen konnte. Doch heute, am letzten Tag im Dezember, war das Wetter diesig und verhangen. Schnee bedeckte das Land wie ein fleckiges Leintuch, und der Frost hatte die Erde hart wie Stein werden lassen.

Christina sah, dass Thomas' Lippen und Fingerspitzen in der Kälte blau angelaufen waren. »Bist du schon lange hier?«, fragte sie anstelle einer Begrüßung, noch atemlos vom Treppensteigen.

»Eine Weile.« Er schlug einen Akkord an, unsicher lachend. »Ich habe seit Jahren nicht mehr gespielt. Seit damals nicht. Aber ich hab's nicht verlernt, oder?«

»Nein, das hast du nicht.«

»Weißt du, manchmal träume ich noch davon. Von damals, von Sylt, vom Meeresleuchten. Von uns beiden.«

»Es ist lange her.«

»Ich möchte wieder dorthin. Möglichst bald.«

Sie antwortete nicht.

Seine Augen waren umschattet, als er aufblickte. »Kommst du mit?«

Wieder gab sie keine Antwort, doch ihr Gesichtsausdruck sagte mehr als Worte. Er lehnte die Gitarre an die steinerne Bank und kam mit gesenktem Kopf näher. Sein wolkiger Atem mischte sich mit ihrem, als er vor sie trat und sie bei den Schultern fasste. Sie ließ es geschehen, dass er sie in seine Arme zog und minutenlang umfasst hielt, bis ihrer beider Herzschlag denselben Rhythmus hatte. Raben zogen ihre Kreise über dem Bergfried, die Luft mit schrillem Krächzen erfüllend. Nach einer Weile flogen sie davon, und es wurde wieder still.

»Unsere Kinder«, sagte er leise. »Erzähl mir von ihnen.«

Bilder erstanden aus ihrer Erinnerung, von winzigen bleichen Fäusten und einem blonden Flaumwirbel über der Stirn eines kleinen Mädchens, das in ihren Händen gestorben war. Sie erzählte ihm davon. »Sie waren so schön«, sagte sie. »Wunderschön. Ich hatte sie nur kurz, aber ich habe ihnen alle Liebe gegeben, die ich hatte.«

An dem Zucken seines Rückens erkannte sie, dass er weinte. Sie hielt ihn fester, bis er aufhörte.

»Sag, dass es nicht vorbei ist«, bat er schließlich, »sag, dass du bei mir bleibst!«

Sie blieb lange stumm. Endlich sagte sie: »Ich musste eine Entscheidung treffen.«

»Und du hast dich für ihn entschieden, nicht?«

»Ich habe lange darüber nachgedacht, Tommy. Es war nicht einfach für mich. Doch irgendwann wusste ich es. Das, was wir damals hatten, war eine andere Welt. Wir hätten es dabei belassen sollen, als es zu Ende war.«

»Es war nie zu Ende!«

»Doch, das war es, und wir müssen es beide akzeptieren.«

Seine Wange an ihrer, sagte er: »Er hat gewonnen, weil er den Unterschied erkannt hat, habe ich Recht? Er hat etwas in dir gesehen, wozu ich nicht in der Lage war, das ist es doch, was du glaubst! Du kannst mir das nicht verzeihen, nicht wahr?«

»Hältst du mich dessen für fähig? Dass ich billige Rache zur Grundlage meiner Entscheidung gemacht habe? Mach es mir doch nicht so schwer!«

»Ich kann nicht anders. Ich weiß nicht, wie ich damit fertig werden soll, dich wieder zu verlieren.«

»Du hast mich nur einmal verloren, damals vor zwölf Jahren.«

Er rückte ein wenig von ihr ab und musterte sie mit unbewegter Miene. »Also gab es gar keine zweite Chance für uns?«

Sie schüttelte den Kopf. »Ich dachte, ich könnte es. Ich dachte es wirklich! Diese eine Nacht mit dir gehört zu den wundervollsten Dingen, auf die ich je in meinem Leben zurückblicken werde! Doch ich habe begriffen, dass diese Nacht nur die Erinnerung an damals war. Es war wie früher, so süß, so innig, so stark. Wir wollten es wiederhaben, um jeden Preis, und für ein paar Stunden ist es uns gelungen.«

»Wir könnten das immer haben!«

»Nein. Wir würden beide nicht glücklich werden. Das alles ist Vergangenheit, Tommy. Du warst der goldene Gott, der mich mit seiner Musik betörte, und ich war für dich die Prinzessin, die sich mit der Kamera aufmachte, um den Regenbogen zu fangen. Zwei

Ideale von Jugend, Schönheit und Vollkommenheit. Doch davon ist nichts mehr übrig. Die Zeit hat es mitgenommen.«

»Wir hatten doch so viel«, brach es aus ihm heraus. Sie spürte, wie sein Körper sich verkrampfte, als er sie umklammerte, sie hin- und herwiegte. »Wie kann das jemals vergehen? Wir waren wie Wind und Wasser, wie Himmel und Sterne, untrennbar verbunden! Was bleibt mir denn, wenn du mich wieder verlässt?«

Sie zitterte in seinen Armen. »So darfst du es nicht sehen! Tommy, du hast deine Bücher! Sie sind die Brücke, über die du gehen musst, damit du all das wiederfindest, was wir damals waren. Du hörst in ihnen den Wind, und du siehst in ihnen die Sterne. Sie geben dir alles zurück, was du verloren hast. Du musst eine Weile darüber nachdenken, so wie ich es getan habe. Dann wirst du es verstehen, dessen bin ich sicher. Sonst könnte ich nicht auf diese Weise von dir Abschied nehmen.« Sanft löste sie sich von ihm und trat einen Schritt zurück. Es zerriss sie innerlich, ihn zu verlassen, und dennoch gab es keinen anderen Weg für sie. Sie war nicht mehr dieselbe Mensch wie früher. Das empfindsame junge Mädchen an der Schwelle zur Frau gehörte einer anderen Zeit an, die ebenso kostbar wie unwiederbringlich vorbei war. Die Vergangenheit lag hinter ihr, und es war nun an der Zeit, endgültig aus ihrem Schatten herauszutreten. Die Hand an seine Wange gelegt, sagte sie: »Du wirst immer zu mir gehören. Ich werde dich niemals vergessen. Solange ich lebe, wirst du ein Stück von mir sein.«

Einmal noch sah sie ihn an, sah ihn so, wie er immer für sie gewesen war. Das leuchtende Blau seiner Iris. Der widerspenstige Schwung des Haarwirbels über der Stirn. Sie sah nicht die gezackte Narbe an seinem Kinn, den Ausdruck von Qual in seinem Gesicht, die Linien um seine Augen, denn in diesem Augenblick sollte er niemand anderer für sie sein als der sorglose junge Mann von damals, der Geliebte, der ihr die Sterne vom Himmel holte und ihr das Universum zu Füßen legte. Deshalb hatte sie sich hier ein letztes Mal mit ihm treffen wollen, um ihn so zu sehen, in dieser Kulisse, an jenem Ort, wo ihre Liebe einst ihren Zenit erreicht hatte. Dieses Bild wollte sie für immer in ihrem Herzen einschließen und es mitnehmen, wenn sie ging. »Leb wohl«, flüsterte sie.

Verzweiflung und Resignation spiegelten sich in seinen Zügen, bevor er in einer schroffen Geste den Kopf zur Seite wandte, damit sie seine Tränen nicht sah. Er war sich darüber im klaren, dass er sie nie wiedersehen würde, doch alles in ihm schrie danach, sie festzuhalten, sie anzuflehen, bei ihm zu bleiben, trotz der bitteren Gewissheit, dass es aussichtslos war. Weniger sein Stolz als die schmerzhafte Erkenntnis, dass sie die Dinge im richtigen Licht sah, zwang ihn schließlich, sie gehen zu lassen, obwohl er fast daran zerbrach. Seine Stimme klang bemerkenswert gefasst, als er seine Hand über ihre legte, um sie für einen Moment fester gegen seine Wange zu drücken. »Leb wohl, Christina. Gott beschütze dich!«

Richard hockte auf dem Anlegesteg in einer Lagune seiner Heimatinsel und besserte mit weißer Farbe den Anstrich seines Bootes aus, als er plötzlich mit untrüglichem Instinkt ihre Anwesenheit hinter sich wahrnahm. Ohne Hast legte er den Pinsel zur Seite, richtete seine lange Gestalt zu voller Höhe auf und drehte sich zu ihr um.

»Hallo, Christina. Bist du mit dem Wasserflugzeug gekommen, das vorhin drüben in der Bucht gelandet ist?«

Sie nickte. »Deine Mutter sagte mir, dass du hier draußen bist.«

Er sah sie lange an. »Du siehst gut aus«, sagte er schließlich mit belegter Stimme.

Ihr Körper, hoch gewachsen und geschmeidig, war wieder an den richtigen Stellen gerundet, und das Haar war um einige entscheidende Zentimeter nachgewachsen. Kurz und ungebärdig lockte es sich um ihr sommersprossiges Gesicht, das ebenso wie ihre Arme und ihre Beine eine zarte braune Tönung aufwies. Sie war barfuß und trug ein ärmelloses grünes Seidentop und Shorts, die ihre Oberschenkel völlig unbedeckt ließen.

»Du warst in der Sonne!«, sagte Richard überrascht.

Sie lächelte. »Es gibt da so eine neuartige Sonnencreme...«

Er hielt es nicht länger aus. »Komm her«, befahl er rau.

Widerspruchslos kam sie in seine Arme, ließ sich von ihm umschlingen, presste sich an ihn, atmete seinen vertrauten Geruch ein.

Als er ihre Lippen zu einem Kuss suchte, kam sie ihm bereitwillig entgegen, und für eine Weile hatte die Welt um sie herum keine Bedeutung mehr.

Als er nach einer Ewigkeit den Kopf hob, um ihnen beiden wieder Luft zu verschaffen, rückte sie ein Stück von ihm ab und fuhr mit dem Zeigefinger über die rötlichen Narben an seinem nackten Oberkörper. »Machen sie dir noch zu schaffen?«

»Mir macht nur eins zu schaffen.« Er hielt sie fester, ließ sie seine Erregung spüren.

Sie legte den Kopf an seine Brust und lachte leise.

Richard hörte sie seit langer Zeit zum ersten Mal wieder lachen, und das Glücksgefühl, das ihn dabei durchströmte, ließ ihn unwillkürlich schneller atmen. Mit der Rechten hob er ihr Kinn, um sie ansehen zu können. »Du lachst wieder!«, sagte er bewegt.

»Weil ich bei dir bin.«

»Ja, du bist bei mir. Aber was willst du? Wie soll es mit uns weitergehen? Wie in unserem ersten Sommer oder wie im letzten? Liebe oder Arbeit?«

»Beides.«

»Kein Rückzieher?«

»Ich will dich«, sagte sie schlicht. »Du hast mir gefehlt, Ricky. Mein Gott, du ahnst nicht, wie sehr du mir gefehlt hast!«

»Du hast verdammt lange gebraucht, um das zu erkennen.«

Sie schob das Kinn vor, in der unnachgiebigen Art, die er an ihr kannte und liebte. »Ich hatte dir gesagt, dass ich Zeit brauche.«

»Ich konnte ja nicht wissen, dass es drei Monate dauern würde! Zum Teufel, es hat mir nicht gefallen, wie du mich einfach nach Hause geschickt hast! Du hast ...« Er unterbrach sich und holte Luft. »Du und er ... ich weiß, dass es nur eine Nacht war, aber ... Verdammt, du hast mir wehgetan, Christina!« Obwohl er sich weigerte, an den Schmerz und die Eifersucht zurückzudenken, konnte er die Bitterkeit in seiner Stimme nicht unterdrücken.

Christina strich mit zwei Fingern über die steile Falte zwischen seinen Brauen. »Ich weiß«, sagte sie unumwunden. »Und es tut mir sehr Leid, Ricky. Das heißt, ich bedaure, dass ich dich verletzt habe.

Nicht das, was ich getan habe. Es war unvermeidlich. Es war wichtig.« Sie senkte nachdenklich den Kopf und suchte nach Worten. »Zuerst glaubte ich, die Zeit zurückdrehen zu können, noch mal von vorne anfangen zu können, aber ich habe schnell gemerkt, dass das unmöglich war. In Wahrheit war es ... ein Abschied, ein Schlussstrich, und gleichzeitig war es der erste Schritt in die Zukunft. Ein Schritt, der nötig war, um endgültig mit den Dingen brechen zu können, die vorher waren. Besser kann ich es dir nicht erklären, und ich kann es auch nicht ungeschehen machen, aber ich hoffe, du verzeihst es mir.«

»Darüber muss ich noch nachdenken«, behauptete er.

Sie lächelte unmerklich. »Als ich dich bat abzureisen, warst du dir bereits sicher, dass ich dir nachkomme, nicht wahr? Irgendwie wusstest du es.«

»Ja«, gab er mit einem Schulterzucken zu. »Sonst wäre ich nicht gefahren.«

»Diesmal gehe ich nicht mehr weg«, sagte sie sanft. »Hier ist mein Zuhause. Nicht in Deutschland, nicht in New York. Nur hier bei dir.« Sie blickte an ihm vorbei auf die sonnenüberstrahlte Lagune. Wellen ließen die *Lady Jane* sacht auf- und niederschwanken, und eine kaum spürbare Brise trug ihnen den betäubenden Duft von Bougainvillea und Frangipani zu.

»Bist du sicher?«, fragte Richard. »War die Zeit lang genug, dass du wirklich sicher sein kannst?« Als er sie anschaute, entdeckte er in ihren Augen einen Ausdruck, den er früher nicht an ihr gesehen hatte. Eine neue Art von Selbstsicherheit, doch auch eine unbestimmte, dunkle Traurigkeit, die ihm zeigte, dass ihre Wunden niemals heilen würden.

Hastig drückte er ihren Kopf an seine Brust, streichelte ihren sonnenwarmen Rücken. »Sag jetzt nichts«, bat er. »Bleib einfach nur bei mir.«

Vom nahegelegenen Hüttendorf klang Kindergeschrei und Hundegebell herüber.

»Dem Gebrüll nach zu urteilen, treibt meine Mutter alle zum Essen zusammen«, meinte Richard mit einem schwachen Versuch, zu scherzen. »Hast du Hunger?«

Zu seiner Überraschung nickte sie. »Ja, ich würde gern mit euch allen essen. Und dann möchte ich tauchen. Mit dir.«

Der Sand war heiß unter ihren Füßen, als sie die kurze Entfernung zum Dorf zurücklegten. Sie gingen Hand in Hand, wie Teenager bei ihrer ersten Verabredung, und wie einem Teenager bei seiner ersten Verabredung war Richard zumute. Er sehnte sich nach ihr, ihren Blicken, ihren Berührungen, ihrem Körper, und er spürte auch Christinas Sehnsucht. Er hoffte so sehr, dass er ihr den Frieden geben konnte, den sie suchte.

Vor ihnen wuchsen rechts und links vom festgetrampelten Lehmpfad zwei hohe, gebogene Kokospalmen, deren Stämme einander in der Form eines Tores zugeneigt waren und die zugleich einen Rahmen bildeten für ein zauberhaftes tropisches Gemälde aus Sand, Wasser und Himmel, zum Leben erweckt von Sonne und Wind.

Christina verharrte plötzlich mitten im Schritt, den Blick in die Ferne gerichtet. Sie schaute geradewegs zwischen den zusammengewachsenen Stämmen hindurch, weit hinaus auf das türkisfarbene Meer, geblendet von der spiegelnden Wasseroberfläche. Zögernd hob sie die freie Hand, die Handfläche nach außen gekehrt, wartend, lauschend. Zögernd ließ sie den Arm dann wieder sinken.

»Was ist, Liebes?«

»Nichts, nur …«

»Nur was?«

»Manchmal ruft sie nach mir, von dort, wo sie jetzt ist.«

Richard fasste sie bei den Schultern und drehte sie zu sich um. »Es ist noch nicht vorbei, oder?«

»Es wird niemals vorbei sein«, sagte sie ruhig. »Aber so ist es gut. Wir sind zusammen, sie und ich. So, wie wir es immer waren und immer sein werden. Komm, lass uns gehen.«

Der Lärm aus den Hütten war verklungen bis auf ein geschäftiges Summen, kaum lauter als das Rauschen des Ozeans. Vermutlich hatten die anderen schon mit dem Essen begonnen.

Sie fasste ihn bei der Hand, und gemeinsam gingen sie durch die verschlungenen Schatten der Palmen hinüber ins Dorf.

Zeit für Gefühle
Moments

Große Leidenschaft im Handtaschenformat

Moments Taschenbücher bei area:

ISBN 3-89996-210-9

ISBN 3-89996-211-7

ISBN 3-89996-206-0

ISBN 3-89996-209-5

Zeit für Gefühle
*M*oments
Große Leidenschaft im Handtaschenformat
Moments Taschenbücher bei area:

ISBN 3-89996-207-9

ISBN 3-89996-213-3

ISBN 3-89996-114-5

ISBN 3-89996-118-8